大湖小镇

DAHU XIAOZHEN

夏　威◎著

APGTIME 时代出版
时代出版传媒股份有限公司
安徽文艺出版社

图书在版编目（CIP）数据

大湖小镇/夏威著. —合肥：安徽文艺出版社，2024.5
ISBN 978-7-5396-7615-9

Ⅰ. ①大… Ⅱ. ①夏… Ⅲ. ①长篇小说－中国－当代
Ⅳ. ①I247.5

中国版本图书馆 CIP 数据核字(2022)第 222101 号

出 版 人：姚　巍
责任编辑：周　丽　　　　装帧设计：徐　睿

出版发行：安徽文艺出版社　www.awpub.com
地　　址：合肥市翡翠路 1118 号　邮政编码：230071
营 销 部：(0551)63533889
印　　制：安徽联众印刷有限公司　(0551)65661327

开本：700×1000　1/16　印张：19.25　字数：280 千字
版次：2024 年 5 月第 1 版
印次：2024 年 5 月第 1 次印刷
定价：75.00 元

目　录

序

有性格的作品

《大湖小镇》无疑是一部真正意义上的长篇小说，它是在写人物，人的命运，人的悲欢离合，试图从大千世界的一个切面去把脉我们时代的脉搏。有的人，我们熟悉，有的人，我们陌生；有的人，像是鲁迅笔下的，有的人，像是契诃夫笔下的……不，他们都是作者笔下的，谁也不像，是作者自己源于生活而又高于生活的再创造的艺术形象。

罗丹说："在艺术中，有'性格'的作品，才算是美的。"我以为，夏威先生的《大湖小镇》，正是一部有自己性格的作品。

人生的坎坷，生活的不幸，常常造就文学的奇葩。

《大湖小镇》，这部作品写得真，写得美，写得奇。它真，它流淌着强烈的客观世界的生活真实感，小说的人物如活人般的喘气都可闻到；小说的故事就是三河和巢湖一带发生在昨天的那些事情，真实可信；在历史的河道上，三河米饺、巢湖麻鸭如重重迷雾，却在夏威的独特视角中，清楚得很，"其要点在于敢于如实描写，并无讳饰"（鲁迅语）。它的美，就在于作者用心、用情把水乡三河的风土人情和时代的风云糅合起来，熔于一炉，巧得很，妙得很，确实罕见，也许作者"偷得"沈从文的情思和妙笔，我至今只有从沈从文的湘西《边城》里才读到这种文字……它也是奇的，虽然作品中的人物是再普通不过的"小人物"，但作者却将他们置于特定的时代，那些千奇百怪的人物就被生动地描绘出来了，就"活"起来了……

也许,首先吸引我们的,是作者手中那支散发着浓厚泥土香气的风俗画笔。小说里有多少声色并茂的风俗画面啊?那“拉拉拽拽”的一河绿波,那青石板街上的鸡鸣犬吠,那巢湖腹部里悠扬的民歌,都令人神往,引人遐思。这里民风淳朴,人们有互赠吃食的乡情。每逢赶集,更是繁华热闹。然而,作者并不孤立地写风俗,更不靠古旧的奇风异俗招徕读者。他的风俗画是流动的,渗透着丰富的政治经济内容,从中透露着时代的消息:

> 在这个小镇,比桥多的就是巷子。三河的巷子多元而精致,有宽阔的毛竹巷、八扇巷、合众巷,有幽静深远的一人巷、牛行巷、万年巷,更有神秘封顶的大王庙巷、盐巷、百货巷等七十二条巷,这些巷子七长八短、弯弯直直、深深浅浅由远古的青石相连着大街。沧桑的石头展示着千年的历史和水乡的文化。
>
> 巷多桥多是这个小镇独有的风景,使这个小镇更加繁华、便捷,也见证着古镇的沧桑和兴衰的历史。桥多巷多但在这个古镇远远没有楼多,如天然楼、仙姑楼、春明楼、凌宝泰茶楼、花戏楼、中和祥楼等上百个店铺老楼临水而立。群楼下经营着各种的生意买卖。
>
> 三河就是这样一个小镇,不只是繁华富足,更有着浓厚的乡土气息和低层真实的生意经,人们在这里生活繁衍,一代又一代。
>
> 三河,有夜市繁华的小月埂。这里歌舞逍遥,自成一片。一排桃形烛灯照着月牙般的河埂。
>
> ……

要了解风俗变异的根源,只有走进小镇的内部,走进人物的命运之中,去研究这个“小社会”动荡、瓦解、重生的全部过程才行。构成这一卷社会风俗画的骨骼血肉的,还是“人”,是带着自己固有的复杂性的人,是人的命运的变幻,是各个人物独特命运的错综复杂的交织。构成这部小说情节发展核心的，则是“外侵”时的大是大非的“敌我”矛盾，是民族矛盾！而阶级矛盾也“不曾熄火”。只有从各个人物命运的发展中，我们才能看清被伤害着和扭曲着的人们的精神世界，恶化了的人与人之间的关系；“斗争”如何地轻视人，蔑视人，“使人不成其为人”。同时，我们也从中看到，在大劫大难的年月，党和人民的力量，正义和忠诚、道德和良心的力量并没有泯灭，只是以曲折复杂的方式顽强地表现出来了。

> 人群中又是一阵哭喊，哭声响彻小镇。“我们跟他们拼了！”不知谁喊了一声，人群开始骚动，几个扑上来的人很快被狼狗咬翻，被一梭梭子弹打趴在地。无助的人群又像潮水一样退后哭泣成一团。

《大湖小镇》在艺术结构上，承继了我国传统现实主义的特色。它结构庞大，人物复杂，故事连篇，以大时代小人物的命运为主线，有机地把繁复的人物命运组织起来，环环紧扣，相互勾连，如三河之水，巢湖之浪……各个人物独立成节，而人物命运又相互交错，共同构成一幅广阔的社会风俗画。它给人物“立小传”的手法使人想起《水浒》，它的“小社会”的完整结构，又使人想到《红楼梦》之“荣国府”、《阿Q正传》之“未庄”。它以人物为艺术结构的中心，情节只是围绕人物性格的发展，表现在叙述的内在线索上；不写某一事件的始末，各个场景在时间顺序上也并不紧密相衔。至于它的朴实凝练而又富于乡土气息的语言，紧扣人物个性的对话，在典型场景中细腻揭示人物心理活动复杂性的特色，幽默、调侃的讽刺手法，作者不能抑制激动感情时的睿智、含有哲理的议论和插话等，都大大增强了作品的艺术表现力，有专门研讨的价值，一言以蔽之，它的民族风格和民族气派是鲜明的。

夏威先生是一位热爱生活的探索者。他阅世较深，有扎实的生活积累，有独特的见解，有满腔爱憎激情，所以这部作品概括生活的广度和深度，是有目共睹的。我认为，《大湖小镇》是新时期长篇小说创造的一次大胆的探索，是一个大突破，也不妨看作是一个新的标志。

（王贤友，字人美，安徽省肥西人。曾在《诗刊》《读者》《安徽文学》《散文百家》等报刊发表作品多篇，出版《思想的门槛》《从心记》《风俗自由谈》等。）

前　　言

1

这是一个真实的故事，许多是我儿时故乡的景象，以及从父辈口中了解到的小镇旧事，许多是将要被岁月长河淹没的历史故事。

我一直喜欢在夜深人静的时候，独自在街头巷尾微弱灯光下散步，喜欢独自坐在古老码头的石阶上。喜欢让心去流浪，去感受水乡的静美。喜欢看着岁月留下来的光滑圆润的青石，它们见证着千年古镇的繁荣与沧桑。我常常想铺这条街面青石的那些远去的人，他们是怎样的装束？又过着怎样的生活？在过去的年代又发生怎样悲欢离合的故事？

2015年秋，一次偶然的机会看了陈忠实老师的长篇小说《白鹿原》，一种创作的冲动在心中蔓延，这种激情随着《白鹿原》的情节在体内燃烧奔腾，澎湃着我每一个蠢蠢欲动的细胞。记忆中，那些沉睡在青石缝、深巷里的故事又一次重新苏醒，让我从而有了创作的欲望。

我一直喜欢写散文，记录生活点滴，感怀一些旧事。第一次自不量力不知天高地厚地写小说，而且是长篇题材。莫言说，小说家必是一个会讲故事的人。可以将农村里那些鸡毛蒜皮的小事以虚构手法堂而皇之地写成小说。我不会讲故事，我所讲的只是古镇上的往事，是真实的记录。它们曾经鲜活地发生在我的身边，像野草野花一样茁壮。我不知道怎样去描述它们，去记录小镇上那些星星点点的事儿和美丽的传说。

2

写《大湖小镇》时内心一直矛盾纠结，本来是把零碎的小镇故事写成数篇短篇小说，也准备命名为《小镇那些事儿》，当再次回味《白鹿原》时突有灵感，想把这些小镇上的故事，现代的、过去的，都融合在一起，写一部长篇小说。

小城故事多，小城的故事是小说的源泉。《大湖小镇》中许多故事就发生在水乡古镇，故事中很多人物都曾在古镇三河生活过，工作过，战斗过。小说中的杀牛、喝酒以及父子间的情仇，还有伙计罗大杆子和章虾子其人，以及张大甩子的大把戏都是真实的故事。小说中佘四丫头也的确存在，佘四丫头是一个花子头，但我对他的故事了解甚少。为了小说的需要，他在我的故事中是一个贪玩半傻的人物。还有王杏儿飞扬在小南河芦苇丛的双枪。故事中王杏儿的原型是我大姨妈，儿时就听说大姨妈骑白马使双枪的飒爽英姿。大姨妈后来被批判被游行，的确她在土匪窝里待过，但事实上她是无辜的，并且为革命做过一些贡献，但历史就是历史。

故事所述的小地主父子做米饺时的对唱是我亲身所见。古镇有许多宝贵的非物质文化遗产，如黄梅戏、庐剧等。小时候常在田间地头听到农人唱的庐剧调，小调内容有积极向上的民间传说，有乐观处世的生活故事，也有对人生在世光阴苦短、生死无常的诉说，仿佛道尽了人间悲欢……小调在田野上声调悠扬，婉转千回，荡人心肠，听得人如痴如醉，感慨万千却又不肯离去……直到今天那青蓝蓝天空下，农人孤独清苦的小调还常常在梦中重现，醒来早已泪水涟涟。可惜现在再也听不到了，这些都将随着时间流逝而被人遗忘。

故事中黄晓刚和李秀梅，历史上真有其人其事，写这样一本小说也就是根据这个故事而追溯历史。小说中许多画面，都是孩提时代景物的写真，如小南木桥、春明楼，三河酒家等。小说中许多人物形象都是我儿时的记忆。记得儿时我家对门一周姓老人“他埋着头坐在古铜色的竹椅上，左手拿着一块半斤重的五花猪肉，右手拿着一只黑色的钳夹，正弯腰聚精会神地夹着红肉白皮上的黑毛，被那块肉拴住了全部的心思。周老头两腮像青蛙一样一鼓一鼓嘟着气，他干瘪的脸离那块肉很近，几乎贴在上面，那块五花肉在他萝卜干似的手中不知翻了多少遍。马路上行人匆匆，人来人往，喧闹的街市对他丝毫没有干扰，周老头紧紧盯着那块肉，那肉早已被他盯熟，似乎一张嘴就可以吃下……”

那些画面到现在犹在眼前。当然也有许多是从父辈搜集的记忆，如小镇东头无法考证年月的皂角树。

小说中有些背景是对历史痕迹的印证。当然有些故事穿插着古镇的历史、文化、小吃、特产和风景。很高兴把它们写下来。1938 年日本兵在三河、巢湖一带活动时间很短，史料记载只有 83 天，但他们在大湖小镇制造了许多残酷野蛮的事件。《大湖小镇》中涉及的许多人物及其后人，仍生活在大湖周边和小镇街道，理解我不一一作介绍。

3

《大湖小镇》中许多故事就发生在故乡河边、水上，小镇的故事和文化是浸泡在水中的。水是小镇的灵魂。可惜的是，曾经小镇宽阔的河床被现代的文明填平成路或是在上面建成了房子，膨胀的人口和人们的私欲，使河道变得狭窄，流水不畅，环境变得千疮百孔，从而失去儿时的处处垂柳和芦苇的大河风光。曾经河水清澈，游鱼可数，蓝天白云下大河上悠扬的风帆，如今人与水朝夕相处的嬉戏都变得遥远，变成梦里唯美的画面。

如今三县石桥已沧桑，但同兴米行仍然矗立在西街，它始建于何年何月已无从考证。遗憾的是小镇许多古建筑在 1991 年大水中随波而逝。流逝的不只是小南木桥、春明楼、天然楼、凌宝泰茶楼……

原谅我大胆地将许多真实的故事呈现，我觉得我有这个义务将我的美丽的水乡古镇三河展现在人们面前。小说中也记录着战争中日本侵略者的嘴脸。哪里有压迫、有欺凌，哪里就有反抗，胜利永远属于正义，属于热爱和平的人们。

谨以此书献给那些故土上勤劳勇敢、热爱和平的人，愿他们不忘历史的苦难，把美丽的家乡古镇建设得更好，让故乡的天更蓝，水更清。

夏 威

2020 年 6 月于合肥天鹅湖畔

楔　子

在皖中巢湖西岸，合肥以南，有着这样的小镇，名曰三河，这是一个以三条河流汇集而命名的古镇，一个具有两千五百年历史的古镇。

清嘉庆《合肥县志》记载："三河为三邑犬牙之地，米谷廪聚，汇舒、庐、六诸水为河者三，河流宽阔，枝津回互，万艘可藏。"

在三条河汇集处便是依河而筑的古镇三河。据明清《大明一统志》："外环两岸，中峙三洲，而三水贯穿其间，以桥梁相沟通。"始称三河镇。三河因临近巢湖，地理位置优越，四通八达的水路使周边百十公里朝发夕至。形成方圆八百里的商贸集市中心，皖中重要的水港交易码头。

古镇主要盘踞小南河两岸，河堤上青石铺道，明清建筑错落有致。古街由东到西长四五里，街道两旁青砖黛瓦，徽派群楼林立，高高低低不成规矩，或一两户，或三四户高墙相隔。白墙黑瓦，屋檐呈大鹏展翅，欲纵蓝天。马头墙下，古风院落重重叠叠，又三五十户或七八十户自成一巷，可与前街相通。

连着古镇南北两岸的几条老街的，是风格不同的十八座拱桥。这些桥多建于明清和民国时期，造型独特，错落有致。它们远近相宜、高低有序、就这样纵横交错连接了整个水乡。有巧夺天工古老的三县石桥，历史悠久的小南木桥和太平军建的太平桥。当然，最有传奇色彩的是无蚊桥。

在这个小镇，比桥多的就是巷子。三河的巷子多元而精致，有宽阔的毛竹巷、八扇巷、合众巷，有幽静深远的一人巷、牛行巷、万年巷，更有神秘封顶的大王庙巷、盐巷、百货巷等，共七十二条巷，这些巷子弯弯直直连着大街。沧桑的石头展示着千年的历史和水乡的文化。

巷多与桥多是这个小镇独有的风景，让小镇更加繁华、便捷，也见证着古镇的沧桑和历史的兴衰。桥多巷多，但在这个古镇远远没有楼多，如天然楼、仙姑楼、春明楼、凌宝泰茶楼、花戏楼、中和祥楼等上百个店铺老楼临水而立。群楼下经营着各种生意。

在千年发展的过程中，古镇河流纵横水系交通丰富，而成为经济、文化名镇。1949年元月曾设为县级市，可见其地位之重要。三河因地处庐江、舒城、肥西三县交界，也是交通便捷的战略要地，素有“一步跨三县，三县闻鸡鸣”之称。春秋战国时期，这里发生过吴楚相争的鹊岸之战。明末，张献忠的农民起义军利用三河有利的地形，作为军港攻打庐州，缴获大、小战舟300余艘，并在三河建立水军和粮仓基地。1858年淮军将领曾国华和太平天国的陈玉成，为了争夺三河水乡的战略要地，发起了闻名中外的三河大战。

三河人杰地灵。仅仅清朝二百六十八年执政时期这里曾中榜为官的有数人。淮军总督刘秉璋，抗日名将孙立人都生长于此，就连世界物理学家杨振宁都到三河借居，潜心闭门苦读三个月，沾一沾水乡的灵气，获得诺贝尔奖。

由此可见，小镇自古人才辈出，商贸繁荣。尤其在抗日战争时期，合肥、芜湖、南京相续沦陷后，四面战火之中，三河成了周边县、市一个安全的港湾。随着躲避战乱逃难的人群不停地大量拥入，原来不足三万人口的小镇一下子来了十多万人，一时间小镇商贸繁荣空前绝后。

因此，在这里只有想不到的，没有买不到的。有人间美食徽菜，万家享用的贸易百货，也有活跃当铺和钱庄，更有风花雪月的青楼。在这里有钱的大户娶三纳四极为平常。这不，同兴米行黄家的二老爷，又要娶四姨太。偏偏这个二老爷看上的这个四姨太,恰恰又是自家二少爷青梅竹马的心上人。这在小镇传得沸沸扬扬,一时间愁坏了二老爷又急坏了二少爷黄晓刚。

我们的故事就从这里开始。

第一回　缘起情灭

这是一个古镇，旧砖、旧瓦、旧石头，有着千年的古树和沧桑斑驳的城墙，还有人们早已遗忘的故事。

1938 年 9 月 7 日的夜晚。初秋的小南河畔，风微微散着凉意。月光下，错落有致的马头墙高高低低倒映在银色的水面上，像一排排黑色的楼梯。

哗……哗……两只莲藕似的小腿在水里搅拌，楼梯的影子摇摇晃晃形成一圈一圈的水波。“我妈说下月初六就让我过门，让我做……做你爸的四姨太……”一个少女嘟嘴小声说，说完又低头失落地搅拌着河水。哗……哗……楼梯在波纹中又颤抖起来，一圈一圈向四方散去。“你说，你爸都娶了三房，为什么还要动我心思？”女子声调凄婉，说完双腿静立，水面渐渐在夜幕下恢复了平静。

此刻，冉冉升起的明月下，一排依河而立的垂柳无力地轻拂水面。梯式的码头一半在水里，一半趴在堤岸。石阶上一个少年耷拉着脑袋，无力地拽着低垂的柳叶，叶子从少年的手中一片一片散落，又随着水漂流开去。少年的身边坐着一个少女，女子仰着脸，腮上闪着泪珠。“黄晓刚，你说话呀！”少女怨声道，黄晓刚依旧无力地拽着柳叶，依旧是沉默。远处河滩上一簇簇芦苇花像马尾一样挂在茎前，在微风中颤动，似在无声地嘲弄着他们的痛苦与无奈。

半晌，黄晓刚叹了口气，一松手，柔长的枝条又弹回枝丫，几片柳叶落在水面随水漂走，黄晓刚仰着脸，月光透过柳叶照在他俊秀的脸上。“阿梅!”黄晓刚发现少女脸上滚着晶莹的泪珠,“你哭了?”黄晓刚喃喃的声音仿佛只有自己才能听到。李秀梅要强地扭转过头:“我没哭,我没哭!哭管什么用!”黄晓刚不说还好,一说,李秀梅眼泪更是断线的珍珠,一阵抽泣之后李秀梅止住颤动的双肩说:“你能不能去跟你妈说,让她跟你爸说呀?”李秀梅的话,像针一样刺进黄晓刚的耳朵里、扎进他的心。自从黄晓刚知道了父亲要娶李秀梅,每天都像做梦一般,仿佛天都要塌下来。现在李秀梅又一次提到伤心事,黄晓刚看着远方,内心澎湃:“你别难过,办法总是有的,等我回去再说……其实你难过,我比你更难过的!”说完黄晓刚鼻子一酸,泪水流了下来。

黄晓刚没有办法,因为那是他的父亲,父亲让他娶门当户对王家的王杏儿,一个豆腐坊的千金小姐,但黄晓刚不喜欢王杏儿。让他更没有办法接受的是,半个月后他的女人就要被他的父亲给抢走,每次想到这黄晓刚的心就隐隐地痛。黄晓刚用力地揪着自己的头发,一行晶莹的泪水流了下来。黄晓刚自从第一次见到李秀梅就喜欢上了这个女人。那时候李秀梅还是一个八九岁的女孩,她每天迈着小脚给在黄家干活的父亲送午饭。一直到她十四五岁的时候,这时李秀梅早已成熟,饱满得像十七八岁的少女。每次李秀梅来送饭,都能看到一个带着银项圈和银手镯的小男孩,李秀梅知道他叫黄晓刚,是黄家的二少爷。黄晓刚很喜欢和李秀梅在一起,李秀梅也喜欢黄家院里的花花草草,每次和黄晓刚比个子时李秀梅总是笑他矮一截。黄晓刚喜欢看李秀梅笑时露出整齐雪白的牙齿,有时故意拽李秀梅辫子,惹得她在院中追逐。黄晓刚喜欢看李秀梅扭着细腰迈着小脚,在院子内像一只蝴蝶飘来飘去,真的很好看。直到看到李秀梅急得脸颊绯红,黄晓刚便笑着蹲下来等她。黄晓刚也看到了父亲站在阁楼上看着李秀梅笑。李秀梅每天给她父亲送饭,黄晓刚每天都在院里等她,他们总有说不完的话,黄晓刚觉得那是他们最幸福的时光。

李秀梅倚在黄晓刚肩上,轻轻拨弄着柔软的柳枝,内心却一片茫然。李秀梅知道黄晓刚最喜欢用柳条做的花木棍玩游戏,黄晓刚会将柳条截成木棍，再刮皮利用枝条的本色和外皮的颜色制作不同的花木棍。李秀梅喜欢和他玩这样的游戏，当一根根花木棍乱七八糟地架在地上，黄晓刚会仔细地用一根花木棍将它一根根挑起，最后将它们一根不剩挑到手中。每次做这样的游戏，黄晓刚都会高兴得手舞足蹈哈哈大笑，李秀梅喜欢他的笑声，李秀梅听到黄晓刚开心的笑声，仿佛吃了糖，甜甜的。

柳荫下，两个人就这样默默地坐着，谁也没有开口说话。此刻月亮升起来了，皎洁的光辉笼罩着大地，如水墨画的小镇更显古意。河面上一只帆船像一盏启明灯在河上一闪而过，一瞬间，黄晓刚似乎想明白了，万般苦痛中，心里蓦地掠过一个念头，黄晓刚黯淡无神的表情立即绽放出青春的光彩。黄晓刚一下子坐了起来，拉着李秀梅的手，郑重地看着她说："不！我想好了，我们跑吧，阿梅！"李秀梅眼睛一亮，但很快神情依旧暗淡下来，满脸凄苦说："跑，又能跑到哪里？你可是黄家的二少爷呀！""二少爷怎么了，我才不稀罕呢，我们跑得远远的，天下之大，总有我们安身之地！"黄晓刚眼望远方胸有成竹，"你别怕，也不用担心，阿梅，我们去安庆找我表哥，他自有法子！"

李秀梅怔怔地望着他，又喜又忧，心里想：一千个一万个愿意跟着你远走高飞，无论去哪里都不后悔。可是一旦我走之后，我的爹爹、奶奶、妈妈还有弟妹们怎么办？你的父亲会饶了我们全家?！不！不可能的！……我不能不管我的家人！……

静静的河水自由自在无声地流动着，又怎理会李秀梅心中这些无奈和渴望呢。李秀梅的眼前浮现着母亲每天拖着疲惫的身体，苦苦支撑着家的情景。李秀梅抬起头望着黄晓刚高高俊秀的鼻梁上两只深陷的眼睛。许久，李秀梅一脸无奈，推开黄晓刚哽咽道："原谅我！晓刚哥！"

李秀梅早已泣不成声。每每想到母亲那恳求目光，想到母亲在黄家的契约上摁过的手印，想起卧病在床的爷爷和奶奶还有两个不满十岁的弟妹，李秀梅能说什么？她不能只顾自己的感情把他们抛下不管。自从父亲李永祥在码头上下货，不幸摔倒被木头砸死后，贫苦的家靠母亲仅有的一点针线活勉力维持，现在母亲再也无力养活一家六口，她只能屈服于命运的安排，被迫嫁给黄守贵，她心中恋人黄晓刚的父亲黄二老爷。这是一个多么荒唐可笑又可悲的事情。

“我要回去了，等会儿我妈又要找我了。”说完李秀梅起身穿上鞋，又从怀中取出一双猫脸布鞋，“这是给你做的，你试试，看看可合脚？”黄晓刚依依不舍上前一步：“嗯，回去再试吧！”银色的月光下李秀梅的脸显得更加秀美。黄晓刚紧紧地搂着李秀梅，他感到李秀梅的脸烫得像火炭一样。

“皓月当空，人生几何，我心可比，珍惜珍惜，缘定今生，相知相契！”黄晓刚双目垂泪轻声吟诵。

李秀梅眼里溢出了泪水，两人深情地依偎着。黄晓刚注视着李秀梅睫毛下一双水汪汪的大眼睛情不自禁地吻了上去……“我带你走！现在就跟我走！相信我，阿梅，天涯海角，生生世世，我们永远在一起！”泪水又一次从李秀梅的脸上流了下来。

月上树梢，几朵浮云将一轮圆月遮掩起来。只有远处偌大的皂角树静静地看着，无言地听着这一对恋人的哀怨，小南河也潺潺地呜咽着。

远处隐隐约约传来声音：“我看见二少爷过来了，就进了这片柳林的……”黄晓刚凝神听着，话音刚落，树后一条小道上闪出三个人影，黄晓刚刚站起身就听见：“你们在这里干什么？”月光下，前面一个光头脑袋由远而近走了过来，黄晓刚一看就知道是黄守仁，是看着他长大的叔叔，也是黄晓刚最喜欢又最怕的长辈，此刻三叔冰冷的脸上一双眼睛冷冷地盯着自己。

“我……我……没干什么！”面对三叔的突然出现黄晓刚显得有点不知所措。“没干什么还不回去？”黄晓刚定了定神：“三叔，我们在拉虾。”说完慌忙弯腰收拾虾网。黄守仁看了看水面上几个虾网和一边空荡荡的虾篓。“拉虾，都拉了大半夜？虾子呢？”黄守仁大声呵斥。

汪汪汪……一只小狗猝不及防地从草丛中冲了过来，昂头对着黄守仁和来人大叫。黄守仁认得是李秀梅家的小狗花花，于是大声驱赶着。一边的李秀梅被这突如其来的问责声弄得脑子里嗡地一下，立即慌乱起来。

李秀梅看到黄守仁的旁边还站着两个人，黄家的两个跑腿伙计。一个是伙计左宗四，另一个是满脸麻子的管家赵志成，一个能看懂黄二老爷心思的人。

赵大麻子是黄家十几年的老管家，工于心计，为人奸险，可是对黄守贵却忠心耿耿，被视为心腹，只要黄二老爷吩咐的事情没有他办不成的。赵大麻子对黄家誓死效命还有一个重要的原因，据说是黄守贵的父亲曾救过他的命。黄晓刚听说赵大麻子原来脸上没有麻子，是赵大麻子的爹赌钱输了回家后跟他娘发火时用油泼的，当时赵大麻子就站在他娘身边看他娘炒菜。

“二少爷，您还是早点回去吧，老爷在等你！”赵大麻子满脸堆满了笑容。

黄晓刚红着脸吼道：“不用你管！你给我滚！”他心想：你不过是我家的一个下人，哪里轮到你说话。黄晓刚憎恨这个两面三刀满腹坏水的人，看到他就气不打一处来，就是这个满脸麻子的人出的主意，让父亲娶李秀梅。

赵大麻子一听，立在一边，不敢吱声。赵大麻子知道黄晓刚是他的少东家，是同兴米行的二少爷，大少爷死后黄晓刚便成了黄家唯一的继承人。

黄大少爷原本是不会死的，因为不识水性才溺水死了。生在古镇是没有人不会游泳的，夏天一到，人们便像鸭子一样往河边跑。不论是清清的河水还是浑浊的沟塘到处都有戏水嬉闹的人群，从五六岁的孩子到七八十岁的老人，都会游泳。但黄大少爷确实不会，因为黄大少爷是他爹黄二老爷的心肝宝贝，黄二老爷白天把他捆在腰上，夜里又含在嘴里，所以他不会游。但黄二老爷的心肝还是被他的疼爱最后断送在自家门后的护城河里，所以黄二少爷自然成了老大，是赵大麻子以后的东家老爷。

听说黄大少爷小时候异常聪慧、机灵。他五岁时，一天独自在河边玩耍时不见了，有人说是淹死了，又有人说是被过往的渔船救下带走了，黄家沿河打捞找寻三十里，至今仍活不见人死不见尸，这是困扰着老爷黄守贵许多年的一个心结。

赵大麻子无趣作势一弯腰，小狗花花跳跃开去，远远地汪汪叫得更凶。“把二少爷带走！”黄守仁瞪着眼睛冲一旁发愣的伙计左宗四吼起来。“不！我不走！”黄晓刚倔强地说道。黄守仁见黄晓刚依旧未动，不禁动怒：“你不走？是不是要我扯下你的耳朵！”黄晓刚知道三叔是一个狠人，一次黄晓刚在护城河边玩水被三叔看到，三叔让黄晓刚回去，黄晓刚不听，三叔硬是拧着他的耳朵将他从河边拖回家，为此黄晓刚的耳朵肿了许多天。

这时，黄守仁顺手扯下几根柳枝，瞪大眼睛看着黄晓刚，似乎说“你再不回去就要行家法”似的，面对家族的压力，黄晓刚更加难过。这时左宗四走了过来，拉了拉黄晓刚的衣袖故作无奈地说：“二少爷！你先回去吧，有什么事回家再说。”黄晓刚用力地甩开左宗四的手。“李秀梅！你一个大姑娘，不在家描龙绣凤，洗衣做饭，半夜三更到处乱跑，在这里拉什么虾？也不怕人家笑话！”黄守仁见状转过身疾言厉色对李秀梅训斥着。面对这突如其来的变化，李秀梅脸色苍白不知所措。

黄晓刚定了定神，拧过头看到李秀梅脸上流淌着晶亮的泪珠，一股怒火冲上心头，他本来想用离开来抗拒，带着自己心爱的女人远走高飞。可是李秀梅的处境和她家的事情，让黄晓刚从这重大的决定中回到了现实的困境里。此时见叔叔训斥李秀梅，黄晓刚立即也大声吼叫：“我们在这里关你们什么事！”黄守仁一听，摸了摸油亮的脑袋咧了咧嘴说：“哎哟！还要翻天不成？”刚要发火，就听见李秀梅转身对黄晓刚说：“你回去吧！二少爷……”

李秀梅见黄守仁训斥黄晓刚，生怕他吃亏，慌慌张张地看了眼黄晓刚，顾不及收拾虾具便一手掩着脸，一手拿着她还没递出去的猫脸布鞋转身离去。“阿梅……阿梅……”李秀梅在黄晓刚凄声喊叫中已消失在夜色中，小狗花花一路尾随而去。

见李秀梅走远，黄守仁这才缓下脸沉声道：“走！我们回去！”黄晓刚无奈，愤愤地用力甩开黄守仁的手。这时赵大麻子侧过脸对左宗四挤了挤眼睛，见左宗四没有反应，赵大麻子又朝着李秀梅走的方向噘了噘嘴巴，左宗四这才会意，左宗四看了黄晓刚一眼，便弯腰装作整理鞋子，等与众人拉开距离后，朝着李秀梅去的方向追了过去。一路上黄守仁始终板着脸，黄晓刚内心忐忑不安。

远处，柳荫下，两个脑袋缓缓探出草丛，四目相对后双手比画了几下，便悄悄地退出草丛也跟了过去。

第二回　河畔惊魂

月光闪着银白色的光芒，照着小南河的水缓缓东流。望月桥上，李秀梅手扶石栏轻声涕泣，眼泪落入河中，清清的河水勾起曾经的画面……

李秀梅第一次到黄家，才五岁，母亲抱着她去黄家给父亲送饭，她忽闪着乌黑的眼睛，好奇地看着这个偌大的庭院，还有个和她年龄一般大小的小男孩，她喜欢那颈戴银项圈的脑袋，她奇怪银项圈还会叮叮当当地发出响声。

九岁那年，李秀梅终于有机会去抚摸那个银项圈。那次她母亲病了，在母亲不安的叮嘱声中李秀梅独自完成了给父亲送饭的差事。

李秀梅记得每次去送饭时，总有一个胖胖的男人笑嘻嘻地给她一块糖吃，那块糖很甜，甜到了心里。第一次吃糖时，李秀梅只感到嗓子一滑那块东西便滑进肚子，全然不知滋味，这种滋味让李秀梅幻想了一夜，期盼着第二天正午早点到来。直到第二次胖男人给她糖时，李秀梅小心地放在嘴里，这才知道世上有这样甜的东西。从那以后她就主动要求承担送饭的任务。

李秀梅每次来送饭时那个胖男人都会捏她光滑的小脸蛋问："甜不甜？好吃不好吃？"李秀梅会把糖放在嘴里慢慢地品尝，李秀梅感到那甜甜的糖会在她的嗓子里生成许多甜甜的液体。后来李秀梅把糖带回家，带给弟弟妹妹们品尝，李秀梅看着他们吃糖的样子，也会捏着他们的小脸蛋，笑嘻嘻地问："甜不甜？好吃不好吃？"听弟弟妹妹开心地回答，李秀梅脸上的笑容比他们吃的糖还甜。后来李秀梅知道胖男人是那个银项圈小男孩的父亲,但李秀梅还是会红着脸接过弟妹们渴望的甜品。

李秀梅胖嘟嘟的脸,最后让胖男人慢慢捏成一张瓜子脸。终于有一天,李秀梅接过糖后开始躲闪着他肥胖的手,她开始不喜欢胖男人再拧她的脸蛋,她会红着脸躲开,李秀梅开始讨厌那双带有烟味的肥手。

但李秀梅还是喜欢和这个戴着银项圈的男孩子,在这满院花开的庭院里玩,李秀梅很奇怪这窗子里还有小窗子,窗子由无数个小窗子组成。他们在这院子里打闹,院子里许多树上开着五颜六色的花,男孩子会告诉她树上开的是什么花。他们在院子里叠纸楼,藏猫猫,斗蛐蛐儿。一天一月一年,一年又一年无忧无虑……李秀梅凭栏望着河水想着幸福的时光……

“梅儿!刚刚黄家二爷来提亲了,让你嫁过去做太太,你答不答应?”母亲含泪的话又一次在耳边响起,一边的爷爷见李秀梅未作声于是小声说:“梅儿呀!你看看家里现在这个状况,你是长女,你要挑起家里的担子,你不能看着你父亲无钱安葬呀?”李秀梅看了看躺在地上死去的父亲,又想起黄晓刚英俊的面容,于是抽泣着说:“我听妈的!”

等到父亲入土后,李秀梅才知道黄家让她嫁的二爷不是二少爷,而是二老爷黄守贵,李秀梅万念俱灰,吵过闹过,但一切都无济于事。此刻她的脑海中浮现出爷爷、奶奶和弟弟妹妹们一张张瘦削的脸,李秀梅伤心欲绝,拖着沉重的脚步……

左宗四明白黄守仁的意思,是怕这个未来的四姨太李秀梅想不开出了意外,便远远地跟在后面。夜色如银,李秀梅凭栏抽泣,石桥下小南河的水缓缓东流。左宗四观察许久正要上前,这时桥对面一前一后走来两个人,前面一个人走到桥上见李秀梅站在桥上发呆,便停下脚步上前打量一下:“你这丫头,这么晚了也不回家,在桥上做什么?”另一个人也凑上前,李秀梅见来人便止住泪,顺手用袖口抹了下脸装作无事的样子走下桥。李秀梅认识,来人是街南春明楼边炸点心的外号小地主的沈家存,以及他的儿子沈小青。小地主见李秀梅起身下了桥，便继续赶路。上了河堤，穿过柳林就是李秀梅的家了，左宗四远远护送到桥头见前面路面平坦，这才放心转身回去。

河堤上银白色的小道蜿蜒向前，风轻轻地吹着。两个人影在颤动的柳叶下一左一右顺着河堤悄悄地跟上李秀梅，20 米、10 米、5 米……猛地靠近扑了上去。此时伤心的李秀梅精神恍惚全然不知，只觉得脖子一紧双眼一黑，便昏了过去。李秀梅被拖向树丛……灌木刺痛着李秀梅的神经，瞬间的疼痛使李秀梅很快清楚地意识到危险，李秀梅试图挣脱，怎奈双手像被钳子一般的大手牢牢抓住，李秀梅想喊，可是嘴巴早已被堵上，她用力挣扎，双脚努力拍打着地面……

汪汪……突然，树林中一只花狗箭一般地冲来跃向黑衣人。黑衣人一边躲闪一边叽里呱啦叫着……

疯狂的狗叫声让左宗四停下了脚步，他转身三步并作两步赶紧跃上桥头。只见堤埂下几个黑影在夜色的柳丛中剧烈晃动，疯狂的狗叫声让左宗四意识到李秀梅遇到了危险，他不由自主地打了一个激灵，立即飞扑了上去。

树丛中，几个黑影和一只狗扭打撕咬在一起，疯狂的狗叫声和左宗四的呼喊声在这宁静的夜晚显得更加刺耳，尚未走远的小地主沈家存听到喊叫声也飞快地赶了过来，河堤上三三两两的住宅一扇扇窗立时亮起了油灯，人们从四面八方赶来，两个黑衣人见状连忙摆脱人群，落荒而逃，左宗四扶起惊恐未定的李秀梅，沈家存带着儿子和人群紧追不舍……

河堤上，两个黑影摇晃着脑袋慌不择路，后面几只火把照耀着几十个追逐的身影。“站住！别跑！”“抓住他！别让他跑了……”愤怒的喊叫声越来越近，前面的一个黑衣人踉踉跄跄地掩入树林，另一个黑衣人见状停了下来，掏出手枪隐身树后，砰砰……子弹在人群中飞过。

尖锐的枪声在小南河两岸回荡，黄守仁愣住了。月光下，高高低低的马头墙和横七竖八造型独特的桥在这夜色中显得如此神秘。这两声清脆的枪响在这空旷静寂的河堤上又意味什么？黄守仁看着远处摸了摸光头，似乎想起了什么。“带二少爷回去！”黄守仁吩咐赵大麻子一声，转身迎着枪声如飞而去。赵大麻子也在奇怪这枪声的来源，就在他愣神时，黄晓刚已钻进树丛中，将赵大麻子的喊叫声远远抛在脑后。

望月桥边，河滩上。“站住！别让他跑了！”砰砰……一个黑影在人群中一个趔趄倒了下来，紧跟着追击的人群呼啦啦都趴在地上，黑衣人起身转眼消失在夜色中，半晌，众人这才上前扶起受伤的群众，一路骂骂咧咧悻悻而归。

第三回　古镇惊变

通往古镇的官道上,不知什么时候,呼啦啦一下子窜出了许多人,男女老少,衣衫褴褛,形态各异。起初逃难的人只是三三两两,后来成群结队,一批接一批拥了过来,挤满了小镇上大大小小的客栈,后来四处来租房的又塞满了大街小巷,最后连旅店长廊上都铺上了地铺。但每个人的眼神都十分黯淡。

镇东三里的土地庙,也同样被塞得满满的。黄晓刚好不容易摆脱了赵大麻子,不知不觉走到庙门口,父亲的冷漠无情使他有家难归。黄晓刚犹豫着推开破旧的庙门。门后一个乞丐见有人来,立即来了精神,仰起脸张了张口:“可怜可怜我,给点吃的吧……”说完正准备站起身,见来的是一个后生,想必也讨不到多少油水,嘟囔了两声,头一歪便又自行睡去。庙堂内男女老少几十个人挤在一起,有的坐在芦苇席子上,有的倚在一捆稻草边熬着冰凉的夜,人们对于他的到来早已熟视无睹。

黄晓刚只好在庙檐下找了块石头坐下。整个庙堂颤巍巍似乎装不了那么多人,几束月光穿过破漏的屋顶照着庙内人群,久已失修的梁柱微微地颤抖,仿佛随时都要塌下来似的,但人们仿佛是沙漠里的鸵鸟顾头不顾尾,躲一时是一时了。

没有阳光的夜是寒冷的。黄晓刚蜷曲着身体,摸了摸裤子口袋里仅有的五块大洋和二十几个铜板,心中默念天亮了就接阿梅走,天涯海角再不回来,不回这个无情的家。

已是午夜，庙内的人大多毫无睡意，他们忐忑不安瞪大眼睛不时地看着门外，月色中，风吹得树叶簌簌地响。庙里的众人像是同登一个舞台，南腔北调各自啦呱着近期的所见所闻。

“你们不知道，来了好多鬼子，端着枪，枪有那么长，那么长……”一个脸上还抹着锅灰的中年妇女一边说一边比画。

“枪上还有刀，闪亮亮的，鬼子凶巴巴的，看到东西就抢，不给就用刀捅……到处都是血……哎哟，丧尽天良……丧尽天良啊，那么小的孩子都不放过……”所有的人都把眼睛睁得圆圆的，连呼吸都屏住了。

“是的，前些天我在江宁还看到几个鬼子端着枪挨家挨户地搜人，押去修工事建碉堡，不去就枪毙……”一个蓝布长衫操着江南口音说道。

男人们恨恨地发着牢骚，女人压抑地低声抽泣。

一旁一个头发散乱的老人叹了口气：“这年头，作孽哦！”说完一把将一个五六岁满脸污渍的孩子往怀里搂了搂，怀里的孩子睁大惊恐的眼睛看着庙里的人群。

人们内心充满恐慌，叽叽喳喳在不安中唠叨着。他们不停地诉说着自己受到的惊吓和委屈，以及摆脱不了的苦难。他们有的来自上海、浙江、南京，有的来自苏北一带，日本人已经占领了他们的家园，残酷的战争使人们死的死，逃的逃，犹如一群惊弓之鸟，不得不背井离乡来此古镇避难。

子夜。人群终于抵制不住奔波的疲劳，东倒西歪打着瞌睡。庙内，厚厚的灰尘从屋梁上飘了下来，黄晓刚抬起头，只见几只老鼠在梁上飞快地穿梭并发出吱吱声，一只肥大的老鼠嘴里含着一块煎饼正飞快地奔跑，另几只老鼠紧追不舍，灰色的皮毛在月光下发亮。争夺中，突然一只老鼠啪嗒一声从梁上跌下，正好落在秃子油亮的脑壳上，老鼠锐利的前爪瞬间在秃脑袋上留下了四道深深的血痕，血从脑袋上涌了出来，顺着秃子的脸颊，像两条游走的蚯蚓，秃子痛苦地张大嘴巴，就在他还未叫出声时，老鼠吱的一声又快速地钻入了秃子宽大的衣衫内，鲜红的血液顺着下颌流下，秃子被这突如其来的疼痛吓得站起来又抖又跳，老鼠在他长衫里左右乱窜，突然一块煎饼从秃子的衣衫里咕噜噜滚落到地上。

“那是我的煎饼！”一个少妇揉了揉眼睛迅速放下怀中的女孩，还没来得及站起来便不顾一切地扑了过来，终于老鼠从秃子的长衫内窜了出来，又从少妇的身上跃过，那少妇毫无畏惧，猛地扑向煎饼。她一把抓起残缺的煎饼顺手握住，几乎同时另一只白色肥大的老鼠跳到少妇面前，它的身后立着一排灰色的老鼠，少妇的眼睛紧紧地盯着老鼠，人鼠四目相对，充满恨意。人们瞪大眼睛，秃子停止跳跃，也忘记了疼痛，张着大嘴看着，半晌，领头的白色老鼠不甘心地叫了几声，另几只灰色老鼠应了一声，唰地各自窜了出去，转眼之间散得无影无踪。

“爷爷，我饿！”满脸污渍的孩子说。头发散乱的老人坐直身子摇了下散乱的头发说：“坚持一下！这是明天的口粮，天亮了才能吃。”孩子眼巴巴地又说：“爷爷，就给我吃一口吧！”老人无奈叹了口气，慢慢地从包裹中取出一个干瘪的馍馍掰了一小块：“给，三伢子！吃了睡啊！”老人将一小块馍送到孩子的小手中，又将下剩的馍馍收了起来。

“妈妈，我也饿！”旁边一个小女孩怯怯地说。在她身前一个头戴白巾面目清瘦的中年妇人含着泪正轻轻哄拍着怀中的婴儿，听到小女孩说话便理了下凌乱的头发有气无力地说：“嗯！乖啊！等明天天亮就有吃的了，睡吧！”只听小女孩又说：“我已经两天没有吃东西了！”静静的庙里只有依旧轻轻拍着怀中婴儿的妇人的歌谣。黄晓刚心里难过，暗自后悔身上没带食物。这时，头发散乱的老人艰难地挪动身体，将剩下的馍馍拿了出来，颤巍巍地送到小女孩子手中说：“吃吧！乖孩子！”小女孩感激地看着老人，又仰头看了看妇人，妇人毫无表情，小女孩怯怯地伸手接过，连声说：“谢谢爷爷！谢谢！”小女孩狠狠地咬了一口馍，突然似乎想起了什么，又把馍送到妇人嘴边：“妈妈，你吃！”“你吃吧，我不饿！”“你已经三天没有吃东西了！吃一口吧！”小女孩一边说一边将馍塞了过去，妇人颤动着嘴唇扭过头去。“妈妈，吃吧！就吃一口！”庙里响着小女孩清脆的声音，黄晓刚只觉得鼻子一酸。

一个青衣妇女走上前去，掏出怀中的半截玉米塞到妇人手中："吃吧！你不吃，娃儿怎么有奶吃！"青衣妇女说完顺势抚摸妇人手中的婴儿又说："这娃儿真乖！"青衣妇女一伸手只觉得手中婴儿软绵绵的毫无声息，正疑惑间，突然头戴白巾的妇人如被电击一般抢过婴儿："不要碰我的孩子！"青衣妇女睁大眼睛不知所措。

这时，一个老人走过来："你们这是从哪里来？又去哪里呀？你家男人呢？"老人说完从怀中掏出一块锅巴递了过去，头戴白巾的妇人嘴唇颤动得更加厉害："从……从南京来！鬼子抓我男人去修公路，我男人不去，鬼子就摔我娃儿，呜呜……呜呜……"说完一阵哽咽，青衣妇女这才发现婴儿紧闭双眼耷拉着头，显然颈椎骨已断，早已气若游丝，命悬一线。一边的小女孩也呜呜哭道："我妈带我们来找舅舅！""你舅舅在三河吗？""以前在，现在找不到了……呜呜……"小女孩说完又是一阵哽咽。"哎！孤儿寡母的，不容易呀！"这时秃子叹了口气走过来说。老人悲痛地说道："这是作的什么孽呀，我家的儿媳妇被鬼子糟蹋了！可怜我那儿子气不过，去战场了，也不知死活……"

这时秃子从包裹中掏出两根白色的茎秆。"伢儿，这是高粱秆芯，吃吧！我也断粮了。"紧跟着，又一个中年人走了过来……于是头戴白巾的妇人的眼睛又一次湿润了，嘴巴颤动轻声抽泣着："谢谢！谢谢你们！"黄晓刚看得很心酸，喉咙好像被什么东西哽住了。

面对大量拥入的难民，善良的黄晓刚忽然有一种隐隐的不安，感觉小镇要变了，是日本人来了吗？

是的，日本人来了，追赶着成千上万的难民来到了他热爱的水乡小镇。面对到处都是的逃难的人们，黄晓刚碰触到那些可怜绝望的眼神就心疼起来，尤其是那些孩子。黄晓刚想到这猛地站起来，从口袋掏出仅有的五块大洋和二十几个铜板，那是自己准备和李秀梅私奔的路费。

黄晓刚飞一般地将大洋和铜板，分别交给几个衣衫破旧的老人、妇女,在众人惊愕的嘴巴还未来得及道谢时,已起身奔向屋外,消失在茫茫的夜色中。

一路上黄晓刚想起自家的米行,想起父亲黄守贵,不,不!父亲的吝啬他是知道的,父亲绝不会花自己的银子去帮助这些难民,记得去年一个穷亲戚家房子倒了来借钱也是分文没有,黄晓刚又想起玩伴沈小青,黄晓刚知道自己应该做什么……

第四回　女大婚愁

子夜，周边寂静漆黑一片。劳累一天的人们大都在夜色中沉睡。六六顺豆腐坊的掌柜王六在豆大的油灯下满腹心事地抽着旱烟，纸窗被熏得焦黄，屋子更加昏暗，床边摆着一个老旧的木桌，桌上放着一摞摞账本和一个磨得锃亮的算盘，整个房间弥漫着一股烟臭味。一边的床上坐着一个挽着发髻的中年女人。

王六看了看身边的女人，打了几下算盘，又吧嗒地抽着烟，烟丝滋滋地闪烁火焰，王六干瘪的嘴巴里不时吐出一丝青烟。王六吸了几口旱烟干咳了几声："孩子他妈，明早抓紧屯点粮，今天米又涨价了。"说完又噼里啪啦地打起算盘，荸荠一样的算珠在他手中来回滚动。

雕刻着精美花纹的架子床上坐着王六的第二个老婆徐氏，徐氏正仔细地纳着鞋底，身边睡着三个孩子。

"还屯？就你那家底还能屯多少啊，你也不想想往后的日子，今天还发善心捐助，一出手就捐了五百斤大米，现在一块银圆都买不到一升米，你也要为娃们想想……"徐氏起身拿起铜针拨了下灯芯，火光闪烁，灯芯在她手中上下跳动，屋子里一下子亮堂了许多。王六停下手指说："桥是桥，路归路，两码事，现在难民这么多，我们总该为国家出点力吧！"

徐氏叹了口气，习惯地理了理额前的散发，起身给王六倒了杯水，又回到床边继续纳鞋。

"没钱，明早到范掌柜家借点，钱都订了大豆你又不是不知道，要不，把你娘给你的首饰也当了，不多买点怎么办？"见徐氏未作声王六又说，

"任何时候,手中有粮,心中都不慌!你看看今天街上粮价都翻了三倍,再这样下去民不聊生啊!"王六说完又狠狠地抽了口烟,滚滚烟雾从他胸腔喷了出来。见徐氏不语,王六接着忧心地说,"明天能买多少就买多少,不屯点粮我们以后吃什么?"王六知道,按理今年的生意还算不错,只是这物价不停地涨,卖出去得来的铜板还不够原材料的钱,涨得让人惶恐。

王六原是一名秀才,四十多岁,中等偏瘦,饱经风霜的脸上挂着两撇黑黝黝的胡须。考举人落榜后,他便做起豆腐来,因为在家排行老六,所以街坊邻居都这么叫他,叫得久了,便忘了爹妈给的名字,他也乐意别人叫他王六!王六的兄妹死的死走的走,只剩他独守古镇三河。有趣的是王六成亲后也生了六个儿女,只是二儿子和四丫头夭折了。大丫头王杏儿年方十七,精明能干,生得水灵艳若桃花,白嫩嫩的皮肤像豆腐一样,乌黑油亮的长辫子拖到屁股。由于她性格开朗、精明能干,街坊四邻对她夸赞不已。

街上流传的快板小调:"王六的豆腐,小地主的饺,中和祥的麻饼,尤家糖坊的糕……"自然是称赞王六的豆腐口感鲜美。还有王六腌制的各种小菜也是远近闻名,享誉一方,什么瓢瓜、闷酱、臭豆腐、酱萝卜、大蒜头应有尽有,最有名的要算他创意发明的什锦菜了,它由十种不同的小菜腌制而成,色香味美,享誉一方。

当然这不只是夸王六的豆腐如何好,更是夸王六的女儿王杏儿像豆腐一样白嫩。还有一层是王杏儿诚信经商,尽管她不愁买卖,但是只要是你订过货或是打过招呼,保准到晚都给你留着。每天只要王杏儿往摊前一站,许多来买豆制品的人就移不开眼睛。只要王杏儿在,每天豆腐、干子、千张等要好卖很多,她的豆制品不卖完,别家的豆腐店就很少开张,王杏儿如花的脸庞和甜甜的小嘴有一种特别的诱惑。

"行,明天我去找大善人范掌柜。"徐氏一边答应一边忧心忡忡地扫了王六一眼,"黄家今天又来提亲了,你到底答不答应?"

女儿大了，便成了母亲的心病。

王六沉默半晌，吸了几口烟后说："那小子我见过，只是他爹太精，姨太太那么多，我怕杏儿过去吃亏，再说人家户大，别让人说我们贪他家的财……"言罢用力地往桌腿上磕了磕手中的旱烟管，燃尽的烟灰散落在地上。

"朱铁匠家的兵兵也不错啊，朱铁匠也托了媒人来。还有那个姓严的年轻人，我看也挺不错的，好像对我们家杏儿也有意。"

徐氏突然板起脸说："有意的人多着呢！兵兵有什么出息呀，一个打铁的！总不能让杏儿在铁匠铺叮叮当当陪着打铁吧！""打铁的又怎么了，荒年饿不死手艺人！"王六说完卷起烟袋收拾着账本，半晌，王六见徐氏沉着脸做鞋，于是又说："听说黄家又要娶四姨太了，你就想着自己把宝贝女儿往火坑里推？"

"什么呀？杏儿嫁的是儿子又不是跟他老子，只要他儿子人好就行，再说，人家媒人都跑三回了！"徐氏说到这加重了语气，"这年头，兵荒马乱的还是定了亲才放心。"徐氏说完又埋头继续做她的鞋子，针扎进鞋底涩住拔不出来，徐氏拿起钳夹一边拔针一边又说，"女儿大了总要嫁人的。"

自从原配萧氏难产死了，娶了徐氏以后王六都听她的，徐氏是王六去寿州购买大豆的时候带回来的。徐氏年轻时也是一个长得标致的女人，她喜欢这个做生意的秀才，不顾家人反对跟王六私奔到三河小镇，自嫁给王六后，十多年也未回娘家一次，清苦自足地生活，一家人过得倒也踏实贴心。

王六喝了口水，望着如墨的夜色，沉默不语。王六想起最近许多来提亲的人。"定就定了吧！前天王镇长路上看到我也说了，今天孙保长又来提亲了。"王六沉默片刻后下了决心。

古镇三河的平常人家从来就是这样，平平淡淡地接纳五湖四海的人们，不论你从哪里来，都会留恋这片土地。他们依着水傍着水，也吃着这日夜奔流不息的水，喜欢这和美清静的生活。

两人正拉着家常，这时一窗之隔的厢房传来王杏儿的声音："爸、妈，你们怎还不睡呀？""哦，丫头你还没睡呀？我在和你妈说点事！"窗外，王杏儿揉一揉沉重的眼皮又说："哼！我都听到了，谁说要嫁哪？这么早你们就想把我撵出去，我偏不嫁！"徐氏抬头看了看窗外说："女儿大了总要嫁人，要有个家！""这就是我的家呀！我哪也不去！"王杏儿娇羞地答道。"呵呵！好啊！哪也不去好吧，睡吧！不早了！"

王六的话音刚落，外面门环上响起了急促的敲击声。"谁呀？"王六小心地问。"掌柜的，快开门！"一个伙计慌张答道，"刚才我出去方便，看见后门外躺着一个人……"王六和徐氏开门提着灯跟着伙计走到门口，只见一个黑衣人躺在门枕石上，王六挑起三眼灯上前看了看。"你是谁呀？怎躺在我家门口？"徐氏连叫几声，黑衣人一声不吭，徐氏心中立生怕意，便退后一步，"这……这人怎么了？"王六却不怕，弯腰用烟杆拨了一下黑衣人的头，黑衣人依旧不语。王六一皱眉，伸出手探了探黑衣人鼻息，见气息微弱，这才放心说："嗯，人还活着，快！救人要紧，赶快把他抬进来！"

灯光下，只见黑衣人脸色发青，王六心里立即明白了，王六用手撸起黑衣人的裤脚，褪下鞋袜，只见黑衣人脚背上有两个紫色的血印，此时黑衣人的小腿已肿得很粗。王六看了看那人的伤势对着伙计和徐氏说："他是被蛇咬了，快！你去请蛇医杨郎中来，说有人被毒蛇咬了。孩子她妈，你去拿剪刀，再找一块布！"伙计应声而去。王六挽起袖子，接过徐氏取来的刀在灯火上燎了燎，火光在刀口上跳跃几下，然后小心地对着黑衣人的伤口划了下去，黑色的血液立即涌了出来。"啊……"黑衣人痛得坐了起来，一卷纸啪的一声从黑衣人怀中掉到地上。

徐氏顺手拾起，只见一张大纸上面画着许多河流、桥和城墙，密密麻麻写着许多古怪的符号，徐氏不解地问："当家的你看这是什么？"灯光下王六转过头，一见好像是三河的地形图，王六一心救人也来不及细瞅，这时痛醒过来的黑衣人一把抓起图纸放入怀中，嘴里还叽里咕噜叫个不停。"你在说什么？"王六不明地问。"是个哑巴！"徐氏听了半天不明所以。王六连忙扶着哑巴一边用手比画一边安慰："别、别动！你被毒蛇咬了，快躺下！我们帮你挤掉毒液。"说罢用心处理着伤口。

时间不长，蛇医杨郎中就急匆匆冲了进来。见杨郎中到了，王六连忙闪在一旁。杨郎中二话不说上前看了看哑巴的伤口，又翻了翻哑巴的眼皮，杨郎中问："你在哪里被蛇咬了？"哑巴嗓子里含糊，听不清内容，王六说："好像是个哑巴！"杨郎中瞥了一眼黑衣人穿的马靴，又看了看伤势，让王杏儿端了一盆清水，将哑巴受伤的腿放入盆里，又双手推动大腿血脉，转眼间一盆清水变得乌黑腥臭，不一会儿，流出来的血液渐渐变得鲜红，杨郎中这才停住手，将中草药取出敷在伤口，徐氏将哑巴腿上一圈一圈包扎好，最后杨郎中又让哑巴服了解药，扶他上床休息。杨郎中这才吁了口气说："这是被五步蛇咬的，幸亏发现得早，加上你老兄处理又及时，否则十个我也救不了他！"王六一笑说："杨先生客气，近墨者黑，近朱者赤，跟您老兄多年，多少也学会点常识！"等一切安排妥当，王六取了两块银圆交给杨郎中，杨郎中也不客气，临走问王六："这人是谁？干什么的？"王六说："我也不知道，他倒在我家门前，是我家伙计发现的。"杨郎中沉默了一会儿说："这人有些来头！"王六想起黑衣人抓起图纸放入怀中的情形，心中疑惑，心想等明天再问个究竟。

送走杨郎中，王六转身回房休息。

第五回　特色小镇

太阳刚刚跃出地平线，街两边树叶子上的露水还未干，四面环水的小镇上早已呈现出一个现代版的清明上河图。小南河上船来帆往，两岸行人如织一片喧腾。三河从东到西有三个水上码头，周边百十公里内的地方朝发夕至。几十只大大小小的舢板船也已停泊靠岸，人们每天从四通八达的小南河将古镇和邻县的特产运出，再从四面八方将人们需求的商品带回来。码头上人们将一筐筐一担担新鲜物品搬运上岸，赶着早市，水岸为市是这个小镇的特色。

忙了半夜的王六第二天便早早起床了，王六想起昨晚救的哑巴，就起身来到厢房，只见卧铺上空荡荡的，床单上血迹已干，黑衣人早已不知去向。

此时，老街行人渐多。人们开始摆摊设点，等待过路的商客。王杏儿早已起床欢快地忙碌着，她将辫子盘在肩上，熟练地开门支摊，摆上干子、豆腐和各种咸菜，店铺外早有顾客等候。

船工严俊也一样，早早等在门前，只要他在三河每天必来豆腐坊摊前看王杏儿，买一些豆制品，顺便帮帮忙。自从见了王杏儿后，严俊便喜欢上了这个精明能干的丫头。

一阵忙碌后，王杏儿刚喘口气，这时店门外跑进来一个人说："杏儿，给我拿二十坛老豆腐！"王杏儿一见说："李叔啊，这豆腐已卖了，这是昨天人家预订的，给人家留的。"李叔不甘心，又说，"能匀一点给我吗，匀十坛给我吧！""真不行，叔，人家都给了定金！""多少钱？""10 块大洋一坛，总共200块大洋。他还给了50块大洋定金!”“10块大洋一坛？今天满街都卖15块大洋了,你还卖10块大洋?”“是呀!”“那好！我现在每坛给20块大洋,共给400块大洋,行吧?”“不行的,李叔!”旁边一人说道:“现在物价每天都在飞涨,一天一个价,昨天10块大洋一坛,今天市场价可是每坛15块大洋都买不到呀,你就卖给他吧,再说,人家没来拿,还不知道要不要了呢。”又一个人接过话说:“20块大洋还不卖,你傻呀！人家只是给点定金,也没把钱全部付给你!”王杏儿不语,李叔依旧不甘心说:“你留五坛给他吧,就说只有这么多,不就行了,有钱你干吗不赚呢?”杏儿说:“那不行！你就给我五倍,十倍,我也不能卖呀,做生意就要讲诚信！你说对吧?”

“杏儿姑娘！杏儿姑娘!”就在这时一个身穿长衫的中年人满头大汗跑了进来,断断续续地说,“杏儿姑娘！还认得我吧？我昨天在你这预订了二十坛老豆腐。”杏儿说:“记得！没关系的,留着在!”“昨天上午从你这走后得知我母亲病了,所以没有赶来！晚上回到家时又发现钱包丢了,真是倒霉!”穿长衫的中年人一边收豆腐一边叹口气,又说,“那……那可是我两年都挣不来的货款呀!”“你不要急！丢掉的是什么样的包？里面有多少钱?”王杏儿坦诚地看着中年人的眼睛问。“是一个蓝色布袋,早上老板给我300块大洋,里面除了车船费和我购买大米、茶叶、老豆腐的钱,应该还有161块大洋和21个铜板。”中年人一边比画一边着急地说,王杏儿见他说的钱与布袋中一致,便转身从柜台里取出一个蓝色布袋递了过去:“你看看可是这个包,数数可对!”“对,对,对！就是这个包,昨晚我都急死了,又没有船,所以今天一早就赶过来了。”中年人打开布袋数着钱币,半晌,不相信似的睁大眼睛说,“对,对！一分不少,一分不少！谢天谢地,谢天谢地!”“不要谢天谢地了,应该谢谢杏儿!”旁边的严俊看着王杏儿讨好似的插话说。“对,对！是谢谢杏儿,谢谢杏儿!”围观的人群一片称赞,王杏儿露出甜甜的笑。

王六打点好豆腐坊的杂事后,洗洗手换了件衣服,顺手从口袋掏出铜板递给一个伙计:“你们去买点吃的。”说完便和往常一样戴上黑帽提着旱烟,带着小儿子平儿去桥头吃点心。

三河人喝茶吃早点是改不了的习惯。

一路上王六带着十岁的平儿边走边看热闹的街景。三县石桥上摆设着做各种各样买卖的摊位,鸡、鸭、蔬菜、年糕、粑粑等土特产都摊在地上,小贩们打量着来来往往的行人,吆喝着买卖着,讨价还价不绝于耳,人们在这里交易着,做着诚信的生意。

街面上挂着五花八门的招牌,每个斗大的招牌字都代表着一个经商人的姓氏和品牌,招牌下有着各种商品。王六喜欢街头那满地莲藕蔬菜和鱼虾,更喜欢听小镇上人们做生意买卖的吆喝声:“哟,老板,您来啦,您要点什么?您看刚下船的鱼,多新鲜呀……”多么客气,像拉家常一般,让你拗不住情面去买,你买了,走时他还不忘假惺惺说:“收钱哪,您慢走啊!”好像回不住你非要给钱似的,然后看也不看你便去招呼下一位买主。每每听到这种吆喝声王六都想笑。

王六拉着平儿,穿梭在青砖黛瓦层次有序的徽派群楼中。高高的马头墙下,院落重重叠叠,各种名贵的树木在高低起落的院墙内恣意地伸展着身姿。

远处的小南桥横跨在小南河上,斑鸠园蜿蜒的老街上,平儿一路蹦蹦跳跳,脚下是不知哪个朝代留下来的光滑圆润的青石。每次穿过小南桥时,王六都多看几眼,他记得小时候拉着爷爷的手在桥上走,听爷爷说这座桥全是用上等的木材做的,连一根铁钉都没有,王六不明白立在水中的柱子,为什么经过这么多年雨水的浸泡都未腐烂。王六右手拉着平儿左手摸着光滑斑驳的桥栏,他敬佩设计者的智慧,惊叹这长有七十多米,宽足有五米多的木桥经历过多次汹涌澎湃的洪水,为什么至今屹立不倒。

桥面上坚硬的木枕上摆满了一排排整齐的木板,木板却又上在木槽内,一块块看似浮在桥面却搬不动。走在桥面上,平儿和一群小孩子都喜欢蹦蹦跳跳听着咚咚的声响。据说小南桥是清朝康熙皇帝身边的一个将军为感谢三河镇人民的支持，打胜仗后建的，故又名得胜桥。木桥连接着太平村与南街的斑鸠园，每天迎送着南来北往的人们，也静静聆听小镇上说不完的故事。

迎着河岸的古南街，穿过窄窄的一人巷，每次走过这幽深的小巷，王六都有一种怀旧的感觉。明清老街上，两边摆摊设点，各种小吃琳琅满目。热气腾腾的五香蚕豆、冲糕，还有裹着棕叶的干子的香味使平儿兴奋不已。王六在熙熙攘攘的人群中不停地和熟人打着招呼。

第六回　小镇奇人

石头桥边，半敞的铁匠棚内闪出一道道火光，棚檐上挂着几只成品的铁制农具。“王掌柜早啊！”铁匠朱求金抬头看见王六从门前走过，便停下抡起的铁锤。王六一扭头，只见屋内，炉火旁两个赤裸着上身的身影，发达的肌肉上青筋像一条条墨绿色的蚯蚓趴在胳膊上，火光照得他们的脸红得像熟透的柿子。两人汗流浃背，正是镇上有名的铁匠父子，打出的铁器也是远近闻名百里挑一。

“朱师傅这么早就开始忙啊！”王六见铁匠朱求金招呼便停下脚步走到门前应声道。铁匠朱求金放下手中铁锤，朝他一笑说：“瞎忙，一年到头就知道整这堆铁。”铁匠朱求金说完又拿起铁钳，夹起烧红的镰刀，眯起眼睛瞄了瞄说，“听说孙保长又到你家提亲了？”“啊……是的，他没事喜欢上我那唠叨两句。”一边的铁匠儿子朱志兵放下铁锤上前躬身招呼：“王叔叔好！”“大侄子好啊！”王六笑着答道。朱求金瞥了一眼一边的儿子对王六道：“你看看你家侄儿这身体还结实吧！”末了，又一语双关地说，“可惜我家又没人帮媒，但我家志兵人就像这块铁——实在！也不知道人家是怎么想的！”

朱求金说完看了王六一眼，将血红的铁器浸入盛满水的盆中，红色的铁像红云一样飘向水盆，红铁立即变青，木盆中的水沸腾起来，发出滋滋声音并泛出无数水泡，蒸汽飘向上空，但蒸发的水雾瞬间被火红的炉火高温烤得无影无踪，屋子里弥漫着铁器淬火的味道。王六连忙赔笑道：“朱老哥，你家志兵那么优秀还怕找不到媳妇？”“怕是有人看不起呢！”朱求金说完挺了挺胸，又熟练地抡起锤叮叮当当砸起铁来。他们一老一少彼此起伏上下抡着铁锤，血红的铁块被砸着火花四射落在地上，铁血味弥漫着整个匠棚。

王六见状，知道朱求金还在为他儿子提亲的事生气，于是连忙双手抱拳拱手告别："你忙吧，不耽搁你了，有时间再聊！"说完便拉起平儿一头扎进街市人流中，远远地又听到铁匠朱求金故意提高的嗓门："我们打铁的人有句名言：好钢要用在刀刃上……"

石桥下，小南河宛如一条绸带静静地流淌。河面上高耸的桅杆下几艘大船正在忙碌着上货下货，桥上小摊贩吆喝着各种新鲜的蔬菜。远处，菜根香饭店门前，一群玩大把戏的人正舞刀弄枪喊声连连。平儿跻身向前。

一个扎着小辫子的十三四岁的姑娘敲打着一个明晃晃的铜锣，姑娘身穿粉红色的衣服，手中牵着一根绳子，绳子的另一头拴着一只猴子。猴子睁着眼撅着红屁股，仿佛极不情愿，它一只手扶着绳子，另一只手拿着一朵鲜红的月季花，随着小辫子姑娘敲打着的铜锣环绕场地一周，并不时地将花举过毛茸茸的头顶表示欢迎。面对沸腾的人群，场地中只见一个身材魁梧的人，双手抱拳扬声说："在家靠父母，出门靠朋友，南来的北往的，走过路过不要错过……瞧一瞧来看一看……我张大甩今天带小女翠翠来贵地给大家表演个节目，请大家往后让一让……"张大甩走到场地中央开始打起拳来，只见张大甩上腾下跃，进退自如拳掌生风，人群一片叫好，一套拳打完，张大甩面不红气不喘稳稳收掌抱拳说："各位老少爷们，谢谢捧场！"说完又持刀舞了一圈，场地中只见刀光闪闪，刀锋犹如游龙，张大甩指东砍西，在一片刀影中游走，人群中不时传来阵阵喝彩声。

在一片叫好中，只见张大甩左手攥拳，胸肌凸起，右手拿着明晃晃的砍刀，对着自己的胸口猛拍几下，刀在张大甩的胸口颤巍巍发出金属哨音。刀光在阳光下闪闪发光，张大甩抡起胳膊对着自己的胸口一刀砍去，众人大惊。在一片嘘嘘声中只听砰的一声，刀仿佛砍在充满气体的皮球上反弹回来，张大甩胸口的肌肉上随着刀锋的砍击泛起一道道白色印迹，转眼又变成红色，刀仿佛砍在肉桩上。翠翠递上一根胳膊粗的木桩，张大甩顺手将刀砍向木桩，木桩断成两截。张大甩放下锋利的刀，转身顺着场地转一圈，他卷起袖口露出划满一道道伤疤的手臂，又拾起刀对着自己的手臂划了下去，鲜血顺着刀口流了下来，场上的人群睁大眼睛看得心惊胆战。“今天我要给你们看看我家祖传的神药！”这时，翠翠不慌不忙拿出一个被磨得光滑的木盒，从中取出一张狗皮膏药，张大甩接过又说：“这是我家家传秘方配成的神奇膏药……”说完扯去外皮，只见方正的膏药中心有一黑圆的药心，一股麝香味弥漫开来。张大甩拿着膏药面对观众转了一圈，啪的一声将膏药粘在伤口上，血立刻止住了。

张大甩像没事人一样，仿佛刚刚用刀割得鲜血淋漓的手臂不是自己的似的，他摆摆手臂顺着人群转了一圈。“在家靠父母，出门靠朋友……各位大爷、大妈、大哥、大嫂、兄弟朋友，有钱捧个钱场，没钱的捧个人场！”这时翠翠走到场中，对着众人双手抱拳东南西北四方一拜，便脚尖一点轻轻跃上三尺多高的木凳。高凳上翠翠玉树临风，像一枝独秀的红牡丹。翠翠微作调整便展开双手缓缓向后仰身，慢慢地将头贴到了自己穿着花鞋的小脚，翠翠的头又穿过双腿。空中翠翠的身体宛如一根柔软的柳条，形如一个大大的句号。

这时一边的猴子将手中那支红色的月季花放在木凳一头，翠翠张开小口对着月季花缓缓叼了过去，她的嘴刚要叼上花枝，这时猴子旁若无人地走到木凳旁，调皮地眨下眼睛又将花朵推到木凳尽头，众人大惊，一片唏嘘声。翠翠只好将腰弯得更低，她的嘴巴已经可以亲吻她的腿。

翠翠小心地叼起木凳上的月季花，双手轻轻捧脸，仿佛那张脸是放在木凳上的花瓶，那枝红色的月季花又如插在樱桃的瓶口中。众人瞪大了眼睛，半晌才反应过来，瞬间爆发出热烈的掌声。在人群一片叫好声中张大甩走到场中抱拳道：“各位见笑了，初来贵地请多支持！”说罢伸出右手撕开左臂上刚才贴的膏药，只见伤口已然愈合。张大甩抬着手臂顺着人群来回转了两圈，所到之处大家在一片惊讶中赞叹膏药的神奇，“这是我家祖传八代的金创药，今后有谁受伤流血的一贴便治愈，不用不知道，用了都说好！谁要快来买，不欠不赊啊，二十个铜板一贴，三十个铜板买一双！”众人纷纷掏钱买药，猴子托着铁盘子顺着圈子打转，铁盘里铜板被砸得叮叮当当响声不绝。翠翠走下木凳，不慌不忙地收拾着铜板。

第七回　点心与戏

春明楼边。人们喜欢每天来这里吃小地主炸的点心，王六也是。小地主的点心用料实惠，除了香菜、粉丝、豆腐等，每个米饺里都有一个巢湖水养的白米虾。小地主炸的点心火候好，颜色金黄，尤其是小粑粑、春卷和米饺味道鲜美，香酥松脆，让人回味。王六喜欢吃饱了后打嗝，他喜欢那米饺内扑鼻的芹菜香气，为此，王六常常早餐后回到豆腐坊院内一边晒着太阳一边悠闲地打嗝。

小南河南岸，街道上商客如织，廊桥九曲悠长，青砖黛瓦下柳叶拂面。王六一路走着并不时和熟人打着招呼。转个弯，远处河面上，横跨南北的鹊渚桥像一道彩虹凌空飞渡两岸。鹊渚桥边，远远地又传来小地主那凄美委婉的小调庐剧：

金哪……银哪……
进了你家的门就是你家的人哪
哪啊呀呀
不求你的富也不嫌你的贫
只求夜夜相伴到天明
嗯……

那种将要丢失的民间小调，总有一种让人怀念沉思的感觉，人们每天都喜欢听他唱。有一天一个外地慕名来买米饺的人听得入神，竟手拿点心忘记了回去，跟着哼哼，哼着哼着泪流满面，最后蹲在路边号啕大哭起来。小地主却像未看见似的仍然哼唱庐剧，但小地主绝不是靠庐剧来赢得生意，他唱得其实并不好，好的是那婉转千回的调儿。

小地主的油炸点心人人吃了都说好。

小地主以前真的是个地主，他原名沈家存，是小镇南头的首富，家有二百多亩良田，还有长工、丫鬟、保姆二十多人，三十二间房子中有两个天井似的花园庭院。小地主一生讲究吃喝，尤其考究小吃和点心，只要往口里一送便知道用的是什么油，有几分火候。小地主每天好吃懒做又喜好豪赌，还染上了抽大烟，几年下来败尽了万贯家财，最后不得不靠变卖田地供养奢侈的生活。老婆曾氏劝阻无力，终日以泪洗面。一次，小地主酒后兴致上来又与人打赌，因手头没有赌资便以祖宅为赌注，最后输得干干净净。小地主是个讲信誉的人，答应回家后张罗房地，收拾三天后交房，只是老婆曾氏得知后，伤心气极，不愿离开祖宅，便要扎进后院的深井寻死，更惨的是曾氏投井时恰好被小女儿看见，女儿跑去紧紧扯着母亲的衣裳，可怜八九岁大的孩子怎能抓回母亲，便也被带入深井，双双溺水而亡。

家破人亡的小地主追悔莫及，悔恨地揪扯自己的头发，三天三夜未吃未喝。自那以后小地主仿佛变了一个人，带着十五岁的儿子沈晓青流落街头，半年后，小地主便在街头摆起摊子炸起点心来。起初，小地主炸的点心口味一般，并无特别吸引人之处，人们恨小地主但又可怜他儿子沈晓青，于是甩一点同情的碎银买三两个点心。好在小地主有好吃的特点，加上又善于观察，日子久了他摸索出一套炸制米饺的经验，最后炸出的米饺便名满古镇大街小巷，吸引了许多南来北往的食客，人们不远百里专门来此品尝。

小地主每天三四点钟起床炒面揉面，切菜、做馅后捏饺、摊粑粑，每个饺里都货真价实地放一个巢湖的白米虾。小地主每天只做十六筛子，每个筛子刚好 118 个米饺，总计 1888 个，卖完为止，也不因为生意好而多炸一个。不多不少，求个吉利。

小地主的点心是最讲究火候的，油到五成热才下点心开炸，一般人家只炸一次，而小地主每炸一会，便起锅将点心放置灶旁冷却，再添柴加火静静等候，当油锅又爆沸至一定温度，再将刚捞出的点心放入锅内重新再炸，最少要炸两到三遍。小地主炸的点心、小米粑粑又香又脆，吃在嘴里满口焦香。

远远地，春明楼下，花果山水果摊旁，小地主的摊前早已围满了人。这个提着竹篮，那个拿着瓷盆，小孩子踮着脚翘首以盼，人们伸着脖子瞪着眼睛盯着油锅，油锅冒着青烟，飘着纯正的菜籽油的香味，油锅里沸腾着快要出锅的黄澄澄的点心。小地主左手持叉，右手拿网捞，不停地翻滚着入锅的点心，最后捞出滚烫的米饺，一锅上来，还未等油淋尽，就被哄抢一空，买到的人群散去一批又一批，没有买到的人拥上一拨又一拨。

王六带着平儿走上前，在人群中对着灶台上的铁桶扔进去几个铜板，取了米饺、春卷、狮子头等六种不同的点心，王六给平儿找了个座位，又从桌上一排排小铁方格内拿起一格茶叶，习惯性地将茶叶倒入大碗内，提壶倒水。王六看到每天来此吃点心的郑二先生，连忙上前施礼："老先生好！"

郑二先生是前朝的贡士，是吃过朝廷俸禄德高望重的老先生，他头戴黑帽，一张瘦削的三角脸，微笑着点了下头，然后放下拄杖，端起大碗茶自顾自地吃了起来。

又一锅点心刚刚捞起，金灿灿的米饺还淋着黄澄澄的香油。突然，一只蒲扇般的大手越过人群，从后面伸了过来，五根粗大的手指在捞网中夹起四个滚烫的米饺，很快闪了回去，人们回过身昂起头，只见人群后伸过来一个大如巴斗又形似狮子的脑袋，大脑袋的主人正咧着大嘴，饺子被他扔进口中，吧嗒吧嗒吃得津津有味。因为个子高过常人许多，大家认得他，来人正是小镇上家喻户晓的巨人佘四丫头，人们似乎习惯，见怪不怪地转过身，依旧瞪着眼睛，盯着油锅里的饺子。

"爸，你看！佘四丫头！""嗯！"王六应声夹了一个糯米粑粑送到平儿碗里。“他有多高呀?”平儿一边吃着粑粑一边抹了一下嘴巴。“佘四丫头自己也不知道有多高,老师说他有二米六八,听说佘四丫头踮起脚尖伸手可摸到城墙垛呢。”“我的乖乖,他个子真高!”平儿伸了伸舌头。“爸,他是男是女呀?”“当然是男的!”“他是男的为什么要叫佘四丫头呢?”平儿昂着头不解地问。“他在家从小受宠,上面有三个哥哥,下面一个弟弟,他父母想要个女儿,刚好他小时候长得俊俏,就把他当女儿打扮着养呢。”

佘四丫头好像听见他们说自己,冲着这边一边傻笑,一边又伸出大腿般粗的手臂,越过人群从捞网里面拿了几个粑粑,继续狼吞虎咽吃点心,不一会吃了二三十个,佘四丫头将手中最后一个米饺扔进口中,这才抹了一下油嘟嘟的嘴,仰头向天伸了伸脖子,打了一个长长响嗝,也不见佘四丫头付钱结账,佘四丫头吃饱后转身迈开大步转眼消失在街头。

对于这一切小地主仿佛什么也没看见,依旧旁若无人地起锅、下饺、捞着点心,拥挤的人群里有人讨好的招呼声,小地主仿佛也没听见,一锅上来,围观的人纷纷上来,一时间灶台上铁筒被钱币砸得叮叮当当,响声不绝,至于多少钱,小地主看也不看,任由人们自放自找。小地主的点心一年到头都是那个价,不涨不跌,点心也一样,不大不小,那个分量不添也不减。小地主左手持铲右手拿捞,静静地看着油锅内翻滚的香油,小地主用眼扫了下人群,左手敲了敲灶台上放点心的铁盆,咣咣两下,灶下的儿子沈晓青连忙添柴加火,只见小地主一边下着点心,一边唱道:

我讲你,你不听
日夜让奴好伤心
风月场所哥莫去
色不痴人人自迷
哥哥呀……
哥哥有钱她认得你
无钱哥哥你是谁

哎呀呀你是谁

我问你,你吱吱声
日夜让人好揪心
赌起钱来忘了人
忘了人……
命运压在牌桌上
赢人血汗钱丧良心
输尽钱财伤奴心
哎呀呀伤奴心

大烟壳子烧肺心
又花钱来又伤身
夜半醉酒在哪醒
奴家帮郎洗洗身
哥哥呀……
只求郎儿你莫负了我一片情
哎呀呀一片情……

一连串的凄唱,小地主挥动铁铲搅拌着油锅里的米饺,停了唱腔。灶下的儿子沈晓青依旧忙碌不停,口中却立即大大咧咧地应唱起来:

恨啦……
娘子待我情意深
真心的话儿从头听
而今一切从头起
浪子回头金不换

妹妹呀……哎呀呀
只是娘子恩情梦里寻
梦里寻……

正是小地主的老婆曾氏常唱的庐剧《夫回头》，那即将消失的民间小调。小调单调悠远，无胡琴，无大鼓，也无梆子，听者只有买卖的商客，和街巷中来来往往的路人，还有静静奔流的小南河水。

两人一唱一和配合默契，声调凄美，苍凉而幽怨，随着小南河流向远方。古老长街和小南河上船来船往的过客听了，一种家破人亡、妻离子散、由兴到衰的哀愁又一次在人们心头浮现，绵绵无尽的悲凉之音仿佛道尽了心事。听得街坊行人自然忍不住又是一番感叹。

吃过早点，王六看看时间尚早，就带着平儿在街上转悠一会。张家麻花店里，王六又给平儿买了几根麻花，便让平儿独自回去，自己一个人迈步走向春明楼。

第八回　谈壶论嫁

已近中午，明清老街上依旧热闹非凡，粉墙黛瓦在金灿灿的阳光下格外醒目，徽派的楼群林立在小南河两旁，屋檐飞翘像大鸟的翅膀，翅角尖尖地伸向天空。一排排店铺挂着当铺、陶瓷和染坊等各种各样的匾额，不宽的临水长街车水马龙。

远远的古街尽头走来了一胖一瘦两个人，这两个人对这条街上卖狗皮膏药和玩杂技耍猴的司空见惯，没有兴趣，直奔春明楼。走在前面的一位四十七八岁的样子，远远看去，一身青衣长衫鼓囊囊的，活脱脱像个冬瓜，他艰难地迈着步子上了二楼，活像一个肉球由下向上弹了上去，沉重的脚步踏得木梯颤悠悠作响，后面跟着赵大麻子，两人上了二楼，掀开门帘进了临河的丰乐厅。

这是一栋三面临水一面迎街全木框架的酒楼，它坐落在小南河边鹊渚廊桥的南岸，始建于大清光绪年间，整个酒楼三层，有一千二百多平方米，在街市边缘的水岸上由999根粗壮的木桩支撑，仿佛若不是这些毫无规则的木头支撑就要被挤进水里似的，站在楼上迎窗而立，小南河两岸绿柳成荫，芦花飞扬，河面上船来帆往以及远近各异的桥廊尽收眼底。

胖子和赵大麻子进了房间，一边早有伙计罗大杆子从肩头扯下白色的土布甩向木椅，土布在他手中一伸一缩在椅子上如蛇游走，又飘回肩头，罗大杆子一边抹椅一边躬身笑呵呵地道："二爷早！您请坐！"

来人是同兴米行的老板黄守贵。黄守贵微一点头便掀起马褂坐了下来，顺手接过赵大麻子手中的紫砂壶放在桌上，那是一把颇有年月的壶，壶身色泽鲜艳紫内泛红，壶形像一条正欲腾飞的赤龙，壶口是一龙头，龙头口含一珠，龙身盘旋壶体腾云欲飞，龙身鳞片清晰细腻，壶体上布满祥云，壶地把上是盘着的龙尾，尾上隐约有一稍大鳞点，壶顶盖为一朵祥云，整个壶体做工极为精细；壶底刻印着"康熙官陶"的字样。这把紫砂壶据黄守贵说是康熙攻打吴三桂时奖给他曾祖父的曾祖父的，是黄守贵祖宗拿命换来的荣誉，是黄守贵一直引为豪的传家宝。

王六也刚刚到，屋内一个瘦猴一样的人，见王六进来连忙施礼："六掌柜生意兴隆！""孙保长吉星高照！"和王六搭话的瘦猴便是镇上的保长孙何生，人称"瘦猴孙"，此人相貌奇特，颧骨高凸，双目深陷，是一个阳奉阴违，见风使舵的墙头草。另一个是中街五彩大染坊的大掌柜范友林范大善人，也是王六的生意好友。长得牛高马大，粗胖的颈脖上脑壳半秃，只剩下两鬓和后脑勺有一点头毛。不是聪明的脑袋不长毛，而是他年轻干染坊染布时常常摸头所致，但范友林确实聪明绝顶，他的大善人名号是他初到三河时想立足发展创下的。那一年发大水，范友林便对逃荒的人施了三天粥糊，赢了个大善人的名号，也因此被小镇上名流认可，范友林便借机置地开了染坊店，后来小镇上原有的二十一家染坊都并入了范友林的坊下。

五人一阵寒暄后分别按宾主入位坐下，王六摘下头顶上的西瓜皮帽交与身边的伙计罗大杆，掀起马褂便坐了下来。这时只听楼下一个伙计扯着嗓子喊："王镇长大驾光临……楼上请！"

众人连忙起身相迎，只见两个肩挎长枪的保安拥护着一个戴着金边眼镜的人走了进来。来人身穿整齐的中山装，头发梳得整洁油亮，正是一镇之长王仁贡。王镇长笑容满面地和大家打招呼后便坐了下来，两个保安分立身后，伙计连忙上前笑呵呵地道："各位爷要品什么茶？小店有黄山的毛峰、霍山的黄芽、六安的瓜片、滁州的春涧，还有岳西的特级翠兰。"罗大杆恭恭敬敬如数家珍般问道。"来壶霍山大花坪的黄芽！"王仁贡不假思索地说。

“好呢！正宗大花坪的霍山黄芽一壶！”伙计罗大杆子扯开嗓子一边吆喝，一边提起一把铮亮的铜壶走来，那壶嘴长足有一尺六寸，立于桌对面一旁的伙计立即挽手取杯揭盖放茶叶，将茶盏摆放在客人面前。等伙计忙停，罗大杆身脚不动，右手熟练地提起铜壶，只见他手腕一翻，铜壶在手中滴溜溜一转，顺着手臂在空中转了一个花，罗大杆一哈腰铜壶又钻到肩上，长长的壶嘴远远地便点了过来，壶嘴与茶杯足足四五尺远，随着壶身一抖，壶内的热茶便急射而出，不多不少，不偏不歪，一滴不洒地流入杯内，罗大杆子微微扬了扬手，长长的壶嘴在空中点了三下便溢满杯子，如此依次远近沏茶，每人杯中不偏不歪不多不少一滴不洒，足见功夫。众人连声称好，罗大杆沏好茶后便手持铜壶立于桌边说：“各位，请！”“好个凤凰三点头！三天不见，大杆子的手脚越来越利索了！”王仁贡笑着赞扬。罗大杆子听罢，立即弓下高人一尺的腰杆，咧开嘴笑道：“哪里，还要多谢镇长大人关照！”众人自然一番赞叹，待沏到黄守贵杯前时，黄守贵摆了摆手，有意地摆弄着手中的御品龙壶，黄守贵昂扬着头端起龙壶，将壶口对着嘴，拇指一按壶尾，壶口的龙珠便凹了下去，黄守贵一张嘴巴对着龙口咕咚咕咚饮了几口，孙保长自然连忙奉承，大赞“好壶！”。片刻后，伙计们便在桌上摆上四个精致的三河点心：切糖、桃酥、贡糕和花生糖。

黄守贵站起来拱拱手道：“今天各位赏光，黄某倍感荣幸，特别是王镇长能参加宴会，更是锦上添花！多谢，多谢！”

“哎呀呀，黄老板有请，怎敢不来，何况是大喜之宴，荣幸，荣幸啊！”众人客套。

黄守贵客气两句后一挥肥手：“各位，请！”大家又是一番礼让，尝了点心又品了几口茶。孙何生言归正传，尖着嗓子道：“今天孙某有幸受黄二老板之托来提亲，俗话说一家好女百家求，黄家的二少爷和王老板的千金王杏儿都老大不小了，今个我和王镇长撮合撮合讨杯喜酒喝。”说完偷偷打量着王六，王镇长微笑着冲黄守贵和王六点点头。

“令爱杏儿我见过，聪明漂亮能干，我喜欢！我家晓刚也是通情达理之人，到我家以后保准有福……”未等王六说话，黄守贵端起茶壶一边说一边看着王镇长和王六。

王镇长自然理会，王镇长清了清嗓子说：“王大掌柜的千金杏儿可是个灵秀的姑娘，是个生意好手，晓刚小侄人也长得帅气，自小饱读诗书，又通情达理，两位可称金童玉女，才子佳人。你们两家都是镇上商贸名铺，可谓门当户对。今天我来，也是图个喜庆，讨杯喜酒，不知六掌柜觉得如何呀?!”言辞中喜中有庆、柔中带刚，王镇长说完看了眼黄守贵像是答复，又看了下王六，便笑呵呵地品起了茶来。

大善人范友林摸着光秃秃的下巴附和道：“哎呀呀，侄男侄女我都喜欢，郎才女貌，天造地设的一对，我看行！”

王六听着大家的夸赞，看着黄守贵便说：“既然王镇长和各位都亲自来说，黄老板又这么看重小女，那就这么办吧，不过小女少受教育，不懂规矩，您以后可要多担待呀！”

“哎呀呀，说哪去了，说哪去了，我看明天就是双日子，我明天就安排人去把聘礼下了，再选个黄道吉日把婚事办了，以后我们就是一家人了……”黄守贵满脸笑道。

王六拱拱手说：“哪里，一切从简，不用太铺张了！”

“呵呵，好，好！男才女貌！‘男财’女貌！般配，般配！这样吧，我看时间不早了，今天我们好好喝两杯！”孙何生说完又高兴地吆喝起来，“大杆子，罗大杆子！上菜！”“来了！”楼下立即传来罗大杆子清亮的应和声。

片刻后，桌上摆上了古镇特色的传统宴——八八席，有色香味美八大碟和热气腾腾八大碗，酥鸭元宝、烧三鲜、古镇拼盘、三河小炒、油炸响铃、小白菜烧河蚌、毛豆炸酱、白米虾糊、毛圆豆腐汤等地道三河土菜，一时间香飘满屋。于是一坛十年的三河老窖摆上桌面，大家酒到杯干，一番豪饮，好不痛快。这顿酒席一直喝到傍晚，大家这才东倒西歪，踉跄而归。

第九回　跪祈古树

镇东头三里。小南河东，太平桥边有一棵上千年的皂角树，树冠离地三十多米，形如一把巨伞，遮天蔽日，树干上枝繁叶茂，郁郁葱葱，粗壮的树干四五个人才合抱过来，是三河远近闻名的古树。褐色的树皮裂出不规则的树纹，每年春季发出的新叶散发出一股独有的清香。皂角树高耸入云，枝上有许多鸟鹊筑巢做窝。皂角树一身是宝，冬季里妇人便拾些脱落的皂角洗衣，街坊每逢大事小事都喜欢在树下聚会，也有许多满怀心事的人来此树下倾诉心中悲苦。有年大旱，树死了，未想二年后树又活了过来，人们大敬，视为神树，传说有求必应，哪家有头疼脑热、伤风咳嗽、中风肿毒，只要采点叶子捣碎敷上便好了（其实是皂角树本身的功效），因此常有人在树上系红巾，烧香跪拜祈愿。

"快到了！"清晨，黄守贵的大太太高氏带着用人程妈早早地赶往皂角树。老树神态安详，如慈善大佛卧在那里，粗大的树枝有力地伸向四面八方，树荫伸展笼罩一亩多地，这是古镇的一个绿色标志。四面八方的人们到三河，远远地看到皂角树，便说快到了，今天程妈也是如此对着高氏说，高氏兴冲冲地向前奔去。

这个软弱的女人在丈夫和儿子之间显得那么无助，高氏知道黄守贵让儿子黄晓刚娶王杏儿的真正目的，高氏更明白黄守贵对李家的李秀梅垂涎已久，而且会不择手段，所以高氏只能祈求神树保佑。

系满了长长短短红绳带的老树下，地面被常年熙攘的人群磨得光滑平整，十几个半大的孩子在树下玩着游戏，树上不时传来鸟雀清脆的鸣叫声。程妈打开包裹,取出水果、糕点和一瓶三粮液酒摆在树下的青石上,又取出一对红蜡烛和一个香炉。程妈将香炉放在青石正中,一左一右点燃了红蜡烛,一切忙碌停当,这时高氏走上前,面对闪烁跳跃的烛火,恭恭敬敬点燃三支紫红檀香,高氏双手合十,下颚微扬口中默念着,檀香烟雾袅袅升腾着,高氏又转动身躯,面朝四方依次弯腰朝拜后将檀香插进香炉,便趴在地上连磕三个响头,然后作揖长拜之后又跪下去,高氏双目紧闭口中念及心中所想:"大慈大悲的观音菩萨……王母娘娘……地藏王菩萨……老皂树神……求你救救我们,可怜可怜我们母子,保佑我儿晓刚……"念罢便又作揖拜了下去,三叩九拜之后高氏睁开眼睛,仿佛所有愿望都已实现,如释重负地吁了口气,然后撩起衣服站了起来,程妈连忙上前搀扶,拍了拍她膝盖上沾着的黄土,二人收拾停当,满怀希望走了回去。

黄家中街米铺,五间富贵豪华的厅堂上,四根紫红的明柱油光锃亮。店铺两边是光滑发亮的木构柜台,棕色油亮的米缸内堆满了一槅一槅的大米、小米、黄豆、绿豆、高粱和芝麻的样品。此时,黄守贵和赵大麻子坐在八仙桌上正商量着如何抬高米价,见高氏和程妈进来也就默然无语了,高氏板着脸从身边走过,她知道赵大麻子肚子里的点子和他脸上的麻子一样多,赵大麻子是黄守贵肚子里的蛔虫,迎杏儿娶李秀梅都是赵大麻子出的点子。

高氏刚进客厅就嗅到一股浓烈的胭脂味,一抬头只见三姨太肖氏正笑吟吟扭着屁股从院内走了进来,见高氏进门,肖氏顺手在米缸内抓起一把糯米佯装查看米色,待高氏走到柜台前肖氏忙抬起头来招呼道:"哟,大姐,这么早上哪去了?"见高氏没有理会,肖氏便又挤着笑道,"姐姐回来啦……"

高氏正寻思黄守贵和赵大麻子又在讲什么时,一抬头,见了这个平时就不喜欢的妖里妖气的女人只好说:"哦,上街去了。"语气有些生硬,说完看也不看肖氏便走回厢房。

三姨太肖氏回过头见高氏走远，收住笑容，一抖手将手中糯米撒向缸盆。“瞧你那倒霉样，黄脸婆！懒得理你！”肖氏说完扭动屁股走到黄守贵面前，立即，三姨太的脸上又堆满了笑容，满面春风地说：“二爷，我没衣服穿了，我想做件旗袍，”黄守贵放下紫砂龙壶说：“你不是才买了料子吗？”“那不好看，我送二姐了！”三姨太见黄守贵没吱声，便又侧过身一掀旗袍的衣角，叉开一条腿压在黄守贵的大腿上来回蹭了几下，肖氏知道黄守贵最受不了这招，黄守贵正端着茶壶喝水，此时身体被蹭得左右摇晃，茶壶口在嘴边左右摇摆，黄守贵只好斜着眼看了赵大麻子一眼说：“行，行！你去吧！我还有事呢！”三姨太得到了预期的效果：“去，行啊！你得给钱啊！”黄守贵只好对着赵大麻子使了个眼色，赵大麻子知趣地从口袋里掏了几块大洋往桌上一放。“我这里刚好有几块大洋，二姨太您先拿去用着啊！”“谢谢啦！”三姨太这才眉开眼笑起来，一转身边着猫步上街去了。

第十回　暗渡陈仓

二龙老街，车马川流不息，热闹非凡，各种商品琳琅满目，让人眼花缭乱。越过人群，三姨太毫不犹豫直奔贾氏绸缎店。

“哟，这不是三姨太吗，什么风把您吹来啦，怪不得一大早就听喜鹊在枝头喳喳叫呢！”拖着一条瘸腿的贾瘸子弯下腰满脸堆笑说。肖氏扬眉笑着说：“‘假’老板最近可到真货了？”“到了，到了！正准备差人告诉您呢，绝对的真丝，您看看这货色，保您穿上今年二十明年十八！”贾瘸子说完顺手取下一块绸缎面料送到肖氏面前。“看你那嘴巴像抹了蜜糖似的，做生意的人就是会说话！”肖氏挺了挺胸走到货柜前，顺势将缎子披在身上，然后又扭动屁股对着镜子照了照，“这个颜色素了点……”“这个花纹粗了点……这个嘛还行，我来试试！”光滑柔软的苏州绸缎是她的最爱，这时，就听见门外一个熟悉的声音在耳边响起：

“……狗儿跳，猫儿叫，砖头瓦片都在笑，春天哪里花儿好，哎哟还是三河花娘俏……”

三姨太看到店外一个身穿西服脸色白净的人，和两个小混混正摇头晃脑，眼睛骨碌碌围着一个姑娘转：“啧啧，瓜子脸，柳叶眉，好美的姑娘，请抬起头来，让我瞅瞅！”姑娘红着脸低头躲闪着。肖氏放下绸缎，走到店门边对着一个身穿西服的人加重语气说：“也请你抬起头来！”此人一听声音，连忙抬头，看到了似笑非笑的肖氏，四目相对：“是你！”

肖氏认识他，此人是她的黄梅戏迷。原来三姨太曾是安庆市一个唱黄梅调的戏子，后被国民党一个姓李的团长看上，做了小妾。因团长在兵变中被杀,后来几个军官都看上了肖氏的姿色,但又不好独据,给谁又都不服气,最后团长的部下商量,干脆将她卖到妓院,大家分银子。途中被黄守贵知晓,用重金将她买来。

此人叫靳晓泉,原是望江县街头一个混混,整日游手好闲,坏事干绝,在当地声名狼藉,所以都二十七八岁还未成家。但靳晓泉家境尚可,是当地一个小小的富商,靳晓泉经常到安庆城里转悠,一次看了肖氏的黄梅戏后被她美色所吸引,便天天去捧场,靳晓泉倒不是听戏,而是去看人,肖氏台上一亮相,靳晓泉台下总是大声喝彩。二人台上台下常常眉来眼去,正当靳晓泉万般殷勤绞尽脑汁想怎样将肖氏得到手时,未想到肖氏被一个姓李的团长娶了过去,以后就没有了消息,没想到两人在此遇到。

靳晓泉兴奋地走上前招呼着:"肖姐姐!"

肖氏连忙应声:"哎哟,这不是小靳吗?!你怎么到三河来了?"一声姐姐,三姨太肖氏听了自然也高兴不已,她喜欢这张抹了蜜的嘴。

"我这不是找你来了吗!""这样?满大街地找!"肖氏嗔怪道。

"我看这人身材以为是姐姐你呢。"靳晓泉一脸兴奋,说完上前一步讨好说,"好姐姐!这几年你让我找得好辛苦,想死你了!"靳晓泉的油腔滑调三姨太心里明白,她对着靳晓泉挤了一下眼说:"快别瞎说,表弟这么远来了,也不吱一声,走,我带你吃茶去。"靳晓泉看了看一边贾瘸子和丫头小倩,心里自然理会,随口应声道:"好呢!"站在门边的贾瘸子也知趣地缩回了头,靳晓泉转过头又满心欢喜地向后说,"这是我朋友蒋健壮和韩慰安。"蒋健壮和韩慰安一见这美少妇眼睛早已眯成一条缝,于是连忙上前一步一哈腰,脑袋一伸一缩算是行礼,肖氏微笑点点头,转身对一旁的丫头小倩说:"小倩,这是我老家的表弟,从安庆府来的。你把这绸缎买了送到桥头王裁缝那里去,还按上次尺寸做一件旗袍,末了到凌宝泰茶楼找我。""哎!"小倩连忙躬身答应。肖氏说完领着靳晓泉一阵风似的奔向西街凌宝泰茶楼,风中她的腰一扭一扭的好似迎风的杨柳。

凌宝泰茶楼上，肖氏和靳晓泉要了一间雅座，点了一壶茶和四小碟精致的点心，两人两年未见，自然又是一诉离别苦，难得相见欢。这样一直缠绵到小倩来时才想起回家。

第十一回　街头放粮

十字街头，小地主摊前今天却不是炸的金灿灿的点心，而是熬的白如雪的大米粥。小地主一大早就在街头支起了三口大锅。黄晓刚和沈小青带着伙计赶着牛车送来二十袋大米。听说是支锅施粥，立即便有群众过来帮忙，有人不知从哪里又弄来了两口大锅，很快五口大锅一字排开支了起来。众人拾柴火焰高，沈小青架柴烧火，黄晓刚淘米下锅，很快粥的香气便飘满街头。听说有人施粥，一传十，十传百，瑟缩在街头巷尾和庙里的难民便像春天苏醒的蛇，从四面八方向十字街头游来。人们手拿瓷碗眼巴巴地看着铁锅上蒸气沸腾的热粥，饥肠辘辘地守候在炉灶前，等待施舍。

锅台前，黄晓刚和沈小青两人架柴煮粥忙碌不停，只见黄晓刚手拿长勺子一勺勺分给灾民，人们睁大眼睛看着这个年轻人。"这不是黄家的二少爷吗？"终于有人认出他了。"是庙里给我们钱的那个少爷吗？""是呀！是他！""对，就是他，小小年龄就做此善举！"大家一片赞扬。

这个消息很快传遍了古镇的每一个角落，街头巷尾人们议论纷纷，疑惑不解，黄家二少爷居然在街头支锅施粥，救济难民。人们不解的是他爹黄守贵是三河古镇财力雄厚的首富地主，但从未听说黄守贵行过什么善、积过什么德，可他的儿子今天却来行善施粥，众议纷纭。但他们绝对没想到这是善良的黄晓刚瞒着他父亲的私下行为。

原来黄晓刚看到满街的难民，想起庙中逃难的人群，一个念头已在胸中燃烧，于是约了玩伴沈小青，二人商量如何施粥，但又愁没有多少大米，黄晓刚心想回家要粮父亲自是不肯，二人正无计时，小地主沈家存笑着说:“树挪死,人挪活,你们就不能去向黄二老爷借点粮!”黄晓刚沈小青一听大喜,于是便带上伙计赶一辆牛车直接到粮仓取粮,理由是沈小青家要借点粮炸点心。薛保管认识小地主的儿子沈小青,因为小地主沈家存落魄前和黄二老爷是朋友,也知道黄晓刚和沈小青是好朋友,再说又是二少爷亲自陪着来提粮,更不会怀疑,只是要求沈小青在提单上写个借据,黄晓刚自然答应,于是让伙计拉了二十袋大米,薛保管恭恭敬敬地送出大门。

告别靳晓泉后,肖氏满心欢喜从茶楼出来往回走。大街上,肖氏看到许多衣衫褴褛的人拥向桥头,肖氏正感好奇,就听见一个熟悉的声音:“大家不要挤,小心烫伤,一个一个来!”肖氏一抬头,在众多的人头上看到了黄晓刚正手持铁勺在盛粥发放……

中午太阳升得老高,三姨太才回到同兴米行,见到黄守贵,肖氏便按和靳晓泉商量的行事,说表弟父母双亡,无依无靠只身从老家来投亲,找她谋生。黄守贵初时沉默不语,肖氏显出百般柔情又说表弟如何如何能干,黄守贵这才答应。待见了靳晓泉眉清目秀嘴巴又甜,黄守贵问明情况后,便让靳晓泉去打点后膳房,靳晓泉自然满心欢喜。

见黄守贵高兴,肖氏便将黄晓刚在街头施粥的事添油加醋说了一遍。黄守贵一听火冒三丈,立时派人去查个究竟。一会儿梁家勇匆匆回来说:“我已查清是二少爷从西头粮仓薛保管那里弄的二十袋大米,薛保管讲二少爷说是老爷您答应的!”黄守贵此时血早已窜到脑门:“混蛋! 谁答应的! 把那个薛刚赶回家!”说完披上衣服一路骂骂咧咧赶往街头。

黄守贵带着赵大麻子和梁家勇怒气冲冲地赶到街头,热气腾腾的五口大锅前围满了衣衫褴褛的人,黄守贵远远地看到儿子黄晓刚,还有小地主沈家存父子在人群中忙碌。黄守贵一见小地主沈家存父子,更是气不打一处来,三步并作两步就要上前理论。当走近看到成片的人在粥摊前拥挤候粥,还有的眼泪汪汪蹲在地上喝粥那一副凄惨的情景时,黄守贵默然不语。赵大麻子见状立即扯了下黄守贵衣裳小声说:“二爷！不如干脆做个顺水人情,落个名声!”黄守贵红着脸委屈地点了点头。赵大麻子上前一步大声说道:“黄老爷知道你们困难,现在兵荒马乱的,你们到三河来也不容易,大家不要慌,每个人都有,今天黄老爷特来施粥,每个人都有啊!”“对,对！每人都有,每人都有!”黄守贵眼瞅着几口大锅,强挤着笑容连忙应声。“黄老爷真是大善人呀!”“黄老爷好人好报!”“黄老爷生意兴隆!”人们红着眼圈感恩地说着,说完又端着粥颤巍巍地蹲在地上喝粥。对于这一切沈家存一直不作声,这时见黄守贵走来,沈家存仰起脸一语双关说:“这大米可是你黄二老爷发的善心?”黄守贵红着脸说:“那是自然!”沈家存又道:“不用还?”黄守贵挺了挺胸爽快地说:“微薄之力,不用,不用!”

“爸！大米不够了!”黄晓刚见状,一边乘机扬起铁勺说,“不够？……不够让……让人送!”面对无数灾民,黄守贵强挤笑容答应。沈家存扭过头一边架柴,一边张着大嘴冲黄守贵笑道:“黄二老爷今天开恩啦!”说完又转过头对沈小青大声喊道,“青儿,粥稀了,再多加两瓢米!”还未等沈小青应声,黄守贵脸色煞白地说:“当然了,多加,多加！粥自然是稠点的好！让大家吃好!”沈家存眨着眼睛又说:“黄二爷,明天继续?”“明天……还施粥？……”黄守贵张大嘴巴结结巴巴说,这时沈家存扭过头对着人群提高嗓门:“黄二爷大发善心啦！明天中午继续施粥!”在一片感激声中黄守贵心里却把沈家存祖宗骂了一千遍一万遍。这时赵大麻子连忙应声:“行！明天,等政府统一安排!”正当黄守贵准备离开时人群中挤进一人,黄守贵一见更是火冒三丈高,来人正是李秀梅。

自从上次差点遇害,李秀梅回到家茶饭不思,精神恍惚,母亲端茶送饭,好言相劝,李秀梅总是置之不理,宛若木头人一般。今天早上李秀梅的母亲故意告诉她说黄晓刚在街头施粥,好让她出来散散心。

这时李秀梅已走到台前,一抬头看到黄守贵,问候道:“二老爷!”鉴于人多,黄守贵强压怒火低声说:“你来干什么?”“我听说二少爷在这施粥，就过来看看可有什么需要帮忙的！”李秀梅说完挽起衣袖，便走上前去帮忙。黄守贵脸色铁青，一口气连说七个“好”字，他本想发火，怎奈在这众目睽睽之下不便发作，说完便带着赵大麻子和梁家勇打道回府。

这场施粥一直延续到晚上九点多灾民们才离去。回到米行，黄守贵拿起鸦片枪还未坐下便沉着脸问：“败家子！赵管家，查一下今天用了多少粮食？”赵大麻子回答：“二少爷带沈家借的 20 袋，加上后期您让送的，共 35 袋。每袋按 180 斤计算，共计 6300 斤大米。”黄守贵身子一颤，“6300 斤大米！借的？”“是的，这是沈家写的字据，上面还有二少爷签的字。”黄守贵头一昏立即想起自己和小地主的对话：“这大米可是你黄二老爷发的善心？不用还？”“那是自然！不用，不用！”

黄守贵一跺脚，深深地叹一口气，五口锅一天就用了 6300 斤大米啊！这让平时吃菜也是素多荤少的黄二老爷心疼不已。黄守贵跺着脚气恼地骂道：“这个败家小子！混账东西！太无法无天了！”三姨太走上前一边点烟，一边挖苦道：“别大惊小怪的，这有什么呀，家里的以后不都是少爷的吗，这点米算什么呀?！”“废话！我还没死呢？什么时候轮到他当家了！”黄守贵骂完又吩咐黄守仁，“把他给我看起来！对了！另外多派几个身强力壮的家丁在粮仓外面巡逻警戒！”黄守仁答应一声转身离去，黄守贵又对赵大麻子吩咐说：“你去一趟李秀梅家，让她娘对她管束管束，一个大姑娘家，不要到处乱跑，失了家教！”

忙碌一天的黄晓刚在兴奋中过了一夜，这一天最让他高兴的是李秀梅也过来帮忙。第二天一大早黄晓刚就发现房门早已被锁上，他立即明白是怎么回事，急忙大声呼叫却无人理睬。

已近中午，成群结队的灾民早已等待在十字街头。沈氏父子心急如焚，却迟迟不见黄晓刚和李秀梅的人影，沈家存自然明白黄守贵的为人，只好带着沈小青将剩下的几袋大米熬成粥，粥刚熬好就被大量的难民抢吃一空，面对五口空锅，人群在一片怨叫声中，拥到同兴米行门口守候，而且人越聚越多,但同兴米行大门紧闭。

面对米行外无数的饥民,黄守贵在房间内愁眉苦脸,一个劲地骂沈家存:"一天就用了 6300 斤大米! 两天就要 12600 斤大米啊! 三天……四天……你想让二爷破产啊!"人们依旧耐心地在门前徘徊,可是左等右等就是不见铁锅冒烟,快到中午时难民们开始充满怨气地唠叨,更有人拐着弯说黄家不讲信誉,也有人开始骂日本人和政府,后来人群又拥向镇上政府求助。镇上富户闻讯后也相继关紧大门,有的富商怕难民们闹事,还派身强力壮的家丁守门,有的还计划将粮食连夜转移。

傍晚,正当饥肠辘辘的难民们心生绝望之时,镇长王仁贡带着两个保长总算出现在人们面前:"大家不要慌,我是这里的镇长,你们的困难政府都看在眼里,我们正在想尽办法积极为大家筹粮,准备明天早上在镇公所门口和土地庙前设棚施粥! ……现在你们回去……"饥肠辘辘的难民们这才在半信半疑中渐渐散去。

当然,这一切都是赵大麻子给黄守贵出的点子,赵大麻子讲:灾民一天不走,一天施粥就用了 6300 斤大米! 两天就要 12600 斤大米啊! 三天……四天……几番协商后由黄守贵送五十袋大米交给镇长王仁贡,意思是让他以政府名义施粥,同兴米行好全身而退落个好名声,否则这施粥不知什么时候才能结束,黄守贵最后想想也只能如此。王仁贡心想:施粥嘛,我作为一镇之长那是理所当然,但是这五十袋大米只能维持一二天,于是王仁贡立即招来街东当铺大掌柜李文华、五彩大染坊范有林、街北酒坊的葛宜云和南街钱庄罗老太爷等几十家富商,让他们每家交五十袋大米来救助难民。大家有的慷慨解囊,也有的虽然心有不愿,还是点头答应。于是第二天王仁贡找来几个保长,雇了几个民工在镇公所门口和土地庙前施粥。

这场施粥一直维持了好几天,直到传出日本人已打到合肥的消息,逃难的人群这才作鸟兽散,古镇似乎又回到往日的宁静。

第十二回　声讨罪恶

施粥风波刚过，正当黄家轰轰烈烈筹办喜事之时，日本人说来就来了。

1938 年 9 月 17 日，天气晴，无风。蔚蓝的天空飘着几朵棉花糖一样的浮云。二龙街蜿蜒的官道上行进着一支首尾望不到头的部队，他们是国民党三十一军一三七师，奉命赶向武汉途经三河。突然，天空中出现六只像苍蝇一样的飞机，飞机嗡嗡地叫着从古镇的上空飞过，紧跟着几十个像石碾子一样的“苍蝇蛋”便落在小镇上，落在长蛇一样行进的队伍中，队伍被这突如其来的轰炸搅得惊慌失措，断成几截，人群像蚂蚁一样四散躲藏。

剧烈的爆炸使小镇大街小巷变得十分凄惨，黑瓦白墙的房子被炸得东倒西歪，浓烟滚滚，到处是残砖烂瓦和倒塌的房屋，沧桑斑驳的古城墙被炸得残缺不堪。已有三百多年的牌坊群也毁于这次浩劫。街道上一片狼藉，人们像潮水一样四处散去，地上洒满了摊贩们未来得及收拾的物品。热闹的街头一下清冷起来。

二龙街官道上，低旋着的飞机响着刺耳的声音，盘旋在蓝天上空扫射着人群，所掠之处人仰马翻，但慌乱的队伍很快又聚集在一起，组织有序的反击，重机枪、歪把子机枪在战士的肩头剧烈地颤抖，天空中六架飞机一下子没了方向。

一架飞机在战士们的欢呼声中拖着长长的浓烟一头栽了下去，并在五里外发出惊恐的轰隆声，剩下的五架飞机，像受惊的麻雀一样，猛地一昂机头，转眼间飞得无影无踪。

“二筒！”啪嗒一声，麻将飞向桌中，“八万！”又一个麻将落入桌面。一人巷边，罗氏钱庄的桂花厅中烟雾蒙蒙，黄守贵、镇长王仁贡、大掌柜罗老太爷和大善人范友林四人正打着麻将，三姨太在一边陪着，每人桌面上都摆放着一堆圆大洋。“七条！”范友林喝了一口茶顺手推出一张牌，“哈哈，和了！”王仁贡满面春风推了下鼻梁上的金丝眼镜。正当王仁贡伸手接过沉甸甸的大洋时，一个炮弹带着呼哨落在院外不远处，“轰！……”发出巨大的声响，紧跟着又一个更响的炮弹落在墙角，爆炸的冲击波带着零砖碎瓦漫天飞舞，雕花窗户瑟瑟发抖，桌子上的麻将也被震得东倒西歪，剧烈的爆炸声后，反应最快是镇长王仁贡，他第一时间扔掉了麻将钻进了桌肚，他刚蹲下来便和范友林的头撞在了一起，他们咧了咧嘴忍着疼痛看着窗外，罗老举起椅子护住脑袋蹲在房角，不知所措的肖氏在惊慌中被黄守贵拉到床下，肖氏睁大眼睛，哆哆嗦嗦抱着黄守贵颤抖的肥胖身子，屋子里惊乱一团。这时钱庄南厢房走出一个十五六岁的少年，少年手握毛笔径直走到院中，不解地看着天空喃喃自语：“这是干吗?！写个字都写不安！”

飞机的引擎声渐渐远去，外面的爆炸声终于停歇。王仁贡和黄守贵等匆匆地爬了出来，拍拍屁股整了整衣裳，几个脑袋探出门，天空中浓烟滚滚，一阵风送来呛人的硝烟味，王仁贡连忙掏出手帕掩住鼻子。少年依旧静静立在院中，罗老太爷抬头见是外孙杨成宁，连呼：“哎哟喂，成宁呀！我的小祖宗哎，快回屋里！”少年杨成宁看着天空小嘴一撇说：“没事了，一时半会他们不会来轰炸了！”众人惊奇，少年杨成宁又说，“飞机再回来要绕很大的圈子，日本飞机不会带着炸弹到处飞的！”众人均说少年说得有理。这时一阵风吹来，一个残缺的瓦片在风中颤动了两下便啪的一声落了下来，瓦片刚好砸在王仁贡的脑壳上，吓得王仁贡“哎呀！”一声将脑袋缩回屋内，几人又是乱作一团往桌下钻、往床下钻，见许久没有动静，王仁贡这才从桌子底下探了探头爬了出来，众人也跟了出来，王仁贡摸了摸头上凸起的包挺了挺胸故作镇静走到屋外："该死的小日本！"

众人走出大门。眼前的一片狼藉让他们震惊不已，烟雾中，四面八方不时传来哭叫声。范友林看了看大染坊上空浓密的烟雾，怪叫一声便飞快地奔向染坊。不远处几个人扶着受伤的亲人哭着叫着咒骂着，王仁贡左右看看，似乎想起自己是一镇之长，上前安慰几句后便直奔镇衙门。

硝烟在空中弥漫着，二尺宽的"一人巷"侥幸地躲过这次雨点般的轰炸，古老的三县石拱桥也艰难挺过了这次浩劫，桥两边的石栏上，一只石柱被炸得飞落河床，桥像失了一只耳朵的老人，拱桥残缺的凄景在傍晚如血的夕阳下像一双兔子的眼睛。风雨飘摇的街道上空旷人稀，两只瘦得皮包骨头的野狗睁大眼睛在嗅着空气中的血腥味。

镇东七里，杭埠河东岸的黄道大郢。塘边的棉花地上一个庞然大物正歪斜着，像一只无腿的蚂蚱。不远处，三三两两的人群飞一般赶来，越聚越多，一会儿偌大的棉花地被人群踩踏成一片烂泥滩，人们带着惊奇的眼光看着这个怪物。"死人啦，死人啦！"一个人吓得失声大叫。人群惊恐地瞪大眼睛，只见草丛中还有几块焦黑的肢体，"你看这里有死人，是日本鬼子！"一个中年人扯着嗓子叫。另一穿蓝布长衫的人指着蚂蚱说："这是日本人的飞机！"飞机的翅膀上一个穿黄衣的人耷拉着脑袋，几只野狗闪着贪婪的眼睛舔着地上一摊紫黑色的血，绿油油的苍蝇嗡嗡地飞鸣。

突然，旷野中传来一阵急促的喧响，紧接着砰砰几声枪响划破天空，打破了所有的平静。

远处，树林里一个身影像野兔一样拼命地奔跑，后面追着七八个像猎犬的青衣人，前面跑的人个子不高，面色惊魂不定，金黄的稻穗摩擦着他裸露的小腿，他一边跑一边回头，跑着跑着一头栽倒在了沟塘里面，七八个人如鹰一般猛扑了过去，很快沾满泥水的猎物被捉了上来，几个人像捆螃蟹一样将他绑了起来。起初他还叽里呱啦地大叫,到后来像是被放入蒸笼的粽子,没了声音。

一个小时后,日本鬼子飞行员被押送到三河古镇。当日本鬼子飞行员被押到古镇,围观的人绝对不比往年庙会或赛龙舟的少。尽管街道上到处残砖断瓦狼藉一片,人们像过大年一样沸腾起来,欢呼雀跃,有的人家还放起了鞭炮。人们从未见过鬼子,仿佛看外星人似的,在他们想象中鬼子一定是头发赤红、青面獠牙的样子,如凶神恶煞一般,但是今天人们看到了真实的鬼子,也并没有想象的那么可怕。

小鬼子到底长的是啥样儿,王杏儿也不知道。“打死他!打死小鬼子!”不知是谁喊了一句,愤怒的人群一下子像炸开了锅,有的拾起土渣、碎砖纷纷向鬼子砸去,人群中王杏儿终于看到了日本飞行员,此时日本飞行员面对愤怒的人群左躲右闪。只听一个满头白发的老婆婆走上前哭喊着:“还我儿子……王镇长!你可要为我做主啊……呜呜……”声音伤心欲绝,撕心裂肺。王镇长见状连忙上前安慰说:“一切交给政府,交给我们来审判他!枪毙他!……”

王仁贡随着几个身穿米黄色衣服、头戴黄帽的大汉拨开拥挤的人群,押着抖瑟如老鼠的鬼子。王仁贡抬头看了看天,又看了看义愤的人群,一路上王仁贡的脑子在高速飞转,周边的县市许多都已沦陷为日军的领地,王仁贡知道日本人不会就此善罢甘休,他这个镇长的牌子很快就是个累赘,王仁贡想借着押送日本飞行员的机会离开小镇,离开这个即将战火纷飞的是非之地。

当晚老谋深算的王仁贡收拾好金银细软,匆匆和几个保长交代了几句,就带着家小连夜悄悄地溜了。在离开三河之前又特别嘱咐让孙保长主持小镇工作。孙保长自然满心欢喜,挺着胸口点头答应。

第十三回　来者不善

第二天中午，太阳火辣辣的，空中没有一丝风，已近十月的天气如七月一样炎热。人们似乎沉浸在打鬼子的兴奋中，大街小巷诉说着鬼子的残忍可恶和迎街追打鬼子的痛快，各家各户一边咒骂一边修复着被轰炸后的家园。

镇东七里，杭埠河东岸的黄道大郢。蜿蜒起伏的小路上，一股股灰黄的尘土滚滚而来，尘土覆盖着未收割的庄稼。三辆三轮车后面跟着五辆土黄色的卡车，三轮车上插着像膏药一样的旗子，每辆卡车上架着两挺机枪，车厢上站着两排上了刺刀的日本兵。日本兵在失事的飞机旁停了下来，七八个戴着绿色钢盔的日本兵和十几个伪军迅速从车上翻了下来。两条大黑狼狗随着日本兵跳了下来，狼狗伸着血红的长舌喘着如牛的粗气。日本兵站成四排，一个日本军官在队伍前叽里呱啦几句后便抽出腰刀对天一指，立即，日本兵分四路气势汹汹地扑向古镇。

“是日本鬼子！日本鬼子来啦……”周围赶来看热闹的有人喊道，随着惊恐的喊叫声，田野上黑压压的人群飞也似的散向四面八方。

远远地，只见一个瘸子艰难地奔跑，他正是赶来看热闹的布店老板贾瘸子，但瘸子终究是跑不过狼狗，很快，被推到佩带军刀的日本军官面前，一向口齿伶俐的贾瘸子此刻面色煞白，语无伦次，贾瘸子颤动着嘴唇嘟囔着：“我……我……”这时一股黄色液体从贾瘸子的脚下流出，湿了一片，旁边一个翻译官皱着眉，一阵叽里呱啦的比画后，日本军官集合部队带着贾瘸子直奔古镇三河方向而来。

汽车和摩托车的马达声一下子打破了小镇的繁华与宁静。原本车水马龙的街市上人们如潮水般散去，一时间，林立如云的商铺纷纷慌里慌张上着门板，铺面内外鸡飞狗跳，小贩们来不及收拾杂货，就连桀骜不驯的野狗和忠心不二的家狗都躲进了树林和房子里，大街上瞬间变得空荡荡，一片狼藉。

古镇花戏楼下，三步一岗五步一哨地站满了荷枪实弹的日本兵，周边没有逃脱的人们被赶到台前，恐慌的人群黑压压的一片，人们睁大惊骇的眼睛。王六和徐氏带着十三岁的齐儿和十一岁的小女儿蓉儿也在这堆人中，此时蓉儿吓得六神无主，使劲往徐氏怀里钻。台上站着腰挎长刀的日本军官，在他的身后站着一个身挎短枪的日本兵和一个翻译官。王六和徐氏怎么看都觉得那个身挎短枪的日本兵有点面熟。腰挎长刀的日本军官一阵叽里呱啦后，翻译官便大声对着台下黑压压的人道："这位是塚同一郎少佐，少佐说，我们大日本帝国千里迢迢来到中国，只为支援扶助你们的国家，保护你们的民族，昨天我们帝国的神鹰飞机在你们这里不幸坠落，但我们的飞行员却被你们不友好地带走，我想你们应该知道怎样去做……有谁知道并告诉我们飞行员在哪里大大的有赏！"翻译官说到这里突然加重声调，"但凡对抗皇军、知情不报者，格杀勿论！"言罢向那个叫塚同一郎的日本军官弯腰致礼。

戏楼很快静了下来，阳光下，偶尔传来几只蝉在树枝上有气无力的叫声。人们惊恐不安地看着这个腰挎长刀的日本人，塚同一郎见状微笑着走到台前说："我们大日本帝国皇军为了你们国家的繁荣，千里迢迢来到这里保护你们的安全和利益，实现共荣同盟，希望你们告诉我，我们的飞行员在哪里？"台下依旧无声，塚同一郎说完在台上转了一圈，见无人答话只好手扶腰挎的长刀对着翻译官叽叽咕咕说了几句，翻译官笑着走到台下，人们向后退却，日本翻译走到一个七八岁的孩子面前蹲下身，从口袋里掏出一把糖笑嘻嘻递上说："小朋友，你看到一个身穿黄衣、头上戴着帽子的人吗？"说完一边形象地比画着，"你知道他到哪里去了吗？告诉我，这糖给你!”说完伸出手掌。小孩瞪大眼睛看了看他手心中五颜六色的糖又扭头看了看身后的父亲,身后的父亲下意识地拢了拢孩子的肩膀,翻译官又将手递了过来:“告诉我,就给你吃,很甜的!”“他走了!”终于孩子怯声怯气地说。“到哪里去了?”“到那边去了,好多人一起走的。”小孩子用手指着街西方向。“那边是哪里呀?”翻译官继续追问,孩子摇了摇头。终于,塚同一郎不耐烦地又走到一个妇人前面:“你的,说!”妇人吓得一边后退一边不停地摇头,塚同一郎的脸由白变红又由红变青。

塚同一郎看着台下静静的人群,又看了一眼身后身挎短枪的副官,挎短枪的日本兵副官领着两个日本人走到惊恐的贾瘸子面前,两个日本兵端起刺刀对着贾瘸子,日本副官说:“你的说! 到底在哪里?”“我、我……我真的不知道!”贾瘸子哆嗦着身子,塚同一郎一翻眼皮说:“不知道?!不知道你把皇军带到这里,八嘎!”两个日本兵一左一右举起刺刀,只听贾瘸子一声惨叫,倒在血泊中。人群在惊恐中不安地躁动着,面对凶残的日本鬼子,人们怒目而视,他们终于看清了这些侵略者的面目。

这时,一个二十多岁的青年慢慢摸到人群边,趁日本兵不注意,拔腿就往巷子里钻,只听枪声一响,青年便倒在巷口,人群又是一阵躁动。

塚同一郎更加嚣张地对人群吼叫。翻译官说道:“我们大日本皇军来这里帮助你们建立亚洲新秩序,希望你们配合来共同维护,今后如果有谁胆敢和皇军作对,这就是下场!”

正在此时,远处跌跌撞撞跑来三个人,矮胖子是同兴老板黄守贵,瘦的是孙保长,跟在后面的是家丁左宗四,他们气喘吁吁一边抹着汗一边跑到塚同一郎前面。

“接驾来迟,接驾来迟! 我是这里的……这里代理的孙镇长!”孙何生不顾人们鄙视的眼光说。孙何生点头说完后连连哈着身腰。

人们认识,来人正是伪保长、瘦猴孙何生。“太君! 这位是同兴米行的老板,黄守贵黄二先生,刚听到太君来此已备好酒宴请您到黄宅一叙。”孙何生干瘪的脸皮上堆满了笑容。

"听说贵军来到，敝人略备薄酒给您接风洗尘!"黄守贵弯着九十度的腰说，塚同一郎翻了翻白眼说："嗯，哟西！你的，皇军的喜欢！希望你做大日本的朋友!""愿听效劳，愿听效劳!"黄守贵头点得像鸡在啄食一般。孙何生介绍完便对日本翻译小声地耳语几句，孙何生知道了日本人来此目的后，心想：飞行员已被王镇长押走，王镇长走时又让自己主持小镇工作，我这要实话实说日本人肯定不会放过自己，不如装糊涂见机行事。想到这，孙何生转身大大方方地往人群前一站，扯着公鸭嗓子叫道："乡亲们，日本皇军是来亲善的，是来帮助我们的，刚才都是这个小子惹得皇军不高兴，所以让大家受了委屈。"孙何生说完用手指了指贾瘸子，又说，"皇军今天来三河是因为有一个飞行员在这里不知去向，请你们帮忙找一找，皇军说了谁找到了大大有赏，找不到，发现在谁家，统统都杀了！所以只要交出飞行员大家便没事!"愤怒的人群又是一阵躁动。上六将恐惧不安的徐氏和齐儿往身边拉了拉，徐氏怀中的容儿依旧惊恐地大睁着眼睛。

塚同一郎高兴地点了点头，又叽里呱啦说了一番。孙何生和黄守贵自然又是弯腰连连称是。塚同一郎说罢一挥长刀："井官君，搜!"挎短枪的井官川秀应了一声便带着鬼子三五人一组，四散向前迎着街坊各家各户搜索。这时，跟在后面的左宗四早已认出挎短枪的日本副官井官川秀，正是那晚偷袭李秀梅的黑衣人。

第十四回　勇敢的心

小南河上,古桥连接着两岸层次分明的徽派楼群。河堤下,清澈的河水缓缓东流,成群的垂柳优雅地分布在河岸边,大片的芦苇在河水中迎风飘扬。河面上几只野鸭子拨动红掌,转动着颈脖寻啄着漂来的浮食。河边几个妇人一边洗衣、淘米洗菜,一边拉着家常。一切透着秀丽、自然、和谐。

柳荫下,几块青石阶梯式伸入河中,光滑的青石条上王杏儿搓着衣服,水面下几簇水草顺着水流在鹅卵石边随波荡漾。一群鱼儿在青石周围来来回回地穿梭,一旁平儿挽起裤衩赤脚在水边玩得正欢。

平儿将一些遗弃的残食放在竹篮置于水中,轻轻地提着篮把一动不动,水中一只蚂蟥悄悄地游到平儿大腿上,平儿毫无知觉。平儿静静地看着水中的鱼儿,等它们一点一点地游过来,一条、两条、三条……鱼儿在篮中东闻闻西瞅瞅,平儿猛一提竹篮,水哗哗自竹篮缝中泻下,留下几条小鱼不甘心地在竹篮里跳跃,平儿看着它们已成俘虏,高兴地笑着。平儿提着竹篮上岸,蚂蟥贪婪地吸着鲜血,平儿一低头,立即被这墨绿色的怪虫吓得尖声大叫。平儿使劲抓起却又扯不下来,蚂蟥像橡皮筋一样牢牢地附在腿上,平儿急得在岸边直跺脚。王杏儿连忙放下手中衣物走了过来,对着平儿腿上的蚂蟥叭叭就是几个响亮的巴掌,只见蚂蟥蜷缩成一团掉了下来,鲜血立即从平儿伤口中流了下来,鲜红的血拖着长长的血迹。“你们看……你们看……平儿落红了……”不知是谁在喊,平儿咧着小嘴号啕大哭,惹得几个妇人一片哄笑。

王杏儿直起身整了整衣服，河面上一艘扬帆的货船顺流而下，船上一名船工提着一个水桶，只见系着绳子的水桶从他的手中飞入河中，然后一抖手又优雅地提上了船，船工咧着嘴向嬉笑的人群调皮地摆了摆手，平儿止住哭声目送货船顺风而去。

砰……砰……突然远处传来两声枪声，河堤下人们停止了忙碌，伸长颈脖张望。河中野鸭警惕地尖声惊叫，扑棱棱掠着水面飞走了。精明的杏儿也听到了动静，她拾起竹篮慌忙收拾衣服，拉起平儿穿过柳丛悄悄趴在河埂，远远地，只见十几个头带黄帽手握刺刀的日本兵向这边走来。杏儿一见内心一紧，从穿戴上她知道这些人和昨天街上看到的鬼子一样。"鬼子！日本鬼子来了！快跑！"杏儿回头小声地告诉河边的姐妹们，妇人们立即掂起竹篮四处逃窜，一只来不及收拾的洗衣棒槌漂向河心。

"平儿，快跑！"王杏儿拎起衣服拉着平儿顺着柳林一路飞奔，跑回豆腐坊内。王杏儿慌慌张张地关上门。"爸爸！妈妈！"满头大汗的王杏儿叫了几声却不见应答，父亲呢？妈妈呢？还有弟妹都哪去了？庭院内王杏儿不知所措，心咚咚地要跳出来，鬼子在一步一步地逼近，似乎已听到的砸门声。

这可怎么办？王杏儿不知要躲到哪里才好，急得满头大汗。从小到大王杏儿还从未如此手足无措。

院子内摆满大大小小几十只陶缸，陶缸盛满酱菜和豆酱，情急中，王杏儿想起院子内和弟妹们藏猫猫的箩筐和做豆腐的大水缸，于是飞也似的奔了过去。

王杏儿突然发现一个倒扣在墙角的废缸，她努力地掀起废缸的一角："快！钻进去！"平儿睁大眼睛问："姐姐！你呢？"平儿从姐姐惊恐的表情中知道了事情的严重。"我重找个地方藏起来，这里藏不下的。"放下缸体王杏儿一边用脚垫了块砖一边说，"千万不要作声！啊！等鬼子走了我来接你！"平儿听话地钻了进去，王杏儿小声交代几句，自己也慌忙托起墙角一扎箩筐便躲了进去。从密集的筐缝中王杏儿看到三个鬼子砸开了门,小心地搜索着院子里每一个房间。王杏儿瞪大眼睛看着鬼子在翻箱倒柜大气也不敢出,一个鬼子从箱底翻到了她母亲的银簪子和十几块银圆,另一个鬼子手里正上下掂着黄家给她下聘礼的一对金耳环,脸上露出了得意和满足的笑。王杏儿想冲出去夺回来,但鬼子狰狞可怕的笑声使她望而生畏,两个鬼子满载收获一路嬉笑而去,王杏儿看到剩下一个鬼子正懊恼不甘心地用刺刀挑着自己陪嫁的被絮,希望能找到更值钱的东西。

院子里静静的,王杏儿听到隔壁翻箱倒柜的声音,知道另两个鬼子又在邻居张家搜刮着财物。“你们这是干什么?! 当兵的不能不讲理呀!”紧跟着又传来一个女孩的哭喊和张老奶奶的怒骂,“不行,这不行,她还是个孩子呀,你们这帮畜生!”“八嘎!”紧跟着张老奶奶一声惨叫,仿佛被什么东西砸了一下咣当一声倒在地上,一个女孩撕心裂肺般哭叫起来,王杏儿直听得心惊肉跳。

“哎哟!”突然一声轻微的低叫声从缸下砖缝里传了出来,鬼子停止忙活,警惕的眼睛冷冷地扫向着院子内的每个角落,空气一下凝固,偌大的庭院里显得紧张起来。

鬼子警觉地端着刺刀走了过来,王杏儿知道那是平儿发出的声音,面对越来越近的鬼子,王杏儿也越来越慌,汗水一滴一滴顺着颈脖淌下,鬼子瞪大的眼睛像探照灯一样,鬼子在缸丛中端着刺刀,嘴里叽里呱啦叫着,最后鬼子的目光锁定在院角一群大缸和箩筐。鬼子端着枪小心翼翼地向大缸方向走去,王杏儿明白弟弟已暴露,面对逼近弟弟的鬼子,王杏儿慌得像一头小鹿,她抹了下脸上的汗水,长期迎街卖豆腐铸就了她一颗勇敢的心,王杏儿果断地推开箩筐站了起来,鬼子吓得先是一惊,退了几步,当他发现面前是个女的,还是漂亮的姑娘时眼睛立即便笑成了两条缝,“嗯! 哟西!”鬼子嬉笑着挎好了枪,一步一步地向王杏儿逼近,王杏儿顺着缸体从鬼子身旁绕过,奔向前屋,她要保护弟弟引开鬼子。

鬼子像饿狼一样扑向王杏儿,王杏儿转身跑到房间将门顶着,但一切都是徒劳,鬼子还是轻而易举地进了房间,王杏儿看着面目狰狞的鬼子一步一步向后退去，慌乱中王杏儿突然摸索到床垫下一把剪刀，这是她母亲做针线活的剪刀，王杏儿闭着眼用力地往鬼子身上猛地扎了过去……

“啊……”鬼子大叫一声从王杏儿身上滚了下来，血立即从他的后腰流了下来，鬼子疼得嗷嗷大叫，此时的王杏儿身体瘫软，话都说不出来，张着口喘着气。鬼子面如死灰，看了看满手的鲜血，一手捂着伤口，一手抓起三八长枪，像一匹受伤的野狼。鬼子瞪着充满血丝的眼睛，端起刺刀凶狠地朝愣在一边惊魂未定的王杏儿刺了下去……

第十五回　罪有应得

严俊已有五天未看到王杏儿了，此刻他正押运一船栗炭，在从山里回三河古镇的船上。那是义父潘志明交办的事情。

丰乐河水缓缓东流，严俊坐在船头，迎河两岸风景如画，深深浅浅的河滩上高高的芦苇迎风飘扬。河还是千百年前的河，静静的河运古道，见证无数世事的变迁。河上船来船往穿梭如织。

顺流而下的一排排山里毛竹捆绑成筏，筏上两头各站立一人手持长杆把握方向。严俊知道这是山里人利用河流漂运竹木最便捷省力的运输方式，这种看似轻松的漂流却存在着搁浅散筏的危险，撑筏人不仅要胆大心细还要熟悉河道里的每一河段的深浅以及流速。

严俊小心地掌着舵，一排排竹筏顺流从船边疾驶而过。

进入古镇，河水拐了个弯转向小南河，船行驶变得缓慢起来。严俊用力地对着河面抛着瓦片石子，河水一个涟漪连着一个涟漪向前开着水花，那水花里全是王杏儿的影子，于是严俊更加勤奋地用力向河面抛投更远更长的水漂，打在水面上的瓦片滑向对岸，严俊又看到更多王杏儿的笑脸。严俊喜欢她白净如豆腐般的脸蛋，还有像杏桃一般粉红的小口，喜欢听从小口中传出来清脆悦耳的声音，那声音像优美的曲儿流进严俊心田，激荡着无限生命的活力……突然他止住了双手。严俊无奈地抬起头，看到青蓝蓝的天空上像棉花糖一样的云朵，一群大雁正“人”字形排开在湛蓝的天空向南飞去，严俊的心也飞到王杏儿身旁，因为看到她第一眼后，便喜欢上了漂亮水灵灵的王杏儿。

到达街东大王庙码头，船还没有停好，严俊便迫不及待地跃下船。船工胡祥宁从船舱走了出来，站在船头抛出了长缆，严俊接过系在一棵粗壮的垂柳上，严俊一边系绳一边交代："把船后的挂网收上来，我去买点豆腐就回来。""好嘞!"胡祥宁一边答应一边又嬉笑着说，"又去买豆腐啊?!回来带一瓶三粮液!""知道了!"声音未落，严俊早已跃上河堤，顺着这条再熟悉不过的河堤一路飞奔而去。

远远地，严俊看到杏儿家豆腐坊门开着，门口却没有往日车水马龙的热闹。严俊犹豫不决，透过作坊，他隐约看到有一个身穿黄衣头戴黄帽的人紧跟着王杏儿在庭院里追逐，于是走了进去。日本鬼子！严俊不由自主地打了一个激灵，一路上满怀的激情刹那间消失得无影无踪。一个鬼子正在院子里追着王杏儿，严俊睁大惊恐的眼睛，双手颤抖不知如何是好。房间内鬼子正一步步向王杏儿逼近，愤怒的严俊觉得体内热血沸腾，但脚步怎么也迈不出去。

严俊不知是着急还是害怕，只觉得手心冒汗，心跳加速。正在挣扎中王杏儿的衣服已被撕碎，严俊再也忍不住胸中的怒火大叫一声冲了过去，严俊不许任何人欺凌杏儿，因为那是他心中最爱的女人。

严俊顺手拾起一根做豆腐的木棍狠狠地砸向鬼子的头，鬼子一声闷哼便软绵绵地像蚯蚓一样倒下昏死过去。见鬼子倒在一旁，严俊脸色通红，只觉得双脚无力再也迈不出半步，靠在门框上大口喘着粗气，豆大的汗珠从脸上滚滚而下。王杏儿一下子不知所措，做梦一般怔怔地呆在那里……当王杏儿看清一脸愤怒的严俊充满血丝的眼睛时，悲喜交加之下，身体软得像面条一样瘫在地上。王杏儿感激的眼神里充满了委屈与无助。两人被这突如其来的变化弄得不知所措。半晌，严俊定了定神一把拉起王杏儿："快走!"说完便向外跑，惊魂未定的王杏儿跌跌撞撞地跟在严俊身后，穿过庭院差点被墙角的石头绊倒。刚一出门，突然，王杏儿用力甩开严俊的手，转身直奔院内，严俊不知所以也紧跟其后奔了过去，"帮我搬开!"严俊顺从地搬开大缸，只见平儿脸色赤红从里面爬了出来，平儿一边伸出小手一边颤抖着声音说:“姐姐,鬼子走了吗? 蛇! ……”只见平儿脸色通红,红肿的手臂上有着两个紫血的牙印。

王杏儿明白了平儿为什么惊叫,慌忙帮平儿挤出又黑又红的血液。此刻外面又传来一阵阵急促的脚步声,严俊拉着王杏儿往后院跑,王杏儿想起被打死的鬼子,严俊不解地问:“怎么了? 快走呀!”“不行! 快把鬼子的尸体藏起来!”王杏儿知道日本人马上要来,聪明伶俐的王杏儿不愧是每天面对车水马龙的店面掌柜,她情急生智想起院后早已废弃的枯井。王杏儿和严俊把鬼子拖到豆腐坊后面的深井边,揭开盖子,井内深不见底,两人将鬼子投了下去。王杏儿慌慌张张地把鬼子的三八长枪也扔了进去,严俊盖好盖子,又在井盖上放上箩筐把井伪装好,认为毫无破绽后,就对平儿说:“今天的事,你不要对任何人讲,不然,日本人知道了会杀你们全家,知道吗?”平儿咬着牙:“嗯、嗯!”点头答应。这时门外传来另外两个鬼子叽里呱啦的叫声,王杏儿拉着平儿:“快跑!”三人慌慌张张地奔出后门。

第十六回　绝处逢生

严俊、平儿和王杏儿惶恐不安的奔逃立即引起了鬼子的追击。三人一路穿街钻巷，子弹擦肩而过，打得青砖碎片纷飞，王杏儿似乎嗅到了子弹在空气中的火药味，此时的王杏儿早已没有了害怕的意识，只想带着平儿跑，跑到一个安全的地方！一个鬼子找不到的地方！

古镇的巷子曲曲折折，对鬼子来说就像一个大迷宫。从牛行巷到黄井巷又转向小街巷、无名巷，枪声在小巷里久久回荡。严俊背起平儿和王杏儿在小巷里奔逃，一会儿他们在这个巷口出现，当鬼子赶到巷口时，三人一闪又不见了踪影，紧跟着三人身影又出现在另一个巷口，似乎巷子永无尽头，鬼子追得晕头转向，渐渐的，枪声远去。

小南河边。王杏儿和严俊带着平儿顺着河滩在柳丛中一路飞奔，长长的辫子在风中飞扬。熟悉的街道和古镇众多神秘幽深的巷子使他们摆脱了鬼子的追捕。严俊将王杏儿和平儿送上自己的船，才放下心来。严俊连唤两声不见胡祥宁的身影，心想他可能回家去了。

严俊看到平儿脸色发青，便撩开他的袖子看到他红肿的手臂，他知道剧烈的奔逃使毒性加剧，如不及时救治平儿将性命难保。严俊想起无蚊桥边远近闻名的杨氏蛇医，于是将船摇到芦苇丛中，嘱咐叮咛王杏儿几声，便起身下船回到岸上。

太阳已经偏西，红得像一个切开的熟透的西瓜。芦苇丛内几只野鸭子在河滩边，用扁扁的嘴搜寻着食物。河滩上，芦苇花在空中自由地飘舞。严俊拨开坚韧的芦苇叶走向岸边，脚下是稀松潮湿的滩涂淤泥，褪色的螺蛳壳扎得严俊脚掌隐隐作痛，不过严俊已经习惯。他五岁时就光着屁股像野鸭一样戏水，靠的是水上功夫闯得天下，严俊长年累月地游荡在千里长江上和这八百里烟波浩渺的巢湖里，尤其在这水路发达纵横交错的古镇水巷中，严俊熟悉这条河流中的每一片水草。七岁那年家乡发水，洪水无情地冲垮了无数堤圩和许多房屋，严俊父母被卷入汹涌澎湃的洪流中，只有他一个人从水底抱着一块石头走上了岸。从此严俊成了孤儿，没有了家，船老大潘志明收留了严俊，认他为义子，船就是严俊的家。

面对千年的古道水系，大街小巷沟沟坎坎严俊再熟悉不过，没多时他便赶到无蚊桥边。无蚊桥，是一个近两百年的拱形桥，传说中三河无蚊桥没有蚊子，是罗士先生用扇子扇的，每次走过这桥严俊都想起故事中水泊梁山上的一百零八个好汉。

无蚊桥头，只见蛇花家房前屋后到处种植驱蛇、蚊虫的药草，桥头周围少有蚊虫，所以人们称之无蚊桥。可惜蛇医杨家早已大门紧锁，严俊在房前屋后转了两圈找不到人，他想起能治愈蛇毒的七叶草，匆忙采了几株便往回赶。严俊一路小心前行，他知道只要回到了船上就安全了，因为这片广阔的芦苇河滩便是他的天地。

日本人很快发现少了一个兵。石头桥边，塚同一郎对着副官井官川秀大声问："没找到？""跑……跑了！"副官井官川秀结结巴巴说，"三河的巷子实在太多，没办法，他们左拐右拐就不见了，追不上……"副官井官川秀缩着头低声解释，塚同一郎满脸怒容对着井官川秀的脸就是一巴掌："浑蛋！"

塚同一郎余怒未消转身对孙何生说："你说！"一旁的孙何生打了个冷战，脸色煞白，慌忙作揖："太君，太君！镇上这么大，房子多，再找找，说不定……说不定一会他自己就回来了……""浑蛋！"孙保长话音未落脸上同样火辣辣挨了一巴掌。

几个鬼子又叽叽喳喳商量着，他们小心地搜索，两只狼狗也伸着长长的舌头嗅着每一块石头每一块砖。人牵着狗，狗领着人，大街小巷挨家挨户地搜查，很快发现豆腐坊内地上的血迹，一条狼狗顺着血迹一路嗅着，终于狼狗奔到水井边，对着深井狂吠不已。

几个街民在鬼子刺刀的威逼下很快打捞出深井里的尸体。另外几个鬼子顺着河堤在狼狗的带引下往河滩这里搜了过来，狼狗呼哧呼哧地喘着粗气，迎面正赶上从无蚊桥上回来的严俊，狼狗咧开血红的大嘴狂吠着。鬼子手一松手，一条狼狗挣开绳索疯狂地扑了上去。

远远地，严俊早从嘈杂的狗叫声中感到了危险，他立即俯下身子，一条狼狗已冲了过来，严俊转身奔向桥下的芦苇丛，他知道只有利用这天然的屏障才能逃脱。芦苇丛中响起一片狼狗吼叫声和芦苇激烈碰撞分离的爆裂声，严俊、狼狗、鬼子像三支先后射出的箭一起射入了芦苇丛。

严俊喘着粗气，狼狗伸着舌头，鬼子端起了枪，人在芦苇丛中跳跃，人和狗之间的距离在缩短，比狗的爪子更快的是子弹，无路可走，无处可逃……但比子弹更快的是人，是严俊！只见他一弯腰顺手扯断一根芦苇，嘭的一声钻进了水中，子弹擦着他的头皮飞过，水花溅在狼狗的爪子上。

傍晚，鱼鳞片的云朵遮掩着太阳，天暗了下来。静静的小南河边，一群鬼子还在不甘心地搜寻着。人群中一个佩带长刀的日本军官，手持望远镜仔细地搜寻着对岸树林及周边的动静，他的脚边狼狗竖着耳朵，伸着舌头，喘着粗气，一切都静悄悄的。

天空中一群灰鸟在优雅地展翅盘旋。一只白色的水鸟箭一般俯冲下来，冲向水面，接近水面时它伸出细长的腿脚在水面上优雅地一划而过，水面荡出涟漪。水鸟又努力展翅飞向天空，水面一圈圈闪着金色的波纹，水鸟的脚上挂着一条红尾鲤鱼，鲤鱼睁大好奇的眼睛在天空中扭动着金光闪烁的身子。水鸟飞向芦苇滩，飞进塚同一郎的视野中。

塚同一郎揉了揉眼睛，依旧耐心地搜寻着周边的动静。宁静的河面上似乎静得有点可怕，只有沙滩上的芦苇花在风中飞扬，河面上漂浮着芦苇的叶子。塚同一郎揉了揉眼睛，依旧耐心地搜寻着。与此同时，河水中,一根浮在浮叶中的芦苇管在他的脚下,缓缓地向对岸移去,消失在芦苇丛中,这个自以为聪明的"饭桶一郎"少佐,万万想不到此刻的严俊就在他的眼皮底下逃走了。

塚同一郎放下望远镜,冷冷地扫视着河面。塚同一郎怎么也不敢相信一个到手的猎物怎么一眨眼就不见了！塚同一郎瞪大眼珠子吼道:"封锁所有出入路口,严加搜查河道上来往船只,对镇上的每一艘船都要严加盘查!""是!"身挎短枪的副官井官川秀答道。塚同一郎的目光最后落在孙何生身上说:"一定要抓住凶手！限你三天,查出凶手!"孙何生大气也不敢出连连点头,心里想:三天,找着了就算了,找不到我就走人,到外面躲一阵,难道你们日本人还天天赖在这里？孙何生刚想到这又听塚同一郎说:"你立即找一个地方,我要在这里驻下来!"

第十七回　古树之死

镇东头三里。小南河太平桥边，皂角树下来了一群人，但这群人今天却不是来烧香许愿的。日本人没来小镇时人们喜欢在树下聚会纳凉，谈情说爱，谈天说地，过着悠闲自得的生活，街坊上每逢大事小事大家都喜欢前往树下聚会，但今天人们是被迫带到这里。

远远的一群日本兵推搡着王六，走在这条不用数也知道有多少块青石的路上。此刻，王六的帽子早已不知掉到哪里，头发散落在脸颊上，王六无力地耷拉着脑袋，红肿的眼皮遮住了血红的眼睛，却遮不住他满是痛苦与愤怒的目光。王六努力地抬起头朝豆腐坊方向看了看，远远的豆腐坊上空浓烟滚滚，火光冲天，王六看到几十年的心血都在这一片火光中化为灰烬，他的心在滴血。王六转动一下脖子又看到站在塚同一郎旁边点头哈腰的孙猴子孙何生，这个平时满脸笑容和他称兄道弟的人，这个出卖他的汉奸，"太君！他就是豆腐坊的掌柜王老六！跑了的王杏儿就是他女儿!"

王六的眼睛里燃烧着火，他要烧死这个忘恩负义的小人，令王六更加愤怒的是他终于想起那个腰挎短枪穿着一身黄色的衣服，日本副官井官川秀，就是那晚被他从死亡线上救回的"哑巴"。"哑巴"此刻就站在那个日本指挥官的身边，王六回忆起"哑巴"那晚绘制的三河地图，他明白了日本鬼子早就预谋占有这个鱼米之乡。

王六的身后徐氏和他被捆绑在同一根绳子上，徐氏披头散发，脚步踉跄，他们的后面紧跟着十三岁的齐儿和十一岁的容儿，"爸爸……妈妈……”“妈妈……”孩子跟在他们的身后一路哭喊，徐氏回过头看见一个鬼子吼叫着拿刺刀向齐儿和容儿走去，徐氏双眼暴睁大声吼叫着：“快跑！”可她的嗓子早已嘶哑，发不出多大的声音，鬼子举枪便刺，可怜两个孩子转眼便倒在血泊中，孩子凄厉的惨叫声响彻古镇。“你们这些丧心病狂的畜生！”徐氏甩着散发哭叫着一头撞向鬼子，但系在身上的绳子将她重重地绊倒，王六扭动身体愤怒地往前冲，突然枪托重重砸在他的头上，王六软泥一样倒了下去。

人们又是一阵躁动，无助的人们只能眼睁睁看着他们被推到树前，捆在这棵他们磕过头敬过香许过愿的树上，树干上系满了长长短短的红绳带。

皂角树下，停着三辆三轮摩托，两辆卡车顶上架着两挺机枪，车厢下站着两排上了刺刀的日本兵，两个冷漠的日本兵各牵着一条耳朵尖尖的狼狗，狼狗吐着鲜红的舌头大口地喘着粗气，当中腰挎长刀戴着两只白手套的正是塚同一郎，他的旁边站着腰已弯成九十度的孙保长，四个日本兵押着两个镇民抬着一具湿漉漉的日本兵尸体，一路滴着水走了过来，塚同一郎对着人群叽里咕噜一阵后，人群中几个群众被几个鬼子抓了出来，在闪亮的刺刀胁迫下，人们拾取柴草，塚同一郎来回踱步显得很不耐烦，立即用手指了指不远处一个草房子，口中叽里咕噜了几句，几个日本兵立即会意，于是又逼群众掀了这家屋顶扒来屋草，人群中又是一阵躁动，但只能无助地哭喊。

塚同一郎僵着脑袋在人群前来回地踱步，塚同一郎没想到飞行员未找到，却又死了一个大日本皇军，在他眼中该死的是这片土地上的人们。塚同一郎更没有想到，这片异国的土地，几个月后会成了他永久的故乡。

塚同一郎走上前拔出东洋刀指着王六说：“说！你只要交出那个抗日分子，我们就放了你们！”面对黑压压愤怒的人群，孙何生在一边劝说：“王六！我知道你家杏儿是没有这个胆子跟皇军作对的，但你只要交出姓严的小子，皇军就会放了你们！也省得这些镇民陪着受累！”王六缓缓抬起头，扭曲的脸上布满痛苦地吼道：“休想！你们这帮禽兽！”王六的骂声一落地，一个鬼子的枪托狠狠地砸在王六的腮帮子上，鲜红的血顺着王六的嘴角流了下来。

见此情景，孙何生转了转眼珠上前对塚同一郎说：“太君！中国人上对下都是真的，你让他交出孩子是不可能的！他们的两个孩子在这里无亲无故的，应该不会跑得远，有一种办法，只要把他们押着去游街，他的女儿、儿子自然就会出现，到时就能抓到他们和姓严的小子！”

王六的脸仍在哆嗦着，突然，王六一张口，一股鲜血夹着两颗牙齿便喷向塚同一郎，喷得塚同一郎一脸的血，两颗牙齿正好打在塚同一郎鼻梁上，塚同一郎恼羞成怒地叫道：“浑蛋！”两个鬼子上前对着王六又是一阵打，塚同一郎掏出手帕擦了擦脸又号叫：“给我烧！烧死了，等他们来收尸！”

无情的火冒着浓烟无情地烧了起来，火苗像蛇一样地舔着火舌，王六和徐氏在火光中痛苦地挣扎着、怒骂着、惨叫着，传来王六凄惨的叫声：“杀日本鬼子！为我报仇！”无情的大火伸着火红的舌头越过王六、徐氏的身上，爬上了古树，一缕缕青烟伴着一股股煳味在空中漫延，树上一片片枝叶如火鸟般闪着红光，飞上天又落下地，像是对王六夫妇沉痛的哀悼。

火越烧越旺，浓烟在空中飞舞，成百上千只各种各样大大小小的鸟扑棱棱飞向天空。巨大的火在小镇河东燃烧着，大火映红了半个天空。火焰照着千年的古镇。人们一片哀怨，纷纷伏地大哭，哭声震野。

塚同一郎一边得意一边不解地看着天空，突然，一团腥味异臭的东西撒落在脸上，塚同一郎本能地用手抹了下脸，将人中一小撮胡子上掉下来的一团鸟屎，抹得脸上到处都是。塚同一郎脸上被涂抹得腥臭难忍，远远看上去更是像只花猫，塚同一郎看到自己洁白的手套上粘满了黑色的鸟屎，一股奇臭无比的气味扑面而来，“八嘎！”塚同一郎大叫一声，一抬头，只见无数只鸟雀在天空中盘旋、哀鸣，鸟群中一只雄鹰俯冲下来，吓得塚同一郎连忙掏枪，雄鹰突又昂首展翅，飞上小镇青蓝蓝的天，盘旋两圈又展翅向东，飞向那八百里巢湖，飞向远方。

无奈的塚同一郎气得哇哇大叫，掏出手枪对着天空“啪，啪，啪！”，连放了三枪。

回到镇区，塚同一郎听从孙何生的建议，立即强征了张家祠堂，塚同一郎又命令抓来的镇民在太平桥头修筑碉堡。对于这个三面环圩一面迎水，占地二十余亩的张家祠堂，塚同一郎非常满意。

祠堂内，看着士兵们在安营扎寨，塚同一郎来回地踱着方步，想起此次来三河还有另一个任务，塚同一郎对孙何生说：“鉴于你的对皇军大大的忠诚，皇军正式任命你为三河镇的镇长，希望你要全力配合帝国的行动！”翻译官青木金泽在一边翻译，孙何生俯首连连点头说：“是，是！一定，一定！”塚同一郎又说：“你现在要摸清这里所有的船只，对它们进行公告登记，并发放出入证，实行水上交通管制！”孙何生皱着眉头说：“太君！据我所知，您要对水上交通实行管制，只有找船老大潘志明，我们只要找到他就不成问题！”塚同一郎一瞪眼对青木金泽和孙何生说：“立即去找潘志明，带他来见我！”“是！”青木金泽和孙何生领命出去。

两人带着日本兵找遍大街小巷、水上码头也不见潘志明踪影。塚同一郎大怒，他知道，要想控制三河必须先控制水上交通，于是给合肥的日本驻军发电报，请求派送几个快艇来。

第十八回　走投无路

小南河畔，月已初升，河面上弥漫了一层白雾，周围静静地，只有风吹芦苇叶发出的沙沙声和偶尔的蛙鸣。严俊艰难地在滩涂上挪动着脚步，他嘴唇乌白，浑身湿淋淋地冻得直哆嗦。严俊靠一根芦苇管在水下待了两个多小时后终于回到了船上。

此时，王杏儿正抱着平儿掉眼泪，严俊看了看两眼紧闭气若游丝的平儿，心里微微一惊，也顾不得换衣。严俊知道再也不能耽误时间，对着平儿的伤口吸了起来，大口的黑血从他嘴里吐了出来，直到最后吸出鲜红的血液才住口，然后又取出七叶草塞进口中嚼了起来，将嚼碎的草渣敷在伤口上包好，严俊这才长长地吁了口气："这草药能抑制毒素，可惜杨先生不在家！"王杏儿看到平儿睁开眼动了动嘴巴，疼痛也似乎减轻许多，王杏儿感激地看着严俊，王杏儿说："严大哥！今天多亏你救了我们，谢谢你！"严俊望着王杏儿，脸上一热说："不用客气，这是应该做的，任何有良心有正义的人都会做的，我救你，更何况我……我……愿意！"严俊本想说我喜欢你，这时却又面红耳热说："早就听说日本人凶残，没想到今天跑到三河来撒野！"王杏儿摸了摸红肿的手腕，恨恨道："可恶的鬼子！死有余辜！"严俊安慰她说："一切都过去了！"严俊从口袋内摸出一个刺绣的手绢送到王杏儿面前，红着脸说："这是我刚买的，送给你！"王杏儿看了一眼严俊，想起父母夜晚将自己许媒的话，以及看到黄晓刚在街头放粮的情景，小声说："不用了，我现在哪有这般心思，我想回家。"声音里充满了委屈和难过，严俊说："现在还不能回去，等鬼子走了我再送你回去。"

月色朦胧,小船静静地泊在河心。芦苇肃立两旁,严俊和王杏儿坐在船中。平儿昏昏沉沉地躺在杏儿怀里,脸上隐隐泛着黑色。严俊又看了看平儿的伤口,知道毒素还没有完全消除,内心不禁暗暗着急。

突然,一声清脆哨声划过河面,严俊一听大喜,连忙应了一长一短两声哨音,很快,雾色中潺潺的划水声由远而近,只见一个舢板小船平稳飞快地从对岸驶来,船头上稳稳地站着一个人,中等身材,朦胧的月光下,来人一身黑衣,在他身后还站着四个穿青衫的汉子,其中一人正是船工胡祥宁。等两船交会时,船头的黑衣人微一躬身轻轻一跃,也不见身形晃动,便如一片树叶飘了过来,毫无声息地落在严俊船头。

王杏儿眼神迷茫,严俊上前低头叫一声:“义父!”便恭恭敬敬退到一旁。来人正是严俊的义父,三河水上码头老大潘志明。潘志明一身黑衣内紧身打扮,绑着小腿,黑色的短衫上两排布疙瘩纽扣月光下清晰可见。他的另一个身份是中共三河镇党委书记。白天的一切他已知晓了大概,潘志明看了看船舱中的王杏儿和平儿,见平儿双眉紧锁面色阴暗,潘志明忙问:“怎么回事?”严俊连忙将事情说个大概,潘志明皱了下眉头什么也没有说,上前看了看王杏儿和平儿的伤口,又翻了翻平儿眼皮说:“这是被蛇咬了,中了五步蛇的毒!”潘志明说完摆了下手,又打了两个手势,后面小船上立即跃过两个青衣汉子,其中一个青衫人拿出一个灰色的布袋,“这是解毒的药,应该行!”潘志明从布袋里面取出一个小瓶,倒出几粒黑色的小丸,一股清香立即飘来,潘志明掰开平儿的嘴将药丸放入,严俊垂着双手站在一边不敢作声。潘志明将平儿扶起,坐直腰身在平儿的后心推拿一会又拍了几下,这才将平儿的手臂放入水中,由另一个穿青衫的人弯腰用清水洗着伤口,王杏儿默默看着,知道他是为救平儿,心生感激。大家一阵忙碌后便在船板上静候。

半小时后,平儿翻了个身轻哼了一声,此时他的脸色渐渐好转,痛苦状渐渐消失,王杏儿知道平儿已脱离了危险,保住了性命。王杏儿打量着这个三十多岁脸色冰冷的人,正要道谢,只见潘志明起身对严俊和一个穿青衫的人低哼一声："俊儿，乐平，你们两个跟我过来！"便带着严俊和刘乐平纵身跃回舢板小船。船上王杏儿隐约听到潘志明在训斥严俊，一旁严俊小声地解释着。

王杏儿凝神听见潘志明说："鬼子这次来主要是看上了三河是鱼米之乡，想让这里成为粮仓基地，我们坚决不能让鬼子得逞！俊儿，乐平，你们必须马上通知三河所有的船舶主，让他们都要隐藏好，要快！最好开到巢湖芦苇荡中，这样切断鬼子水上交通，鬼子的阴谋就不能得逞……我现在去通知所有商户转移粮食，一粒粮也不能落入鬼子手中。大家分头行动！"严俊和刘乐平听完连忙点头答应，潘志明又匆匆交代了几句，便跳上小船离去。

严俊苦着脸回到了王杏儿面前，他看了看焦急不安面色憔悴的杏儿。严俊已经从潘志明的口中知道了他们走后发生的一切，日本人杀害杏儿全家让严俊震惊，严俊不知道事情会这样严重，更不知道如何向王杏儿说，严俊苦着脸不安地看着杏儿，许久说："义父说日本人到处在找我们，他让我去通知河上的所有船只，让他们隐藏好，然后接你们到巢湖姥山上躲一阵子。"王杏儿摇了摇头说："我不去！""姐姐，我想回家！"这时平儿仰起头委屈地说。"现在还不能回去。"严俊望着平儿执着的脸庞心里充满矛盾。"不能回去，我们总不能在这船上待一辈子吧！平儿，走！我带你回家！"王杏儿站起身坚定地说。严俊猛地上前一步拦住，激动地说："你……已经没有家了，鬼子……鬼子将你家烧了！"严俊话音刚落，王杏儿瞪大眼睛，仿佛晴天打了一个炸雷，脑子一片空白。就这么呆呆地站在那儿，突然仿佛从遥远的天际又回到现实中。半晌，杏儿怀疑地说："不，你骗我！我要回家！我要回家！"说完抱起平儿不顾严俊的劝阻就要跳下船，严俊无奈只好将船摇向岸边。

小船在时隐时现的蛙鸣中靠近北岸，分开芦苇，王杏儿抱着平儿跃下船，严峻刚要下船，只听王杏儿说："不用了，今天真的谢谢你！严大哥！""不行！我送你！"严俊还是不放心地跟在后面，王杏儿走了几步转过身倔强地说："不用了，你义父还交代了事情，你忙吧，不用跟着我，这里我熟悉！"面对固执的王杏儿，严俊只好止住脚步无奈地说："那好吧，路上小心点！我忙完了就来这里等你！"

街东，白天被鬼子洗劫后的街道变得毫无生机，夜间更是死气沉沉，漆黑一片。王家豆腐坊前一片废墟，几个乌黑的木梁歪斜在一堆残砖上，院里大大小小的缸体在黑色的灰烬下东倒西歪，倒塌的木框上冒着一丝丝白色的烟雾。"妈妈！"王杏儿眼前一黑就软绵绵地倒下，平儿放声大哭，哭声响彻街头。远处一个身材瘦弱的老人挑着担子，急忙忙跑了过来，匆忙中他担子里的米糕、五香蚕豆、干子洒落一地，老人全然不顾快步走了过来放下担子，上前用力地摇着王杏儿："姑娘！醒醒！杏儿姑娘！快醒醒！快醒醒！"急切的摇晃终于使王杏儿醒来，面对卖夜点的佘大叔，王杏儿艰难地抽泣着，佘大叔焦急地说："快跑吧，孩子，日本鬼子正到处抓你呢！"王杏儿抽泣着问："我不走，佘大叔，我要找我家人！""我妈妈呢？"平儿止住哭声问，面对两个可怜的孩子佘大叔不知该如何回答，半晌，佘大叔沉重地说："杏儿，你长大了，遇事要学会坚强，以后什么事都要靠自己！"这时远处传来嘈杂的脚步声和狗吠声，佘大叔着急地说："走！快到河边去！到船上说！"佘大叔说完一手拽着王杏儿一手拖着平儿奔向河边。

水乡的傍晚非常迷人，夕阳下，小镇仿佛披上了一件金色的外套。小南河两岸，微风中杨柳轻拂。望月阁飞檐下挂着一轮夕阳，霞光染红望月桥，桥下隐隐泛着金色的波光，一艘小船划开长长的金色波纹，仿佛是一幅动中有静、静中有动的江南水彩画。

然而，此刻的夕阳对于王杏儿来说却是如此的凄惨壮烈。头发凌乱的王杏儿呆呆地看着河水，霞光印在她凄凄惨惨的脸庞上，王杏儿无力地抽泣着。王杏儿什么都知道了，尽管佘大叔的声音很小但每个字都是晴天霹雳。

整整一天,王杏儿的泪已哭干,嗓子也哑了,这突如其来发生的事情,仿佛把她从人间拉向地狱。尽管好心的佘大叔帮他们躲过了鬼子的搜查,但这一切像在做梦一般,王杏儿不知道身在哪里,又将到哪里去,父亲死了,母亲死了,妹妹和弟弟也死了,家也毁了,一切都没有了！现在,只是眼泪不停地流。

报仇！王杏儿此刻满脑子都是报仇！王杏儿看了看平儿,心想:必须把平儿安置好！王杏儿想去投奔从未见过面的外公还有舅舅,但又不知道到哪里去找他们,因为王杏儿从未见过他们。王杏儿想起了父亲的朋友——五彩大染坊的范友林叔叔,小镇上人称范大善人。想到这王杏儿便抹去了脸上的泪痕,带着哭闹中的平儿直奔中街五彩大染坊。

五彩大染坊,客厅上。

大善人范友林摸了摸下巴道:“哎呀呀,我的亲侄女哟,你们家的事我听说了,你爸好好地做生意,惹什么日本人呀,他们要什么你们给他们嘛……”王杏儿的脸憋得通红嘴唇动了动想说什么,但最后什么也没说,范友林掉转话头说:“不过王掌柜死得也太惨了……我的好兄弟啊……”说罢范友林双手掩面,满脸悲痛地挤了几滴眼泪,透过指缝,杏儿看到了范友林一只眼睛正看着自己,等范友林干号了几声,王杏儿还是忍住眼泪小声说:“范叔叔,我弟弟受伤了,我来是想把平儿……留在这里,平儿被蛇咬了……”范友林内心一惊说:“平儿受伤了？你到哪去?”“我要去报仇!”王杏儿咬牙道。一边的平儿仰起脸:“不！姐姐！我也和你一起去报仇!”这时,范友林的老婆姚氏走了进来,一听这话,连忙说:“哎呀呀,你一个女孩子家,报什么仇呀！等你长大了再说!”“杏儿,你这不是去送死嘛?!”范友林说完转了转脑筋又说,“杏儿呀,你爹死前曾托我去黄守贵家见证你的婚约,既然你们都定了亲,你现在就是黄家的人了,你何不去找黄家?!”范友林说着拿起手帕搌了搌眼角,顺着手指缝又偷眼看王杏儿,姚氏立即附声说:“我们这里的规矩,定了亲,你现在就是黄家的人了,你在这里要是让黄二爷知道了岂不怨死我们了!”王杏儿失落地站在堂上，这时范友林又说：“杏儿姑娘，你要不去黄家，你就去找你舅舅，走得远远的，不要让日本人找到！”不待王杏儿回答，范友林又挤了挤眼睛对伙计说：“去！快去账房拿几块大洋给杏儿做盘缠！”王杏儿的脸唰地红了起来：“谢谢了，平儿我们走！”说完拉着平儿转身走了出去。门外王杏儿听到大染坊的伙计在身后喊：“杏儿姑娘，等等，这是大掌柜送给你的两块大洋！……”

王杏儿头也未回地走了！她知道那两块大洋里面有多少真的情分。

小南河的水不紧不慢地流，王杏儿带着平儿顺着河堤漫无目标地走。王杏儿想起那个在街头施粥的黄晓刚，一个她将托付终身的人，那个充满正义的英俊的黄家二少爷，但是自己毕竟还未过门，就要跑到人家去？王杏儿望了望身边的弟弟，也没有什么更好的选择，不管怎么样，这门亲是父母说的，自己必须先把弟弟安排好，只有这样才有时间去报仇。王杏儿想起扔进自家井底的枪，于是她果断拉起平儿的手，穿过大毛竹巷口向前奔去。

第十九回　同兴米行

镇西头黄家，同兴米行。

这是一个典型的徽派建筑，马头墙飞翘如大鹏展翅，墙上布满了砖雕和木雕组合的飞檐，上面彩绘栩栩如生，十分气派。迎街是一排十六间的米铺，米铺后，是四排二层回形阁楼，阁楼上雕刻精美的门窗。每排阁楼当中都有一个天井小院，院内绿树常青。整个米行大大小小有七十二间，宛若迷宫。院与院相通，门与门相连，走进前门向里看，门框重叠，门中现门，视线可直达古城河。

门前一对雌雄石狮威武地立在两旁。高大的门庭上挂着一个六角的大红灯笼，上面有一个斗大的“黄”字，厚沉黝黑的大门正中挂着两个虎头门环，门环边布满了整齐的古铜色圆钉，猛一看去像是镶了一块块金色的元宝。门庭两边各有一个拴马的石槽，石槽扣中系着一匹黄骠马，睁着一双乌亮的眼睛。

面对出出进进的人，王杏儿拉着平儿鼓足勇气走上前去。

聚财大厅内，早有伙计通报给老爷黄守贵了。一张红木雕花的八仙桌旁，黄守贵正悠闲地吸着鸦片，厅堂内弥漫着青蓝色的烟雾，靳晓泉手拿羽毛扇站在太师椅的后边，举着扇子为黄二老爷纳凉。黄守贵正在考虑怎样转移家里的财产。此时听到王家杏儿来的消息，黄守贵大惊，一下坐了起来，紧锁眉头说：“杏儿？她来干什么？”黄守贵从靳晓泉手中接过龙壶啜了一口茶，面对三河小镇上最近发生的事，黄守贵的嗅觉敏锐得像条狗，凭他多年的经验，黄守贵早闻到了一股血腥味，他知道得罪日本人的下场,亲眼见到贾瘸子被刺死。想到这黄守贵打了一个冷战。现在是日本人的天下,所以黄守贵巴结日本人这棵大树,才能保住他的米行,这可是自己挖空心思积攒下来的基业呀。黄守贵不会为了一个还未进门的儿媳妇去冒这个险,很快黄守贵有了主意,昂起一张马脸摇晃着一对大耳说:“把三姨太叫来!”“是!”靳晓泉转身离去。

黄守贵正在沉思时,只听到门外有响声,黄守贵见用人搀扶着母亲曹氏走了进来,黄守贵连忙站起身:“老太太,您来了!”曹氏笑嘻嘻地说,“嗯!听说王家的杏儿姑娘来了,我过来看看!”黄守贵说:“是啊,我已让人打发她走了!”见老太太脸色一寒,黄守贵连忙又说:“老太太,您不知道最近发生了什么事,您听我说!”老太太曹氏说:“我都听说了,可是,人都是要长一点心啊,她可是我未过门的孙媳妇!你也不怕外人说闲话!”黄守贵焦虑地说:“以前是,可眼下她是日本人正在追拿的人犯!这要是让日本人知道可不得了!”老太太说:“日本人说她是人犯,她就是人犯?说什么我也不信!”“可是,现在日本人要抓她呀!”黄守贵着急地说,老太太又说:“日本人就不是什么好东西,再说,日本人天天会守在三河?你不能安排她暂时躲一躲?这丫头我也去看过,做生意是一把好手,等日本人走了,家里家外还让她多操持呢!”“这……”黄守贵还要说话,只见老太太一拄拐杖说:“带杏儿姑娘到瑞福园,我来问问怎么回事!”

王杏儿拉着眼泪未干的平儿,脚步摇摇晃晃。王杏儿没有想到第一次走进黄家竟是这样狼狈,自从看到黄晓刚在街头施粥,她心中就对这个男人产生了好感。但无论如何自己也未想到会主动走进这个大门。

片刻,从后厢房内走来一个浓妆艳抹的女人,二十四五岁,身穿一件鲜红的旗袍,细腰长腿,丰乳肥臀,瓜子脸上小巧的鼻子下,薄嘴唇被涂得通红,她正是三姨太,屋子里立即充满了浓浓的胭脂味。肖氏一手搭在腰间,一手拿着手绢说起皖南方言:“哟,你是杏儿吧?!我是晓刚他三姨,你找老爷什么事呀?”“阿姨,我来找黄老爷。”杏儿沙哑着声音道。三姨太肖氏不屑地说:“他不在,有什么事跟我说吧!”“我爹妈都被日本人杀了,我要找黄老爷。”说罢杏儿眼圈泛红。“啊呀呀,那你还不快躲起来,日本人惹不起的,我们家又不是县府衙门,到这来告什么状呀……”肖氏扬了扬本就稀疏的眉毛。“我爸说我和二少爷是定了亲的,我来……找黄老爷……”杏儿红着脸向厅堂里望了望。还未等王杏儿说完三姨太就不耐烦地说:“哟,你和二少爷定了亲?我怎没听说过呀?!……走啦走啦,老爷上安庆府啦,也不知道什么时候回来……”“那……那二少爷呢?”王杏儿不甘心地问,一张苍白的脸上微微地泛着红晕。“二少爷也去安庆念书啦,赶快走吧,以后也别来了,日本人晓得了就不得了,会枪毙的……”肖氏皱着眉头,说完转身扭动屁股走向后堂,却差点撞上迎面走来的黄晓刚。

“二少爷?!”肖氏睁大眼睛不安地看着从门庭后走来的满脸怒气的黄晓刚,黄晓刚一闪身从她身边迈过,对着王杏儿大声叫道:“是你!你到我家来干什么?!”不等杏儿回答,黄晓刚又吼道,“告诉你!你爱找谁找谁去,二少爷我不喜欢!”黄晓刚正大声叫嚷,这时跟在他后面的家丁上前拉住他:“二少爷!老爷让你快回去!二少爷!……”

自从施粥风波过后黄晓刚虽然被父亲从房间放了出来,但每天仍有家丁看管,此刻见左宗四和梁家勇略有松懈,便悄悄溜了出来想去母亲房间看看。黄晓刚刚过前厅,听见三姨太尖锐的声音,黄晓刚早已明白了几分,但他不知道杏儿已是家破人亡,黄晓刚走到门口听到王杏儿说要找自己时就一股怒火袭上心头,便奔了过来。心想:都是你!谁让你到我家来的,谁答应娶你了!

王杏儿面对从门外闪入的黄晓刚和突如其来的驳斥声,脸一下子红到颈部,她颤抖着身体哆嗦着嘴唇,怔在那里。

“二少爷,二少爷!老爷让你去做功课!……”左宗四和梁家勇拽着黄晓刚便往门后走。

“哟,二少爷你来干吗?你不是到安庆上学去了吗?!怎么还未走?”

肖氏不自然地对黄晓刚道。

王杏儿什么都明白了，倔强的王杏儿从心底升腾起一股愤怒和羞耻，她知道了自己的处境，没有人会为她去得罪凶残的日本人，王杏儿拉起平儿愤愤地转过身。一旁平儿粉红的小嘴已被咬得毫无血色，他恨恨地回头看了一眼这个打扮得花红柳绿的女人和这个被称作二少爷的黄晓刚，在他小小的心灵里已埋下愤怒和仇恨。谁也没有想到就是这个十岁的平儿七年后火烧同兴米行怒杀黄二老爷。

王杏儿正要离去，这时就听院内传来匆匆的脚步声，左宗四走来说："杏儿姑娘，老太太要见你！你跟我来！"

瑞福园，三人相见，老太太问："杏儿呀，你怎么得罪了日本人？"王杏儿哭着把事情的前后说了出来，老太太叹了口气，拉着王杏儿的手说："杏儿，你别难过，你家的事，我也听说了，你找黄老爷什么事啊？"王杏儿说："我想把我弟弟留在这里，我自己……"王杏儿说了一半忍住了，老太太曹氏似乎明白了又问："那你到哪里去啊？"王杏儿红着脸哆嗦着嘴唇："我……"平儿在一边说："不，姐姐，我要和你一起！"老太太曹氏盯着杏儿的眼睛说："你想一个人去报仇？"

厅堂上，黄守贵正不知所措的时候，赵大麻子匆匆地跑来气喘吁吁地说："日本人来了！孙何生带日本人来了！"黄守贵大惊："家……家勇！"梁家勇一听扭头奔出后门。

屋内，老太太曹氏和王杏儿正说话时，梁家勇急急忙忙冲进了房里，一见老太太慌慌张张地说："不好了，不好了！老太太，日本人来了！"老太太曹氏不急不慢地说："大惊小怪的！谁来了？""孙何生带日本人来了！"老太太冷冷地说："哼！不怕鬼子上门，就怕汉奸带路，我瞅那孙猴子就是个汉奸的相！"王杏儿一听到孙何生的名字，脸一红就站了起来，老太太紧紧握了握王杏儿的手说:"报仇?!杏儿你一个女孩子家怎么报啊?现在这外面都是日本人,你出去等于是送死!""死就死!死我也要先杀了孙猴子再杀日本人!"老太太曹氏叹了口气说:"只怕你还未能报仇自己就先死了,杏儿呀,你要学会忍!听老太婆一句,你带平儿,现在就暂时躲一躲吧,躲得越远越好,等日本人走了,你再回来!啊?!"

老太太曹氏说完起身对梁家勇说:"家勇,你送他们从后门出去,现在我就过去,看看他孙猴子能把我这个老太婆怎么样!"

孙何生告别塚同一郎便心急如焚回到镇公所,立即找来颜立平和吴大明。三天!一定要找到王杏儿!塚同一郎的命令让他胆战心惊,日本人的残忍他是清楚的。整整一天孙何生忐忑不安,坐卧不宁。焦虑中孙何生吩咐保安四处打探严俊和王杏儿的行踪,但他怎么也找不到,最后从大善人范友林口中隐约知道王杏儿去了同兴米行,这是孙何生没有想到的。孙何生立即报告塚同一郎,塚同一郎手一挥,命令副官井官川秀带着十几个日本兵和孙保长、颜立平、吴大明马不停蹄直奔黄宅。

门厅内,副官井官川秀和孙何生带着日本兵呼啦啦地冲了进来。十八个鬼子站成两排,副官井官川秀和孙何生往当中一站,黄守贵连忙上前施礼。孙何生威风凛凛地说:"黄老板,听说王杏儿来了?"黄守贵慌忙说:"没……没有!我没看见她来!""没有?说!她在哪里?"黄守贵两手一摊:"我也不知道呀!"孙何生哼了一声,抬头扫了下周围,走到一幅山水画前对副官井官川秀说:"太君,您看看这幅画,画得怎么样?"副官井官川秀哼了一声,不知孙何生葫芦里卖的是什么药,只好睁大眼走到画前抬头看画。黄守贵一见连忙上前赔着笑脸说:"这是朋友画的,太君要是喜欢,这幅就送您了。"孙何生呵呵一笑,突然转脸对黄守贵又问:"王杏儿她来干什么?"黄守贵心里一惊:"她……"脸上仍强作镇定说:"她……我真的不知道呀!"孙何生对着院子东张西望:"二爷你家大业丰,可不能欺瞒太君!"黄守贵见孙何生依旧怀疑,于是又说:"孙保长!你放心,我家有老有小的，你就是借个胆给我，也不敢得罪日本人呀！”

孙何生正犹豫时，副官井官川秀手一挥，十二个日本兵端着枪分成两组，由颜立平和吴大明带着就冲进了院里，立即，日本兵所到之处引起一片惊叫声。赵大麻子连忙随后说：“太君，太君！我们是帝国的朋友，大大的良民！”

正在这时，老太太曹氏从门后走来，老太太看了看屋里荷枪实弹的日本兵说：“孙保长，你们这是干什么呀？舞刀弄枪的！”孙何生说：“老太太，例行公事，例行公事！听说王家的杏儿到米行来了？”“什么？杏儿来了？在哪里？”老太太转过身看着黄守贵问，黄守贵心急如焚，他知道母亲的脾气，生怕说僵了不好收拾，这时，老太太又说：“她来了怎不告诉我一声？”

黄守贵心一揪连忙说：“没有！老太太您别添乱了，她确实没来，您不知道现在什么情况，王家那丫头犯事了，得罪了日本人！”孙何生两眼一翻说：“她何止是得罪，她杀了一个日本人！”

老太太脸色一变大惊道：“什么？她怎么会杀日本人呢？她一个女孩子。你们一定是弄错了，孙何生，王杏儿要是得罪了你，老太太给你赔不是！”老太太说完就要弯腰行礼，孙何生着急道：“不敢，不敢！老太太！不是王杏儿得罪我，是王杏儿得罪日本人！”

副官井官川秀见老太太纠缠不清，也听不懂他们在说什么，瞪大眼睛吼了一声。副官井官川秀似乎想起来到三河的那天孙何生和这个胖子迎接他们的情景。正在这时，后院哗啦啦一阵脚步声，颜立平、吴大明带着十二个日本兵回来了，颜立平上前一步说：“太君，没有！”

黄守贵擦了擦额头上的汗对孙何生说：“孙保长！我的确没看到王杏儿，你我相处这么多年，你还不相信我?!”孙何生转了转脑筋对副官井官川秀说：“太君，他们说得对！谅他们也不敢！我们现在去河边搜一搜。”副官井官川秀似懂非懂点点头，孙何生说完便带着日本兵走了出去。

幽静的小南河上，浮云遮住落日，残阳如血。王杏儿和平儿一路跌跌撞撞漫无目的地走着。范大善人的冷漠和黄家的无情使王杏儿一下子没了方向，王杏儿欲哭无泪。她毕竟还是一个十六七岁的孩子，一下子尝尽人间的酸苦与悲痛，王杏儿不知道现在要到哪里去，她恨这个世界，恨凶残的日本兵，王杏儿恨黄家的冷漠与无情，那一幕幕伤心事仿佛就在眼前。她想到了死。

小南河的水缓缓东流。王杏儿目光呆滞一步一步走下河堤，冰凉的河水浸透了她的花鞋。“姐姐，我饿！”平儿仰起头浑身瑟缩着，杏儿毫无表情地看着河水。“姐姐，我好饿！”平儿摇了摇王杏儿的手臂。

王杏儿的心猛地一怔，耳边又一次响起佘大叔缓慢而沉重的声音：“杏儿，你长大了，以后什么事都要靠自己，要学会坚强！”王杏儿立即止住了泪，看着这世上唯一的亲人平儿，不！杏儿你要坚强地活下去，你要把弟弟带好带大抚养成人！你如果死了你怎么去见父母?！王杏儿捋了捋头发想起自己的责任，想起了自己父母妹妹的惨死，王杏儿要活下来，王杏儿要为他们报仇。

王杏儿从怀中掏出佘大叔塞给她的五香蚕豆，平儿接过，仰起蓬头垢面的脸，伸出小手递过几粒：“姐姐，你也吃点吧，不吃会饿死的！”王杏儿摇了摇头，王杏儿想起经常去河边玩看到的大片的茭瓜丛，那里有白嫩的茭瓜，还有弟妹们经常在缓缓流淌的河水中摸捞的河虾，想到这王杏儿猛地扭过头，抹了一把眼泪拉起平儿向河边走去。

第二十回　父子反目

黄晓刚挣脱家丁左宗四和梁家勇匆匆走过天井，自从上次和李秀梅分手后又在街头施粥，父亲便让人看着他，黄晓刚找父亲黄守贵求过也吵过，但都无济于事，王杏儿的到来黄晓刚隐约知道她是来找自己的，黄晓刚以前见过王杏儿却不喜欢，黄晓刚不愿包办的婚姻，因为他从来就没有想过要娶王杏儿。

黄晓刚有自己喜欢的人，一个青梅竹马的，让他心头充满甘甜的女人——李秀梅。黄守贵是他的父亲，也正是这个父亲荒唐地要娶他的女人阿梅。黄晓刚又一次想起了母亲，每次看着母亲满眼泪水，黄晓刚的心一下子就软了，但是还有几天父亲黄守贵就要娶他的心上人阿梅了。

怎么办？黄晓刚心如刀绞，急得像热锅上的蚂蚁，黄晓刚想起了母亲，今天无论如何也要做最后一次努力。

黄晓刚蹑手蹑脚推开门，路过赵大麻子窗口时就听见里面有人说："赵总管，还是老规矩，这些请柬还是你写，我一个粗人，没文化，你写好了，我带人去散！""娶四姨太，三爷可知具体请哪些人？""二爷说了，这是大事，凡远近有头有脸的乡邻都要请！"黄晓刚一听就火往上蹿，上前几步差点就撞上从里面出来的三叔黄守仁。黄守仁一见黄晓刚立即虎着脸问："现在这么晚了，你到哪里去？"黄晓刚本来想上前理论几句，但一看见三叔黄守仁冷冷的目光就颤动着嘴唇说："我……我去看我妈呢！"黄守仁看了看黄晓刚又说："看你妈？你这是到哪里去啊?!"黄晓刚这才明白心急走错了路，这时黄守仁又说："告诉你！不管你心里怎么想，但你必须老老实实在家待着，只有在这里你才是二少爷！”黄晓刚咬了咬牙转过身从黄守仁身边走了过去。

夜色渐起，庭院中两个下人一边小声说话，一边点亮了四周一盏盏马灯，回廊上马灯罩子中散发着微弱的亮光，黄晓刚心潮起伏大步奔向母亲的后厢房。穿过廊檐，路过二姨妈的房间，黄晓刚不禁放缓了脚步，这是一个让他尊敬又同情的女人，黄晓刚远远地听到二姨妈的唱腔：

……
壶中有酒好留客，
壶中无酒客自走，
有缘无分留不长久，
……
奴的家住三河十字街，
一家人为吃喝把饭店来开，
奴丈夫从不问生意好坏，
他不问奴店房开是不开，
他不问奴店房油盐小菜，
他不问奴店中缺米少柴，
名分上是夫妻哪有什么恩爱？
对空灶守孤灯好不悲哀，
……
小女子倾诉谁人听？
只有泪珠止不住流，
……
风风雨雨不平凡，
成了婚的没有爱，
没有爱的成了婚，

老天，老天你作弄人，
老天，老天你不公平，
……

凄美的《小辞店》，那哭腔曲调，总有一种历尽苦难后对生命的感伤，像一个怨妇，如诉如泣，娓娓道尽一个女人的心事，让人感到悲凉。黄晓刚猛然觉得那曲调就像是在诉吟自己，像一个无辜的人突然落了万般不幸，无限哀怨的唱词使黄晓刚悲伤不已。

黄晓刚曾听母亲说二姨妈家家境尚可，是一个大户人家的小姐，父亲黄守贵曾是二姨妈家的管家。因遭土匪抢劫，二姨妈父母被害后家境一贫如洗后，便嫁给父亲黄守贵，所以母亲很同情她，母亲常常对自己说要对二姨妈孝顺点。

黄晓刚正想着心事，不小心被门槛绊了一个趔趄，身体扑在门角的花架上，一盆兰花歪斜着掉了下来，咣当一声砸得地板上碎片满地。“晓刚哥！你到哪里去呀？”腾地从柱子后面窜出一个十一二岁梳着马尾辫子的小女孩，红润细腻的脸蛋上有一双明亮的眼睛。是巧巧，二姨妈生的妹妹。黄晓刚应了声便慌忙爬起来，绕过屏风直奔后院，刚走到四方天井，突然黄晓刚像想起来什么似的，黄晓刚转过身把妹妹拉过来说：“巧巧！你帮哥去干一件事，可好？”“去干什么呀？”巧巧突闪着黑白分明的眼睛，“去通知一下阿梅姐姐，让她明天午饭后到小南桥等我！”“知道啦！”巧巧一蹦一跳笑着离去。

夜浓如墨，金灯如豆。后厢房内微弱的灯光下，一个三十六七岁的女人正跪在香烟缭绕的观音像前发愣。她正是黄晓刚的母亲高氏。

厢房墙上挂满了高氏做的大大小小、长方形的羽毛扇，洁白的羽毛上还有高氏手绘的一幅幅精美的图画，有牡丹、兰、菊和水乡古镇风光的秀丽彩墨画。这是高氏的爱好，也是她闺中谋生的一门手艺，高氏刺绣做扇远近闻名，尤其对这种极为考究的有十二道工艺流程的扇子制作更是擅长,方圆几十里都求购她的扇子。高氏更不忘和黄守贵在困难中靠做羽毛扇同甘共苦时的恩爱生活,丈夫现在是同兴米行的老板黄二老爷了,高氏恨这个曾经对她海誓山盟却又背叛爱情的人。现在古镇上黄守贵要娶四姨太的新闻传得沸沸扬扬,成了街头巷尾茶余饭后的笑料,更何况黄守贵要娶的是比他小二十岁的李秀梅,碰巧又是二少爷青梅竹马的恋人。高氏立在窗前发呆,程妈见状走上前给她沏了一杯茶:"大太太,您甭太操心了,一个人一个命,身体要紧!"

高氏面色憔悴略带愁容,目光呆滞地盯着烛光,陡然间一幕幕往事在心头闪现。高氏本是一个天真烂漫漂亮的小姑娘,父耕母织生活无忧,整天玩耍嬉戏,过着快乐的生活。没想到六岁那年父亲得了疾病身亡,母亲一人清苦持家,生活艰辛,邻居便上门让她到黄家做童养媳,长大了嫁给得了痨病的黄家大少爷黄守富。记得到黄家的第三天婆婆嫌她脚大,便用长长的布条将她的脚裹了起来,白天服侍黄守富,晚上那种疼痛让她彻夜难眠,她十三岁那年黄守富痨病加重一命呜呼。

公婆说高氏是克夫相,什么脏活累活都让她干,每天还要端茶送水忙碌服侍黄家老小,一点不如意公婆便打骂不让她吃饭。她受尽苦难,这样熬到十五岁,不想一天夜里让黄家二少爷黄守贵得逞,公婆知道后不但不安慰还用扫帚打骂威胁,不许张扬。不久便让她与黄守贵草草完婚。黄守贵本来就是个我行我素花天酒地的浪荡子,婚后第二年一场洪水使黄家变得一贫如洗,公公也离世,婆婆脾气也改了许多,这样在困难中黄守贵变得安稳,高氏凭做羽毛扇挣钱,生活美满了几年,心想这样过一生算了,未想到日子好了,生活刚有了转机,黄守贵便又结交歹人生出邪念。

高氏掏出手绢擦了擦满脸的泪水不住地抽泣,十二年前的一段记忆又浮在眼前:那是一个天色如墨的夜晚,高氏吃过饭在房里做着扇子,听见有人在敲后门,高氏正准备起身开门,只见黄守贵蹑手蹑脚走到门前。透过小院微弱的灯光,高氏看到进来两个人一闪身迈入厢房,其中一人正是黄守贵的朋友赵志成,另一个身材高大满脸胡须,高氏也没理会,吩咐丫鬟大凤去送茶，自己收拾收拾做好的扇子，便起身回房休息。

路过窗前，高氏听到客厅内赵大麻子小声说：“……二爷，做事要彻底……斩草要除根，不能留下后患……”“我一把火把他烧个干净，不就什么都没了……只是价钱嘛……一千块大洋一个子也不能少！”满脸胡须的人接过话说。“放心！黄二爷向来一诺千金，给！这是二百块大洋定金，你尽管去做！”赵大麻子一边说一边从黄守贵手中接过包裹递了过去。满脸胡须的人看了看白花花的银圆说：“好！黄老板爽快！……只是那个丫头怎么处置？”黄守贵应声道：“大小姐我自有安排，你就按照赵兄安排的去做……做事一定要干净，事成之后带着你的人走得越远越好……”“对，对！黄老板福气不小啊！哈哈……”满脸胡须的人说罢一阵嬉笑。

高氏听得胆战心惊，正要绕窗奔向门前，只听门外咣当一声。“谁？”屋内黄守贵一个转身打开门，只见丫鬟大凤直愣愣站在门外，一个茶杯掉在地上，冒着热气的茶水和碎瓷片洒满一地。慌张的大凤看到黄守贵连忙弯腰收拾。“老爷，对……对不起，手……手太滑，不小心绊了一跤……”丫鬟大凤颤巍巍地回答。满脸胡须的大汉瞪着眼睛走了过来。“哦！是大凤呀……自己人！没事，以后小心点！”黄守贵定了定神，朝满脸胡须的大汉挤了挤眼睛又说：“散了吧，散了！大家聚聚说说，开开玩笑都别当真啊！”黄守贵知道这一切大凤显然已听见。

送走了赵大麻子和满脸胡须的人后，高氏拼死拼活，最终黄守贵答应不再实施这个计划。第二天黄守贵让高氏通知丫鬟大凤，说她娘家来信让她回去一趟，走时黄守贵还让高氏给了她两块银圆。但高氏所有的努力最终未能改变黄二老爷的决定，丫鬟大凤走后高氏便再也没有见到，三天后有人在小南河边发现了大凤的尸体。五天后施家除大小姐以外全部被烧死于大火之中，半年后黄守贵娶了施大小姐，米行理所当然地成了黄守贵黄二老爷的米行。

“妈，妈妈！”儿子黄晓刚的呼唤让高氏从痛苦的回忆中醒来，见黄晓刚进来，高氏擦了擦眼角的泪水说：“晓刚啊！我正想你呢，快过来陪妈说说话。”

黄晓刚拉着母亲高氏的手说:“妈妈,刚才王家那个杏儿来了,三姨妈和她说的话我都听到了,我不要王杏儿,我只要阿梅……”

高氏听闻后,一双柳叶眉又皱起来了,沉默半晌拉住儿子的手怜惜道:“我也听说了,刚儿,你不知道,杏儿家出事了……”黄晓刚睁大眼睛静静地听着,这才知道王杏儿家惨遭不幸。见黄晓刚沉默不语,高氏又开导说:“刚儿,外面女子多的是,你干吗那么认死理呢?你爸的脾气你又不是不知道,赶明儿我帮你重新找一个好媳妇,好吗?别再让妈伤心了啊……”言罢眼圈不禁又红了起来。

自从大少爷死后,高氏每天心里想着念着的就是黄晓刚,高氏已努力了,她哭过、闹过,但一切又无济于事,黄守贵是个做事狠绝又一意孤行的人,高氏恨黄守贵买了个三姨太肖氏,现在又看上了李秀梅,高氏本来就心灰意冷,现在更是心寒如冰。

高氏一脸的凄然说:“晓刚,妈不能陪你一生,以后什么事情都要你自己去做,你还要撑起这个家!”声音仿佛苍老许多,黄晓刚一抬头,只见母亲耳边又出现许多白发,黄晓刚眼眶一红,抱着母亲泪流不止。“不,他要娶,就让他娶王家杏儿好了!妈妈!你去和爸讲,我只要阿梅!”

高氏鼻子一酸说:“儿呀!胳膊拧不过大腿,当初你爸选王家杏儿做儿媳,也是你奶奶的主意,将来这么大的家业还要她帮着你操持呢……”黄晓刚立起身说:“你们这是包办……好,你不去,我去找他!”说完黄晓刚啪的一声带上门,气呼呼走了。屋内高氏伤心欲绝放声大哭。

黄晓刚转身直奔瑞福园。性格倔强的黄晓刚内心早有打算,母亲的话让他突然想起一个人,奶奶!

此时,老太太曹氏正在躺椅上打瞌睡,黄晓刚上前扑通一声跪了下来哭着说:“奶奶,您给我当家,现在只有您给我做主……”老太太等黄晓刚说完,叹了口气说:“晓刚啊,什么杏儿梅儿的,还不都一样,娶过来快给我生娃。我们家里现在就你一个顶梁柱。守贵早就和我说过了,他娶梅儿也是想给你再生个弟弟呀。再说王家杏儿也是挺好的呀,模样俊,你爸选杏儿做儿媳主要是她会做生意,将来这么大的家业还要她帮着你操持呢……”黄晓刚呆呆地跪在地上,只觉得头昏昏沉沉。见黄晓刚不作声,曹氏笑呵呵又说:“晓刚啊,只要你喜欢,以后什么王梅、张梅我都让你娶过来,我还要抱一大堆重孙呢……”之后黄晓刚再也没听清奶奶在说什么了,奶奶的话句句如炸雷一般,粉碎了他最后的希望……黄晓刚默默地起身走了出去。

厅堂内,明烛高照。八仙桌旁,黄守贵和黄晓刚父子二人四目相对,一阵争吵。“给你找了媳妇你不要,让你去读书你去放粮!你眼中还有我这个爸吗?!”黄守贵瞪着眼斥责着,厅堂上弥漫着一片火药味,一边的黄守仁和三姨太默然不语。见黄晓刚不语,黄守贵又咆哮道:“我养你这么多年,你长大了长能耐了啊,开仓放粮那是政府的事,你私自拉粮施粥,全镇上下几万人你能救下来?!”“救不了,也要救!凭良心,能救多少是多少!”黄晓刚仰起脸回答。黄守贵气得用手指着黄晓刚说:“就凭你?!你又凭什么?那是你老子辛辛苦苦做生意赚来的,现在倒好,你还管起老子来……”“那是你们哄抬米价搜刮来的!”没等黄守贵说完,黄晓刚打断他的话也吼道,看着儿子黄晓刚一反常态的样子,黄守贵脸色发紫哆嗦着嘴唇,这时黄守仁接过话斥责说:“小孩家怎么说的话!”“哟!可不能乱说呀!你爸还不是为了这个家!为了你呀!”三姨太肖氏听后也撇了撇嘴说。黄晓刚一听更是气不打一处出地吼道:“为了我?还抢我的女朋友?!哼!让我去安庆读书,不就是想支开我吗?好圆了你娶四姨太的梦!”“哎哟,谁想支开你呀,我可没想让你去安庆读书,圆什么梦娶什么四姨太的!”三姨太肖氏大声叫嚷着,大家一听肖氏如此,个个嘴巴张了张没有说话,空气死一般沉静。黄守贵仰了仰紫红的胖脸,端起茶杯猛地摔向地上,一块瓷片碴子正扎在黄晓刚手上,血立即一滴滴地流了下来,黄晓刚似乎没有感觉到疼,黄守贵仿佛也没有看到,铁青着脸用手指着黄晓刚怒气冲冲地说:“你……你这个不孝的混账东西,这事由不得你!我让你去安庆读书,是让你去见世面,我给你找了媳妇,今天……你却要抢你老子的媳妇!让你爸在人前抬不起头!你这个混账东西,逆子!”黄守贵气得肥肉乱颤。

一旁赵大麻子吓得连忙上前:“老爷息怒!二少爷,二少爷!老爷是让你出去锻炼几年,然后回来好继承家业呀!”

黄晓刚睁大眼睛看着父亲黄守贵,感觉面前的父亲是那么的陌生和遥远,黄晓刚眼中要冒出火来,从小任性倔强的黄晓刚举着鲜血直流的手,一字一句地说:“黄守贵,黄二老爷,你这个典型的封建主子!我和李秀梅从小青梅竹马,我情她愿,你却要拆散我们,从今以后我就不认你这个父亲!”黄晓刚越说越激动,最后几乎是吼着叫出。黄晓刚脸色通红,话一说完,走到黄守贵面前扑通一跪,磕了三个响头,众人一惊,黄晓刚已起身冲向大门,黄守仁见状大喝一声:“黄晓刚!”语音未落单手抓向黄晓刚肩头,只听“刺啦”一声,手中已多了一条衣袖,黄晓刚早已消失在夜色中……

管家赵大麻子急忙喊道:“二少爷,二少爷!……”便追了出去。

黄守贵呆呆地立在那里,黄守仁这才走上前小声说:“二哥!何必为了一个女人闹得全家鸡犬不宁,这又何苦呢?”黄守贵本就气得浑身肥肉直颤,一听这话更是气不打一处出,一拂马褂说:“你懂个屁!婚姻大事,岂能儿戏!再说,现在说这些还有什么用!”半晌,黄守贵突然又想起什么,“去,去,去!快去把这个小畜生给我追回来!关起来!”黄守贵说完垂下头一屁股重重地跌落在椅子上。

黄守贵又气又恼,此刻他的脑子高速飞转,黄守贵没想到王杏儿家会出这么大的事情,想到王杏儿黄守贵又想到日本人,想到日本人又想到火中王杏儿父母的惨死,黄守贵似乎又看到了皇军少佐塚同一郎狰狞的面目。不,不,不!日本人是不能得罪的,他要保住他的米行,那是自己挖空心思得来的家产。现在王杏儿已被打发走了,儿子晓刚也走了,自己现在已走投无路,镇上的人都知道几天后就要办他黄二老爷的喜事,所有给亲朋好友的帖子都散了出去,知道了这件事,自己应该怎么办?黄守贵似乎觉得三河镇上的人们都开始在交头接耳,指手画脚,都在街头巷尾笑他。死要面子的黄守贵此时已无路可退。

正当黄守贵胡思乱想,这时从后院踉踉跄跄跑来两个人,正是大太太高氏和用人程妈。东厢房内闻听父子吵翻,匆匆赶来的高氏满面泪痕,高氏颤颤巍巍走到黄守贵面前抽泣:“老爷,我们就这么一个儿子,看在我们多年夫妻的份上你就依了刚儿吧……”说完便跪了下去,跟在身后的程妈也跪了下来,眼泪巴巴道:“是啊!老爷!家和万事兴啊!”

看着一边高氏在地上哭得天昏地暗,程妈又哭着脸喋喋不休在一旁唠叨,黄守贵余怒又起,转过身恨道:“混账!你看看!你看看!都是你们这些女人,你们这些多事的女人……”一边的三姨太见这情形立即一扬眉对程妈斥责:“你一个下人,什么时候轮到你说话啦,快滚到一边去!”程妈抬起头张了张嘴刚要说话,就看见这个浓妆艳抹的女人已走到高氏面前:“姐姐,快起来!有什么事不能好好说,让外人看笑话呀!”

跪在一旁的高氏却是不理,仍然一把眼泪一把鼻涕抽泣着:“黄守贵!人在做天在看,你就不能积点德吗!……他是你的儿子呀!……”高氏哭得已语无伦次,此时的黄守贵已怒气冲天:“给我滚回去!”黄守贵抬起腿一脚踢在高氏的腰上。高氏哎哟一声摔倒在地,头撞在桌角上顿时昏了过去,血从高氏的额头流了下来,黄守贵红着脸喘着粗气看也不看就走了出去。

第二十一回　离家出走

第二天上午，小南河南岸，三间铺满枯黄穰草的房子，厚厚的土墙上布满了密密麻麻的蜂洞，屋顶炊烟随着微风飘荡，渲染着一线生机。

屋内，李秀梅正倚在床上发愣，就听门外花狗一阵狂叫，紧跟着咣当一声门被推开了。门外身影一闪，就见黄守仁带着赵大麻子和左宗四气势汹汹地冲了进来，原来黄守仁带着赵大麻子和左宗四在街头巷尾找了一夜仍不见黄晓刚，于是第二天三人一合计又找到李秀梅家。

见三人进屋，李秀梅的娘顿时慌了，不知所措："哦，三爷呀，您和赵管家来，这是……？"黄守仁不理，阿梅娘连忙说："来来来！坐，坐！喝茶，喝茶！"说完弯腰拿起茶碗。黄守仁说："别！不用这么客气，阿梅她娘，今天我们顺道过来看看，我问你，最近二少爷可来了？"阿梅娘："没有啊！三……三爷！您没弄错吧？二少爷怎会到我家来！""错没错，你们心中有数！"赵大麻子定下眼睛伸头向屋内看了看，当看到李秀梅时立即缩回头，干咳了两声，黄守仁立即会意，上下翻了翻眼皮说："阿梅她娘，过几天就是新婚大喜，家里有什么事你尽管告诉我！"赵大麻子在一边说："嫁到黄家这种大户人家，真是你李家的福分！"等赵大麻子说完，黄守仁话锋一转："但我可告诉你，你得让梅儿安分一点，不要再乱跑了！"黄守仁话音刚落，就听见里屋传来一个冷冷的声音："放心！我李家吐个口水都是钉！"黄守仁看了看漆黑的屋子说："好！那你可给我看好了！"黄守仁说完一脚踢翻门边的一架纺车，带着赵大麻子和左宗四扬长而去，纺车的棉圈线滚落一地。面对黄守仁的斥责和赵大麻子凶狠嚣张的眼光，阿梅娘满眼泪水。

“阿梅,你爷爷叫你呢!”望着妈妈蓬松凌乱的头发和憔悴的脸,李秀梅无力地推开里屋芦席隔开的门。

屋里木架床上躺着一个头发雪白的老人,屋内墙边一上一下架着两个厚实的棺材,李秀梅知道那是母亲答应婚事后黄家送来的礼物,是用自己的幸福换来的二十块银圆和三副棺材,其中一副已埋葬了父亲李永祥,同时也埋葬了自己的一生。李秀梅每次看到这棺材心就隐隐作痛,李秀梅转过脸走到老人床前却不想说话。

老人见李秀梅进来,一边咳嗽一边断断续续地说:“梅儿,刚才黄家来人我都听到了,唉! 都怪你爸命不好,死得早,让你受苦了! 来,来! 梅儿! 你坐下来,爷爷和你说会话!”李秀梅依旧站着不动,老人继续说道:“梅儿呀,你虽然不是我李家亲生的,但是你父亲却把你看得比亲生女儿还亲……”一席话说得李秀梅眼泪汪汪,老人咳咳两声话锋一转:“梅儿呀,话又说回来,既然答应了定亲,你就要认命,不然你让我们怎么交代,我这张老脸往哪里搁?!”李秀梅静静地听,突然一仰脸说:“爷爷! 那是你答应的,我答应嫁的是二少爷而不是二老爷!”老人睁大眼睛说:“那还不都是黄家!”李秀梅咬着牙不让眼泪掉下来,又说:“你让我去做黄家四姨太,你这不是把我往火坑里推吗!”“胡说八道,我这是把你往蜜罐里放! 人往高处走,人生在世不就求个富贵吗! 咳……咳……”李秀梅刚要回答,见老人痛苦地咳嗽也就转过脸去,这时老人又开始说:“再说,现在哪个有钱人家不娶个三妻四妾的,咳咳……你年轻,嫁过去黄守贵还不时时宠着你,事事都由着你,到那时黄家大事小事还不是你做主,你要什么就有什么!”老人咳嗽两声见李秀梅不语,又柔声说,“梅儿呀,爷还能活过几天? 我们还不是为了你好! 再说,你也要为你妹妹们想想……你妈拉扯着这个家,不容易呀……”说着说着就是一阵哽咽。

李秀梅静静地听着,心里难受,默默转过身,至于后面爷爷说了什么她已经听不进去了。李秀梅走出房门时泪水滚落下来:“你这是为了你们的幸福,却毁了我的一生啊!”

李秀梅的娘王氏吱吱呀呀地摇着纺车,转轮上已绕结了一大团白色棉线。见李秀梅走出房间王氏停住了纺轮,叹了口气说:“这都是命! 谁叫我们都是女儿身呀!”

自从李秀梅陪黄晓刚在街头施粥后,婚期一天天临近,王氏明显感觉到梅儿这几天没有半点精神,有气无力,话少了,没有笑容了,常常默默一坐一下午,梅儿娘只好整天陪着她,生怕出什么意外。

小南河边,月亮爬上树梢,寂静的河滩上吹来一阵阵清凉的风,吹得马尾巴一样的芦苇花摇摇摆摆,河堤上蟋蟀叫声和蛙声伴随着柳叶发出的沙沙声,像一曲大地的交响乐。

然而,此时黄晓刚内心除了伤心委屈以外就是恐惧,黑暗中,蚊虫抖擞精神从四面八方向他拥来,黄晓刚咬了咬牙,坚持! 只要过了今晚明天就带阿梅远走高飞,想到这,白嫩的脸腮凸起一道道青筋,爱情的力量使人战胜了所有的恐惧。黄晓刚想起安庆的表哥,或许表哥能帮助他,想起和阿梅在一起的美好,所有的恐惧又显得那么渺小,所有的委屈都不值一提。倔强的性格更加坚定了他的脚步。黄晓刚想起街东的无蚊桥。

说到无蚊桥,民间有这样一个传说:罗士先生是母亲未婚而生的。有一年夏天,罗士先生的母亲,也就是罗小姐在花园里玩,看见有一颗葡萄结了冰,罗小姐好奇,这么热的天,葡萄怎么会结冰呢? 且当时天正热,罗小姐口干舌燥,就把这颗冰葡萄吃下去了。罗小姐吃了冰葡萄,就怀了孕。罗小姐是大家闺秀。父亲见女儿未婚有孕,十分生气,将败坏门风的女儿赶出了家门。罗小姐的母亲无可奈何,只好把女儿送到丰乐河畔的娘家,但娘家母亲已经不在了,罗小姐的舅舅们对这个外甥女也十分厌恶,竟在马房里给她安排了一张床铺。罗士先生是在马房里出生的。他没有父亲,只好随母亲姓罗。

罗士母子俩过着艰难的日子，但儿子漂亮、聪明、机灵，这使母亲感到十分欣慰。罗士读书很是用功。有一天，天黑透了罗士才归家，母亲问儿子："天黑无渡，你是怎么过河的？"

"一个老人背我过河的。"

"天这么黑，你怎么看见？"

"前头一盏灯，后头一盏灯，有两个人打着灯笼送我。"

母亲听了，不由得暗暗吃惊：这冥冥之中，难道有神仙在帮助儿子不成？母亲看到了希望，继而又对歧视她的亲戚们产生了憎恨。她攥着筷子，在锅灶上连捣四十下，发狠道："我儿以后得了第，先杀堂叔，后斩母舅！"灶王爷无端挨了四十大棍，十分恼火，跑到玉皇大帝那儿告状说："罗士母亲口出狂言，说罗士得第后，要先杀堂叔，后斩母舅。如此歹毒的人，将来怎能让她的儿子做皇帝？"玉皇大帝觉得灶王爷言之有理，就决定派雷公电母下界，先抽罗士的龙骨，后抽罗士的龙筋。恰在这时，一位相士给罗士看了相，看后大叹："可惜，可惜！"

罗士母子俩询问根源，相士便说天机不可泄露。罗士母子再三请求，相士只得含糊其词地说道："罗公子本是贵极之人，不知因何得罪了上苍，近日就要有大难临头了。"罗士母子俩十分惊骇，急向相士讨教免灾之法。

相士说："躲是躲不掉的。明天午时三刻，当电闪雷鸣时，让罗公子口含七粒糯米，雷不打吃饭之人。如此这般，方可保全性命。"果不出相士所料，第二天午时三刻，电闪雷鸣。根据相士的指点，罗士口含七粒糯米，睡在床上纹丝不动，任凭电闪雷鸣。雷公电母见罗士口含糯米，不能伤他性命，就将他的龙骨、龙筋全部抽掉，又换上了凡人的骨头和筋络，唯有牙齿因含有着糯米不能拔去，只好让它留在罗士口中，回天庭交旨去了。

罗士口含七粒糯米，保住了龙牙，所以罗士成了金口玉言。从此，罗士说话很灵。罗士成人后，倒骑毛驴，四处漂泊。有年夏天，他来到三河南街戴氏桥边，又饥又渴。这座桥是位姓戴的寡妇出资修的，故名戴氏桥。戴氏为人热情，她接待了罗士先生，给他吃，给他喝，临走时还给了他一袋干粮。罗士先生十分感谢戴氏，便问："你可有什么烦心的事？"

戴氏说："夏天晚上乘凉，最烦这桥上蚊子多。"

罗士说："这好办，我一扇子把这里的蚊子扇到八国九州去。"

戴氏说："不要扇那么远，只要把蚊子从桥这边扇到桥那边去就行了。"罗士摇动羽扇，轻轻一扇。从此，戴氏桥上就没有了蚊子。戴氏桥便被称为无蚊桥。

俗话说：智者千虑，必有一失。有个雨天，罗士先生走到三河南的马槽山，见几个放牛娃在山洞里躲雨，自己也想躲雨，便故意喊道："山要倒了，还不快跑！"几个放牛娃闻言惊逃。罗士先生趁机钻进山洞。正在此时，轰的一声，山倒了。罗士先生被砸死在山洞里。

无蚊桥下，面对黄晓刚的到来，一只野狗夹起尾巴起身，极不情愿地汪汪叫着离去。暮气沉重，黄晓刚搬了块石头，双手抱膝等待黎明。这里的蚊虫的确稀少，黄晓刚知道无蚊桥上为什么没有蚊子，是因为杨氏蛇医家在这四周种植驱蛇、驱蚊虫的药草，故桥头周围少有蚊虫。

黄晓刚看着水乡的两岸，想着阿梅，也开始恨起这个女人的软弱，他更恨他的父亲，恨这个无情的世道。

黑夜像冰冷的湖水。午夜时分寒气更浓。桥下阴冷，黄晓刚找了些柴草，燃火驱寒。他缩了下脖子，这才蜷曲着疲倦的身子和衣躺下。

朦胧中黄晓刚听到李秀梅在喊他："晓刚哥，你看这里有好多河虾！"河边银白色的沙滩上，李秀梅指着水中的河虾说。"好，我们一起抓虾！"黄晓刚应声说。在一片金灿灿的波光里，两人一起挽起衣袖，沿着小南河的浅滩，面对清清的河水，弯腰撅起屁股，在芦苇的浮叶下，在漂舞的水草中分开双臂，合拢，分开，又合拢。李秀梅的下巴几乎触到水面，慢慢地小心地摸索着。李秀梅直起腰兴奋地捧起两只大虾，墨绿色的河虾在李秀梅的手掌里弓身跳跃，一只挣扎着跃入草丛，几个翻滚跃入河中。黄晓刚微笑着上前接过另一只河虾熟练地去掉头、壳，然后拿起白嫩的虾仁送到李秀梅的口中："吃吧！原汁原味！"李秀梅闭上眼睛张开樱桃小口："嗯，好吃!”喜悦得像一只无忧的水鸟。

火光中青烟袅袅,火焰跳跃,干枯的枝叶噼里啪啦地燃烧,火焰驱赶着寒冷,黄晓刚迷迷糊糊躺在稻草上。跳跃的火光带来了温暖也引来了日本人,远处十几个黑影在闪烁的马灯指引下向他扑来……

送走王杏儿后,严俊通知完所有在三河的船主就回到船上。躺在船上,看着天上繁星点点,月亮在薄云中穿行,白天的一幕幕像做梦一般在眼前闪现,严俊的内心又惊又怕又喜,义父的教导回响在耳边:等我的消息,等我安排好一切后再带你和杏儿姑娘走……

“沙沙……”河滩上发出芦苇的撞击声,严俊翻了个身,警觉地搜索着周围,远处一片芦苇在夜色中摇晃,分开芦苇,严俊刚一露头就看到十几个日本兵打着火把迎面而来。严俊又看了看无蚊桥下闪烁的篝火,白日的一切使他内心充满恐惧和危机,杏儿!一定是王杏儿!

月亮孤独地挂在天上,云在空中行走。黄晓刚躺在草上,周围一片宁静,远处的火把越来越近,黄晓刚面容露出幸福的笑容。

“二少爷!二少爷,快醒醒!”朦朦胧胧中,黄晓刚迷迷糊糊中就感到一个有力的手拖起他,黄晓刚挣扎着正要说话,耳边只听有人急促地说:“快跑!黄二少爷!日本人来了!快跑!黄二少爷!”剧烈的摇晃使黄晓刚猛地睁开双眼,他终于听到了远处的狗叫,也看到越来越近的火光下朦朦胧胧的日本兵。黄晓刚一惊,双脚不由自主跟着来人钻入芦苇,顺着河道一路狂奔……

河床上,茂密的芦苇丛中那人放开黄晓刚的手:“黄二少爷,你怎么跑到无蚊桥下睡觉?”“你是谁?你认识我?”“镇上黄家的二少爷谁不认识呀,我是谁不重要,重要的是你差点被日本人抓起来了!”黑暗中黄晓刚睁大眼睛问:“日本人抓我干什么?”严俊没有回答只是说声:“走吧!”黄晓刚望着这个陌生的人,半晌又说:“不过,还是要谢谢你救了我。”黄晓刚说着转身就要离开。“我叫严俊,快回家吧,日本鬼子很残忍的,他们在三河烧杀抢掠什么都干，前天还烧了王家豆腐坊，杀了王杏儿家父母和弟妹！”黄晓刚睁大眼睛静静听他讲完，这才想起母亲说的话，想起王杏儿为什么到他家找他，强烈的正义感燃烧着一颗勇敢的心，黄晓刚开始仇恨日本鬼子，内心也为对王杏儿发的脾气而后悔，黄晓刚默默转过身向前走去。“小心日本人的狼狗！”严俊后面喊道。

这是他们第一次见面，命运总是无情戏弄着人生。黄晓刚和严俊怎么也想不到在今后的岁月里，他们俩会为了各自的信仰在战场上成为对手。

一条铺满青石的小道通向河面，河边的柳树随风摇曳，发出沙沙的声响。岸边，李秀梅正呆呆地看着河堤上孤零零的三间老屋。这就是给我生命又埋葬自己幸福的家啊！李秀梅缓缓转过身，悲凉和绝望在心中蔓延。

月光下，波光粼粼的河面上李秀梅似乎看到了黄晓刚就站在身边。自从李秀梅陪黄晓刚在街头施粥后，随着婚期一天天临近，李秀梅面对冰凉的河水更加心灰意冷，她无力改变命运，只能改变自己，她已对这个世界心存绝望。李秀梅一步一步走向河水……

面对流淌的河水，李秀梅并不感到恐惧，死亡的经历在十七年前她已体验过。那一年洪水肆虐，圩破房毁，父母也在洪流中死去，她是李家在河堤边捡来的，是好心的李永祥把她领回家，从此她又有了家。

李秀梅一步一步走向河中，晓刚哥，我是被捡来的，但我不能忘本呀，我不能跟你走呀！……清澈的河水已淹没了她的花鞋……

月牙如钩，星光灿烂，如镜的水面上倒映着满天闪烁的星光。阿梅眼前又浮现出和黄晓刚在一起的情景。

“晓刚哥，你说这星光当中哪一个是你，哪一个是我？”黄晓刚指着月亮说：“那一颗最亮的当然是你啦！”“那你呢？”“我就是月亮边最近的一颗呀！”

李秀梅一只脚已疲惫地踏入了河水中，河水散着一圈一圈的涟漪，涟漪散尽，又是满天的星光。李秀梅弯下腰，摸出一块石头，又往前走了几步……

“梅儿……梅儿……”远处母亲在大声呼喊着。

李秀梅被拽回了屋前。母亲一边推开木门一边哭道：“你这是干什么呀？我的梅儿呀！有什么想不开的，什么事比命还重要啊?!”说完呜呜哽咽着。门“吱呀”一声便开了，屋子里再简单不过了，四面墙壁上三个不大的窗户，窗棂方格上黏着的纸已经焦黄。月光从窗外照进来，墙角灶台下一个老婆婆手拿铁火剪正抽着风箱烧火做饭，灶内的火光映红她消瘦的脸颊，她的身影在身后墙壁上闪烁。老婆婆旁边坐着两个小女孩正眼巴巴地看着灶火中烤着的山芋，见李秀梅回来，老婆婆从锅灶里掏出两个芋头送到桌上，提起瓷壶往大碗里倒水：“丫头，都大姑娘了，还这么让人操心！”小女孩也围了过来说：“姐姐，吃吧！”李秀梅无言，怔怔地坐在桌边。

李秀梅只觉得头很重，于是走回房间和衣躺下。屋梁上一个泥搭的燕窝，几只嗷嗷待哺的小燕子不时地从窝里探出头来，一只燕子衔着虫子，扑棱着翅膀从门户外飞来，雏燕伸长颈脖张着黄色的嘴。李秀梅头疼发烧，就这样躺在床上一天，母亲将饭菜热了又热，她也不吃，端水来她也不喝，大家难过，母亲也吃不下，一家死气沉沉，看着李秀梅面色憔悴，母亲王氏只能悄悄地抹着眼泪。

第二天中午，面对床前垂泪的母亲和躺在床上爷爷，李秀梅终于挣扎着起床下地，像往常一样收拾好房间，却发现床头柜上多了一个包袱。这时母亲揣了一碗芋头粥走了进来：“梅儿，吃一点吧，吃一点身体恢复得快！”李秀梅含着眼泪吃了一碗芋头粥，看着女儿吃完后，母亲王氏把包裹挽在手中走到房门前说：“梅儿，出来，我跟你说话！”李秀梅随即走出房间，门庭前母亲把包裹放在她的手中哽咽道：“刚才黄家巧巧来了……梅儿，你去吧，你去找他吧。走得越远越好！”

李秀梅瞬间明白了一切。看着母亲脸上的皱纹，李秀梅哽咽道："我走了，你们怎么办？""二少爷安排好了，你们走吧！他是黄老爷的儿子，他父亲总不会吃了我们。"李秀梅犹犹豫豫，这时母亲王氏理了下额前头发说："快去！二少爷还在小南桥头等你呢！"李秀梅这才踉踉跄跄走了出去，花花摇着尾巴跟在后面。母亲正抹着眼泪，一抬头却发现李秀梅走到面前，扑通一声跪了下来："娘！"眼泪也哗哗地流了下来，"娘，你就是我的亲娘！"说完浑身颤抖哽咽着，"不，我不走了！""去吧，傻丫头！你到我家，也从未过一天好日子，去吧！在外要照顾好自己！"母亲王氏说完将头扭到一边，扑簌簌滚下两行泪水，李秀梅又是一阵难过，母亲王氏瞪大眼睛双手用力猛地一推："走啊！"李秀梅只好转身上了河堤，见李秀梅走了好远母亲王氏这才想起大声地叫着："花花回来！"花花依旧昂着头前行，"花花快回来！"花花这才忍住脚步，悻悻地回到王氏的身边呜呜地叫着。

看着李秀梅渐成黑点消失在堤埂上，王氏一屁股坐在地上放声大哭。

第二十二回　逼上姥山

从同兴米行出来，孙何生带着副官井官川秀和日本兵又顺着小南河搜了一圈也未找到王杏儿，只好回到张家祠堂碉堡内，孙何生自然免不了被塚同一郎大骂一顿。一定要找到王家那丫头！斩草不除根，春风吹又生。王杏儿成了孙何生的心病。

中午，孙何生带着保安颜立平和吴大明无精打采地在街头转悠，当经过大毛竹巷时，他意外地看到王杏儿和平儿。孙何生欣喜若狂，真是踏破铁鞋无觅处，得来全不费工夫。孙何生转动脑筋，心想严俊那小子一定也在附近。这只老狐狸立即让吴大明去日本兵营报告，自己和颜立平不动声色，远远地跟在后面盯着。

对于这一切的危险，极度悲伤、精神恍惚的王杏儿毫无所知，王杏儿和平儿顺着后街毫无目的地走着。而这一切恰恰被站在石头桥上的铁匠朱求金父子看在眼里。王杏儿家出事和孙何生的手下满大街地找人，铁匠朱求金早已知晓了大概，朱求金看到王杏儿他们走了过来，也看到了远远地跟在后面的孙何生和颜立平。

王杏儿和平儿刚走过铁匠铺门口，就听见铺子里便传出铁匠朱求金愤怒的号叫声："小王八蛋，讲你还不听，长大了长脾气了，你这个忘恩负义的畜生！到底去不去?!""不去！就不去！"铁匠朱求金怒气冲冲地冲了出来，一边骂一边拾起砧板上的刀，对着朱志兵就砸了过去。"你打！打死我也不去！"朱志兵一边躲闪一边大叫。镰刀、剪子等铁具砸在青石地上，吓得追到门前的孙何生和颜立平也跟着连连躲闪。一个铁具在青石上弹了起来，砸在颜立平腿上，颜立平哎哟一声捂着腿蹲在地上，疼得哇哇大叫。左躲右闪的朱志兵踉踉跄跄地一头撞到颜立平身上，颜立平正要发火，一听这番对骂也觉得好笑，原来是父子俩在打架。

朱铁匠父子俩的打骂声引来周边的行人，终于惊动王杏儿。王杏儿停住了脚步，回过头一看，猛地一怔，一个瘦猴似的人影一闪便躲到树后。王杏儿这两天每时每刻都在想着报仇，本想把平儿安置好再去找孙何生算账，没想到在这一眼就看到了孙何生。愤怒的王杏儿立即甩开平儿的手，弯腰捡起一把剪刀就迎了过去。平儿一见，也捡起地上的一块砖头。

孙何生躲在树后，心想日本人怎么到现在还不到？不行，我得把杏儿这丫头拖住。想到这，他闪身走上前，眨眨眼睛笑嘻嘻地说："杏儿姑娘，你这是从哪里来，现在又到哪里去呀？"王杏儿走向前说："我是来找你的，孙保长！"孙何生翻了下白眼说："找我什么事啊？"王杏儿猛地从腰后掏出剪刀，对着孙何生刺了过去："我要杀了你！"孙何生只好一闪瘦小的身腰，只听刺啦一声，衣服被划开一个口子。王杏儿反手又是一剪子刺了过来，孙何生吓得面无血色，大叫一声："哎哟，我的妈呀！"转身就跑。此时王杏儿像一只愤怒的母狮追逐着恶狼，平儿也紧跟其后大声喊杀。情急中孙保长左躲右闪跑进了铁匠铺，顺手拉上门，死死地顶在门后大口喘息。颜立平见状刚站起身，又被追过来的铁匠朱求金撞了个四仰八叉。朱求金扑上前，一把抱住颜立平，一语双关："颜爷，对不住，真对不住啊，没想到把你砸伤了，都怪我那个小畜生，对不住啊！"

告别了母亲的李秀梅走上石头桥，站在古老的石头桥上，两岸尽收眼底，李秀梅一眼就看到王杏儿在追打孙何生，正不明所以时，一抬头突然又发现远处太平桥上人影绰绰，七八条长枪上的刺刀在阳光下发出刺眼的光芒,只见吴大明领着两条狼狗和几个日本兵正匆匆往这边赶来。李秀梅立即明白了几分,她认识街头卖豆腐的王杏儿,早已听说王家豆腐坊发生的事情。此时李秀梅见到王杏儿,一股怨气从心底产生:就是你,要夺我的黄晓刚,弄得我们姻缘不成。想到这,李秀梅转身就走。

此时孙何生躲进铁匠铺,围观的人们你一言我一语:“这姑娘,怎么疯了似的?!”“这不是王家的杏儿吗? ……”河堤上已传来狼狗的叫声,人们一见,散开了,跑得无影无踪。一个胆大的奔了过来,上前拉住王杏儿说:“还不快跑! 鬼子来了!”说完头也不回地跑了。

王杏儿继续寻找孙何生,眼看鬼子越来越近,李秀梅刚走几步,又想她现在家破人亡,我这般走去她定被鬼子抓住,这可如何是好? 想到这,李秀梅便上前一把拖着王杏儿的胳膊说:“王杏儿,日本鬼子来了,快跑!”此时王杏儿哪里又知道她内心的想法? 依旧全然不顾地挣扎向前:“不用你管! 我要杀了这个大汉奸!”平儿更是大呼:“杀了他! 我要为娘报仇!”

李秀梅见拖不走王杏儿,急得一头是汗:“你不要命,也不能让平儿陪你去送死吧!”王杏儿一怔,看了看河堤上越来越近的日本兵和狼狗,又做梦般看着平儿,一下子还没有清醒过来。李秀梅焦急,上前一把拉起平儿的手拖着就走:“快跑!”王杏儿这才感到此时的危险,猛然意识到自己这样风风火火莽撞地报仇,无疑是飞蛾扑火、自投罗网。王杏儿咬了咬牙,转身跟着李秀梅便跑。

日本鬼子赶到石头桥时,围观的人群早如潮水般散去。河埂下,送走王杏儿后,李秀梅刚要转身离去,却见孙何生带着保安吴大明、吕顺和几个日本兵气喘吁吁地赶来,孙何生站在面前怔怔地看着她。从李秀梅挽着的包裹中孙何生已明白了几分,这时一个日本兵端起刺刀就要上前,孙何生连忙上前:“太君,不是她,前面的,王杏儿在前面的!”日本兵这才收起刀。孙何生一边擦汗一边对颜立平和吕顺说:“把这个丫头给我带回镇公所看好!”孙保长说完,一挥手对日本兵说,“皇军,王杏儿,那边的!”便带着日本兵迎着河堤追了过去。李秀梅一听,刚要转身制止,却被颜立平一把拧住肩膀。李秀梅喘着气挣扎着:“放开我!”却哪里挣脱得了。

太阳红着脸跑到西边,晚霞还没有完全落幕。芦苇滩前,一条小船静静地泊在河边。河堤下,王杏儿拉着平儿在柳林里飞奔。奔跑中,王杏儿想起严俊的小船。连日的悲伤和饥饿使王杏儿和平儿体力不支,俩人喘着粗气,满头大汗趺趺撞撞地向前奔去。平儿咬着牙拼命跟在杏儿身后,人和狗的距离越来越近,20 米,10 米,5 米……

突然,河边的船头一晃,闪出一个人影。一个渔夫手持渔网双手一扬,跑在前面的吴大明只觉眼前一黑,自己已被旋入渔网之中。被旋入网中的还有前面两只狼狗和两个日本兵,渔夫熟练地用力提绳收网,随之人和狗被厚重的网缠在一起,狗和人在渔网内哼叫挣扎。渔网被人和狗扯得线一般直,渔夫猛一提绳,网像个陀螺,踉踉跄跄着旋入河中,渔网内人仰狗翻一片慌乱。吴大明和日本士兵号叫着一起滚入河里,打得水花四溅,人的叫骂声和狗的狂叫声混成一片。后面远远赶上来的一个日本兵和孙何生被突如其来遮天蔽日的大网弄得呆若木鸡。

王杏儿拉着平儿正跑得气喘吁吁,突然,小船中传出一个熟悉的声音:“杏儿! 快过来! 快朝这边来!”王杏儿扭头张望,只见河岸边吴大明、鬼子和狗在渔网内乱作一团,与此同时,从小船上快速闪出一人,伸出双手,将王杏儿和平儿拉上了小船。船上正是严俊和潘老大身边的船工哑巴。

等王杏儿和平儿上了船,船便稳稳地驶向河心。后面赶来的一个日本兵正要举枪,严俊见状一点撑杆跃上河岸,举起明晃晃的铁头撑杆左拍右打,像渔夫拍打鱼鹰一样拍打着鬼子的头。鬼子东倒西歪一片哀号,孙何生早已抱头逃窜。严俊顺势将散落在地的三八长枪挑起,长枪在空中一闪，扑通一声落入河中。这时船已远离河岸，只见严俊往后猛退几步后又向前猛冲，待到河边，严俊举起撑杆一竿插入水中，撑杆立即像弓一样将他身子弹起，在空中像一只大鸟，而后稳稳当当地落在早已驶入河心的船头。

在日本兵一片惊慌时，小船像一支离弦的箭，飞离河岸，早已驶入芦苇深处，顺着河道奔向浩瀚的巢湖，枪声已变得遥远。

半小时后，水面逐渐变得开阔，但见水天一色，一望无际的河滩上，芦苇在风中飘扬，一群水鸟在蓝蓝的天空中飞翔。草地上几头水牛在天然的牧场悠闲地吃着水草，放牛娃们戴着用柳叶做的帽子在湖滩上嬉戏。

王杏儿看着闪烁晶亮的湖水，她知道船已进入巢湖，辽阔的湖滩慢慢又变得模糊，渐渐地湖的对岸像一条线摆在面前，最后变得灰蒙蒙的，难以分辨。她转过身远眺，却又是一番迷人的湖光山色，远远地看见一座山矗立在烟波浩渺的湖中，四面皆水，如同一叶漂于水中，山清水秀，帆影迷离。

而此刻秀美的风光却让人更加伤悲，王杏儿眼中含泪望着远处。严俊知道王杏儿心里不平静，用力搂紧了平儿的肩膀，对王杏儿说："我们很快就会回来的，我会为你们报仇！"王杏儿点了点头，此刻，她胸中除了仇恨，什么也没有。姐弟相拥，迎接着未知的人生。

王杏儿跑了，孙何生自然被塚同一郎大骂一顿外加抽了两个耳光。但他捂着红肿的腮帮，内心却暗暗高兴。对于黄二胖子的家事，孙何生再清楚不过，他回到镇公所后立即让颜立平通知黄守贵来镇公所。起初黄守贵还不太乐意，心想你一个小保长还在二爷我面前要威风，但又不好驳了孙何生的面子，于是懒洋洋起身随颜立平过去。路上，当黄守贵从颜立平口中听到李秀梅被抓要送给日本人处置时，他大惊失色，于是又找个理由折回身，回到同兴米行准备了一张银票。走到门口想了想，黄守贵咬了咬牙，一跺脚，又取了一张银票，这才慌慌张张赶到镇公所。

黄守贵匆匆忙忙冲进门，此时孙何生正坐在太师椅上抽大烟，见黄守贵进门也不起身，一见面就板着脸不紧不慢地说："黄老板，昨天王家的杏儿丫头可是到你家找了你？"黄守贵睁大眼睛说："啊，孙保长，不，不，不！应该是孙镇长，您说王杏儿到我家了？我不在家，真的不知道！""不知道？真人面前不说假话，黄老板，你收留凶犯，知情不报，该当何罪？"黄守贵连忙说："我真没看到王杏儿，也不知道她来呀！发生了什么事？"黄守贵一脸的委屈。见黄守贵装糊涂，孙何生脸色冰冷，又迸出几句："不知道？哼！王家那丫头现在是日本人追拿的逃犯，是杀日本人的凶手！她也是你的未过门的儿媳，这关系要是让日本人知道了——"孙何生故意拉长声调，黄守贵的额头上立即起了汗珠。孙何生说完放下烟枪，一只手在桌子上轻轻地敲了起来。黄守贵心里清楚，孙猴子这是要敲诈他，想到这，黄守贵连忙说："都是兄弟，什么事你老兄不给罩着，什么话我们不可以说，还要去麻烦日本人？"黄守贵说完，从袖中取出一张银票放在桌上，"这些给弟兄们买杯酒喝。"孙何生瞟了一眼，依旧不紧不慢地敲着桌子说："还有，你那准媳妇李秀梅，帮助王杏儿那丫头逃跑！这……你说我是把她交给皇军，还是怎么处置？"孙何生不依不饶，黄守贵知道这个孙何生生性贪婪，只好咬咬牙走到他面前，哆嗦着嘴唇说："多谢老兄提醒，这个我回去查一下，自当严厉管教！"说完，颤抖着手取出剩下的一张银票放在孙何生的口袋里。孙何生心里一喜，脸上毫无表情，继续说："你们黄家在我们镇上可是屈指可数的主儿，出了这大事，你让我怎么跟日本人交代？"

黄守贵心想，这可是一千块大洋啊！没想到孙何生连眼皮也未抬一下。黄守贵知道孙何生还嫌少，急得满头大汗，他乱摸口袋颤声说："还望镇长……海涵，改日……登门拜谢！"孙保长一听，知道这个时候榨不出来，想必黄守贵也未带多少银子。于是孙何生用力一敲桌子："好吧！我就知道黄老板是个爽快之人,本来嘛,这也是你家事,希望你回去严加管教,有什么事及时报告,共同为皇军效力!”黄守贵口中连连回答:“是,是!”心里却把孙何生祖宗十八代骂了个遍。

第二十三回　途惊杀牛

小南河北岸，夕阳下，依河而筑的明清建筑被抹染得层次分明，像一幅泼了五彩的山水画。黄晓刚双眼含泪，看着远近不同，造型独特的粉墙黛瓦，小桥流水。黄晓刚发现太平桥头不知什么时候多了几个炮楼。在这风景如画的小南河上展现着文明与野蛮，他的心里立即涌起一股愤怒！多美的水乡呀，如果没有日本人的铁蹄践踏，人民安居乐业，丰衣足食，是何等幸福逍遥！

黄晓刚就这样左思右想、心乱如麻，在小南桥头已等了一下午。内心焦急的黄晓刚来回踱步，可是却迟迟不见李秀梅的影子。

黄晓刚像一个迷失的羔羊不知要去哪里，只好顺着河边默默地溜达。不知不觉中黄晓刚一抬头，这才知道到了李秀梅家的门前。远远的垂柳下，赵大麻子和左宗四带着几个家丁正在李秀梅家门前拐弯处等候，巧巧被一个家丁牵扯着双手，见黄晓刚走来，巧巧大声叫嚷着："放开我！快放开我！晓刚哥！我在这里！"赵大麻子自然不理巧巧，只是朝左宗四一挤眼，两人便迎着黄晓刚围了过来："二少爷，二少爷！老爷让我们接你回家！"黄晓刚哪里听得进他们的劝阻？一见到赵大麻子，黄晓刚心里就气不打一处来，口中却说："谢谢你了！我不回去！"说完挣脱了赵大麻子的手。黄晓刚正要转身离去，刚一愣神，只觉得脖子上火辣辣地灼痛，却被赶来的叔叔黄守仁一把抓个正着，身上立即惊出许多汗来。"晓刚！跟我回去！"黄守仁说完，拽着黄晓刚的手腕就往回走。"不！"黄晓刚红着眼挣了几下，手却被黄守仁抓得更紧。黄晓刚感觉到手腕上的骨头快要碎了，痛得黄晓刚踉踉跄跄直哆嗦，只好乖乖地跟着黄守仁的脚步走。

黄晓刚无助地跟在黄守仁后面，眼泪在眼眶里打转。突然，一只花狗像一团雪球绕过左宗四向这边跑来，黄守仁一惊，刚转过身，还没来得及反应，小花狗已纵身跃起，一口咬住黄守仁的胳膊，痛得黄守仁哎哟一声大叫。黄守仁咬着牙用力甩了甩手臂，小狗在空中荡着秋千，黄守仁像一个圆规在原地打了一个转，却怎么也甩不掉，花狗像一个陀螺绕着黄守仁打转，一圈两圈……黄守仁痛得直咧嘴，只好垂下手臂懊恼地抬起脚，一脚便踢了过去。小花狗摔了下来，夹起尾巴狂叫着躲进树林。黄守仁摸着受伤的手臂，再转身时黄晓刚已不见踪影。

摆脱三叔黄守仁后，这天夜里，黄晓刚还是去了趟李秀梅的家，从李秀梅的母亲口中得知李秀梅昨天已离家找他去了。黄晓刚既高兴又担心，心想阿梅一定以为我去安庆了，因为两人约好了去找表哥的。黄晓刚奔到河边，捧起水，小牛般地灌了几口，又洗了下脸。黄晓刚不知道李秀梅现在在哪，只好在芦苇丛中对付了半夜，心想等明天找到阿梅坐上船，就可以通过巢湖顺着长江到达安庆。

第二天清早，黄晓刚顺着河堤一路打听，遇人便说出李秀梅的模样，但是都说没见过这个人。黄晓刚更是焦虑地加紧赶路，到阳光明媚的中午时，走了三四十里，只见远处一条大河，河边有一座山，山脚前路边一巨石矗立，上面刻着三个红色的大字：白石山。黄晓刚知道到了庐江县白山镇。黄晓刚伸着脖子四下张望，没有看到船，只见堤下田野上晚稻金黄一片。黄晓刚只好顺着河堤又走了半小时，觉得身上大汗淋漓，肚子饿得咕咕叫。

突然，黄晓刚发现远处一片茂密的白杨树中林隐约有一村郢。黄晓刚摸索着向前，郢子前一块田地边搭着一个瓜棚，他上前招呼几声却不见一个人影，分开草丛，沙地中露出几个半截的红芋，这让黄晓刚兴奋不已。

黄晓刚弯下腰扯起芋藤，摘下一个红皮白心的芋头，用衣袖简单擦下,就顺势一屁股坐在田埂上啃起来。黄晓刚吃得正欢时,一个黑影蹿了上来。黄晓刚只觉得小腿一阵疼痛,已被一只黑狗咬了一口。黄晓刚站起身,黑狗汪汪叫着逃去,黄晓刚紧追几步,气恼地拾起一块土渣砸去。当黄晓刚弯下腰拾第二块时,却吓得一屁股瘫在地上,他没想到摸到了一个冰凉的死人的脚。

只见一个男子趴在草丛中,显然,这是与人争斗中被人用钝器击砸而死。黄晓刚看得毛骨悚然,一阵恶心,颤抖着爬起来转身就跑,可是双腿发软,起身刚跑两步就被什么东西绊倒了,一下跌在田地里。黄晓刚颤巍巍地爬起身,只见草丛中一左一右躺着一老一少两具尸体,一只野狗睁着一双贪婪的眼睛看着男孩的头颅。黄晓刚一惊,连忙拾起一根树棍赶走了野狗,颤抖着手又捡了些草木和土块,草草地盖在三人的尸首上。就在这时远处传来一个妇人隐隐约约的哭声,透过柳叶,黄晓明看到不远处两棵柳树旁有一个柴房,哭声是从屋内传来。只见一个身穿黄裤白褂的男人从屋里走了出来,紧跟着一个妇人一手遮衣一手拉门哭嚷欲出,黄裤白褂男子飞起一脚将妇人踢倒。这时,树丛中小路上又走出来一个六十岁左右的赤脚男子,男子耷拉着脑袋有气无力地牵着一头黑牛,牛背上摇头晃脑地坐着一个头戴鸭舌帽的人,黑牛身后跟着一个人身穿黄衣黄裤端着刺刀,最后是一个右腮边长着一撮长长的黑毛的人,黄晓明见此情景才知是日本鬼子,显然,这几个日本鬼子便是杀人凶手。

面对残暴的鬼子,瓜田的惨案和王杏儿家的血仇一起涌上了心头,黄晓刚只觉得热血沸腾,一股火焰在胸中点燃。

这时领头的日本兵走到柴房前停了下来,指指柳树呵斥一声,赤脚男子双手颤抖地将黑牛系在树上。日本兵见状,这才放下刺刀走到一边,几个日本兵围在一起叽叽喳喳地说着什么。这时,一撮毛抱来一捆稻草扔在黑牛前,牛低头吃草。一撮毛又从柴房内搬出一口铁锅,架在三块石头上。一撮毛从怀中拿出一把刀,蹲在地上磨起刀来,刀身在日光下闪着寒光。一边的赤脚男子见此情景,慌慌张张跑到一撮毛面前,牙齿打战说:

“大……大爷！这牛是我家的命根子，杀不得的，村里头的地都是靠我家这头耕牛呢！”一撮毛仰起脸：“去拾点柴，烧水！”“我们村就靠这一头牛呀！”赤脚男子哭丧着脸，脑门上闪着亮晶晶的汗珠，喋喋不休，一撮毛依旧磨刀，不理。半晌，一撮毛才抬起头看着赤脚男子说：“不杀你牛！快去拾柴，烧水！”赤脚男子一听这话连连作揖，欢天喜地地抱了些木柴放在铁锅下。一会儿，一撮毛伸出大拇指试了试刀口，微微点头，这才起身拿起地上的一捆长绳，剪了一截，走到水牛旁，打几个结将牛的前、后腿套住。赤脚男子一见，上前瞪大眼睛一把扯着一撮毛的衣袖：“大……大爷！……您不是说不杀牛吗?!”一撮毛一挥手，大骂：“老子不杀，可是皇军要吃牛肉，怎么办?！滚一边去！”黄晓刚一听火冒三丈：“汉奸！”

赤脚男子依旧哀求着，这时一个日本兵走过来，对着赤脚男子的头就是一枪托，赤脚男子啊的一声便软软地倒了下去。一撮毛弯腰一把扯起赤脚男子的衣裳将他拖进柴房，关了起来，口中仍旧骂道：“真不省事！”

忙完这一切，一撮毛将刀别在腰间，走到黑牛前，左手托起牛头，轻轻摸了摸黑牛的脸颊，又顺手撩开牛的嘴巴。黑牛温驯地仰起头张着大嘴，突然一撮毛面露凶光，右手迅速取刀送入牛的口中用力一绞，左手一拽，黑牛惊痛，猛往后跃，血从黑牛口中如箭射出，一撮毛不慌不忙地退后一步。再往下看，黄晓刚心里猛地一揪，一撮毛手中多了半截牛舌头，黑牛双眼通红，狂跳不已，无奈四蹄被拴，黑牛狂跳几下便咣当一声倒地翻滚。这时柴房内传出那赤脚男人伤心的哭喊声：“我的牛…呜呜……我的牛……呜呜……”黄晓刚心想，这赤脚男人如此伤心悲哭，一定是牛的主人。

一撮毛挥刀切割牛的舌头，弯腰给锅灶添柴，灶下炉火跳跃，锅上蒸汽如云。一会儿，一撮毛揭开锅盖，但闻肉香扑鼻，三个日本兵连忙将枪架在一起围了过去。一撮毛从冒着热气的锅里捞出一块牛舌送到那个身穿白衣黄裤的日本兵面前说：“太君！这叫浪里白条！您尝尝！”日本兵眯着眼嚅动着嘴唇，微笑着连连点头。见日本兵高兴，一撮毛又变戏法似的取出两瓶酒。

一撮毛和三个日本兵眉开眼笑美滋滋地吃了起来，转眼一瓶白酒喝完，一盆牛舌也吃得所剩无几。这时一撮毛双眼通红，似乎尽了酒兴，上前一步向穿白衣的日本兵弓下腰说："太君！我再去给你们弄一点牛肝来下酒！"穿白衣的日本兵笑着点点头。一撮毛走到躺在地上奄奄一息的牛边，黑牛睁着绝望的眼睛。

两瓶酒喝完时，三个鬼子叽叽喳喳变得口齿不清，一个鬼子趴在桌上，另两个鬼子手拿酒瓶一边喝酒一边吃着牛舌和牛肝。穿白衣黄裤的日本兵好像心情不错，喝了几口酒，竟然叽里呱啦唱起来，好像是家乡的什么歌。

此时，黄晓刚那股愤怒的火焰已在胸中熊熊燃烧。怎么办？黄晓刚知道，自己双手空空去救人是不可能的，弄不好救人不成还会丢了性命，但见死不救又不是自己的本性。黄晓刚握紧了拳头，一拳砸在地上，一只从面前爬过的螳螂被砸成烂泥。

黄晓刚心想，要救人必须先解决日本鬼子的枪。黄晓刚看着场地上架在一起的长枪，计算了一下取枪的距离和来回的时间，但要想奔过去抢枪等于螳臂当车……找死，一杆枪都不行，何况是架成三角形的三杆长枪，黄晓刚知道任何一点声响都会带来可怕的后果。

突然，一个念头浮上黄晓刚脑海，想到这里，黄晓刚便悄悄地从树林中退出来。他绕过树林，首先摸到一捆绳子，拿起绳子打个结，做了个活套，直奔至离枪最近的树后。这时三个鬼子依旧喝着酒，嘴里含糊不清地叽咕着，一撮毛蹲在牛旁分解着牛的肢体。黄晓刚缓缓地爬了过去，见鬼子没有反应，便趁机将打了活套的绳子扔了过去。绳子在空中一闪便稳稳套在枪架上，这是他小时候玩游戏套圈练出来的本事。做完这一切，黄晓刚又慢慢地像一只蜕壳的蝉退向树林。黄晓刚知道，一点点轻微的响声会被鬼子发现，都会造成不可挽回的结果。

黄晓刚牵着绳子绕过一棵柳树，转身悄悄摸到柴房旁，将门打开。令黄晓刚吃惊的是，柴房内除赤脚男子被拴在窗框上外，还有五个衣衫不整的妇人，脸色苍白，双手被捆。其中三人靠在墙上，另外两个抽泣不止。见黄晓刚出现，妇人们惊讶不已。黄晓刚帮大家解开绳子，又扶起赤脚男子。黄晓刚一边解开绳子一边小声说："我送你们出去，往后面树林里跑！"几个妇人睁大眼睛连连点头。赤脚男子颤声说："我的牛……"黄晓刚连忙用手捂住他的嘴巴："快跑，活命要紧！"赤脚男子依旧呻吟："牛！我的牛！牛要耕地！"一个妇人带着哭音说："大叔，跑吧！什么东西比命重要啊！"说完只见四个妇人已先后奔了出去转眼消失在树丛中，赤脚男子艰难地爬起来，这时一个妇人不小心一跤摔倒在地上，黄晓刚连忙将她扶起来说："快走！"却见那妇人早已吓得双腿发软愣怔在原地。黄晓刚焦急中，突然赤脚男子从身边猛地蹿出，直奔向一撮毛，黄晓刚大惊没拽住，就听见赤脚男子边跑边嘶哑着嗓子哭喊："我的大黑！我的牛！……"赤脚男子转眼便扑到黑牛前。

一撮毛听到声音抬起头，当看到是赤脚男子扑来，又见一个少年扶着一个妇人站在柴房前便明白几分，他狞笑着站了起来。赤脚男子刚一近身，一撮毛抬起腿对着赤脚男子的小腹一脚踢去，赤脚男子一个趔趄瘫在地上，一撮毛提着血淋淋的刀扑了过来。

这时三个鬼子也已发现了这边的情形，大叫着转身便去取枪，黄晓刚情急之中一推妇人大喝一声："快跑！"妇人这才如从梦中醒来一般，跌跌撞撞奔了出去，黄晓刚抓起绳头转身就跑，鬼子哇哇大叫跑到枪边刚要伸手抓枪，却见枪如长了腿一般飞也似的奔向柳树，三个鬼子大惊，只好跟着枪猛追，长枪如蛇一般在草丛中游动，长枪与鬼子越来越近，鬼子与黄晓刚则越来越远，三支长枪最后停在树边不动，鬼子这才捡起来，等鬼子端起刺刀向柴房这边围过来时，却哪里还有黄晓刚的影子。

黄晓刚转身跑了一段，听到一个妇人凄厉的叫声："还我儿子！"黄晓刚扭头只见妇人吼叫着扑向一撮毛，两人扭打在一起，这时一撮毛已将妇人按倒在地，妇人张嘴死死咬着一撮毛的右臂，一撮毛右手持刀却无法动弹，尖刀闪着血红的寒光。黄晓刚见此情景，拾起一块石头对着一撮毛砸了过去，石头砸在一撮毛的手腕上，尖刀掉入草丛，黄晓刚上前掐住一撮毛的脖子，两人翻滚扭打在一起。黄晓刚的拳脚功夫都得自他的叔叔黄守仁，虽说不太精但简单防身还是应付有余。这时妇人跌跌撞撞爬了起来，“快跑!”混战中黄晓刚大吼一声，妇人却是不理，口中大声叫着：“你们这些畜生，杀我全家，你们不得好死！……”妇人又扑了上来，黄晓刚这才明白死去三人是妇人的亲人，“砰……”可怜的妇人被赶上来的日本鬼子当了活靶。

黄晓刚好不容易摆脱了一撮毛，刚立起身，这时，三个鬼子已成扇形向他扑来。黄晓刚只觉得眼前寒光一闪，一个鬼子的刺刀就到了身前，黄晓刚只好侧身让过，顺手一把抓紧鬼子的三八长枪，扭打中黄晓刚听见一声“八嘎”，后脑勺便挨了重重一枪托，黄晓刚眼前一黑趴在地上。

第二十四回　山寨悲湖

落日余晖，晚霞尽染，巢湖沐浴在一片金色中。

姥山上，严俊、王杏儿和平儿跟着哑巴，迎着蜿蜒小道拾级而上。山路曲折，古树丛生，窄处只能一人通过，有时还要低头而过，有时看似没有路，待到跟前拨开枝叶，忽又柳暗花明。山路两边绿树成荫，幽静的小道上落满松果和树叶。

大家行进在一段平坦一段崎岖陡峭的山路上，一路上很静，只有几只蝴蝶在蓬草间闪烁着五彩的翅膀，不知名的鸟在林中叽叽喳喳地发出清脆的鸣叫。半小时后行至山腰，山崖上左边是万丈悬崖，右边是怪石峭壁，凭栏俯视，湖面上风景如画，却又令人胆寒心跳，透过茂密的枝叶仰首而望，只见一石塔立于山谷之中，拔地而起，形如利剑直刺蓝天。王杏儿知道那便是父亲常说的有三百多年历史的望湖塔，它是一个高约五十米，塔身为七层的八角砖石塔。哑巴在前不时地拨开挡道的枝叶，渐渐地，林中小路便豁然开朗，出现了三三两两的农舍，路两边随处可见晾晒的渔网。阳光下，几个妇人坐在门前树下，一边拉着家常一边剥着棉花，有的在织着渔网。三四个儿童坐在树下荡着千秋，不时地传来笑声，一切安静祥和，充满喜悦，在这狼烟四起，烽火满天的年代，却是一片世外桃源。

一路上平儿好奇地东张西望。突然，平儿一惊，只见三个持枪两个持刀的大汉拦住了去路。一个肌肉发达身穿黑老土布，脸上有刀疤的壮汉走上前来，他的身后跟着两个长得一模一样的人，手拿砍刀一左一右。最后面两人，一个身手矫健，两个形似蒲扇的大手抱着长枪，一个是十八九岁浓眉大眼的英俊小伙子,一头的鬈发。他们上前见是哑巴便面露喜色,不问缘由拍了拍哑巴肩膀后就打了二长一短的口哨,声音清脆响彻山谷,不远处的林中立即响起了一长二短两声口哨,严俊知道这是他们的暗号。一路上哑巴亲热地和他们不停地比画着手势,平儿不时地回头看着这两个长得一模一样的人,心里充满好奇。大家一路东张西望很快被带到山上一片房屋前。

这是两排在绝壁上依山而建的石砌房屋,建筑坐东朝西,厅楼高耸在茂密的竹林中,整个建筑充分利用地形地势,将青山与房屋相结合。屋前站着两个持枪的大汉,形如木桩。王杏儿回头朝湖面看了看,内心佩服暗暗称奇,此山四面皆水,山地植被覆盖率百分之九十以上,放眼望去满山都是青绿松柏,周边湖面及半山坡上绵延的小路尽收眼底,远处群山环抱,湖面云帆雾绕,川流不息。

山寨前,一块不大的平坦地上,矗立着一排六间的石木结构的房屋,正中一间门檐上倒扣一个牌匾,上面刻着三个金黄大字——水啸堂,门前左右各站一个大汉。进了厅堂内,只见七八个人高矮不一手拿刀枪,衣衫不整,可能因为长年吹风所致,皮肤黝黑而粗糙,个个脸色庄重,肃立两边。大厅中,一张八仙桌边摆着一把竹椅,桌后墙上挂着一个手捋胡须的红脸大汉,手持青龙月牙刀,正是义神关公画像,画像下,一个长约二米的供桌上摆着一对红烛和一个香炉,香炉上三支红香青烟袅袅。

透过后窗,一群人在舞刀练剑,有翻墙爬杆的,有打拳压腿的,还有在练习射击瞄准的,院中一片生龙活虎热火朝天。王杏儿正打量着,只见屏风后走来一个三十多岁的大汉,黝黑的脸上一对卧蚕眉特别醒目,头发凌乱地散在额头两边,大汉进了门也不吱声仿佛这屋内没有人似的,自顾自地走到那把竹椅子旁,然后打量了一眼严俊,又看了看王杏儿和平儿。

脸上有刀疤的人匆匆走到椅前对着严俊说:“这就是我们大当家的水上漂郑传宝!”郑传宝看了下一旁的哑巴向严俊点点头:“是潘志明师兄让你来的?”郑传宝声如洪钟。“是的! 义父让我来的!”说罢,严俊上前一步拿出义父潘志明交给他的一柄小刀。郑传宝接过刀仔细看了看刀上的花纹图案，也不抬头说道："义父？听你的口音像三河人，你是严俊？"

"是的，这是三河东街豆腐坊王家的杏儿，这是她弟弟平儿。"严俊答道。

"噢，听师兄讲过你，那我们是老乡，我也是三河人。那么，你们为什么到这里来？"说罢紧盯着严俊的双眼，更加仔细地打量着他。

于是严俊就把日本人在三河的暴行说了一遍，王杏儿垂泪抽泣，平儿更是放声大哭，悲痛的情绪立即传染了人们，一时间山寨水啸堂上一片悲戚。

郑传宝听着听着眼睛里骤然燃烧了愤怒的火焰，手握竹椅咯吱作响，郑传宝越听越激动，听到最后，他怒目圆睁猛地从竹椅站起身，只听哗啦一声，竹椅便散了架子似的坍塌成一堆。郑传宝扬了扬一对卧蚕眉啪的一拍桌子道："此仇不报，誓不为人！"郑传宝说完转身对一边脸上有刀疤的人说："二当家的！你去准备家伙，晚上我们去三河杀几个鬼子解解恨！"二当家陈家根应了一声："好！"站在一旁怒气冲天的几个汉子也摩拳擦掌嚷嚷着报仇。

严俊一见连忙说："大当家的，义父让我告诉你，一切等他回来商量后再安排！"严俊说完从腰间掏出一封信交给郑传宝，郑传宝打开一看，便笺上就一个字：忍！

潘志明知道郑传宝的性格，小不忍则乱大谋！郑传宝沉默片刻，又问："你义父什么时候回来？""义父说等几天安排好事情就回来和你商量。"

严俊红着眼睛看着杏儿和平儿哭了一阵，严俊知道此刻所有安慰都显得苍白，只能给她们增添更多痛苦。郑传宝咬牙切齿在厅堂来回踱着步子，半晌，水上漂郑传宝收住怒火，指着脸上有刀疤的人对严俊说："这是我兄弟，二当家的陈家根，也算三河人，老家刘河集。"陈家根上前一步对严俊抱拳施礼，又朝王杏儿、平儿微笑地点了点头。等礼数行完，郑传宝又对二当家的陈家根说："把他们安排好，老规矩，提一头猪来宰了，晚上请弟兄们都来，我要给打鬼子的英雄接风！”“好！”陈家根连忙应声，郑传宝说完后一打手势，哑巴便跟着他走向屏后。

大家一一自我介绍，原来长得一模一样的人是一对孪生兄弟，哥哥叫沈子健，弟弟叫沈子康，唯一一点区别就是哥哥沈子健耳朵后有个芝麻大的胎记，一般人不知道。那个身材威武一身肌肉，两手形似蒲扇的叫解启明，跟在最后面浓眉大眼长着一头鬈发的英俊小伙子叫石头。

大家对严俊这个打鬼子的英雄敬佩不已，礼毕后陈家根带着解启明一阵风似的下了山去。只是严俊看到石头眼睛呆呆地看着杏儿，心里就泛起一股醋意。不大会，只见解启明气喘吁吁肩扛一头足足有二三百斤重的黑猪上山，解启明迈着健步，一步两个台阶，转眼便来到大厅前。严俊见此人力大无穷内心敬佩不已。

第二十五回　大婚之喜

9月29日，农历八月初六。太阳还没有出来，鱼肚色的天空中飘过来几朵云朵，小镇上人们趁着凉爽的天气忙碌着。七八点钟的时候，乌云黑压压地笼罩着小镇，先是几滴豆大的雨啪啪地洒落，紧跟着一阵风后，滂沱的大雨立刻汇集成一道道雨帘从高高低低的瓦檐中流了下来。雨水如注，落在青石上，溅起水花，亮晶晶地汇入低沟流向河塘。

黄守贵说天要下雨，就真的下起了雨，而且下得也正是时候。黑压压的小镇似乎夜色将至。古街上行人疾步飞奔，啪啪的脚步踏得路上积水四溅，空荡的大街立即成了水的世界，很快，大街小巷飘起一朵朵蘑菇似的油纸伞。

纸油伞下，黄守贵胸戴大红花早早地立在门前。一连多日不见一滴雨珠，没想到今天自己大喜的日子突然下起了雨，黄守贵看了看阴沉的天，突然想起一件事，黄晓刚的离家对自己来说一直是块心病，于是唤来左宗四和梁家勇交代一番，这才安下心来。

西街，水亮亮的青石长街，轿夫们踏着浑浊的雨水。雨很大，啪嗒啪嗒地砸在轿上，李秀梅眼眶红肿扶着轿帮默然无语。李秀梅的眼前浮现出爷爷、奶奶和父亲的大红棺材。自从李秀梅被黄守贵从镇公所接回家后，黄家便安排家丁日夜在门前看守，她就再也未能出门。早上出门前母亲含着眼泪叮嘱："梅儿呀！这都是命！嫁鸡随鸡，嫁狗随狗，你嫁过去，好生侍候黄老爷吧，弟弟、妹妹长大了，以后就靠你了……"

早上八时八分，八个吹鼓手，八个人抬起轿子，在一片喧闹中开始起轿前行。母亲的叮嘱在耳边回响，锣鼓唢呐声像针扎着李秀梅的心。李秀梅泪流满面，眼前又一次浮现出温柔俊秀的黄晓刚的身影和臃肿肥胖的黄守贵的脸。

青石的长街上几十个鼓手、锣手、唢呐手冒着雨一路浩浩荡荡。雨帘中，轿夫们落汤鸡似的瞪着眼，沉重的脚步溅起水花四射。唢呐手们鼓着腮帮摇头晃脑吹着唢呐，鼓手们敲打着喧天的锣鼓。铜锣、大鼓和唢呐交织在一起，锣鼓声震耳欲聋。铮亮的铜锣拍得雨水四溅，红体白面的大鼓上随着鼓槌上下挥舞，雨水在牛皮鼓上跳跃，轿子在青石上颠簸，李秀梅在红盖头下抽泣。

同兴米行，大红灯笼高高挂。迎街的屋檐下人们瞪着眼睛，喧天的锣鼓声中迎亲的队伍簇拥着一个八人抬的大花轿，很快，便抬到了黄家门前。门前，赵大麻子昂首挺胸举着一把蜡黄的油纸伞，伞下黄守贵一身新衫，胸前挂着一朵大红佩花站在门前迎接来来往往道喜的人。

黄守贵掏出怀表看了看，辰时已到，便扭过脸微笑着对赵大麻子点了点头，赵大麻子大声说："吉时已到，鸣炮！"黄守仁掏出火柴开始点炮，火光在手中跳动，接连点几下还是燃不着，人们睁大眼睛静静地看着。黄守仁咧着嘴，越是点不着心里就越急，手也就越是哆嗦，八抬大花轿停在门外，吹鼓手已停止了奏乐，周围人群中开始有人小声地窃语，黄守贵强作笑容的脸已开始由红变紫。

靳晓泉见状连忙接过火柴，弯腰点火，说也奇怪，火药蕊跳动着红色的火焰滋滋向前，立即鞭炮齐鸣，响彻两岸。黄守贵的脸色稍有缓和。"迎新人！""迎新人！"媒婆大声招呼。轿夫刚抬起花轿，突然，鞭炮响过一半却又哑然无声，黄守贵的脸一下子拉了下来，赵大麻子见状挥舞手臂，大声喊道："奏乐！迎新人！"于是，锣鼓唢呐响成一片。人群开始拥挤着花轿进了黄宅。

中午，小南河畔，春明楼上大红灯笼高高挂，酒楼内人们推杯换盏，不醉不归，大厅内一片吆喝声。"黄守贵娶四姨太？"整个古镇大街小巷人们都在议论着:“什么？四姨太是李家的阿梅姑娘,好端端的一个姑娘,做什么四姨太,这不是把人家往火坑里推吗?!”“谁说的,那是进了蜜罐,黄二老爷家大业大,进了黄家以后不愁吃不愁喝,穿金戴银做阔太太多舒服!”“黄二老爷又不知使的什么招让李家认了这门亲!”“听说李家那阿梅姑娘和黄家二少爷还是青梅竹马,两小无猜呢,这回怎么嫁黄二老爷了？这不是作孽吗?!”街坊人羡慕着、嫉妒着、感叹着、怨言着……

晚饭后,送走道喜的人们,黄守贵起身到李秀梅的房间。这个厢房是他特地选的,房子面南背北,在黄宅的最西边。黄守贵这样考虑主要是为了离其他三房太太远点,有相对独立的厢房和庭院,清静。

西厢屋内,红烛高照。大红的双喜下,李秀梅一身红衣正坐在镜前发愣,头上的盖巾不知何时已被她取下。黄守贵走到李秀梅面前,醉眼蒙眬地看着这个漂亮白净而又消瘦的女人,既心疼又生气,对于这个女人,自从要娶她进黄家后接二连三发生许多事情,黄守贵心里充满怨恨。

李秀梅静静地坐着,烛光下更加美艳。黄守贵眯着醉眼盯着李秀梅,大红合体的新嫁衣更加衬托青春的魅力。想起她的两个酒窝,黄守贵兴奋地坐到床边,伸出手撩开李秀梅脸颊上的头发,另一只手搭在李秀梅柔软的腰上。

与此同时,靳晓泉送黄守贵到西厢房后,便眯着一双醉眼一路唱着十八摸小调,走到三姨太的房前,冲着站在窗前的肖氏挤了下眼睛。“表弟呀,看今天把你忙的,来,到屋里坐坐,喝杯水!”三姨太迎出来,倚在门边热情地招呼着。靳晓泉连忙应声:“表姐呀,忙也是应该的,今天替老爷高兴!”从肖氏的眼中靳晓泉看到她久违的渴望。靳晓泉说完瞪大眼睛左右看了看,见四下无人一闪身便进了屋里。

黄守贵看着李秀梅红肿的眼眶,样子楚楚动人,更觉得一种从未有过的幸福在心中荡漾。于是咧着嘴心疼地笑着说:“哭嫁,哭嫁,刚进门就想家哪?”说完俯身凑了过去。

突然,李秀梅像是触了电似的向床边躲去,两眼哀求地看着这个熟悉而又陌生的人,像一只羔羊看着狼。黄守贵双眼一瞪正想说:怎么,不愿意?但又想姑娘家第一次可能害怕。于是向前一步一把拉起李秀梅的手说:"别害怕,快过来!"李秀梅脸上一热,还没反应过来,就觉得一张大脸带着一股浓烈的酒味扑面而来。

黄守贵感到这个女人已经屈服了,于是起身宽衣解带,李秀梅借机翻身下床,躲在一边……

黄守贵瞪着眼一步步地走向李秀梅:"怎么了?你真不愿意?"此时黄守贵欲火冲天,他强压怒火,依旧顿了顿,上前一步柔声说:"梅儿!"

突然李秀梅扑通一声跪下,大哭道:"老爷!……"黄守贵脸色通红强忍怒火说:"起来,今天是大喜日子,你这是干什么?""老爷,我是二少爷的人,放了我吧,我会一辈子感您大恩大德……"言罢李秀梅磕头大哭。"是二老爷!"黄守贵怒气攻心,猛地一拍床头柜大声吼道。正在这时管家赵大麻子一阵急促的敲门声传了进来:"老爷,老爷……"黄守贵大怒:"什么事大惊小怪的!等明天再说!""不好了,不好了,大太太她……她……"门外赵大麻子慌慌张张焦急万分。

再说靳晓泉,正当靳晓泉和三姨太梦里不知身是客,一晌贪欢时,门外传来噔噔噔的脚步声。人群惊慌的嘈杂声使三姨太清醒了许多,她挣开靳晓泉的手:"不行,等会!"靳晓泉侧耳听见窗外一片急促异常的脚步声,也就未再纠缠,三姨太小声说:"我先出去看看!""好,等你!"靳晓泉温柔地答应。

三姨太出门左右看了看,刚一转身差点撞上一个人,她正准备发火,一抬头看到闪光的脑袋。黑暗中就听见那人冷冰冰的声音:"这么晚了,你还在外面转什么?"说完那人对着肖氏的屋子里瞅了几眼,肖氏抬头见是黄守仁,神情自然慌乱。屋里的靳晓泉一听声音吓得胆战心惊,连忙一闪身躲到门后。

三姨太知道三叔的性格,慌乱中她咯咯地笑了起来,"三叔!"三姨太说完上前一步顺手抓起黄守仁的手，放在自己起伏的胸口上："是你呀，看你把我吓得心都跳出来了！"黄守仁正自狐疑三姨太慌乱的表情，未想到三姨太会来这一手，立即满脸涨得通红，慌乱地退了一步，三姨太也扭动腰身同时进了一步，黄守仁更慌乱忙又退一步，同时抽回哆哆嗦嗦的手说："这……这样……让人看到不好！"三姨太肖氏依旧上前进一步，笑眯眯地说："有什么不好？三叔，这么急急忙忙的是到哪里去呀？走，到我屋里坐坐！"黄守仁知道三姨太风骚，此时见她如此也就消除了怀疑，"不，不！大太太高氏出事了！"说完抽回手跌跌撞撞地跑了。

见黄守仁走远，三姨太扬眉一笑舒了口气，这才进屋："出来吧，小冤家！"靳晓泉从门后探出头说："走了？""走了！"三姨太哼了一声又说，"瞧你那点出息，你们这些男人还不都一样，哼！他黄守仁和李家的寡妇、王家的妹子暗地里的好事以为我不知道！"靳晓泉抹了下汗珠："好险！他要是真进你房，怎么办？""哼！他要真进我房间，老娘自有法子！"三姨太肖氏说完又凑了过来，此时靳晓泉哪有心思缠绵。"我去看看怎么回事！"靳晓泉说完转身离去。

黄守贵愤愤起身啪的一声带上门走了出去，只见管家赵大麻子在门外焦急地等待。

"老……老……老爷！你去看看吧，大太太她……她……"赵大麻子急得直搓手。黄守贵阴沉着脸："大惊小怪什么！她怎么了？""她……她想不开……"说罢拉着黄守贵直奔大太太高氏的房间。

穿过天井，远远地东厢房门口围观了许多用人、丫鬟和未离开的亲戚，黄守贵拨开人群只见高氏面如纸灰躺在地上，早已气绝多时，一个木凳倒在了她的脚边，凳子的上方一条床单从梁上坠下来，白色的床单在烛光下飘飘荡荡，晃晃悠悠。程妈和丫鬟跪在一旁哭泣。

黄守贵惊恐地愣在门外，打了一个冷战，就觉得脑壳后凉飕飕的，豆大的汗珠顺着苍白的脸吧嗒吧嗒滴了下来，黄守贵感到下身发胀只想去尿尿，却又迈不开脚步，这时跪在一边的程妈哭泣着移到黄守贵面前说：“二老爷！大太太早晨起来还好好的……怎么会这样啊……大太太命苦啊！”黄守贵扶着门框，强作镇静，惊恐中牙缝里蹦出几个字：“快！把……把她埋了！”说完黄守贵看了看埋头抽泣的程妈，黄守贵的脸又由白变红，咬着牙对着赵大麻子一语双关道：“埋了！给我安排好，埋了！”赵大麻子自然会意，赶紧吩咐下人对外不许张扬。

这一夜，整个黄宅进进出出，直到第二天的晌午，人们都还未缓过神来。

可怜的高氏，为黄守贵生儿育女，和他同甘共苦了二十年的女人，就这样在半夜被草草地埋了。很快黄宅又恢复平静，像什么也没有发生似的。可怜高氏为他生了两个儿子，自从黄大少爷溺水后，二少爷黄晓刚便是她的天，她的一切，这个苦命的女人，无力改变黄守贵的决定，眼睁睁看着黄守贵娶了施氏，又纳了肖氏，现在又纳李秀梅为四姨太，弄得黄晓刚离家出走，也不知生死。高氏伤心极了，选择了一条不归路。

高氏消失了，尽管黄家极力遮掩，但消息还是不胫而走，这在小镇上引起了骚动，紧接着又发生了另外一件怪事，用人程妈也消失了，两天后，程妈的家人在小南河北岸边找到了她的一只鞋，当然，这只鞋只有黄守贵黄二老爷知道是怎么回事。

第二十六回　被囚粮仓

蜿蜒的河堤上摇摇摆摆走来一行八人，走在前面的正是一撮毛，后面是黄晓刚和赤脚男子，两人抬着一筐牛肉，他们身后还有两名男子也一起抬着牛肉，四人均被系在一根绳子上艰难地行走着，在他们的身后是三名倒背着三八大盖枪的日本兵，一路上不时地传来恶声恶气的催骂声。

他们顺着河堤大约行了二十分钟，河面渐渐变宽，刚拐个弯只见河道边，柳荫下泊着一条小船。船上站着七八个荷枪实弹的日本兵。这时一撮毛弓身上前说："这是地道的巢湖水牛肉，口感纯正，大大的好！"一个日本军官走上前笑眯眯地说："哟西！大大的好！"一撮毛一阵点头哈腰后，对着黄晓刚和赤脚男子等一挥手，此时的黄晓刚半个脸已肿，一只眼睛只剩一条缝，正要张口骂一撮毛：汉奸！这时赤脚男子一拉扁担小声说："小兄弟！好汉不吃眼前亏呀！"黄晓刚只好咬咬牙，黄晓刚和赤脚男子等抬着牛肉被带上了小船，船上已有七八个衣衫褴褛的船工，他们的双手同样被一根麻绳系在一起，见黄晓刚他们上船，众人显得更加紧张。

下午三四点钟，载着十几个难民的小船在七八个日本兵押送下，顺着河道很快就到了巢湖。刚入湖口的时候，黄晓刚看见一条河道上行着四五条小船，船上装满了一捆捆芦席。船上日本兵叽里呱啦大声叫嚷几句，只见三四个日本兵端起枪对着河中行驶的小船就是几梭子，弹头钻进船头冒着青烟，船上一名船工吓得趴在船舱里直哆嗦，船在湖心打转，几条小船便被押了过来。黄晓刚就听见咚咚声由远至近，紧跟着船身一晃，几个日本兵跳上船头叽里呱啦大叫，把黄晓刚和十几个船夫不由分说又带上另一条大木船。

船在河上行驶，黄晓刚焦虑不安。船工们在惊恐中不知到了哪里，一个船工刚探出头，日本兵的枪托便砸在了他的肩膀上。

原来日本人从合肥运来快艇已经封锁了河道。大约中午时候，河面渐渐变得平静，船拐个弯，黄晓刚迷迷糊糊中只觉船身一震，只听一个人扯着嗓子喊："到了，到了！快下船！"船终于靠岸。黄晓刚随着几十个被抓来的人走出船舱，黄晓刚一抬头不禁大吃一惊，这正是自己小时候常去玩耍的镇公所的仓库，也曾经是晚清李鸿章府上屯粮的地方。黄晓刚看看周围才知道又回到了三河，有两句词说得好：

本欲起身离红尘，奈何影子落人间。

李府粮仓内，库房里粮食堆得像小山一样。只见粮仓的大门两侧站着七八个持枪的日本兵，仓库内二十几个民工来来回回搬运粮食，两个持枪的日本兵跟在一个工头模样的人后面，工头手持竹条在粮仓里来来回回转悠。黄晓刚在库房里每天重复着同样的工作，就是将日本人强掳来的大大小小的粮食包打开，然后送去由日本人化验后再装入统一的麻袋中，在上面刻上日文：日本军粮。

这日，天下着大雨。李府粮仓内，一个人领着几个衣衫褴褛的中国民工，抱着十几捆麻袋从码头上走进粮仓，一个日本兵端着长枪叽里呱啦几句，用刺刀一指，领头人放下麻袋，一抬头见到黄晓刚不禁一怔，但很快又扭过头，忙活去了。黄晓刚一见认识，是船主刘乐平，见他走开不理自己也就未作声。刘乐平认出工头就是日本翻译青木金泽，于是径直走到他面前："太君，粮食我们送到了！"刘乐平说完，又从口袋里掏出两包香烟递给翻译官青木金泽，"这是专门给您买的香烟。"翻译官青木金泽微笑着点下头，接过烟熟练地打开，抽出一支在鼻子上闻了闻："嗯，老刀牌！很好！"刘乐平上前一步将烟点着，青木金泽的鼻孔中立即冲出两道浓浓的烟柱。

粮仓内,黄晓刚随着人群被分配去装包。黄晓刚此时与另一个民工一头大汗抬包上架,刚转过弯就听见小南河对岸鞭炮齐鸣。黄晓刚不禁一怔,刹那间他觉得粮包如千万斤沉重,只觉得双腿一软,脚下一滑,“哎呀”一声从粮垛上摔了下来,中年民工随着粮包也滚翻在地,雪白的大米撒满一地。粮仓内民工们停下活来看着这边,这时翻译官青木金泽走了过来。“怎么干的活！蠢猪！”翻译官青木金泽话音落地,鞭子已抽在了中年民工的背上,中年民工疼得蹲下身子。黄晓刚听见啊的一声惊叫,刚要坐起来,这时那条鞭子像长了眼睛一样突又向他游来,啪的一声打在黄晓刚肩上。黄晓刚此时泪流满面,全然不觉得疼痛。黄晓刚心里想,今天是什么日子？难道阿梅没有去安庆？一定是阿梅的娘骗我,说阿梅走了,好支开我的。想到这,黄晓刚不禁又悲愤不已,失声痛哭起来。

中年民工从地上爬起来,扭过头又见打自己的是中国人,便说:“你讲不讲理？人家摔倒又不是故意的,凭什么打人?”翻译官青木金泽哈哈一笑,又是一条鞭子结结实实打在黄晓刚背上。黄晓刚大声叫骂:“你这个走狗!”翻译官青木金泽一听气得哇哇大叫,一边的日本兵一拉枪栓,枪口对准黄晓刚。此时,黄晓刚伤心至极,早已忘了生死,睁大眼睛大声骂道:“小鬼子!”

突然,一个人影从翻译官青木金泽身边蹿了过来,还没等黄晓刚反应过来,一个巴掌已火辣辣地打在黄晓刚的脸上。“好你个兔崽子,让你嘴硬,也不看看地方,这是皇军!”青木金泽见有人上前替自己出气,就立在那里,悠闲地点起烟。那人上前啪啪甩手又是几下,打得黄晓刚两眼冒金星。黄晓刚踉踉跄跄中见是刘乐平,心底一股怒火又冲了上来。黄晓刚怒喝一声:“你们都是走狗！汉奸!”就扑了过去。黄晓刚还未靠近,就感到一个日本兵的枪托砸了过来,黄晓刚只觉得肩上一阵钻心疼痛,身子一歪跌在地上。黄晓刚艰难地爬起身,另一个日本兵牵了一条狼狗蹿了上来,这时刘乐平上前一步说:“太君,让我来收拾这小子!”刘乐平拾起鞭子走上去对着黄晓刚就是一顿猛抽，刘乐平边抽边骂道："也不看看这是哪，今天便让你长长眼！"黄晓刚正要回骂，突然他看到了刘乐平的眼睛里面似乎有话要说，索性就低下头躲闪着。

黄晓刚被带到了粮仓，刘乐平就看在眼里，只是不解黄二少爷怎会被日本人抓到这里装粮扛包。刘乐平想起黄晓刚开仓放粮救穷人的情景，心里暗暗下定决心要救二少爷出去。刘乐平正一头雾水胡思乱想，这时见日本人牵了一条狼狗上前，刘乐平生怕黄晓刚出意外便抢到面前，他知道狼狗的厉害。

打了十几鞭子后，刘乐平转过身对着青木金泽说："太君，还是让大家抓紧时间装粮，塚同一郎少佐在催粮呢，这个小浑蛋等会儿我来收拾他！"说完又掏出烟递上前说，"您到粮仓来，酒菜我已经给您准备好了，您可别气坏了身体啊！"说完刘乐平对着河边船上挥了挥手，立即，两个船上从船舱里端上来两口冒着热气的黑铁锅和一包五香花生米。青木金泽一见，连连点头说："很好！你的，大大的忠心！"刘乐平上前双手揭开锅盖，只见一只锅内装满亮晶晶卤全鹅，另一只锅内是猪蹄髈，一时间大块的卤鹅肉夹杂着猪蹄肉香飘满仓。青木金泽眯上双眼上前一步，凑过鼻子用力连吸几口气说："你们中国真是美食的天堂！这是典型的徽菜！很好！""太君，你再看看这是什么？"刘乐平又变戏法似的从背后摸出一个紫红色的瓦罐，瓦罐面上凸现四个字：封缸陈酿。刘乐平说："这坛封缸陈酿足足有二十年，是强身健体、舒筋活血、健脾养胃、延年益寿的好东西！"翻译官青木金泽一见大喜，连忙道："这个我知道，这个酒主要原料是糯米，口味香甜，我在日本世界米酒博览会上就见过。"说完打开坛盖用手蘸了蘸酒，橙红清亮的酒液在青木金泽手指上，一股酒香沁入心扉。青木金泽微笑着舔了舔手指，连连赞道："好酒！色深味浓、味鲜醇厚、甜润爽口，真是妙不可言！""没想到青木太君对中国的酒还有研究！"刘乐平在一边赞道。青木金泽洋洋自得，又说："我们日本二十年前就宣传你们中国的历史文化和物产资源，只有了解，才能为我们天皇享用！"青木金泽说完，转身望了一眼地上的黄晓刚，立即又目露凶光，恶狠狠地说，"这个人交给你，给我狠狠地教训他！""是！一定，一定！"刘乐平口中连连称是，心中骂道：呸，呸！什么天皇地皇的，也配享受？

青木金泽双手抱起封缸陈酿，欢天喜地直奔伙房。见日本人走远，刘乐平转过身对船工一挥手："把这小子给我绑起来关到仓库里，等会儿我慢慢来收拾他！"两个船工上前将黄晓刚捆绑起来，黄晓刚也不挣扎，依旧目光呆呆地想着什么。刘乐平见状大声对着周围的民工说："大家赶紧干活！"说完一转身带着日本兵进了伙房，喝酒去了。

安排好日本兵，刘乐平和两个船工走到关押黄晓刚的房间，关上门。刘乐平走上前小声问黄晓刚："二少爷，你怎么被抓到这里了？"黄晓刚转过头，不搭话，一个船工一抖皮鞭啪的一声打在墙上，另一个船工紧跟着惨叫，黄晓刚一惊，很快便明白，哼了一声。船工又一抖皮鞭啪的一声打在地上，一边的船工紧跟又是大声惨叫。这时刘乐平蹲下身又问："这到底是怎么回事！二少爷？"一边的皮鞭和惨叫声依旧不断，黄晓刚慢慢抬起眼皮说："你们不用装模作样，你们这群日本人的走狗！"刘乐平急道："二少爷，许多事你现在还不明白！你被关在这里，你父亲可知道？"黄晓刚闭上眼不作声。"那好！我这就去告诉黄二老爷让他来救你！"刘乐平话音未落地，黄晓刚猛地睁大眼睛咬着牙说："不！不要告诉他！他不是我父亲！"刘乐平一头雾水愣在那里。"你让他来救我，还不如让我死在这里！"黄晓刚说完睁大眼睛冷冷地盯着刘乐平，半晌，黄晓刚又说，"刘叔！我知道你对我好，我现在只想问你，今晨河对岸的鞭炮声是不是黄守贵娶四姨太？""是啊！""四姨太是不是李秀梅？"黄晓刚哽咽着，话音落地早已泪如雨下。直到此时，刘乐平才想起街巷中谣传黄家父子争媳妇的风言风语原是真的。刘乐平立时明白过来，但又不便撒谎，口中只好应对说："我也不晓得……"

伙房内翻译官青木金泽和两个日本兵一边喝酒，一边竖起耳朵听着隐隐约约有人在叫，惨叫声音不断，心想，看是你嘴皮子硬还是我的皮鞭硬。

刘乐平让人又佯装打了一会这才离去，走时一再叮嘱黄晓刚不可任性，等自己回去想办法救他出去。从粮仓出来，刘乐平心想，我得把这个消息传给黄守贵，二老爷有的是银子，自然会救二少爷出来。但又想黄晓刚这孩子性情刚烈，这样怕真会出乱子。左思右想，还得从长计议，等待时机，再救二少爷出来。

刘乐平刚走出仓房就听见汽车喇叭声，只见两辆贴着“狗皮膏药”的汽车摇摇晃晃开进场中，随即跳下十几个日本兵，最后从车上下来的两个人正是少佐塚同一郎和伪保长孙何生。刘乐平一见塚同一郎，连忙上前躬身道：“太君，您亲自征粮啊，辛苦，辛苦！”塚同一郎微笑着点了点头，这时青木金泽也听到汽车声响，连忙带着两个日本兵跑了过来。塚同一郎嗅了嗅鼻子说：“你在喝酒?!”塚同一郎正要发火，翻译官青木金泽连忙转移话题答道：“报告少佐，发现上次抓来的劳工中有共产党，今天共产党带头闹事，现已被我们收押，我们正在审问。”塚同一郎一愣：“共产党?”塚同一郎说完，扬了扬眉毛一挥手：“带我去看看！”翻译官青木金泽带着众人呼啦啦奔向粮库，刘乐平心中暗暗叫苦，只好跟在后面。

库房内，黄晓刚遍体鳞伤坐在墙角。透过门窗，塚同一郎上前一步正要说话，只听孙保长吃惊道：“黄……黄二少爷?!”“黄二少爷？你们认识?”塚同一郎转过脸问道。孙保长说：“是的！太君，这个人是同兴米行的二少爷，叫黄晓刚，是一个大大的良民！”塚同一郎睁大眼睛：“黄家二少爷！怎么回事?”一边一个日本兵上前叽里呱啦一阵，塚同一郎用手抹了下脸，微微点了点头。

孙保长看到黄晓刚被关，心里已明白了七八分，对于黄家的一切他再清楚不过，在讨好日本人的同时又要名利双收，心想这是一个向黄二胖子讹钱的好机会。孙保长看着塚同一郎脸色，又说：“要不……放掉？送黄二胖子一个人情！”

塚同一郎看了眼黄晓刚，眼光落在黄晓刚手腕上的银手镯上，眯起眼对青木金泽说:“不,不,不!很好!我要放长线钓大鱼!只要这个黄二少爷在我们手中,黄二胖子就会听我们的,就会为皇军源源不断地筹粮!”青木金泽连连点头说:“这样……好!少佐,您真是深谋远虑啊!”孙保长睁大眼睛不知他们在说什么,弄得一头雾水。塚同一郎说完诡秘一笑,又叽里呱啦说了几句,青木金泽在一边翻译说:“塚同一郎少佐说,黄二少爷在这里,你们通通的要保密!”孙保长连连答应。

同兴米行内,黄守贵正喝着闷酒。自从大太太离世,近十天一直未去西厢房找李秀梅,倒不是他忍住了色心,而是黄守贵每天都会想起高氏死前的模样,内心有些不安……

再说李秀梅,自从嫁到黄家,本来第二天太太们应该逐一行姐妹拜亲礼。因为高氏出事,这倒省了不少事,李秀梅索性一连几天待在屋里。自从那晚黄守贵走了以后,李秀梅得到了片刻的安宁,但内心仍惊恐不安。李秀梅不知道黄晓刚现在在哪。到了第七天才从巧巧的口中得知,黄晓刚早已离家出走。李秀梅想离开这里,但又不知道到哪里找黄晓刚,每次走到门前时,伙计梁家勇总会笑脸迎上来问:“四太太,您这是要到哪里去呀?”或:“四太太,老爷交代过了,外面兵荒马乱的,让您回西院!”后来李秀梅待得久了,想起巧巧经常会到花园里玩,便坚持到花园里走走,目的是想打听黄晓刚去向,只是每次出去撞见三姨太时,肖氏总是对她不屑一顾,似乎在说:这个家是我说了算,你就是一个丫头一个下人!李秀梅见了,只好叹了口气,也不言语,就这样在期盼中度日。李秀梅每天总感觉头昏昏沉沉疲倦得很,有时吃点东西还恶心想吐。丫鬟琬儿以为她病了,叫郎中来看,李秀梅自然不许,琬儿只好每天端茶送水,小心服侍,有时也陪李秀梅聊天,说一些小镇上的故事,逗她开心。

第二十七回　郑二先生

鱼肚色的天空中，浮云在天际刚一露脸，徽派林立的店铺前人声便沸腾起来，人们行色匆匆，从大街小巷拥出，生怕误了街市。店铺前人声鼎沸，各种叫卖的声音此起彼伏。十字街头，地上早已堆满了活蹦乱跳的鱼虾。

郑二先生喜欢这种带着乡土气息和喧嚣的热闹景象，他渴望一种田园式的生活。郑二先生原名郑登成，是明代郑和的第二十二代孙，在家排行老二，幼年饱读经书，学考至贡士，曾任六安知府师爷，因不满清政府软弱腐败，便带着妻儿辞官回原籍古镇三河，颐养天年，过着安逸舒适、与世无争的日子，享受着小镇别样的恬静。不幸一场大水，爱妻溺死，子女长大各奔前程，至今一人和管家郑福一起生活，深居简出。郑二先生每天起床洗漱锻炼身体，然后去小地主的点心摊前，喝一碗小南河水的大碗茶，再吃几个油炸的点心。郑二先生喜欢那小米饺馅内的白米虾和棕叶包着的干子。

郑二先生喜欢一边吃着米饺一边看热闹。采购的人群从街头巷尾走了出来，人们不管有钱没钱都喜欢上街转转，有时看上某个新鲜东西便大声讨价还价起来。这样的街景一直持续到中午，人们才满意地回去吃午饭，也有人等着捡下市后的便宜，而卖的人也眼巴巴地等着人捡他的残货物品。

吃过早点，郑二先生回到中街郑宅——草木堂，院内一棵桂花树上挂着两只鸟笼，几只画眉鸟正叽叽喳喳地叫着。桂树下摆满了大大小小五颜六色的盆花。郑二先生喜欢养花，喜欢这样的生活，每天过着简单而充实的生活，很有规律。此刻郑二先生吃过早餐后给花草浇水施肥，然后便躺在院内椅子上晒着暖暖的太阳。

这时管家郑福走过来小声说："码头潘志明来访。"

郑二先生微微睁开睡眼道："哦，他来干什么？"说完又闭上眼睛晒着太阳。郑福默然无语，退到一边垂手而立。郑二先生想了想，仍闭着眼睛说："让他到书房等我！"

潘志明正在客厅来回踱步，只见整个厅堂里简单而整洁。供台前一个方桌，两边各有一把做工精细的老旧的太师木椅，供台上一边一根红烛，当中一个香炉，三根檀香正青烟缭绕，只见上方一块匾额倒扣下来，上面雕刻四个金色大字：上善若水。当中一幅大清官员的画像，头戴官帽，双手抚膝端坐，高挂在厅堂正中，两边是宋代诗人黄庭坚的对联：桃李春风一杯酒，江湖夜雨十年灯。

潘志明正思寻着对联的词意，见管家郑福过来招呼，便跟了过去走进书房。屋内两排书柜上搁满书本，散发出一股清幽的墨香和纸的味道。迎窗的书桌上放置一盆兰花、一只玉石笔架和一只精雕细刻的竹笔筒，里面插着粗细不一的毛笔，桌上方墙上挂着一把鹅毛扇子，整个书房古朴典雅，透着书香门第特有的文人气息。

郑福上前沏了一杯茶，一缕清香扑鼻而来，潘志明啜了一口便知是正宗的舒城小兰花茶。不大会儿，郑二先生拄着拐杖走了进来。潘志明连忙起身上前抱拳施礼："老爷子好！""嗯！"郑二先生点了点头。客气几句后，郑老先生摆了摆手，管家郑福便退了出去。潘志明连忙凑上前去小声说："大少爷来信了，请老爷子到他那去住一阵子。"郑二先生翻了一下白眼，脸色一下子就变得阴暗起来："我不去！""现在兵荒马乱的，日本人又来了，老爷子，您还是避避吧……"潘志明恳求地说。"日本人就不讲理啦？日本还是我大清国的属国！"郑二先生又说，"想当年，日本人哪一年不来我中华朝拜、进贡！哼！现在来欺负中国，日本人这是在自取灭亡！"

“对，对，对！您说得是！”潘志明笑着答道。见郑二先生面色缓和，潘志明又说：“老爷子！大少爷主要是想您，所以让我来接您的！”“你让我到他那里？去山上当土匪？”郑二先生瞪着眼睛直逼潘志明，又说，“我郑家人才辈出、世代英豪，历代朝廷对我们施恩有加，礼有三分……怎么就出了他这个混账东西！”郑二先生说着说着满脸通红唾沫横飞。潘志明心里想说：他当初离家不也是被您逼的吗？潘志明看了看激动得脸色通红的郑二先生却又不敢，只好说：“老爷子，都过去多少年了，您还生着气。大少爷虽说在山上，又没干什么坏事，这还不惦记着您嘛！”

郑二先生微微转过头，他一闭眼脑海中浮现十几年前的一幅幅画面。

郑二先生有两个儿子，大儿子便是流落姥山为匪的大当家水上漂郑传宝，二儿子郑传华现在冯玉祥将军身边做秘书。那时郑传宝还是少年，从小就喜欢舞刀弄枪、打架斗殴，尤其是喜欢洗澡玩水，只要是一跃入水中郑传宝就像一只鸭子一样不想上岸。古镇周围十公里内大大小小的河塘深浅郑传宝都试过，河底哪里有一块石头郑传宝都知道。这与郑二先生的要求正好相反，他让儿子郑传宝从文，学习文化求取功名，要求他每天摇头晃脑背《弟子规》《三字经》，但郑传宝一念书就打瞌睡。别人上课，郑传宝只会捣乱，和郑传宝一起上私塾的同学都被他打得跑的跑溜的溜，最后老师也不知去向。

郑传宝十一岁那年夏季，一个阳光灿烂的下午，他不好学，又一次被郑二先生赶出门外。郑传宝无聊地在小南河边溜达，看到河边两个大男孩在水里欺负一个女孩子，郑传宝打抱不平，结果水里好一场恶战，最后郑传宝和其中一个爬了上来，而另一个便永远留在了河中。自知闯祸的郑传宝更不敢回家，起先在舅舅家待着。对方家在三河也是大户，后来找到郑传宝舅舅家要人，郑传宝舅舅只好把郑传宝送到巢县一个朋友处躲避。舅舅的朋友是习武出身，一手形意拳和六合刀法在江湖上颇有名气，这倒正合郑传宝心意，便拜师学艺，这样一去就是几年。正当郑传宝要回家时,不想他师父仇人找上门,对方人多势众,郑传宝和师兄潘志明两人也加入战团,结果两死六伤,郑传宝的师父也在打斗中死去。事后官府要缉拿他们,郑传宝和师兄潘志明便逃到三河。郑传宝偷偷回了趟家,遭到父亲郑二先生斥责,郑传宝怕牵连父母便独自上了姥山为匪。上山后,因郑传宝性格粗犷豪迈,为人仗义,精于水道,后又练得一手精准枪法,很快结交一帮朋友,大家都推荐郑传宝为帮中老大。郑二先生哪里知道山上这些所谓土匪其实都是些穷苦人家。郑传宝因为从小离家,很少人知,郑二先生更是绝口不提。

为了这个大少爷,郑二先生伤透脑筋,吃尽官司也散尽了家财。妻子梁氏思子成疾,不久也撒手人寰。想到这,郑二先生双眼含泪,也不看潘志明,顿了顿手中的拐杖说:

"送客……"

第二十八回　焦头烂额

黄家，同兴米行。

高大的门庭前，拴马石上一根绳子连着一匹黑马，黑马拖着尾巴呆呆地看着长街。青色的石条上摆着一顶将要出门的轿子，两个轿夫正探头候着客人。

高高飞翘的马头墙下，夕阳斜照在天井的院中，院里落满了叶子。凌乱的房间里，已两天未吃未喝的二姨太施氏正有气无力地收拾东西，旁边站着垂泪的巧巧。大太太高氏寻死前什么都告诉她了，说的人絮絮叨叨，听的人肝肠寸断。此刻，施氏什么都明白了。十二年前的那个夜里，一群蒙面人闯进了她的家，掠光所有财物，也杀了她的父母，而这个人面兽心的黄守贵让人行凶后，又佯装君子舍命受伤来救她。施氏面对父母双亡和被掳掠一空的家，整天以泪洗面，在举目无亲伤心无助的情况下，是赵大麻子提醒她已不再是施家的大小姐了，并让她感恩戴德地嫁给了黄守贵。一切做得天衣无缝，一切又是那么理所当然，一切又让她别无选择。为他生儿育女，施氏越想越伤心。

施氏摇摇晃晃地走出门，她要离开这个家。施氏侧过脸望着一旁抽泣的女儿巧巧："巧巧，妈妈走了，你在家要学会照顾好自己，乖哈！""不！我不让你走！"巧巧满脸泪水伤心欲绝，施氏一阵抽泣后摸着巧巧的头，转身向轿子走去，身后巧巧撕心裂肺地哭喊。

此时的黄守贵正在范家五彩大染坊和孙保长等几个牌友打麻将，四方的小桌上烟雾缭绕。这时赵大麻子慌慌张张跑了进来，上前附在黄守贵耳边小声几句,黄守贵听后回了一句:“走,让她走好了!”赵大麻子依旧僵着脖子说:“可是三小姐……”黄守贵皱了皱眉,想起了女儿巧巧:“真是多事之秋!”黄守贵说完将手中的牌一推,这才站起来拱手道,“各位少陪,家里有点急事,告辞!”说完起身就要离去。

这时范友林好不容易憋了一个清一色,他的手颤巍巍地抓住一张牌,见黄守贵起身要走,连忙举起牌大叫:“和……和了!”却不知情急之中用力过猛,砰地一下牌飞了出去。黄守贵起身愣在那里,范友林一时又找不到牌,急得脸色通红喘着粗气道:“和了……别……别走……”一口气未接上来便歪在椅子上。范友林的脑袋软绵绵的,手也在半空中放了下来,众人一片惊慌,七手八脚,又是灌水又是掐人中穴,不知如何是好。这时用人早已奔向后堂报告老夫人去了,黄守贵起身愣在那里,一时进退两难,不知如何是好。一边的赵大麻子上前一步一扯黄守贵衣袖,黄守贵立即意会,转身和赵大麻子悄悄地退到后门走了出去。远远地黄守贵听到范友林的老婆姚氏哭喊着:“啊哟……你这个死老头子啊,刚才你两眼还像二筒,现在怎就成了二条?不知是哪个东南西北风把你害了……一天到晚‘南生意,北买卖,不如小赌来得快’……哎哟……打一生麻将……一生要摸清一色,今天终于和了……哎哟……你可让我怎么活呀?……”

黄守贵和赵大麻子头也不敢回,内心忐忑不安,一路匆匆奔向米行。

同兴米行门口,远远地,黄守贵和赵大麻子就听到巧巧拽着施氏哭泣着喊:“妈妈!我不让你走!”黄守贵走上前沉下脸对施氏喝道:“你这是干什么?还不快回屋!”大家见黄守贵和赵大麻子回来便都退到一旁。面对黄守贵的怒斥施氏好像没有听见似的,木然地转过身,走向轿子。

黄守贵忍住怒火上前拉了拉施氏的胳膊,不想被施氏用力地挣脱了。黄守贵知道施氏恨自己,已不再相信自己了。黄守贵扬起手本想给她一巴掌,但当黄守贵一抬头看到满街的行人都望着他的时候,举起的肥手缓缓地放下来。他连忙说:“回……回去!巧巧!把你妈拉回屋!”黄守贵瞪着眼睛回头挥一挥手，赵大麻子会意，走上前打发了轿夫，两个轿夫慌张抬起轿子转身离去。

黄守贵走到一旁抽泣的巧巧身边，又抬起头来看了看施氏。黄守贵压着火说："巧儿妈，什么事我们回家说……"顺势一把抢过施氏的包裹，施氏用力回拉，包裹一下子散了开来，衣物散落一地。黄守贵恼怒地将包裹布攥成一团，扔在地上大声吼道："给我滚回去！别在这丢人现眼！"施氏刚要弯腰收拾东西，只觉得自己的脸上一阵痛，早已挨了黄守贵一巴掌。施氏双手捂住脸蹲在地上，黄守贵涨红着脸正要上前，突然，一边的巧巧止住眼泪伸出小手，一掌推开黄守贵，大喊一声："不许打我妈妈！"就扑了过来，黄守贵刚要举起手，只觉得自己的手已被巧巧的小嘴用力咬住，黄守贵一脸惊愕地愣在那里，很快回过神来，一把扯起巧巧头发就往回拖。此时从地上爬起来的施氏见此情景，突然伸出双手，母狮一般猛地扑向黄守贵。黄守贵只觉得脸颈上一阵火辣辣的疼痛，他一摸脸，只见手上黏糊糊，殷红一片。黄守贵大怒，一把拽过施氏衣袖便要发作，不想用力过猛，哧的一声衣袖撕裂，施氏摔在地上。此时黄守贵内心怒火中烧，牌场的失意和范友林的死刺激着他，黄守贵飞奔上前对着施氏就是一顿拳打脚踢。一旁的巧巧大叫一声扑了过去，抱着施氏的肩头，母女俩抱头痛哭。

施氏和黄守贵正闹得不可开交，只见吴妈搀着老太太曹氏颤巍巍从后堂走了过来。老太太曹氏一顿拐杖："别在这丢人现眼了，都给我回去！"赵大麻子连忙上前拉住余怒未消的黄守贵，众人帮忙收拾地上散落的衣物，大家上前好说歹说一阵劝慰，将施氏挽起，连拖带扯，这才拽回到屋内。

屋内黄守贵沮丧地坐在八仙桌旁，他想起这一段时间发生的事，不禁气不打一处来，高氏已寻死，儿子黄晓刚又离家出走，娶个四姨太李季梅又死活不从，今天上午刚得知黄晓刚到他表哥部队去了，心里想，这样也好。所以今天心情稍微好点，这才高高兴兴去打麻将，却不想麻将场上，又急死了范大掌柜，这事还不知该如何处理，现在施氏又要离家出走，黄守贵头开始疼了……

黄守贵正独自生着闷气，厅门一开，只见孙何生急匆匆地赶来说："太君有请！"

第二十九回　酒是好酒

新华春酒家。

这是一个已有二百多年历史的全木结构楼房，飞檐黛瓦，雕刻精美，三层小楼倚水而建，静静地矗立在东街鹊渚桥边。站在楼上，小镇风貌尽收眼帘，两岸河堤垂柳依依，沿河的一片青砖黑瓦的老房在高高低低的马头墙下，临水而立错落有致。远远地，乌篷船在水面上摇曳前行，穿梭于石桥下。清清的河水缓缓流淌，萦绕古镇，像一幅小桥、流水、人家的水墨画。

优越的地理位置和美丽古镇的沿河风光使新华春酒家生意火红，当然临窗而饮，吆喝划拳的食客自然又是一番风景。小镇上的人们喜欢到这里点几个小菜临窗而饮谈情叙事，不管是喜事还是丧事、大事还是小事，都喜欢到楼上推杯换盏小酌几杯，在这里一家有故事，全镇都不瞒。人们把一切喜怒哀乐都沉浸在小南河的水里。所以人们走过鹊渚桥都喜欢看这倚水而建的古老建筑，听古楼又传送小镇怎样的故事。

酒家内，章虾子每天还是和往常一样从一楼到三楼，又从三楼到一楼检查着每一间房间的摆设和卫生，再到后堂对每道菜的材料进行检查，然后还是和往常一样面对熙熙攘攘的行人站在店门前，等候着食客。章虾子从不安排伙计在门前迎宾，这是他招财进宝的一种手段。

章虾子原名章宏亮，身材清瘦，一米九八的个子，常年弯着腰，活像一只大虾。但他娶的老婆李氏个子却不高，胖胖的，只有一米五二，两人一高一矮、一胖一瘦站在一起，李氏胖胖的圆脸和章虾子瘦削的长脸以及反差的身材形成鲜明对比,高的像根筷子,矮的像个苹果,样子很滑稽。令人好笑的是,他们两个体重一样,上下多不了一斤,少不了一两,哪天谁要多吃点便重点,两口子生活很和谐。镇上人都笑章虾子一生怕老婆。章虾子认为怕老婆没有什么不好,所以老婆李氏让章虾子到东他不敢到西,让他站着他从不坐,老婆打章虾子,章虾子就弯腰低头。章虾子和李氏在一起时大多弓着腰,时间久了自然弯曲,有时候章虾子想立起身来反而难受。

章虾子的腰不单单是迁就老婆所致,更主要原因是为了打点生意。章虾子的酒楼生意兴隆,在全镇第一。每天席撤宾来,抹桌不干。生意好,不单是章虾子服务态度好,更主要是酒楼地道的三河土菜,色香味美,经济实惠,真正做到了人无我有,人有我优,章虾子能把失传了八百年的炖菜老鼠过江和叫花鸡原汁原味地做出来。有一次酒楼席满,客人吃完走后,章虾子准备打烊,突然又来了一群客人,厨房里食材不多了,客人又不肯走,章虾子没有办法,面对所剩的零星素菜萝卜、芹菜、木耳、土豆、红辣椒、马蹄等,章虾子脑子一转将这些乱七八糟的素菜切切配配,再放点肉丝一起炒,色香味美,端上桌来人人拍手称赞,这便是现在的三河小炒,这道菜一直流传至今,深受食客的喜爱。

章虾子为人也很随和,不分贱贫富贵,不论男女老少,也不管来多少人点多少菜,他认为来的都是客,都会弯腰点头说:“楼上请!”章虾子还有一个本事,就是不管来的人有多少,喜欢吃什么样的菜,章虾子一看便知,他一声:“楼上请……”也不用你点菜,安排得保准让你满意,菜不多不少,不浪费。所以镇上的人去新华春酒家吃饭一般都不用点菜,即使天天去吃,章虾子也会变着花样安排。章虾子知道干体力活的人喜欢吃什么,也明白镇上的土豪们讨厌吃什么。但今天来的客人章虾子的确不知道他们喜欢吃什么。

当孙何生点头哈腰陪塚同一郎和十几个日本人上楼时,章虾子心里就直打鼓,他觉得孙保长的腰比他弯得还要多。

章虾子怔怔地站在那里，也不知道安排什么菜。孙何生连忙上前用胳膊肘戳章虾子的腰，说："这是太君，塚同一郎少佐！"

"哦……日本人？……皇军！楼上请！"章虾子看着太君塚同一郎，点头赔笑。章虾子一边送他们上楼，一边看了看门前布岗的日本兵，章虾子掏出手帕擦了擦汗，心里盘算着这生意该如何做。

"章老板，有什么好吃的尽管上啊！"楼梯上孙保长转过脸道。章虾子正寻思着配什么菜，只见黄守贵从街头跌跌撞撞奔了进来，豆大的汗珠正顺着脖颈往下流，在他的身后正是赵大麻子。

章虾子连忙迎了上去，微笑着明知故问地说："贵客，贵客呀！是什么风把您吹来啦?!"说完顿了顿，故意讽刺说，"黄老板今天是来请皇军?""呵呵，哪里，哪里！"黄守贵红着脸擦了擦汗走上楼去。"楼上请！"章虾子说完便入后堂安排去了。

楼上，小南河厅内早已坐满了人，有街东当铺大掌柜李文华、水乡客栈盛利、街北酒坊的葛宜云和南街钱庄老板罗老太爷等八九个小镇知名商人，大家相互客套一番。

时间不长，二十八道热气腾腾、色香味美的土菜便上了一桌，三鲜锅、清蒸白鳝、三河小炒、酥鸭元宝、叫花鸡、爆炒螺蛳等。一个日本兵走到餐桌前，拿出一个银光闪闪的管具对每一个菜都点了一下，后又投入带来的容器里，约几分钟后。日本兵看了看那银光闪闪的管具，这才对着塚同一郎点了点头。面对这一切，大家在一边看着，待日本兵退到一旁，大家一阵客套才纷纷落座。孙何生让伙计拿出了六瓶三粮液酒给大家斟上。孙保长对塚同一郎哈腰端起杯说："这是三河最好的三十年陈酒，大家尽情地喝，今天是皇军委托镇公所请客！"塚同一郎微笑说："不用客气！大家请！"众人也不知塚同一郎和孙保长葫芦里卖的是什么药，只好举杯应酬。酒过三巡，半斤酒下肚，塚同一郎仰了仰脸，叽里呱啦说了一通，青木金泽连忙翻译："各位，今天塚同一郎少佐请你们到这来，是有一事拜托大家。我们大日本皇军为实现'大东亚共荣'，在合肥日夜帮贵国修建公路，现在急需要一批粮食，请你们来，是向你们借点粮食。我知道你们都是三河商界的豪商，我相信你们有这个实力，我更相信你们对大日本皇军的忠诚！”

一桌人一下子张大嘴巴，不知所措。半晌，黄守贵看了看塚同一郎，小心地答道：“应当效力，不知太君少佐想要多少？”

塚同一郎微笑地点点头，左手伸出五根手指在空中翻了一番。

“十万？！”黄守贵瞪大眼睛说。

周边鸦雀无声。

“不，不，不！是一百万斤！”塚同一郎摇了摇头，青木金泽说。

所有人的眼睛都瞪得更大，面面相觑，默然不语。

塚同一郎冷冷的眼光扫了下桌上的当铺大掌柜李文华、酒坊葛宜云、水乡客栈盛利和钱庄老板罗老太爷等人，缓缓说：“你们几个每家十万斤。同兴米行，黄老板嘛……二十万斤！”

众人哗然，黄守贵闻听更是一惊，立即道：“太君您太高看我了，如今兵荒马乱的，同兴业小利薄，哪有那么多粮食啊！”说罢一脸愁容。

塚同一郎眼光一扫众人，对着黄守贵又说：“黄老板，这次借粮是对你们的考验，你米行就是做粮食生意的，更应该带头为皇军做贡献！”黄守贵掏出手帕擦了擦前额说：“可是，太君，一下子哪来这么多粮食呀？”塚同一郎看了看黄守贵的胖脸，冷冷地道：“你们中国有句古话叫，不要敬酒不吃吃罚酒！”

青木金泽刚翻译完，塚同一郎又对一个日本兵摆了下头，叽里呱啦说了几句，日本兵走到桌前倒了六七两三粮液酒。

孙何生看到塚同一郎一脸的不悦，两只眼睛骨碌碌地转了转。自从孙何生知道黄晓刚被关在李府粮仓后，就告诉了塚同一郎并为黄晓刚求情，孙何生本想塚同一郎会放了黄晓刚，这样自己就可以到黄守贵面前要点好处，不想塚同一郎不许，并让他保守秘密。

见风使舵的孙何生见场面不对，慌忙端起杯子一边敬酒一边弯腰说：

“太君，太君！这是三河拼盘，全镇上下就这新华春酒家做得最地道，里面有熏鱼片，好吃！太君，黑鱼做的，您先尝尝，您先尝尝！”见塚同一郎也不理他，孙何生只好自言自语说，“我去要点醋来！”说罢起身退了出去。

塚同一郎瞪着眼继续对着黄守贵道：“我知道你同兴米行里屯了不少粮食，还有小月埂仓库的面粉也存了不少吧？！”塚同一郎一边说一边围着众人转了一圈说，“至于李文华掌柜的磨坊大米和罗大掌柜的地窖，还有葛宜云的酒坊存粮……”众人一脸的惊愕，塚同一郎接着说，“我们皇军是清楚的……你要相信皇军的能力和对你们家的人身安全的了解，否则又怎么保护你的米行，保护你们的商业利益？但我更相信你们对大日本的忠诚……”说罢指了指那碗盛满三粮液的酒。

青木金泽翻译完后，端起酒走到黄守贵面前说：“黄老板，皇军少佐说对你们还是信任的，这是你们三河最好的酒，为了‘大东亚共荣’，合作愉快，你带头饮了这碗酒，表个态！”

黄守贵脑子急速地转着，豆大的汗珠吧嗒地往下滴，看了眼赵大麻子说：“这个……这个……”

赵大麻子连忙走到桌前：“太君，太君，黄老板不胜酒力，已喝多了，您就……”赵大麻子一边说一边望着塚同一郎，见塚同一郎铁青着脸正冷冷瞪着眼看自己，连忙又说，“我帮他饮了吧！”

只见塚同一郎拉下脸，将长刀顿了顿地板，沉哼一声：“嗯？”

空气一下子凝固起来。李文华、葛宜云和罗老太爷等屋子里的所有人目光都投向那碗酒，仿佛那碗里盛的不是酒，而是他们的命运。

黄守贵苦着脸，颤巍巍地接过盛满三粮液的碗。黄守贵不明白日本人为什么会把他们的底细了解得这么清楚，黄守贵看着这碗颜色有点泛黄的酒，咕咚咕咚地喝了下去……酒从黄守贵嘴经过喉咙，再到胃里，火烧火燎的感觉只有自己都知道，他现在才明白，三河人为什么叫它烧酒。黄守贵喝了半碗停在那里，火辣辣的，真的难以下咽，委屈地看了看塚同一郎，塚同一郎也正虎视眈眈地看着他。于是黄守贵又无奈地端起碗，咕咚咕咚像小牛饮水一般喝了下去。放下碗,黄守贵的脸色发紫眼睛血红,他擦了擦挂在脸上的泪珠,只觉得自己肠胃里有个大虫在里面翻江倒海不停地捣鼓,蒙眬中黄守贵听见塚同一郎笑眯眯地说:“好!”

黄守贵猛地起身,也顾不上被绊倒的椅子便奔向门外,正巧孙保长从外面进来,撞了个满怀,黄守贵本就忍不住要吐,此刻再也忍耐不住。黄守贵张了张嘴巴,喷了孙保长一头一脸,只见孙保长脸上洒满了红的黄的绿的各种嚼碎的残食,耳朵上还挂着一根嚼碎变形的菜叶。孙保长被这突如其来的举动一下子愣在那里,忍不住哇哇呕吐起来。立刻,整个屋内人群爆发出一阵笑声,当中包含着苦涩的笑、开心的笑、会心的笑、满意的笑、无奈的笑,还有一个皮笑肉不笑,塚同一郎更是笑得前仰后合。

就在黄守贵大醉的当天晚上,他醒来后想到的第一件事就是自家的粮食。黄守贵现在才真正明白日本人来三河的目的,从日本人那里,黄守贵得知,塚同一郎还不知道自家在大兴圩有粮仓,但这也是暂时的,黄守贵知道日本人的嗅觉像狗一样灵敏。于是黄守贵招来黄守仁、赵大麻子、靳晓泉、左宗四等商量如何转移粮食,大家最后商定由黄守仁带左宗四利用水路把粮食转移到丰乐镇的董家祠堂。

第三十回　平儿拜师

王杏儿到姥山已有二十天了。她的到来使山上气氛活跃了许多，单身的人争相来瞧，献着殷勤，啧啧地称赞着这豆腐西施的姿色。为此山上年轻人讨好卖乖，相互调侃，争风吃醋时常发生。

这日，严俊带着平儿在湖滩上练习弹弓。王杏儿吃过早餐后到山下找平儿，出门刚转弯就看见石头倚在一棵树边。见王杏儿走来，石头站起身招呼一声："杏儿姑娘！""嗯！"王杏儿应了一声就要从石头身边走过。石头连忙说："杏儿姑娘，我……我今天没事，陪你去湖边转转……"见王杏儿无语，石头又说："我们一起去划船摸鱼可好？"王杏儿说："我不去！""要不我带你去采果子、抓刺猬、打野鸡？""谢谢了，我现在哪有这个心思！"石头却是不依，上前一步红着脸说："杏儿姑娘，我……我……"说完就不自然地挠起后脑勺。王杏儿见状不明所以，一脸迷糊。石头说完红着脸从身后拿出一个镜子递了过来："杏儿，这个是我从三河买的，送给你！"王杏儿一见连忙摆手："不要！谢谢你，石头大哥！"王杏儿说完准备离去，这时，又听见石头哆嗦着嘴唇说："我是个粗人，性子直，杏儿，你跟我好吧……我帮你报仇，杀鬼子！"石头说完像放下五百斤担子似的长长舒了一口气。王杏儿的脸唰地红到了颈子。见王杏儿无语，石头挺着胸，眼睛直勾勾地看着王杏儿。王杏儿一愣，先是脸上一热，但很快就平静下来："行啊，等你把日本鬼子赶出三河，把那个'饭桶一郎'的脑袋给我提来再说！"王杏儿说完不屑地从石头身边走下山去。王杏儿走远后回过头，见石头呆在那里，一动不动。

晌午的时候，王杏儿带着平儿回山寨，严俊跟在后面，三人一路说话已走到姑嫂亭，只见石头、驼子和二狗子以及山上几个队员正在举杠铃、玩石锁。等王杏儿和平儿走过后，石头和山上几个兄弟说了几句话，其中一人带唱道："满园春色关不住，一枝红杏伸过来………"

这时又有人说："二狗子，别在那瞎哼哼了！想得倒美，也不撒泡尿照照自己。"

这时严俊走了上来，驼子笑眯眯地继续说："癞蛤蟆想吃天鹅肉！"说完驼子解下系在腰间的葫芦，拔下木塞，一股浓烈的酒味立即在周围蔓延。驼子睁着红眼睛一仰头，咕咚喝了一大口。

"谁说的？谁要再整天缠着她，老子把他扔到湖里！"石头红着脸对着走过来的严俊提高声调说。远处杏儿听着他们说话，已经羞得脖颈通红，脸色像熟透了要滴出水的蜜桃。

等严俊走近，石头伸手一掌拍向一边的粗树，树上的叶子哗啦啦掉下来一片。严俊一怔，鼻子里哼了一声，心里道：你这是关公面前舞大刀——献丑！严俊依旧静静地走着，此时的他本就心里难受，听到这话心头火起，心咚咚地跳着，心想你们这话不是冲我来的吗？你以为你们人多我就怕你?！严俊红着脸走向石头大喝一声："你在骂谁？你再骂一声试试！"

石头见严俊走来就转过身说："老子想骂谁就骂谁！"说完又故意对着驼子一语双关大声道，"老子骂天骂地，不敢骂跟屁虫！"

王杏儿和平儿立在一边，这个初生牛犊不怕虎的平儿见此情景，立即从腰间掏出弹弓，却被杏儿一把按住肩膀："平儿，不可！"王杏儿说完正要上前拉严俊走，只听严俊又说："哼！收起你那一套！看来今天非教训你一下不可！"严俊话音一落，身影一闪，猛地跃起，像炮弹一样射了过去，对着石头一个"双风贯耳"便砸了过去。石头似乎早已料到，猛地一转身，一个"鹞子翻身"，紧跟一个"老鹰抓鸡"打了过去。这时严俊早已变招闪到一边，一招"黑虎掏心"快如闪电，眨眼之间已到石头胸前，凶猛的拳头重重地砸在始料未及的石头身上。石头一招“刀劈华山”扑了过去，严俊连忙退后两步，不想已到崖边。严俊本想收拳，怎奈石头掌风严密，自己早已无路可退，只好顺势一脚“神龙摆尾”踢向石头腰部。石头左手“平沙落雁”用力一拍严俊的脚面，右手掌依旧一招“如影随形”劈向严俊。严俊一偏头，左肩已吃痛，身体在悬崖上向后晃了一晃。此时，山风浩荡，崖高数十丈，如跌下去，不死也会重伤，众人大惊失色。此时，石头一掌击中严俊，怒气也减了许多，见此情景，心中懊悔，怎奈自己掌力已无回势。情急中，只见严俊身子后仰，左手一招“顺手牵羊”，已牢牢将石头右腕扣住。严俊顺势一借力二人同时从崖边跃入林中，从石头一招“刀劈华山”，到严俊应招“顺手牵羊”拆招化解，仅仅八九秒钟时间，二人在悬崖边晃了两晃又落了下来。众人这才舒了口气，内心对严俊的身手敬佩不已。石头此时本想收手，怎奈严俊怒火攻心一招紧似一招，石头只好应战。两人见招拆招扭作一团打了起来，从山腰打到山下，又从山下打到湖边。路边的人也越聚越多，大家围在一旁观战，一边看热闹一边大声叫好。这场架直打得筋疲力尽天昏地暗。

“住手!”闻讯赶来的郑传宝远远地大吼一声，仿佛晴天霹雳，震得众人耳鼓隐隐作响。只见郑传宝分开人群怒气冲冲走到场中，跟在后面的沈氏兄弟立即上前，一左一右将他们拉开，两人喘着粗气这才停歇。石头见大当家郑传宝满脸怒气，红着脸上前说:“我……我只是想试试他的功夫，不信你问驼哥！是不是?”一边的驼子司马江勇连忙上前笑着说:“就是！比武健身嘛!”说完又仰头喝了一口酒。平儿一边大叫:“不是的!是他们欺负人！还骂我们!”“好了，好了！小孩子不要乱说!”一边的王杏儿连声打断。这时郑传宝瞪着眼睛冷冷地从石头、驼子司马江勇和几个队员脸上扫过，怒斥道:“就是你们几个不省事，刚才那架势是比武吗?你们有劲往鬼子身上使去，不要欺负我们打日本强盗的英雄!”郑传宝的一席话说得石头脸上红一阵白一阵，驼子司马江勇红着脸呵呵一笑:“当家的！我这不是在学习武艺吗！这几天，我一想到要去打鬼子，我的手就痒。”说完对身边的其他队员挤了挤眼，就要走开。郑传宝狠狠瞪了驼子司马江勇一眼，跃上一边的大石上说：“大家听着，严兄弟和杏儿姑娘他们来山上就是自家人，大家要团结，要练好本事打日本！把拳头打在日本鬼子身上才是好汉英雄！”这时二当家的陈家根也闻讯赶了过来，见此情景也上前一步大声说：“对了！大家能走到一起就是缘分！不管如何，一家人不能伤了和气！”陈家根说完摆摆手，人群这才散去。

回去的路上王杏儿一路无语，严俊红着脸，几次哆嗦着嘴唇想说什么，王杏儿看着远方说：“什么都不要说，你要是有本事，替我报了父母之仇再说！”

随着时间一天一天过去，王杏儿更是很少说话，常常一个人走到湖边，一坐就是一下午。王杏儿眼前常浮现出父母妹妹们悲惨死去的场景。严俊看着精神恍惚的王杏儿，知道她心里的悲痛，却又不知如何是好，只好每天喊王杏儿和平儿在山上到处转悠，想着法儿逗她们开心。

此时，他们已经熟悉了这里的每一块石头，所到之处人们对她们都很客气。这里因为离岸较远，四面环水独成世外桃源，生活着六百多个男女老少，他们大多是受了欺凌或负了官司被迫而来，年轻壮汉也就一百多人。山上植被茂盛，四季常青，种有板栗、毛竹、杉木、松树等，另有开采后的水田三百多亩，男耕女织，一年四季户户以捕鱼为主，人们安居乐业，在这动荡战火的年月，却又是一片祥和的天地。

姥山是巢湖中最大的岛屿，周长约 4 公里，面积 1 平方公里多，海拔 120 多米。岛上三山九峰，林木葱郁，四季常青，为皖中八百里巢湖唯一的“湖上绿洲”。山顶建有七层走马转心古塔和一座年久失修的圣姥母庙，红墙青瓦掩映在苍松翠柏之间。登塔凭栏远眺，但见距姥山不远的湖中央另有一座姑山立在水中，两山之间有鞋状巨石泊在水面，传说是小姑去看姥姥走得匆忙时丢掉的鞋子，她们姑、姥二山湖心相望，水天一色，交相辉映，湖上帆船点点，群鸟悠闲地飞翔于两山之间，令人心旷神怡。

严俊还是每天带着平儿在山上转转，有时教平儿用树丫和橡皮筋做的弹弓打麻雀。平儿手持弹弓左手伸直，右手摸出一个碎石子放入红皮内，右手拉紧橡皮筋，左眼紧闭右眼圆睁瞄准发射，啪的一声石子急射出去，从早到晚每天如此，幼嫩的手掌也磨出了茧子。平儿只要看到什么就手痒，不论是天上鸟水里鱼，还是树上花果，有时摆上拾来的断砖残瓦来练习劲道。平儿就这样练着，也越打越准，越打距离越远，每天打着树上的麻雀、斑鸠、鹌鹑、野鸽。渐渐地，平儿十打九准，二十米之内弹无虚发。后来山上鸟雀都仿佛认得平儿似的见了他躲得远远的。当然，每次平儿提回的野鸽、鹌鹑、斑鸠、野鸭等也给这里吃惯鱼虾的人们换换口味，所以不论他们走到哪，都很受欢迎，人们会亲近地招呼他们在这吃饭，桌上自然也多了一盆鲜美的鸟肉。但热情的人们丝毫不能唤起平儿的快乐，王杏儿更是沉默寡言。

王杏儿兀自伫立在湖边，湖水无力地拍打着沙滩。看着远处沉默的芦苇和湖面上的船舶，王杏儿忧郁地望着故乡，想着豆腐坊和她失去的亲人。此刻，彼此起伏的湖水，唤起她满腔的仇恨。

王杏儿伸出手，一颗颗石子飞向湖里，溅起了一朵朵的水花。“杏儿，湖边风大，快回山上。”王杏儿回头见是潘志明，还有远处站在一旁的哑巴，于是便转身走上前感激地喊道：“潘叔叔！”

原来潘志明上午便从三河镇赶到山上，此次他来和郑传宝商量事情，主要是日本人到处在征用大船，潘志明隐约感到日本人将有什么大的行动，所以来山上，顺便也来看看王杏儿和平儿。

“杏儿，我这次来是找郑传宝有点事，顺便来看看你们，你们在这里生活得还好吧？”

王杏儿无语，沉默片刻后红着眼圈抬头看着他道：“潘叔，什么时候带我回三河？”

“回三河，干什么？”潘志明盯着她问。

“报仇！杀鬼子呀！杀死孙何生这个禽兽！”王杏儿仰起头，迎着潘志明的眼光坚强地回答。

“报仇？怎么报？”

“只要到了三河，我总有法子接近鬼子和孙何生，我要杀了他们！”

“日本鬼子这么容易被杀，他们也不敢到我们国家来行凶了！”潘志明眼看前方又忧郁地说，“你想报仇，只怕你未接近鬼子便自投罗网了！”

“难道让我爹娘就这样死了？连尸体都找不到？这血海深仇，就是拼了命我也一定要报！”王杏儿哽咽着。

潘志明看着杏儿，知她心情悲愤，于是说：“仇，肯定要报的！刚才听说了你在山上的情况，杏儿，我知道你此刻的心情，报仇是要练好本事的，日本人残杀的不只是你的父母，还有千千万万的中国百姓。想报仇，我们首先要练好本事，要靠大家齐心协力，依靠组织力量，这样才能为你亲人报仇！为千千万万的同胞报仇！”潘志明说完，待杏儿稍稍缓和了情绪又说，“杏儿，这次来俊儿向我求两件事，第一件事就是让平儿拜师学艺，平儿聪慧，骨骼也很好，是一个练武坯子，我已和师弟郑传宝商量过了，让他当平儿师父，我只要有时间也会教他的，师弟功夫好，他也很乐意教，你看如何？”

潘志明看着王杏儿语重心长地说：“要想报仇就要练好本领，不能急，三河肯定要回，仇也一定要报！但要等机会……”

王杏儿停止抽泣应声说；“好，听您的，潘叔叔，我去和平儿说一声。”

“不用了，俊儿已和平儿说好了，就等你意见了。”潘志明说完会心地笑了笑。

“另外一件事是想听听你意见，你也老大不小了，这个时候说出来本是不该的，但是师弟和我说了，如今兵荒马乱的，山上人多口杂，百十号兄弟大多未成家，许多兄弟都已在求师弟帮忙，让郑传宝向你提亲……”潘志明盯着王杏儿的眼睛顿了顿继续说，“我看俊儿对你有意，你如果愿意，我做媒，订了婚也省去山上其他人的念想……”

王杏儿抬起一双泪眼说："父母双亡，大仇未报，如何谈婚论嫁！"说着又是一阵哽咽。王杏儿又想起父母的惨死和在同兴米行见到黄晓刚时的情景。

潘志明望着沉默无语的王杏儿说："杏儿，我的意思是我和师弟帮你们先订婚，这样对山上弟兄也有一个说法，省了闲言碎语，至于婚嫁等明年或以后再说，这样你们两个人总比一个人强，以后也相互有个照应，你看好不好？"这时平儿从山上走了下来，潘志明又说："就这样吧，你自己考虑考虑！"说罢摸了摸平儿的头。

平儿仰着头似懂非懂地望着姐姐闪烁的眼睛，王杏儿低下头看着脚上的鞋子。眼前浮现出在同兴米行见到黄晓刚的样子和严俊这段时间相识共处的一幕幕。

"好吧，婚事要等我报了仇再说！"王杏儿看着三河古镇方向含着泪说。

潘志明见王杏儿答应了，心中一喜，一把拉过平儿的手蹲下身来说："明天我带你去行拜师礼，以后跟着师父好好学艺，要想报仇必须要有好身体，好本事！我知道你和姐姐现在心里非常难受，但是你们在这里要听话，要安心！好不好？"

平儿望着潘志明咬着嘴唇感激地点点头。"我会常来看你们的！"潘志明说完起身从腰间拨出一把小巧的黑色手枪，走到王杏儿面前说："严俊是我义子，你跟俊儿订婚以后就是我儿媳妇，我也没什么东西送你，这把勃朗宁手枪就送你，留着防身用吧，只是子弹金贵，你不到万不得已不许开枪。"说罢从怀里掏出一把黄澄澄的子弹，又教王杏儿怎么使用，王杏儿自然感激得不知如何是好，平儿一边更是乐得手舞足蹈。

第二天，平儿拜师及王杏儿和严俊的订婚仪式在水啸堂由潘志明主持，山上杀猪加餐一片喜庆。也从这一天开始，每天早晨山上天还未亮，人们还在梦乡时，王杏儿便早早起床，拿出潘志明送给她的勃朗宁手枪，按照所教的动作要领一次次地练习，平儿跟着师父郑传保也是每天起早贪黑苦练功夫。

第三天,天刚蒙蒙亮时潘志明带着严俊和哑巴乘船离开了姥山,走时严俊对王杏儿只说了一句话:“等着!这仇早晚我会帮你报的!”

第三十一回　落桅的船

黄家同兴米行。二姨太施氏自从上次离家未成后便大病一场，每天在床前垂泪，内心渐渐平静，像换了个人似的每天如观音般静坐，信佛念经。黄守贵见了也像没有看见这个人似的，只是偶尔去看看巧巧，对于这个为他生儿育女的女人他已不感兴趣。

这日吃过晚饭，李秀梅正在房中绣花。远处传来脚步声，李秀梅立刻紧张起来，这是她熟悉而又恐惧的声音，每一步都像是一个石锤重重地砸在地板上仿佛又砸在她的心上……李秀梅一听就匆匆忙忙收拾东西，准备起身关门。这时门已被一双大手用力推开，李秀梅不用抬头就知道是黄守贵来了，人未到李秀梅已嗅到一股浓烈的酒味。

黄守贵走到梳妆台桌前眯着眼看了看李秀梅，笑嘻嘻地说："梅儿，吃过了吧?!"见李秀梅不理，黄守贵便又往前挪了挪身子，黄守贵将手抚在李秀梅的头上，自然地滑到颈肩，又顺势落在李秀梅的腰上说："梅儿，想吃什么，想要什么尽管告诉我啊！"说罢伸出手又向李秀梅脸蛋摸去，"我什么都不想吃！"李秀梅躲开了，黄守贵的手停在了半空，他不甘心地上前一步，一把拉起李秀梅的手便拽向床前。李秀梅惊恐地挣扎着向一边躲闪。

黄守贵怒火一下子蹿了上来，他挺着肚子一步一步逼近，李秀梅躲向床边，黄守贵瞪大眼睛摇摇晃晃地走向前，浓烈的酒精使他更加兴奋，他口齿不清嘟囔道："你说我哪一点做得不好？当初如果不是我，你父亲李永祥现在还躺在芦席里……我对你怎么样?！你家没钱是我给 20 块大洋,要不你们喝西北风了……我还不好?连你爹爹奶奶的棺材都是我给置办着,你哪点不如意……我黄守贵也是三河镇响当当的人物,跟着我吃香的喝辣的不委屈你……"

说完走上前便要抱起哽咽的李秀梅。自从上次大婚之日所发生的一切,黄守贵心口就窝着一把火,此时见李秀梅又是躲闪更是气不打一处来,黄守贵上前两步张开大手一用劲便将李秀梅拖到床边,一个弱女子如何挣脱一个男人,李秀梅挣扎着。

李秀梅趁机迅速翻身下床,顺手抓起枕头下绣花用的剪刀对着张大嘴巴的黄守贵说:"你别过来……你不要过来。"

黄守贵眯着眼睛嘿嘿一笑,又摇摇晃晃一步一步逼近,突然,黄守贵猛地起身准备抢李秀梅的剪刀,不想用力过猛,一个踉跄,头重脚轻栽倒在床边,李秀梅见罢,一闪身退到墙角,无奈中掉转剪刀对着自己:"你再过来,我就死给你看!"说完,李秀梅的剪刀已抵住咽喉,锋利的刀尖立即在白嫩的皮肤上刺出鲜红的血液。

黄守贵转过身来正要发怒,但当他看到倔强的李秀梅满脸泪水和颈部流出的鲜血时,一下子愣在那里,身体摇摇晃晃,头脑顿时冷静了许多,心里想,你这个丫头怎么就这么倔呢?好……好……好你个梅儿看我怎么整你。黄守贵摇晃着身体,看着李秀梅更加美丽,黄守贵满脸堆笑对着倔强的李秀梅说:"别,别!你这又何必呢,今我多喝了几杯……梅儿!和你开个玩笑……梅儿!你别当真啊!快收起来!……"说完这个老狐狸摇晃着一对大耳悻悻而去。等黄守贵走远,李秀梅关上门,一屁股坐在地上放声大哭。

回去路上,黄守贵的脑子里在想如何吃这条煮熟的鱼。拐弯时黄守贵差点撞上一个人,他抬头见是靳晓泉和蒋健壮,立即拉下脸来,心想:老子来行好事,你却来看笑话。黄守贵刚要发火只听靳晓泉满脸赔笑:"姐夫……姐夫……"一番耳语,很快黄守贵那对不大的眼睛便笑得只剩下一条缝。

餐桌上几个菜冒着香味。黄守贵和靳晓泉两人对坐，梁家勇和几个下人在一边侍候。靳晓泉频繁地敬着酒，三杯酒下肚靳晓泉说："二爷您只要看得紧，时间长了还怕她不就范！"靳晓泉说完挤一挤眼睛，黄守贵一怔，立即吩咐梁家勇让大家都下去。等众人散去，黄守贵端起酒杯仰起微红的脸说："你不是说有办法吗，现在该怎么办？""办法是有的，姐夫，只要你听我的。"靳晓泉沉思了半晌顺势摆起了谱。"只要你能让她死心塌地地跟我过日子，你想什么我都答应你！"黄守贵醉眼蒙眬。靳晓泉一听连忙眉飞色舞地凑上前说："好！少女的心，天上的云，女人吗，只要你……保准她以后会死心塌地跟着你……"黄守贵听罢，骨碌碌地转了几下眼珠后又点了点头，一个计划已在他们的脑海中出现。"干！""干！"靳晓泉笑呵呵端起酒杯又是一番殷勤，黄守贵沉浸在即将成功的喜悦里，靳晓泉美美地想着自己幸福的计划，两人各怀心事露出了会心的笑容。

酒过三巡，靳晓泉告别黄守贵转身回去，一路上靳晓泉摇晃着脑袋哼着十八摸小曲直奔小月梗。

此时，初秋夜晚的小镇，冉冉升起的明月下，一群群错落有致的徽派建筑安静地徜徉在小南河两岸。古老的石头桥头上，人们已散去，桥下一排排大大小小的舢板船也没了桨声，沉睡在夜色中。

丰乐河码头上。孙何生哼着庐剧，迈着醉步一踮一踮从小月梗回来："舍不得三河街花花世界，舍不得大河水淘米洗菜，舍不得'中和祥'焦切玉带，舍不得'凌宝泰'雨前茶，水倒茶开，舍不得'吴恒隆'虾米干子，香到门外，舍不得石头大桥大鲫鱼，摇尾鼓腮，舍不得小月埂上拉拉拽拽……"

清脆的铁器声隐隐约约从河床上传来，孙何生四处打量，银白色的河面漂着黑色的船只，黑色的船上闪着红色的灯光，灯光下人影绰绰。

顺着声音和微弱的灯光孙何生揉了揉眼睛走到河边，他弯腰捧起河水洗了一下脸，又歪着脑袋搜寻着停泊在小南河边的一排排大大小小的船只。

一条落桅的船上，船舱内，微弱的马灯闪现两个身影，在船舱上下忙碌。其中一人身穿白色无袖褂夹，正举着铁锤，挥动着手臂给船舱钉铁钉，他的旁边一个小伙子的上身搭着一件背心，健壮发达的肌肉伴着汗水在灯光下油亮闪光。

孙何生走近船边，迈开腿纵身一跃，一脚踏空跌倒在船舷上，情急中他伸出手死死扒住船舷板，稳住身子后伸出右腿连蹬几下这才翻身上了船。孙何生摸到舱口，只见铁匠朱求金和他儿子朱志兵正在给船舱上钉着新铁钉，旁边堆放一堆从船舱中取出的锈迹斑斑的铁铆钉。

“朱铁匠，这么晚你在干什么？”孙何生瞪着眼问，朱求金抬头见孙何生进来内心一惊，但很快又镇静下来，朱求金立起身抓起搭在颈脖的白布，抹了下脸颊上的汗珠说：“哟，大保长呀！这么晚了，还到我这看看？”说完放下手中钉锤，一边解开对襟上的布扣一边道，“黄二掌柜让我把船维修一下，听说要开仓送货到江南……”孙何生一听心里不快，心想：老子好不容易当上镇长，还喊我保长？啊呸！孙保长又问：“哦，这么晚还忙活？”朱求金回答：“船上的铁铆钉都生锈了，赶时间维修一下。”

孙何生转动眼珠四下瞅了瞅，见没有什么特别的正要离去，突然，他看到船舱中一堆新的铁铆钉与堆在船板上的旧铁铆钉明显不同，旧的铁铆钉铁脚长，而新的铁铆钉却要短两三寸。他上前一步刚要弯腰想捡一块铆钉看看，却看到了挡在面前的铁匠朱求金，朱求金粗壮的手中紧握着的铁锤，立即，这个从小在水乡船边长大的孙何生似乎明白了什么，他想起塚同一郎布置的征送粮任务，以及铁匠父子在桥头吵架打闹中放跑了王杏儿的情景。

孙何生转了转眼珠，满脸堆满笑容说：“好，好！朱师傅你辛苦啦，等明天我让黄二胖子请你喝酒！”“不用那么客气！”朱求金又往前进了一步。面对冷冰冰的铁锤，孙何生的内心恐惧不安，但面部依旧镇静地说：“二胖子家还有两瓶存了三十年的好酒，金三河，到时我们去把它喝了！”

说完对着漆黑的河堤上故意提高嗓门喊，“没事，没事！你们都回去吧，平安无事！我和朱铁匠说两句话。”

铁匠朱求金闻言内心一惊，瞥了一眼河堤，连忙侧过身微笑说：“好啊！到时我一定多敬你几杯！”孙何生连忙移步到朱志兵面前笑着说：“这是兵兵吧！几年不见成大人了，长得还这般英俊结实，赶明儿个我给你找房媳妇！”说完拍了拍朱志兵的肩膀跳下船走向河堤，孙何生一边走一边歪头用眼睛的余光扫了下身后，当确信无人跟踪后擦了擦汗飞快地奔上堤岸。

看着孙何生消失在夜色中，朱求金将铁锤扔进铁钉堆，拿出烟斗抽起烟来，烟雾中他隐隐感到不妙，朱求金一边抽烟一边从腰里掏出一个绣着一个铁锤的黄布，再弯腰捡起一块旧铁钉放在布中包好，起身交给儿子朱志兵说：“你现在到凌宝泰茶楼去，找一个哑巴，哑巴看到这块布会带你去见一个人，明早五点前我要是还未回来，你就把这个布包交给他。”说完吧嗒吧嗒地抽起烟来。“现在？”“对！就现在去！”朱志兵满怀疑惑地应声而去，朱求金依旧叮叮当当地抡着铁锤。

一个小时后，炮楼内一间放着各种刑具的屋子里，屋梁上铁匠朱求金双手被吊得齐梁高。朱求金的脚前放着一个盛满清水的铁锅，孙何生和几个赤裸着胳膊的日本士兵正不停地审讯着，一个日本兵拿起皮鞭蘸了蘸铁锅内的水：“说！谁让你干的？”朱求金耷拉着脑袋，皮鞭飞快地落在朱求金的身上，鞭身粘着皮肉，鞭鞘滴着鲜血，一道道血印像一条条血虫爬在饱满的肌肉上。铁匠朱求金嘴角流着血水依旧一声不吭，皮鞭仿佛抽在树桩上。

这时塚同一郎走了进来，他的身后跟着一个日本兵，日本兵牵着两条狼狗，狼狗竖着耳朵瞪着眼睛，伸着长长的舌头。孙何生见塚同一郎进来，连忙弯下腰招呼一声，便又走到铁匠朱求金面前眯着眼说道：“朱铁匠，你还是说了吧，是谁指使你破坏皇军的商船，说了皇军不会为难你的。”朱求金抬起头，清一下嗓子骂道：“呸！狗汉奸！”一口浓痰疾射而出射向孙何生，孙何生连忙低头，但还是未能躲过，浓痰似长了眼睛一般正中他的鼻梁，孙何生恼怒地一抹脸鼻，转身抄起一根木棍对着朱求金砸了过去，朱求金哼了一声昏死过去。

“把他放下来！”塚同一郎命令道，两个日本兵走上前，朱求金身子像面条一样软软地瘫了下来，日本兵手提一桶凉水向蜷曲在地的朱求金泼了过去，朱求金醒了过来，塚同一郎从怀里掏出来一把大洋，上前一步眯着眼道：“朱铁匠，说吧！我知道你不是铁打的，只要你如实交代，皇军会大大的奖赏，奖赏你一千块大洋，让你吃香的喝辣的，你也免得受这皮肉之苦！”说罢伸出放满大洋的手在他面前晃了晃，朱求金微微睁开眼，有气无力地看了塚同一郎一眼：“是黄二掌柜安排让我来修船的……”铁匠朱求金抬起头发出微弱的声音说。塚同一郎大怒：“胡说！有这么维修的吗？还有你儿子到哪里去了？说！你的……还嘴硬，小心我的狼狗撕了你！”朱求金依旧耷拉着脑袋不语。

塚同一郎警觉地来回踱步，他的大脑在高速分辨着真伪。“黄二胖子？粮食？”突然塚同一郎停了下来，“你的，你到底说不说？”孙何生也一边狗仗人势怒吼道：“快说！”塚同一郎说完不耐烦地挥一下手：“我的狼狗很久未吃鲜肉了！”日本兵一声答应放开手中绳索，并对两只狼狗一挥手，狼狗嗷的一声猛地跃上前扑向蜷曲在地的朱求金，人狗纠缠在一起翻滚着，塚同一郎狞笑着。朱求金双手护脸，他的一只胳膊已被一只狼狗咬住，另一只狼狗更疯狂地撕咬着朱求金的大腿，鲜红的血洒在地上如红色的花瓣，朱求金在地上痛苦地翻滚着。“你说不说？说！就放了你！”塚同一郎的话音未落，突然朱求金从两条撕咬的狼狗中跃了起来，狼狗仍死死咬着朱求金的大腿，沉重的狼狗丝毫不影响他扑向塚同一郎的速度，朱求金号叫着奋力扑向塚同一郎。他心中的怒火似乎要把碉堡内所有的日本鬼子燃尽。

塚同一郎丝毫没有防备，吓得本能地往后退了几步，朱求金张开两只大手像两把铁钳直扑塚同一郎，孙何生、翻译官青木金泽和两个日本士兵一下子不知所措愣在那里，这时另一条狼狗扑了上来……朱求金的手刚触摸到塚同一郎的衣领，另一条狼狗也咬住了他的腿，朱求金重重地摔倒在地上，塚同一郎这才惊醒过来，哆嗦着双手拔出长刀，一声尖叫，朱求金倒在地上再也不动了。

看着满地鲜血，塚同一郎惊魂未定，半晌才回过神来大叫道："把黄二胖子给我抓过来！"立即几个士兵应声正要出去。这时翻译官青木金泽走过来叽里咕噜了几句，塚同一郎取出手帕擦了擦额前的汗珠，这才微微点头将刀收回刀鞘内。

"黄二胖子不是爱喝酒吗，还没喝好？！你的，去！给黄二胖子送坛酒去！"塚同一郎一挥手。"哈依！"翻译官青木金泽连忙应声出去。

黄守贵此时正在三姨太肖氏房间，肖氏见黄守贵满脸愁云，便唱一曲黄梅戏让黄守贵高兴。黄守贵闭着眼睛晃着脑袋，一边听肖氏咦咦呀呀唱黄梅戏，一边吞云吐雾抽着大烟。黄守贵听到这里停止了晃动的脑袋嬉笑着说："好调，好调！还是我的三姨太唱得好，唱得我心里都痒痒了。"

连日来家中发生的事让黄守贵又气又恼，颇不顺心，真是屋漏又逢连夜雨。现在日本人来了，一张口就弄得他又要丢了二十万斤大米，黄守贵不知道究竟是谁向日本人告的密，他的脑子里一遍一遍地回想着，认定就是孙何生干的。黄守贵越想越气，觉着这个朋友是白交了，他想着用什么方法好好教训这个孙何生。这时门外传来一阵嘈杂声，赵大麻子紧张地走进来说："二爷，外面来了几个日本兵！"黄守贵一惊慌忙起身迎到客厅，见是青木金泽带着四个日本兵走了进来，黄守贵连忙拱手说："哟，这不是青木先生吗！今天你来我府上真是蓬荜生辉呀！请问有什么事？"青木金泽见他出来便笑嘻嘻说："黄老板，事倒是没有，我们塚同少佐说你征粮有功，特送一坛好酒慰问，希望你不要辜负塚同少佐的美意！"说完两个日本兵抬起一坛酒送到黄守贵面前。"哪里……塚同少佐太客气了，能为塚同少佐效劳是我的荣幸！……”黄守贵心花怒放，脸上堆满了笑容。

黄守贵和赵大麻子两人连忙上前，满心欢喜双手接过酒坛，浓烈的酒香飘了过来。黄守贵心想：皇军前几天看我喝多了，一定是不好意思，所以今天特来慰问。黄守贵掀开红布封好的坛口，嗅了嗅坛子里的酒香，“好……”正要赞好酒时，突然黄守贵看到酒坛内黑压压一片像水草一样的头发在酒中飘散，吓得黄守贵两腿一软，跌倒在地上……酒坛啪地摔成几瓣，停在黄守贵的脚边。黄守贵大惊，吓得手脚冰凉，一个念头在他心底不停地呼喊，快跑！快跑！可全身颤抖却又挪动不了半步。黄守贵只好定了定神一瞧，地上那张人脸睁着大大的眼睛看着他，正是桥头的铁匠朱求金……

第三十二回　地主之死

11月14日，凌晨四点多钟，小镇寂静无声。小地主带着儿子沈晓青和往常一样早早地起床。

初冬的早晨是凉的，冬季的夜比别的季节的夜都漫长，冬季的雨比季节的雨都冰冷，这一点小地主比任何人都理解深刻。但今年的冬天似乎比往年来得更早一些，今晨的北风似乎比往日更加凛冽。

春明楼边小地主带着沈晓青熟练地支锅摆摊，父子俩台上灶下不停地忙活。起火烧油，切割猪肉，将韭菜、粉丝、大葱、白干剁成馅，倒上黄酒、酱油、胡椒粉拌均匀做成米饺馅。

小地主做好这一切再炒面，饺子皮是用米面炒好后再蒸煮揉拌，炒好的面加水炒拌好再抄起放在案板上，松散的米面堆得像一座雪山，小地主来来回回熟练地揉着，米面乖巧地伸展，一会像一个冬瓜，一会被压扁，变成一个偌大的面饼，很快大饼又变成一个巨大的花卷，最后熟透的米面躺在案板上像一个葫芦，葫芦被分解捏成的面团又被小地主用刀压成面皮，捏成饺子或摊成粑粑，所包的饺子内都放一个白米虾。小地主和沈晓青弯腰在摊铺上忙碌不停，饱满的米饺在他的手中欢快地跳跃入筛。

父子俩包好饺子后，小地主这才习惯地揣起茶壶喝一壶茶。小地主哈着热气看了看天空，街上偶尔走过的急匆匆的行人，他们肩挑新鲜的蔬菜，豆大的汗水顺颈而下，也是这般为着生计忙碌。这时东边已隐约出现白色的晨光，远方不时地传来一阵阵公鸡的鸣啼，此起彼伏，给还在沉睡中的人们吹响了号角。

这个时候女人起床了，男人也跟着起床了，最后是小孩起床了。女人起来做早餐，男人起来做事，女人给小孩穿衣服，人们便从这个时候开始陆陆续续地起床，忙于生计，小镇的一天也从这里开始。

一群早起的人早早地站在摊前，男女老少往灶台铁筒里扔着铜板，灶台上小地主手持铁铲紧盯着油锅，灶下炉火闪耀，灶台青烟升腾，拥挤的人群眼睛直勾勾地看着油锅，锅内香油慢慢地泛起气泡渐渐沸腾起来，纯正的菜籽油香飘古镇大街小巷，使南来北往的商客嗅香下马，知味泊船，人们争先恐后早早来到摊前等待出锅的点心。

看着烧开的油锅，小地主却不忙着下饺子。沈晓青熟练地摆放大碗，均匀地往铁方格内放着茶叶，便又给炉火内添加几块木柴。热气腾腾的油锅里翻滚的菜籽油开始冒起青烟，小地主眯着眼这才提着锅铲开始往锅内下起点心，点心顺着锅边像鱼一般游入油锅，小地主手持铁铲小心地炸着点心。灶下沈晓青添柴加火，父子俩配合默契，跳动的火光在他们脸上鲜活明艳地闪烁。

小地主眼睛紧盯着油锅，不时地用铁铲翻着锅里沸腾的米饺，金色的米饺像金色的鱼儿在油里游荡，这时，小地主拿起捞网一边起锅一边唱：

我来三河寻郎心
未想竟成陌路人
奴肠断心碎把夫求
劝夫你呀快回头
哎呀呀，郎呀郎快回头……
就让一切都过去
浪子回头金不换
钱财本是身外物
唯有真情留古今
哎呀呀，郎呀郎都过去……

我爱你原本是真心

半夜三更夜难眠

只为劝夫要珍惜

我们夫妻恩爱到白头

哎呀呀,郎呀郎要珍惜……

小地主唱音一停,沈晓青自然紧接着唱下去,两人锅上灶下加柴炸饺子声调一致。凄美的小调在小南河上悠悠扬扬。

一阵风吹来,小地主缩了下脖子,看了看筛子里卖了一半的点心,又看了看这阴沉沉的天空,似乎雨雪将至。今天来买点心的人丝毫不少,郑二先生还是像往常一样来吃他的饺子,坐的也还是东边的座位,喝的还是大碗的茶。

"让开,让开!皇军来啦!"这时走来四个人,只见孙何生带着一个伪军两个日本兵走了过来,孙何生拨开人群走到摊前说:"沈老板,今天皇军有重要客人来,塚同少佐请你去帮个忙,做些点心……"

众人正看着油锅等着点心出锅,扭头看见是日本人,全都散去,胆子小的跑得无影无踪,胆子大的便躲在远处张望,点心摊前只有坐在东南角长凳上的郑二先生怔怔地看着这里。

小地主一抬头,见来的是日本兵,先是一愣,紧跟着便依旧忙碌地炸点心,仿佛这些人根本不存在,只有沈晓青张大嘴巴忘了唱。日本兵睁大眼睛看着油锅,孙何生立在一旁显得不耐烦,他知道小地主的性格,只好耐着性子,这时小地主也不瞅他依旧埋头捞着点心,半晌,这才慢悠悠地说:"对不起!我这点心还没卖完呢!"

孙何生见小地主不怎么理自己,便用眼光看了看旁边一个瘦脸的伪军,伪军立即会意上前一步不耐烦地说:"快点,今天县长大人到!"

小地主翻了翻白眼没有理睬。

一个胖点的日本兵见状端起刺刀走上前对着小地主吼道。

沈晓青何时见过这样,吓得愣在那里不知所措,手中持的木柴啪地掉到地上,另一个留着小胡子的日本兵见状,叽里呱啦说一句,意思是让他们快走,沈晓青此时吓得愣在那里。小胡子走上前,照着沈晓青的头就是一枪托,只听啪的一声,沈晓青一声闷哼便倒在一边,鲜红的血从他的头上流了下来。

一边喝茶一边吃着饺子的郑二先生见此情景,刚要站起来,只听小地主大吼一声:"你这个小鬼子!"便扑了过去。

小地主扭头一见沈晓青被砸倒地,立即头脑轰的一声,血往上撞双眼通红,便顺手抄起捞点心的铁铲,大吼一声扑向留着小胡子的鬼子……

小地主虽说是落魄地主,但过去也是娇生惯养风光无限,哪受过这等气,自从妻子女儿死后早已心灰意冷了,每每想着儿子沈晓青才顽强地活着,如今看到儿子沈晓青被打,那等于是要了他的命。

只见小地主一个箭步上前,举起铁铲照着留有小胡子的日本兵的头就是一铲,小胡子还未来得及转过身,一铲已从他的头顶上砸了过去,只听一声惨叫,小胡子摇摇晃晃着倒了下去。

另一个瘦脸伪军端着刺刀冲了过来,小地主一见立即举起铁铲猛砸,铁铲砸在刺刀上,瘦脸伪军踉踉跄跄歪向一边,不想没迈两步被地上的柴火绊得趔趔趄趄,瘦脸伪军一头撞到了油锅上,油锅炉晃了晃便歪倒下去,热气翻滚的油浸在瘦脸伪军颈脖上并发出嗞嗞声响,瘦脸伪军啊的一声发出凄厉的惨叫。砰……瘦脸伪军的长枪在慌乱中打了出去,子弹正好打在滚在地上的铁筒上,咣当一声,铜板撒满一地。滚热的油烫得瘦脸伪军疼得连退几步双手掩面跪在地上嗷嗷大叫,灶锅下的火轰的一声燃烧了起来,熊熊大火窜到瘦脸伪军的身上,地上的油像蛇一般地游,游到哪里火便烧到哪里,瘦脸伪军扭曲着身体在烈火中痛苦不堪地挣扎着。

小地主毫不理会,蹿到愣在那里的孙何生面前:"你这个狗汉奸!"小地主恨透了这个仗势欺人的汉奸。小地主伸出一双大手抓向孙何生的后脖颈猛地用力一摔，孙何生哎哟一声跌出了几米外。

小地主大叫一声正要扑去，只见旁边另一个胖点的日本兵端着刺刀从旁边冲了过来，刺刀闪着寒光，对着小地主的胸口上就扎了过去……

这时天空飘来一阵急雨……只见一只铮亮的铜壶在春明楼二楼东窗口很快闪了回去。

哎哟……刺刀插入小地主的胸口，急雨射进胖鬼子的眼睛，小地主倒了下去，胖子鬼子捂着眼睛一屁股坐在地上哀号，很快火焰将他包围。

小地主死了，眼睛睁得大大的。

枪声引来了碉堡内的日本兵，几十个荷枪实弹的鬼子牵着几条狼狗，杀气腾腾奔来。

对刚才发生的一切沈晓青一无所知。熊熊大火顺着街坊向前燃烧了起来，火舌很快蹿到沈晓青的身上，剧烈的灼痛使他清醒过来，沈晓青一下子愣在那里如同做梦一般不知如何是好，只觉得四周到处是浓烟和如柱的火舌。突然火光中一个巨大的身影像一只大鸟从天而降，来人正是佘四丫头，佘四丫头伸开蒲扇般的大手一把抓起沈晓青的腰带，架在肩头越过火焰如飞而去，转眼消失在一人巷口。

小地主的米饺至今还在，小地主的儿子沈晓青没死，佘四丫头和人们救了他，所以三河大街小巷的油香依旧溢满老街，香飘两岸。人们至今还吃着小地主的米饺。

第三十三回　杀一儆百

枪声惊动了城墙边碉堡内的鬼子。很快,副官井官川秀带着四十几个荷枪实弹的鬼子,牵着几条狼狗,一路小跑冲了过来。气势汹汹的鬼子立即包围了春明楼和周围未来得及离开的人们,枪声不绝于耳。人们四处散去,大人喊小孩子叫,挨家挨户地给赶了出来。有的群众趁乱拥向巷口,跑得慢的被子弹追上。鬼子在众多的巷子里追杀着群众,复杂的巷子也使鬼子晕头转向,一个鬼子追入永安巷便再也没有回来。半个小时后,街道上的居民被鬼子疯狂地赶到万年台。

万年台,这是一个历史悠久的古老建筑,矗立于小南河北岸,青砖黛瓦,四周笔直地挺立着古老的松柏树,在青灰色的天空下雄伟庄严。万年台是康熙二十二年所建,那时国强民富,人们安居乐业。万年台用于民间节日喜庆唱戏和重大活动,所以又称花戏楼。万年台占地面积近二十亩,共三排,前戏台上下三层,上层为戏具幕帘,中层为唱台,下层是演员化妆间和休息室,台前开阔空旷。后排二层楼房,各为练功房和戏班住宿之处。当中左右各一层呈天井状。整个万年台共用粗大的云南红花梨木七七四十九根,雄伟壮观,雕龙塑凤,除一层砖砌外,其余全为优木结构,是三河一个重要的人文景观。台前两边苍松翠绿,台后翠竹葱葱,天井内假山林立,花草鲜艳。每年春节、元宵节、端午节和中秋节,人们都来此赶场听戏闹花灯和看赛龙舟。镇上财主土豪家逢喜事便在这里包戏班子演唱庐剧、黄梅戏等。人们高兴就唱,而且一唱就是三天。郑二先生中了贡士时也在这摆唱了三天戏。

黑洞洞的枪口下，万年台前人越聚越多，人们从四面八方被鬼子赶向这里，大家相互搀扶，一个个脸色煞白，面如黄土又红似关公，人群中郑二先生手持拐杖怒目相对。几个鬼子上前抬起面目全非的尸体。孙何生骨碌碌转动着绿豆似的眼睛在人群前大大咧咧地走了个来回："你们当中竟敢有人和皇军作对……"塚同一郎看了看地上的废墟，走到孙保长身边，伸出五指，孙何生还没有反应过来，脸上便重重挨了几个巴掌。塚同一郎恼羞成怒地吼道："浑蛋！"

这时一个穿中山装的人跟在青木金泽后面走到万年台前，孙保长捂着红得像猴屁股似的半边脸走到台前介绍说："这是我们新上任的县长蔡正文先生，下面有请蔡县长给我们讲话，大家欢迎！"说罢一个人鼓起掌来，拍了两下，见台下众人无声，便灰溜溜地退向一角。

伪县长蔡正文尴尬地推了一下眼镜，又清了清嗓子，向前一步对塚同一郎躬身九十度说："首先，我对死去的贵国武士，深表哀悼！"说完，蔡正文转过身对着台下拱拱手说，"鄙人才疏学浅，虽然身为一县之长，实不敢担当，还望各位多多包涵，多多指教！今天我到古镇来，实未想会发生如此惨烈事件，请各位自当教训而引以为鉴！"蔡正文说到这停顿一下，话锋一转又说，"各位乡亲！每当我想起我们的民众还生活在水深火热中，我就日夜难眠，我觉得有这个必要和责任带领大家共渡危难。我们不需要战争，我们需要和平，需要汪先生的救国政策，我们需要帮助，需要像日本这样的国家对我们的援助，我们要学习他们的先进技术，实现'大东亚共荣'……"台下立即一阵骚动，起初小声窃窃私语，最后变得大声喧哗，声音立即淹没了伪县长的讲话。面对一下子失控的场面，塚同一郎脸色像红透的柿子，伪县长声调开始变得凌乱不堪，苍白无力。

"乡亲们，人家安静，安静！大家要识大体，要同心同德，要友好地对待帮助我们的日本天皇卫士，共同建设我们的古镇三河，繁荣我们的家园，但是今天我很遗憾地看到大家不友好的一面，在此本人深感对日本天皇的歉意……"语音未落，台下一片骚动。"我们不做亡国奴！"不知是谁喊了一声，顿时，“不做亡国奴！”“狗汉奸！”喊声一片，人群拥向台前。啪的一声，一块瓦片飞了过去，正中伪县长蔡正文的脑袋，砸掉了他的眼镜。蔡正文踉踉跄跄退向一边，孙何生连忙上前捡起眼镜，扶起伪县长灰溜溜地退向台后，悄悄地溜走了。

塚同一郎见状手一挥，二十几个荷枪实弹的鬼子立即就扑向人群。鬼子从躁动的人群中拉出七八个群众，人们惊恐不安地看着鬼子，一片躁动的哭声、叫骂声立即被扑上来的狼狗的嚎叫声压了下去。塚同一郎余怒未消，又叽里呱啦地对着人群说了一通：“你们这里刁民大大地多，只要你们交出杀我皇军的凶手，交出沈晓青，还有余四丫头！我就放你们回家，否则你们也一样，一个一个地被杀死烧光！”

塚同一郎命令后，七八个群众被捆绑在万年台柱子上，两个日本兵取来两桶汽油，塚同一郎又叽里呱啦一番，青木金泽上前大声说：“你们中国有句古话：以其人之道还治其人之身。今天我们要烧死他们，为我大日本武士报仇！”说完一抬手，命令士兵倒汽油，开始点火烧人。人群开始沸腾起来，哭声喊声一片。

“慢！”只见郑二先生怒气冲冲、颤巍巍地从人群中走了过来。

郑二先生不慌不忙地走到塚同一郎前说：“这就是你们的国家对我们的帮助？你们日本人满口仁义兴我中华，却不知侵略到人家，尽干一些烧杀抢掠野蛮之事，你们烧我们的古树、牌坊，杀我们平民百姓……”郑二先生越说越激动，指着被捆绑的群众继续道，“他们何罪之有？你们却要杀我们的民众，用火烧死他们……”塚同一郎不知郑二先生在讲些什么，侧耳听着青木金泽叽里呱啦地翻译。郑二先生这时抬起拐杖对着台前一挥，继续说道：“此万年台它又有何罪？它是我大清朝康熙二十二年所建，乃我中华文物所载之精华……”

青木金泽叽里呱啦地翻译着，塚同一郎听得恼羞成怒，正要发作，只见孙保长歪了歪脖子走到郑二先生面前。

孙何生正气不打一处来，更怕塚同一郎找他算账，内心不安，正想表现,见此情景便走上去对着郑二先生就是一巴掌:“老东西！这是大日本皇军塚同一郎少佐,不是大清朝康熙!”

台下的人群一阵骚动,人们紧握双手,怒目圆睁。郑二先生只觉得被打得满眼金星闪烁,嘴角流血。郑二先生不慌不忙地扶了下帽子,颤抖着手指着孙何生大骂:“呸！中华民族都是毁在你们这些助纣为虐的狗汉奸身上！辱我炎黄先祖！……”

郑二先生骂完,抡起拐杖对着孙何生就是一拐杖。孙何生躲闪不及,砰的一声打在肩上,打得孙何生哎哟一声闪向一旁。郑二先生接着又是大骂:“你这个汉奸,你忘了自己是中国人!”郑二先生还想扑过去,早被两个日本兵抓住按在地上。塚同一郎正要抓人杀一儆百,于是命令两个日本兵将郑二先生捆绑起来押到万年台前。

“慢！慢！慢慢!”随着声音,只见一瘦一胖两个人走了过来,来人正是郑二先生的管家郑福和同兴米行的老板黄守贵。郑福拨开人群走到郑二先生面前,扑通跪下大哭:“老爷!”

原来黄守贵正在三姨太肖氏的房间飘飘欲仙地吸着鸦片,听着三姨太肖氏唱黄梅戏。自从上次塚同一郎送给他一坛酒受了惊吓后,黄守贵卧床高烧三天,病还未愈,等黄守贵了解情况后便去碉堡内向塚同一郎请罪,并且答应再筹五万斤大米给皇军以示忠诚,塚同一郎当然也不是傻子,恩威并施安慰一番后让黄守贵回去。

修船事件落下帷幕,同兴米行终于平静了几天。此刻黄守贵正听三姨太肖氏婉转悦耳的黄梅戏,黄守贵从悠悠飘浮的烟雾中听郑福跑来说:郑二先生出事了。黄守贵想起了郑二先生的儿子以及去安庆的儿子黄晓刚,也顾不上换衣裳,慌慌张张满头大汗地跑了过来。

黄守贵抹了下脸上的汗珠,连忙三步并作两步走到塚同一郎面前行礼:“太君……太君……他是郑二先生,他精神不好,只是一时糊涂,您别生气,别和他一般见识……”青木金泽在一边翻译。

孙何生惶恐不已，自己做梦也没想到去请小地主炸几个点心就出了这么大的事情，而且还死了两个日本兵。孙何生不知下一步塚同一郎将如何处置自己，这时黄守贵的出现使孙何生突然想起一件事，于是他又走到塚同一郎面前小声叽咕着。塚同一郎一听连连点头，眉开眼笑地走到郑二先生面前说："郑二先生，听说，你家有一幅宋代的古画，请你交出来，我们立即放你一条生路！"郑二先生一皱眉头，知道又是孙何生说的，怒目道："没有！"塚同一郎脸色一沉，说："郑老头，你不要敬酒不吃吃罚酒！"

塚同一郎恼羞成怒，叽里呱啦几句，几个日本兵赶着几名群众将炸点心的炉子和大铁锅抬了过来。人们睁大眼睛鸦雀无声，日本兵给铁锅内加半锅水，给炉子内架上茅草和干柴，等一切忙定。塚同一郎一挥手说："把郑老头给我抬上来，今天我不炸饺子了，我要蒸一个三河的人肉饺子！"塚同一郎话音一落，人群又是一阵骚动……两个日本兵一左一右将郑二先生抬到铁锅内，郑二先生大声谩骂着，塚同一郎也不生气，缓缓说："老先生，你这么大年纪了，不要跟自己过不去，想好了告诉我。"黄守贵和郑福见此情景大惊："太君，使不得呀！"郑福跪着向前几步哭道："老爷……"塚同一郎扭动一下脖子："饶他可以！只要他交出宋代的古画！"黄守贵和郑福扭头看着郑二先生，只听郑二先生咬牙骂道："休想！今天我就把这把老骨头送给你，你们也休想得到画，你们这帮畜生！"塚同一郎转了转眼珠说："我会给你时间让你说的！"说完指了指在一边哆嗦的管家郑福，厉声说，"你的！给我点火！"郑福一听，额头上汗如雨下，连滚带爬扑到塚同一郎面前，趴在地上磕头："皇军！不能啊！我家老爷可是前朝的贡士呀！"

塚同一郎咧着嘴说："你点不点？你不点火，我将你的手脚一一砍下来喂狼狗！"两个日本兵拿着刺刀顶在郑福脖子上。这时，郑福脸色一变，哭喊着："二爷！说吧，留得青山在，不怕没柴烧！"郑二先生紧闭双眼不答，郑福泪水伴着汗水顺着脸颊流下来。塚同一郎鼻子一哼，一条狼狗前爪搭在郑福肩膀上，郑福听到狼狗呼呼的喘息声早吓得裤子都尿湿了，颤巍巍爬到炉前，抖了几次才点起了火，火很快烧了起来，水慢慢地冒着热气。热气腾腾中郑二先生紧咬牙齿。郑福一把鼻涕一把眼泪说：“老爷，您就说了吧！”

灶台内火越烧越旺，铁锅上蒸汽腾腾，郑二先生汗如雨淋，郑福跪在地上哭喊着，塚同一郎狞笑着，青木金泽说：“架柴！”郑福一边哭泣一边往灶台内加柴添火，郑二先生坐在铁锅里一脸的凛然。

这时，孙何生走了过来对郑福说：“你是他管家，你见死不救，还亲手烧死你的主子，看你以后还怎么做人！只要你……”黄守贵在一边劝说：“说吧，救命要紧！”郑福止住眼泪，咬牙猛地从地上爬起来：“我带你们去拿！”郑二先生一听，猛地抬起了头，眼睛里蓄着血水往下流：“你敢！”话音一落便昏死过去。

塚同一郎一听哈哈一笑：“你的，知道！很好，很好！还是你们中国人的办法管用！”

塚同一郎命令几个日本兵跟着孙何生和郑福走了。塚同一郎看了看黄守贵那张胖脸，塚同一郎想起来三河来的任务，他还要用这个人。想到这，塚同一郎翻了下白眼叽里呱啦说了几句，青木金泽翻译道：“你们三河人今天烧死了我们大帝国的武士，我们要以牙还牙烧死他们，为帝国武士报仇……刚才这个老头对我们大日本皇军非常不敬……但塚同少佐说了，看在黄老板为大日本皇军效劳的面子上，今天就饶他一命，放他下来！”塚同一郎又说，“但是死罪可饶，活罪难逃，否则下次再有个郑三先生……郑四先生……那可不好！”塚同一郎说完一摆手，两个鬼子上来架起郑二先生。

从锅台上放下来后，郑二先生很快又被双手捆绑着带到河边的歪脖子柳树旁，郑二先生醒来后仍不停地大声辱骂。一个鬼子从郑二先生衣袖上撕一块布将嘴堵住，另一个鬼子熟练地将一条麻绳抛向树枝上，很快郑二先生就被吊了起来。

这时，副官井官川秀匆匆地走到塚同一郎面前说：“永安巷……永安巷……又一个……”还没等他说完，塚同一郎一巴掌打了过去：“巷子！又是巷子！三河的巷子，你绘的地图呢？浑蛋！”

塚同一郎恨恨地拔出战刀，瞪大一双红得像兔子一样的眼睛，对着人群叽里呱啦大吼：“烧……统统烧死！……”

无情的火冒着浓烟烧了起来，火舌舔着捆绑的人群，人们在火光中痛苦地挣扎着、怒骂着、惨叫着，浓烈的大火像一条大蛇游上了万年台柱，很快万年台也烧了起来……

人群中又是一阵哭喊，哭声响彻小镇。“我们跟他们拼了！”不知谁喊了一声，人群开始骚动，几个扑上来的人很快被狼狗咬住，被子弹打趴在地。无助的人群又像潮水一样退后，哭作一团。

塚同一郎看了看站在台下的人群，又扭动一下脖子对黄守贵和人群叽里呱啦地说：“我们大日本最讲仁慈，但必须要让他长点记性，吊他一夜，我看今后还有谁敢和皇军作对……”

黄守贵满脸是汗无奈地说：“太君息怒，太君息怒……”

塚同一郎看着这座已有二百五十多年历史的古建筑，咧着嘴怪笑。万年台上熊熊大火噼里啪啦，越烧越旺，火借风势，风借火威，浓烟滚滚，片刻间化为灰烬。烈火浓烟中，愤怒的人群又是一阵阵骚动，人们内心千万遍地咒骂着这群强盗、畜生。

第二天凌晨，管家郑福和黄守贵放下郑二先生，发现他早已命绝多时。郑二先生年近七十，如何经受得住这般折腾？送郑二先生遗体回郑宅时，黄守贵发现郑宅早已被搜刮一空，于是站在一旁也假惺惺地洒了几滴眼泪。

第三十四回　鉴定字画

第二天上午，同兴米行戒备森严，大门两边站着十几个荷枪实弹的日本兵。客堂上黄守贵、黄守仁和赵大麻子满脸惶恐，塚同一郎手拄军刀坐在太师椅上，一左一右站着青木金泽和孙何生。塚同一郎望了一眼厅堂正中挂着的一幅泛黄的山水字画，和字画两边摆着的两个巨大青花瓶说，“黄守贵先生，你们中国有着几千年的历史文化，我知道你们都喜欢收藏古董字画。今天我这里有一幅收藏的画，听说是你们明代的唐伯虎所绘，现在，我想请你来给鉴定鉴定！”说完食指一勾，一边的青木金泽立即走上前展开一幅画。此画长约一米二，宽约九十厘米，只见画中远山巍峨，山溪潺流，一棵老树下一只老虎金毛白须，四蹄踏风，正张着红口白牙怒视前方，猛虎脚边一老翁伏地，老虎背上一人面似关公正扼其虎颈，老虎无奈摇头摆尾。画右上角龙飞凤舞一行书诗：深山逢白虎，努力搏腥风；父子俱无恙，脱离馋口中。诗后红印下注：唐寅。

画虽然年代久远，但保存得很好。画中人和虎面目表情栩栩如生，黄守贵一见，正是郑二先生家的《扼虎救父图》，黄守贵虽然心里知道这是抢的郑二先生的画，但只能说：“好画，好画！”赵大麻子和黄守仁一看，内心更是一惊，联想昨天郑二先生的死，以及早就听说郑二先生有一张价值连城的虎画，不想现在落入日本人手中，众人内心自然痛惜，对孙何生更加愤恨不已，但又不敢说话。

“我知道你和郑老头是亲戚，你说！”塚同一郎用睁得大大的眼睛看着黄守贵说。黄守贵佯装笑脸看了看画，喃喃道：“这行我不懂，好像是真的吧!”塚同一郎脸色一沉,一边的青木金泽转身对赵大麻子说:“赵总管,你过来说实话!”赵大麻子不知所措,这时一个日本兵端着刺刀走到赵大麻子面前。赵大麻子一惊,颤抖地走到画前,仔细端详一会,颤抖着说:“真……真的!”塚同一郎依旧瞪大眼睛说:“真的? 你可不能看走眼!”“真的! 我在郑二先生家看过! 这是二十四孝中的《扼虎救父图》。”众人张大嘴巴。塚同一郎指了指上面的诗句说:“这些是什么意思?”赵大麻子说:“这诗是说在晋朝有个叫杨香的人,十四岁时随父亲杨丰到田间收稻谷时,父亲被忽然跑来的一只猛虎扑倒。当时杨香手无寸铁,没有任何武器,只想救父亲而全然不顾自己的安危,猛扑到老虎跟前,扼住猛虎的脖子不放。人与虎挣扎相持不下,最后猛虎竟放下杨父跑掉了,父亲终于捡回了性命,没有受到伤害。”塚同一郎听后脸上立即露出笑容:“嗯,大大的好!”

塚同一郎说完,对着青木金泽笑着说:“我很小的时候就听说大汉民族有悠久的文化和无数的文物珍宝,所以我一直向往。今天我们来到这个东亚富庶的中国,一定要寻找到最好的宝藏文物。我们要把这些献给天皇。”翻译官青木金泽连连点头。

众人见塚同一郎和青木金泽俩人叽里呱啦不知说些什么,正猜测间,突然塚同一郎话锋一转,对着黄守贵说道:“听说你家有一把紫砂龙壶,拿出来让我们鉴定!”黄守贵一听大惊,失色道:“太……太……太君!是……是有一把,不过早就打碎了,不信你问赵……赵总管!”黄守贵心想,多亏了赵大麻子的提醒,早就藏好了。

塚同一郎脸色一变,翻了翻眼珠子对着赵大麻子说:“那你可要实话实说,那把紫砂龙壶在哪里?”塚同一郎话音一落,众人都愣住了,大眼瞪小眼。此刻的赵大麻子调整好心态,说:“这……太君……是打碎了!”塚同一郎一听大怒,盯着赵大麻子又问:“什么时候打碎的?”赵大麻子说:“是……是上个月!”啪的一声,塚同一郎将桌子上的茶杯摔碎:“胡说八道! 有人说上个月还在饭店看到,你的! 欺骗皇军该死!”两个日本兵上前将刺刀抵在赵大麻子脖子上,赵大麻子一听,汗如雨下。正在这时,只听外面传来三姨太娇滴滴的声音:“哟……二爷!家里来了客人也不告诉我一声!”

原来三姨太肖氏正准备出门,走到门前见日本人来了就立在门后,一直听到此时,想到黄守贵让自己收藏的紫砂龙壶价值不菲,生怕赵大麻子说了出来,于是三姨太扭动腰肢走了进来。塚同一郎一听这声音,扭过头,只见房门外走进一个年轻女人,大红旗袍裹着妖娆诱人的丰乳肥臀,凸凹分明,细嫩的脸蛋上印着桃形的嘴唇。三姨太上前一步,轻轻一笑说:“这位想必是皇军少佐!”塚同一郎揉了一下眼睛,半晌才闭上张开的嘴巴问:“这位是?”黄守贵慌忙答道:“哦,这是内人肖氏!”“是我打碎的,都怪他,二爷喝醉了酒弄的!”三姨太说完又上前迈了两步,一股胭脂香味扑面而来。塚同一郎半信半疑,怒气立时消退。三姨太眼睛瞄向桌上的画,突然尖声惊叫说:“哟!这画好呀!”塚同一郎说:“你也懂画?”“当然啦,家父就是古画鉴定家。”于是,三姨太肖氏就把刚才在门外听到的赵大麻子鉴别的话又添油加醋说了一遍。塚同一郎此时满脑子只有胭脂香味,哪还记得什么紫砂龙壶?三姨太趁机又说:“我看这样,一郎少佐!只要你不怪我,改天我回娘家也取一幅画让你鉴赏鉴赏!好吗?”三姨太说完,一掀旗袍角坐在椅子上,露出白藕似的长腿,直看得塚同一郎欲火直烧,眼睛发直:“中国的画好!人更好!”这时副官井官川秀匆匆走了进来,在塚同一郎耳边叽里呱啦一番。塚同一郎听完,站起身对黄守贵点点头说:“很好!改日让你和太太带着画来碉楼,我们一起好好欣赏欣赏!”塚同一郎转身走时又望了望三姨太,喃喃道:“中国的旗袍,我喜欢!”黄守贵慌忙说:“好,好的!少佐先生,您……您慢走!”转眼之间,日本兵哗啦啦走个精光。

塚同一郎走后许久,黄守贵都还未缓过神来,浑身瘫软坐在椅上不语,黄守贵心里知道,这肯定又是孙何生说的。三姨太走上前晃了晃黄守贵的衣袖说:“二爷!日本人走了!”“走了?!走了还要来的!”赵大麻子擦擦头上冒出来的冷汗说:“跟日本人打交道处处都得小心,今天真是多亏了三姨太!”“那是!”三姨太扬扬得意。黄守贵抬起头一脸愁容,又说:“你答应的画……?”三姨太扑哧一笑,说:“贾瘸子的绸缎店旁边不是有个当铺吗?听贾瘸子说常有人去当画,明天去当铺找毛掌柜买一幅画不就行了吗?”“对呀!还有龚氏字画店!”赵大麻子说完,上前一步,又小声说,“二爷,那把紫砂龙壶,您可要收好了!”赵大麻子说完,用眼睛盯着黄守贵又问,“听说那把紫砂龙壶还有个紫砂凤壶?”黄守贵一怔:“你怎么知道还有一把凤壶?”“我也是随便说说,听人家说的,有龙就有凤嘛!”

塚同一郎走后的第二天,黄守贵带着赵大麻子去街头当铺买了一幅山水画,又花了银子让字画店老板龚掌柜在画上做了手脚。又过了几天,黄守贵便带着三姨太肖氏去了张家祠堂。令黄守贵揪心的是,门卫只让三姨太一个人进去,让黄守贵在门外等候。黄守贵怒火攻心,但又无计可施,只好忍气吞声在门前徘徊,等得急了,几次传话都被挡了回来。副官井官川秀告诉黄守贵,说塚同少佐和三姨太正在喝茶鉴赏字画,鉴赏完了留画不留人。无奈中,黄守贵看到井官川秀脸上有一丝难以察觉的笑容。

黄守贵浑身湿透,内心七上八下,焦急地站在日本军营前,嗓子里如卡了一颗酸果。时间一秒一秒如一年一年般漫长,黄守贵觉得身上如千万只老鼠在咬,万千只蚂蚁在爬。这样足足等了三个钟头,三姨太才头发凌乱疲惫不堪地走了出来。回程中黄守贵压着火什么也没说,倒是三姨太说了句:“二爷,总算把塚同一郎糊弄过去了!”

第三十五回　忍无可忍

郑二先生的死讯很快传到了姥山。这天午后，郑传宝正在教平儿练习飞刀。忠庙街上的线人接到三河的传讯后，便急匆匆地上山报告了此事。郑传宝这个胳膊断了都未哼过一声的钢铁般汉子竟号啕大哭，像个孩子，哭声惊天动地。哭罢，郑传宝起身让二当家的陈家根召集弟兄，准备船只，杀向三河。山寨上一片怒火，七八十条汉子个个摩拳擦掌，抄起刀枪，大声嚷着要下山。一听要到三河杀鬼子，平儿便飞似的赶来要一起去。此时的平儿除了练习打弹弓外，每天还坚持练习飞刀，飞刀也渐渐有了准头，只是飞刀的力道还不够。

正在此时，一叶扁舟缓缓靠上湖岸。原来潘志明和严俊刚从合肥办完事回来。湖边沙滩上，潘志明对严俊说："俊儿，就送你到这了，我回三河还有事情，就不上山了，见到你师叔代我问好！另外，你在这里要团结大家，引导大家走上革命的道路，不可逞英雄、斗狠劲。要走到群众中去，发动群众，保护群众，同时群众也在保护我们。另外，要照顾好杏儿和平儿！"严俊点头答应。潘志明转身正要登船，正在这时，蜿蜒的山路中一个人迎面走来。潘志明一看，是解启明，只见他一头大汗，结结巴巴地说："潘……潘师兄！郑大当家的老爷子被……被日本人杀了！""啊！怎么回事？"潘志明一听大惊，于是解启明就把听到的一五一十说了。潘志明知道师弟郑传宝的性格，解启明话音一落，潘志明早已健步如飞奔向水啸堂。

只见厅堂上众声沸腾："打到三河去，杀鬼子，为老爷子报仇！""杀了孙何生！”“为老爷子报仇！为杏儿家报仇！”大家抄起家伙拥在门口。郑传宝手提驳壳枪正要出门，一见到潘志明便哽咽说：“师兄，老爷子死了！被日本鬼子杀了！”说完眼泪唰地流了下来。潘志明表情悲恸地点点头。郑传宝一抹眼泪就往外冲：“走！兄弟们！是爷们就跟老子去杀小鬼子！”“走！我们去端了鬼子的窝！”门外人群中立即有人应道。

潘志明上前一步挡在面前说：“我知道了，师弟！冷静下！”郑传宝怒目圆睁说：“怎么冷静？”于是拔出手枪又往外冲，却被潘志明一把死死拉住：“听我说！师弟，你去报仇我同意，我们总要商量一下方案吧！再说报仇时机还未到！”还未等郑传宝说话，就听见人群中又有人说：“什么时机不时机，杀鬼子还要选日子?!”“走！杀小鬼子去！”潘志明一听，火往上冲，什么乱七八糟的，大吼一声：“都给我住口！”大家顿时鸦雀无声，脸色沉重，所有人都看着郑传宝和潘志明。

“你打算怎么去报仇？你这样只能让大家去做无谓的牺牲！你明不明白？”潘志明一指后面的椅子，严厉地说，“你给我坐下！听我说！”郑传宝听后脸色一沉，只觉得血往上涌，张了张嘴，但还是规规矩矩坐了下来。

等郑传宝平静下来，潘志明上前抚了抚郑传宝的肩膀，潘志明知道这个时候对郑传宝的安慰是多余的。潘志明转身走到厅门口，对大家摆一摆手，众人安静下来，看着这个很受尊重的师兄。潘志明双手抱拳说：“各位兄弟，此刻我理解大家的心情，仇一定要报！这不仅是我们个人的仇，是我们三河几万人的仇，也是我们中华民族的仇！我们除了家仇，还有国恨！”潘志明说到这里顿了顿，又深情地说，“我们的国家就像一个未成年的孩子，到处受侵略者欺凌，现在日本人跑到我们家乡烧杀抢掠，我们能容忍吗？不能！只要弟兄们万众一心，就一定能赶走日本鬼子，就能为老太爷报仇！为我们的同胞雪恨！”说得大家血脉偾张。

“报仇，报仇！杀鬼子！”人群中刀枪指天，响起激愤的声音。潘志明待四周愤怒的人群安静下来又道：“感谢各位兄弟有此热情，但是，我们不能打没有把握的仗，现在三河什么情况我们还不知道，知己知彼，百战不殆！大家先回去等通知，让我和师弟商量一下，等我们把情况摸清楚了，再请大家行动，好不好？”人群渐渐静了下来。潘志明见大家仍愤愤地不愿离去，又说：“请大家相信我！仇不是不报，而是时候未到！”人群依旧立在那里。

潘志明转身进屋，望着眼睛发红的郑传宝，缓缓道：“师弟啊，我理解你现在的心情，你父也如我父，仇一定要报，但不能莽撞行事！现在去，鬼子在炮楼内，他们在暗处，我们在明处，再说鬼子的枪炮装备好，火力强，这样去兄弟们伤亡会很大，所以要等待时机。我先去了解里面的情况，再作行动，可好？”见郑传宝不理会，潘志明又说，“师弟！我们不能为了一时的愤怒、一时的恩怨，而坏了我们的计划，铸成大错呀！”

郑传宝嘴唇哆嗦着，似乎想说什么但又说不出来，哽咽几下渐渐平复。半晌，郑传宝沙哑地说：“饭桶一郎！孙猴子！我一定要亲手把你们宰了！把你们的脑袋摘下来喂狗！”说罢走了出去。

潘志明看着门外乱哄哄的场面，心想，如何改造好这支队伍是当前一项重要的工作，必须要加强宣传我党的政策和作战方针，必须要用严格的纪律去约束他们，争取他们成为皖中抗日的重要力量。

水啸堂外人群依旧黑压压一片，郑传宝眼圈又是一热，沙哑着嗓子说：“大家先回去吧，等候通知。”水啸堂外又是一片吼叫，“报仇，报仇！杀鬼子！杀汉奸！”声音在山谷中回荡，久久不绝。面对报仇心切的人群，潘志明走上前说：“相信我！大家回去吧，我们自有安排！”众人这才骂骂咧咧地散了。回到屋内，郑传宝像雕像一般坐着。潘志明知道郑传宝此时内心的伤悲，于是走上前抚着郑传宝的肩膀，又语重心长地叮嘱几句，这才回到船上，和哑巴扬帆回三河了。

傍晚，冷风拂面，头发散乱的郑传宝一脸凄然地看着三河方向，心中满是悲凉。儿时的点点滴滴不停地在他的脑海里闪现。郑传宝紧握双拳，久久难以平静。自从上次师兄让严俊、王杏儿来到山上后，他所听所闻无时不在刺痛一颗正义的心，强烈的责任感和难舍的乡情使他早就想回乡杀鬼子,郑传宝决不允许鬼子在自己的家乡烧杀掳掠。郑传宝又想起和师兄商量的计划,师兄潘志明带来的消息让他兴奋。但是今天他实在是忍无可忍,郑传宝的脑子里想象着日本人"饭桶一郎"的样子,还有那个瘦猴子孙何生,一个计划已在他脑中诞生……

三河,夜市繁华的小月埂。这里歌舞逍遥,自成一片。一排桃形烛灯照着月牙般的河埂。

古城河上,此时的孙何生酒足饭饱,正和一个浓妆艳抹的女人在一艘小船上喝茶。"媚娘,唱一段《十个舍不得》,可好?"孙何生话音还未落地,突然觉得自己的手一震,像触了电一般,啪的一声茶杯从手中滑落,掉在船板上,滚烫的茶水泼在蹲在身旁给自己捶腿的另一个女人身上,烫得那女人哎哟一声站起来,女人掀起旗袍又抖又跳。"媚娘,你看看!你看看!"女人哭丧着脸说,只见她洁白光滑的腿上立即凸起了几个豆大的水泡。媚娘站起来:"哼!怎么啦?是不是又想小桃红了?""没有啊,没有!""没有?我看你自打进门心思就没放在这里!""我心里想的不都是你吗?"孙何生说完,站起身摸了摸脑袋,又抬头看了看天空,抖了抖身上的茶叶:"今天怎么了?莫名其妙!真是莫名其妙!扫兴!真扫兴!"一边女子鼓着嘴生气道:"哎哟!孙爷!您看看,我这腿都烫出泡了,您还这么说,一点都不心疼人!""好啦好啦,今天不玩了,上岸!"孙何生说完,命令小船摇向河岸。

小船悠悠,琴声伴着歌声在碧波河水里荡漾,星星点点的小月埂灯火辉煌。夜色中偶尔走过一两个行人,被浓妆艳抹的女人们围作一团。行人起先还不理不睬,但终抵不住女人们拉拉拽拽的,一双双隐入红光,沉入温房,或上了红船荡漾河中,不醉不归。"方爷,您慢走啊,记着明天还来啊!"一个穿着大红旗袍的女子挥舞着手帕,并不时地扭动着屁股难舍难分地说。"来,来!明天一定来!"一个头发油亮的中年男人迈着踉踉跄跄的步子挥手作别。

第二天下午，天色渐黑。郑传宝吩咐陈二当家瞒着山上的兄弟，固执地带上二当家陈家根、李二疤、石头、驼子司马江勇、佘老三、胡大海、狗蛋、解启明和孪生兄弟沈子健、沈子康等十二个武功高强的铁杆兄弟，带上家伙悄悄下山，趁着夜色驾船驶向三河。

中街，小南河南岸。小镇安静在一片夜色中。

“汤圆——冲糕——五香蛋——”佘祥延挑着担子，一边担子上挑着柴木和用具，一边的担子上冲糕、五香蚕豆、棕叶干子热气腾腾。佘祥延手里拿着一个竹筒敲着：“又甜又香的芝麻汤圆哦……”

午夜时分，姥山上一行人终于抵达三河。郑传宝吩咐将小船靠在岸边茂密的柳丛中，一行人悄悄地摸上了岸。一人巷边，佘祥延依旧有节奏地敲着竹板。等他们上了岸，佘祥延便挑起担子顺着黑暗的青石向前走去，一行人远远地紧跟其后。

敲开三河线人的家门，问明情况和位置，郑传宝大手一挥，首先直奔孙何生的住宅。郑传宝轻车熟路，很快来到孙何生宅前，这是一个占地五亩的徽派江南小院。郑传宝打量一下周围，只见大门紧闭高墙矗立，周边的住宅没有区别，于是双脚一发力就轻松跃上了墙头。黑暗中，只见院中前后两排共有六间房子，前门两个不太亮的灯笼下站着两个伪军，怀里各抱着一条中正步枪，一左一右地在门前打着瞌睡，另有一个提着灯笼在园中来回巡更。郑传宝暗暗点头：这个不愧是人称瘦猴孙，孙宅外松内紧，果然猴精。

此时夜色已深，周边万籁俱寂。郑传宝凝神听了听，院子里没有一丝声息，轻轻一跃就落入院中。郑传宝的双脚刚一着地，只见两只黑狗扑了过来。郑传宝心里一惊，连忙一侧身抬起脚，还未等黑狗扑到跟前，郑传宝敏捷地对准脖颈飞腿踢了过去。黑狗凌空飞向围墙，躺在一边。一个伪军似乎听到声响，正扶枪抬头张望，郑传宝身后的一对孪生兄弟沈子健、沈子康早已迅速上前，两个伪军倒地不起，沈氏兄弟顺手卸下枪背在肩上,那个更夫则被二当家陈家根打昏在地。郑传宝轻手轻脚地走到门前,二疤取出刀片,上前插入门缝拨开木闩,一闪身进入漆黑的里屋。

夜色朦胧,屋子内更是难以分辨,只有一股浓烈的酒味。此刻孙何生睡得正香,却不知死到临头,他的旁边侧身睡着一个女人。郑传宝举起刀挑开床上的被子,看着这个作恶多端的仇人,郑传宝咬牙切齿,心想,若一刀子下去,孙何生可能在梦中便一命呜呼。但郑传宝做事从来都是光明磊落,他坐到床前不远的太师椅上。二当家陈家根点燃了桌上的烛灯,郑传宝瞅着枕头上那颗瘦猴的脑袋。孙何生似乎听到动静,缩了缩脖颈,翻了个身说:“谁?是谁?”“是你老子!”一个冷冷的声音传来,孙何生一听这话立即睁开蒙眬睡眼,当看到了床前人影时,立即意识到事情不妙。孙何生一骨碌翻身坐起,一边用力推了推旁边的女人,一边摸向枕头下的枪。

“不要动!”黑暗中又传来郑传宝沙哑的声音。孙何生还没反应过来,只觉得眼前一闪突然多出两个人来,一左一右一模一样,都是一身黑衣。孙何生歪着脑袋,左边瞅瞅,右边看看,吓得愣在那里。

这时,沈子健、沈子康伸出手一把将孙何生从被窝里拉出来,像扔一只鸡似的把他扔到床下,二当家陈家根用大刀抵住孙何生的脖颈。

孙何生惊魂未定,迷迷糊糊还没有清醒过来,不知道发生了什么事情,只感到颈部一片冰凉,吓得双腿一软扑通一声跪在地上,战战兢兢地跪着向前挪了几步,对郑传宝说道:“哟哟,一家人……这……这位好汉……您这是……?”孙何生心里揣猜这个土匪是谁。

披头散发的女人慌忙爬起,不顾身上未穿衣服,趴在地上连连磕头说:“这位爷……不……不关我事,我是小桃红,是杏花苑的小桃红!是被他逼来的……被他从……从……小月埂逼来的……”

郑传宝一听,也不理她,眼瞪着孙何生冷冷道:“你是孙何生?孙保长?!”

“是……是……”

“孙何生，是你带日本人杀了我父亲！”

孙何生脑袋瓜飞转道：“是……不，不，不！不是！”

“你是……？你父亲？”孙何生骨碌碌转动眼珠子，一时摸不着头脑。

二当家陈家根用力压了压手中的砍刀说：“就是中街郑二老爷。”

孙何生头上的汗立即冒了出来，他脑子飞转，隐隐约约想起郑二先生有两个儿子，二少爷自己见过，早就当兵去了，听说还有个大少爷，儿时就离家，不知所终，难道是……？孙何生定了定神，他不愧为见风使舵的瘦猴孙，马上笑上堆脸，换一种口气说：“哦，是大少爷呀，我当是谁，你父亲是日本人逼死的，我和黄二胖子还在日本人面前求情呢，不信你去问问同兴米行的黄守贵……”

郑传宝此刻已恨得牙痒，强压怒火说：“我来问你一件事，你要如实说来。”

“你说，你说！”孙何生连连应道。

“那个什么叫‘饭桶一郎’的现在在哪里？”

“在……在……在张家祠堂的碉堡内！”

“里面有多少人？”郑传宝冷冷地盯着他。

一股寒流通过眼神凉透全身，孙何生不禁打了一个冷战：“大约……大约有八九十个，不对……不对！另外还有三十几个保安军。”

孙何生回答后立即又强打精神，眼巴巴地看着郑传宝讨好似的补充说：“大少爷，你要报仇，慢慢来，鬼子炮楼里火力强，有三道岗，还有好几个歪把子机枪呢……”

正当孙何生为自己回答满意，寻思事后怎么样处置这个小桃红时，只见郑传宝已起身，黑暗中银光一闪，孙何生心想，这是什么光？自己的颈部已冰凉凉的没了知觉，孙何生感到自己的脑袋已滚到那个女人小桃红身边，紧跟着自己的身子就倒在地上。小桃红一见，啊的一声便昏了过去。就在孙何生还未明白自己为什么突然会倒下时，郑传宝他们已走出了房间。

凌晨两三点，镇东南方向张家祠堂边，碉堡上的枪声一下子撕破了小镇的宁静。起初那枪声有点零星，后来密集的枪声又一直顺着河堤打到三叉河，打得水花啪啪作响，紧跟着东南方向碉堡外又传出更加激烈的枪声……

巢湖上，船快到姥山时，天已大亮。郑传宝坐在船头，面目憔悴，船中几个无精打采的青衣汉子靠在船舷上，默默无言，沈氏兄弟一左一右扶着浑身是血奄奄一息的解启明。郑传宝看了看船舱中剩下的八个弟兄，走到解启明身旁。解启明由于失血过多，脸变得苍白，他胸口的血咕咕冒了出来。见郑传宝过来，解启明努力睁大眼睛，张了张嘴想说什么。郑传宝把耳朵凑上去，只听解启明声音微弱地说："我……快不行了，当……家的！给我……一个痛快的！"说完身体又是一阵抽搐，血从嘴角涌了上来。郑传宝望着解启明，见他气色渐微，心里又是一阵难过。解启明对着三河方向说："把鬼子……赶出三河……给我报仇！"郑传宝双目含泪点点头，掏出驳壳枪对着解启明，却是枪口乱颤扣不动扳机。"快……杀了我，把我放进湖里！"驼子司马江勇扭过头哽咽说："兄弟！慢走！"说完枪声一响，解启明的头便歪在一边。郑传宝和众人跪在船头，含泪将解启明送入湖中。

船在湖中随波前行，郑传宝看了看船上的兄弟，脑中浮现昨夜死在路上的李二疤、佘老三、胡大海、狗蛋和解启明五个兄弟，心里充满悲恸。郑传宝知道此次行动硬拼不行，所以原本是想去偷袭，杀了塚同一郎，没想到杀了两个鬼子后摸第二岗时就被发现，碉堡上的探照灯就对准了他们，紧接着碉堡上的子弹便如雨点般射了过来。郑传宝更没想到鬼子的火力这么强，也第一次尝到机枪的厉害。鬼子嗷嗷叫着冲了出来，子弹和手雷落在了他们身边，郑传宝还未来得及转身，只见二疤和狗蛋已倒在血泊中，众人被密集的子弹压得抬不起头。郑传宝就地一滚，甩手一枪打灭了探照灯，面对一个个倒下的弟兄，此时大家已红了眼，想杀出一条血路，无奈鬼子的火力太强，子弹在众人头顶形成一个火力网，胡大海刚一伸头就栽倒在地，解启明和石头也被打散生死不知，郑传宝只好带领大家一边还击一边撤退。杭埠河大堤上，大家被几十个鬼子死死咬住，在堤下一个低凹坡甩不开腿，郑传宝发现两队鬼子从左右两边包抄过来。正在这时，黑暗中三个人影从树林中冲向鬼子，枪声中就听见解启明大吼："快走！"

郑传宝仔细一瞅，只见解启明不知从哪里钻出来，左手提着一个鬼子的尸体做挡箭牌，右手握着一把砍刀就冲了上去。解启明的身后正是石头，石头猫着腰跟在解启明身后，一边往前冲一边射击，两人配合默契，左砍右杀，鬼子阵营顿时大乱，大家连忙从凹坡爬了出来。郑传宝刚想往上冲，二当家陈家根一拉郑传宝说："当家的，跑吧！"这时佘老三一推沈氏兄弟，大喊："你们快走，我们断后！"郑传宝红了双眼还要往前冲，怎奈被沈氏兄弟一左一右拖了下来。后来，张家祠堂那边响起了激烈的枪声，鬼子才停止了追击。

郑传宝知道，一定是师兄潘志明知道后围魏救赵，带人去打炮楼，引开鬼子，救了他们。

第三十六回　七上八下

第二天小镇的人起得很晚，太阳爬上新华春屋檐时，街道上只有三三两两的行人。霞光照着小镇似乎格外刺眼，但很快，孙何生的死便在古镇的大街小巷传遍了，大家无不暗地高兴，拍手称快，人们都在猜测昨夜是谁这么大胆。有人说是郑二先生的儿子从安庆带国军来报仇，也有人说是新四军来杀鬼子和汉奸的，也有人迷信说，孙何生得罪了神树，遭了天谴，众说纷纭。

直到中午人们被日本鬼子赶到炮楼前，指认四个挂在桅杆上的人头时还在不断猜测，炮楼前日本鬼子给他们上了一堂胆战心惊的课。鬼子又从骚动的人群中抓出两个义愤填膺的人带入炮楼，很快这两个人就又被直挺挺地抬了出来。

街南的油坊桥边布满了鬼子，孙何生房前更是戒备森严。塚同一郎腰挎长刀，手戴白手套，脸色铁青。面对孙何生僵硬尸体旁一汪汪已经发黑的紫血，塚同一郎皱着眉头，门前地上伪军和孙何生尸体上的伤口使他明白了几分，这个伤口和他碉堡前死的两个人一样。塚同一郎又看了看趴在地上磕头，又问不出所以来的更夫，和蹲在墙角全身赤裸瑟瑟发抖的女人。只见女人睁大一双无神的眼睛，张着冻得发紫的嘴唇不断重复着："不关我的事，我是小桃红，是小月埂上杏花苑的小桃红，是被他逼来的，不关我事，我是被他从小月埂逼来的……"塚同一郎沉思了片刻，对着一边的两个日本兵叽里呱啦说了几句，一挥手便带着队伍离去。走在后面的两个日本兵随即端起枪啪啪两枪，更夫和那个疯女人小桃红便应声倒下。

孙何生的死，黄守贵自然已听说，他当然明白是怎么回事，这个小镇上知道这个事情的人没有几个。黄守贵内心惊恐不已又暗暗高兴，他恨这个瘦猴孙何生出卖了自己。被迫交出二十万斤粮食，还有自己和三姨太去碉堡的情景，每每想到这，黄守贵的心就隐隐作痛。今天听到这个消息，当然高兴万分，开心之余，黄守贵让靳晓泉去弄几个菜要喝两杯，对于孙何生的死他又总结经验，必须武装自己。

乱世英雄出四方，有枪便是草头王。买枪！黄守贵一边喝酒，一边想如何办这事情。猛然间黄守贵又想起郑二先生，想起自己曾去为他求情。想起塚同一郎，黄守贵头上的汗就冒了出来，慌忙招来赵大麻子商量一番。世间的事往往就是这样，越担心的事往往就越会出现。就在这时门口出现六个日本鬼子，走在前面的青木金泽进屋说："黄老板，太君塚同一郎有请！"黄守贵听后一惊，手中的青花瓷酒杯啪地掉在地板上，酒水洒了一地。黄守贵慌忙拾起，一边应声，一边挺了挺腰板，故作镇定地跟着去了。一路上，黄守贵内心如十五只水桶打水——七上八下。

东街，太平桥边。张家祠堂高高的炮楼下戒备森严。四个砖砌的炮楼高十五六米，分别在祠堂的东南西北四角，这是当作驻地军营后日本鬼子抓三河民工所建。炮楼上一面红白分明的膏药旗子在微风中无精打采地飘着，炮楼四周布满了方方的枪眼。炮楼顶上各有一个瞭望台，上面站着两个荷枪实弹的日本兵，日本兵监视着小南河两岸和小镇的四周。黄守贵跟在青木金泽的后面，一路跌跌撞撞，双腿机械似的摆动着，肥胖的身影却已现蹒跚。随着不停地运动，黄守贵内心更加恐慌不已，豆大的汗珠不时地顺颈而下，挂满胸前。

黄守贵一路胡思乱想。走近炮楼，黄守贵一抬头，只见场地前的桅杆上挂着四个人头，更是吓得一身冷汗。炮楼内，塚同一郎正在苦思冥想，到底是谁杀了孙保长，袭击炮楼？见黄守贵进来，便盯着他说："黄老板，孙保长被杀，你听说了吧？你认为这件事情是谁干的？"青木金泽连忙翻译一番。

“这个……这个我刚刚听说了，是新四军，还是国民党军队？”黄守贵一边掏出手帕擦着头皮上亮晶晶的汗水，一边试探性地回答。

“新四军？国民党军？我想一定和那个郑老头有关，听说他有个儿子在国民党军队。”塚同一郎说完又瞪起眼睛盯着黄守贵道，“我也听说你们是亲戚。”

“是……是……他是我家远房亲戚，不过不怎么来往……我去求情是因为他管家郑福来求我的，没办法，我不能让人说闲话啊……”黄守贵头上的汗珠又一次滚落下来。

塚同一郎默不作声，来回踱着步子，突然，他停住脚步又问：“听说巢湖上有土匪？有多少人？是不是他们干的？”

黄守贵内心恐慌，不知道塚同一郎葫芦里卖的是什么药。黄守贵一边打量着塚同一郎，一边小心地应道：“呵呵，我也听说了，有二三十个毛贼，七八杆枪，成不了气候，他们哪敢和皇军作对？”塚同一郎点点头说：“一群乌合之众，不足为虑！只是你们这里共党太猖狂，转粮撤船，屡次和皇军作对，下一步我们将重点消灭他们……”黄守贵静静地听着，塚同一郎停顿一下又说，“另外，我决定成立三河亲善商会，会长嘛，我决定由你担任会长，以协助我们共同维持这里的治安。另外，对你们居民开始登记，发放‘良民证’，还有，你要根据贸易对各个商行收取税粮，我希望你要多给皇军效力……”塚同一郎一边说，一边挥手让黄守贵坐下。

“这个自然，一定，一定！”黄守贵听到这里，提着的心终于放了下来，擦了擦汗卖乖道。

走出炮楼，黄守贵擦了擦汗，又摸摸脑袋，转动了一下脖子，一切完好无损，这才放下心来，一路惊喜交加回到米行。

第二天，二龙桥边古城墙上，四个人头一字排开挂在墙垛上。城门大开，城门下来来往往聚集着愤怒的群众，但惊恐万分的镇民又不得不从城门下进进出出。四个日本兵在城墙上来来回回地巡逻，城垛下六支歪把子机枪和七八十个日本兵隐蔽在城堡内。塚同一郎和往常一样，除了带兵训练，就是到三河的商户店里索粮。

一连几日，整个古镇大街小巷变得死气沉沉的。姥山上，三河古镇的线人早已将消息传到山上。水啸堂前一片悲愤，几个妇人哭声震天："还我二疤！我可怜的二疤啊……你们要替我们报仇啊！……""我的佘老三哥，呜呜……还有我的狗蛋，呜呜……"哭声撕心裂肺。

"我们不能让兄弟身首异处，暴尸街头！""对！不能让他们死不瞑目，我们要报仇！""我们去把兄弟抢回来！抢回来！报仇！打小鬼子！"

怒火中烧的伙伴们磨刀擦枪要去三河抢尸泄恨。面对哭喊的死难家属和愤怒的山上弟兄，郑传宝怒目垂泪，耷拉着无精打采又仇恨万千的脑袋。

厅堂上，郑传宝红着脸看着潘志明。潘志明知道塚同一郎一定不会善罢甘休，所以今天一大早便赶了过来。潘志明望着厅前黑压压的人群和这几十条长短不一、乱七八糟的杂枪，生怕郑传宝再干出糊涂事。他已了解埋伏在城墙边和碉堡上的日本人正等着他们，人头便是诱饵，六挺机枪和百十条三八大盖就是一张死亡之网。

潘志明瞪大眼睛命令道："都给我回去！你们想想，日本人为什么要把他们的人头挂在城墙上；而不是挂在碉堡内？那是日本人的阴谋，是一个陷阱！目的就是引我们过去，然后一网打尽……""那我们不能就这样让他们死无全尸呀……"人群中有人打断了潘志明的话，几个妇人站在那里啜泣着："我的兄弟呀，你死得太惨了……"人们在哀号中叫骂着。

面对悲愤的人群，潘志明知道如再不采取行动，势必会造成人心涣散，同时也失去自己在山上众人心中的威望，但如何从戒备森严的鬼子眼皮下抢回人头呢？

潘志明咬了咬牙说："这是一个圈套，是鬼子设陷阱在报复我们，也怪我！走时没有安排好工作，这样吧，你们都先回去，我会给兄弟们一个交代！”潘志明知道现在和日本人硬拼等于以卵击石，现在还不能暴露我们的力量，他在等，等待机会给敌人沉重的一击。

门外乱哄哄一片，众人依旧立住不动，潘志明说完拉起郑传宝走到门前，面朝西南方的古镇三河跪下拜了三拜，身后所有的人都呼叫着：“报仇！杀小鬼子！报仇！”“我们一定会把鬼子赶出三河，赶出国门！”“对！赶出三河！”“砰……”不知是谁对天空放了一枪，紧跟着“砰砰……”复仇的呼声响成一片。面对这乱七八糟的场面，潘志明心里一纠，心疼说：“谁让你们放的枪？谁让你们放的枪？我们不能把子弹当鞭炮，我们要让这些子弹喂日本鬼子！”潘志明心里在想如何改造好这支无纪律无组织的队伍，成为真正的抗日力量。

就在这天晚上，水啸堂的灯一直亮了半夜，王杏儿看得真切也一直难以入眠。子夜时分王杏儿起床悄悄走到水啸堂，只见屋内潘志明、郑传宝、陈家根、石头和严俊等表情严肃地围在八仙桌边。

郑传宝大声说：“人是我带去的，仇我自己去报！我负责把他们抢回来！”潘志明挥挥手示意他坐下来，潘志明声音低沉而缓慢地说：“师弟！越是危急的时候，就越要冷静！”这时一边的二当家陈家根站起身，他想起鬼子机枪的厉害，于是眨了眨眼睛说：“仇当然一定要报，但凭我们现在的实力，还斗不过他们，我建议可以等一等，先招兵买马发展壮大队伍，等条件成熟再打！”心里却想：“杀鬼子就凭我们这几十号人？几杆破枪，行吗？国民党几百万兵强马壮的部队都打不赢，你能打赢吗？”

陈家根说完，看着郑传宝又望向石头，石头不语。郑传宝一听大怒：“杀鬼子是我们当前最大的事情，不能等！你在山上壮大，我带弟兄们去！”

两人正争吵间，只见王杏儿一推门走了进来说：“杀鬼子！带我去！三河的地理环境我熟悉，张家祠堂三面环圩一面临水，而且地势很高，易守难攻，但我们可以利用家乡的地形和水路同鬼子打！”王杏儿说完仰起脸对潘志明说：“潘叔！郑叔！让我跟你们去！”

潘志明见王杏儿进来，等她说完，接过话说："杏儿说的不是没有道理，豺狼再凶，都有打盹的时候！打鬼子是要灵活机动，毛主席还说了，要发动运动战、地道战、游击战。我们要采取灵活的战术，利用这里熟悉的每一条沟沟坎坎同鬼子斗！"

众人均无声音，郑传宝本来就十分佩服师兄，听到这里心中更是豁然开朗，毛主席的战略战术，更使自己心中光明一片。潘志明眼光扫了一下众人又说："总结上次教训，我们这次要有计划，不能把自己的命都搭上，做无谓的牺牲。另外，我们要深入群众，发动群众，壮大我们的队伍！我们要组织群众和日本鬼子斗，要联系各方面武装力量的组织去打日本鬼子，只要我们万众一心，日本鬼子在三河的阴谋就不会得逞！"说到这，潘志明又望了陈家根一眼，似乎看透了他的心思，继续说："日本人在我们国家多待一天都是灾难！我们的同胞就会流血牺牲。只要我们团结起来，攥成一个拳头，就一定能把日本鬼子赶走！"潘志明话一说完，四周响起热烈的掌声，待众人安静，潘志明又说："鬼子在城墙外不是布置了一个口袋吗，鬼子等着我们去，我们不如将计就计……下面，我们商量一下去三河行动的方案！"

这个晚上会开了很长时间，大家一直讨论如何去抢回人头、杀鬼子报仇，会议一直开到夜里两点多才明确了去三河行动的方案。

第三十七回　痛苦回忆

夜色朦胧。初冬的姥山上寒意更浓。山路弯弯，灰暗的松林中偶尔传来一两声猫头鹰的叫声，山寨上人已入睡。

姥山塔下，王杏儿每天坚持练枪，除了打短枪，有时候也练一下长枪。此时，偌大的院子里王杏儿依旧手持手枪，举着挂了两块砖的手臂，静静地对着三河古镇方向一动不动。入冬的风已有些凛冽，树上似乎降了一层白白的霜，王杏儿的脸上却挂满汗水。

"出来吧，别在那探头探脑的了。"王杏儿头也未回地说道。"姐！你怎么知道我在这呀？"话音未落一个小脑袋从门后面探出来，"你没睡，我当然要保护你呀！"平儿一脸正经地道。

"就你?！早着呢，先自己练好本事再说！"房子里传来严俊的声音。"哼，看不起人！"说完平儿迅速一扬手，一个老鼠从墙头上应声而落，"嗯，有长进！"平儿一抬头，严俊已站在身边，"你什么时候带我们回三河？"平儿问道。"回三河干什么？""回去报仇！"王杏儿接过来答道，"你？一个女孩家带着小平儿？"还未等王杏儿回答平儿就仰着脸说："严俊哥，不是还有你吗！"严俊严肃地说："不行！光靠我们几个不行！报仇要靠大家的力量，我们不能白白地去送死！""死就死，死前先杀几个鬼子垫背！值！我都没有亲人了活着还有什么意思！"王杏儿噙着泪道。王杏儿话音刚落严俊内心猛地一震，但很快又镇定了下来，"仇要报！但死，要死得值得！"严俊说完停顿了一下又说，"早点睡吧！"便轻轻拍了下平儿肩膀低着头走回屋内。

王杏儿一句“亲人”使严俊陷入深深的痛苦中……

那一年9月，一连二十几天，天阴沉沉地下着雨，雨水时而淅淅沥沥，时而又倾盆如注，连绵不绝的雨水使河水高涨齐岸，巢湖迎岸洪水肆虐，白浪滔天，十圩九破，到处白茫茫的一片。

古镇三河也是岌岌可危，如漂在水中的浮萍。丰乐河上，黄色的河水夹着泥沙汹涌而流，一路浩荡向东，河滩中芦苇早已被吞没在水下，河两岸垂柳大多被淹没，只有近岸少数巨柳如弓歪斜在洪流中，柳枝如弓在水中挣扎，柳叶在水面上无奈地摇曳，稀疏的树干上挂满五颜六色长长短短的蛇……

三县石桥上站满许多观洪的街民，人们怀着对河水的恐惧心情。河面上洪水如一头巨兽浩浩荡荡，汹涌的河水不时漂来上游人们未来的及收拾的财物和被冲垮房屋。河水疯狂地撞击着桥墩，很快又从桥下穿过，不甘心地在不远处打着一个又一个湍急的漩涡，大大小小的漩涡带着哨音像一个无形的大嘴，将漂来的浮物一股脑儿吞得干干净净，一会儿又在意想不到的地方冒了出来，又随着洪流向东漂去。石桥上，几个年轻人手拿长竹竿，立在桥上，一个年长的男子指挥着他们，分流着漂来的浮草，从而减少淤积的浮草对石桥的压力，有时顺便也捞些漂来的财物。

远处宽阔的河面上，只见一头水牛睁着血红的眼睛在急流中挣扎，水牛努力挣扎着游向岸边，眼看就要靠岸，但是一股暗流又把水牛冲向河心。水牛又一次顺着急流努力游向近岸，二十米……十米……眼看就要靠岸，但是暗流还是无情把水牛冲向汹涌的河心，水牛在洪流中无奈地挣扎，如此多次反复努力，最后漂入桥下，在人们一片嘘唏中绝望地消失在湍急的漩涡里。

然而就在不远的河岸边，严俊跟着母亲何翠花在河边洗衣。棒槌啪啪的敲击声丝毫不能引起人们注意。码头的石阶见证着洪水暴涨的惊人速度，何翠花只好直起腰将衣服提高一个台阶，继续清洗着衣服……

严俊从台阶上下来，“妈妈你看！”顺着严俊手指的方向，何翠花看到远处一个黑色的小点顺着急流漂了过来，五十米……四十米……只见一只洗澡木盆中趴着一个五六岁大的女孩，木盆在水中随着旋流打转，女孩睁大一双惊恐的眼睛，她的嗓子已经沙哑，求助的脸上咧着嘴只能发出微弱的声音。

面对空荡荡的河埂，何翠花焦急不已，无助地看了看周围，显然，喊人找物一切无济于事。她看了看手中只有不足二尺的木棒槌，又望了望越漂越近的木盆，木盆顺水而流，何翠花情急之下飞快地从竹篮中取出衣服熟练地打着结，一件二件三件四件……五颜六色的土布衣裳变成一条四米多长的衣绳。木盆依然在河水中打转，三十米……二十米……马上就要漂到她跟前，何翠花不顾一切地扑到水中，顺着台阶一点一点接近木盆。一边的严俊连忙下水站在母亲身后的台阶上，面对齐腰深的洪水，严俊毫无惧色，紧紧拉着母亲的左手。河水已齐何翠花腰部，暗流在她身下汹涌，何翠花右手一扬抛出衣服，长长的衣服像一根鞭子伸向木盆，啪的一声落在木盆周围，溅出水花，木盆在水中依旧随着漩涡打着转，何翠花收回衣服，又一扬右手将衣服抛了出去……一次……二次……终于衣服搭在盆口，盆中小女孩又不知所措，木盆摇晃着向河岸游来，但仅仅近了一米后一个漩流又将歪斜的木盆荡得更远，眼睁睁地看着就要漂走了，这时水已漫到何翠花的腰部。何翠花情急中又下了一个台阶，河水已齐她的胸部，她的双脚在洪流中经漂浮不定，何翠花又一次奋力地一扬手……终于衣服又一次搭在盆口，小女孩抓住了衣服，木盆顺势游向岸边……

何翠花在水中挣扎着抛出的一瞬间，她的脚下一滑仿佛被人推了一把，一个趔趄滑入河中……还未等严俊明白是怎么一回事，便同母亲何翠花跌入水中，无情的洪流很快就将他们母子卷入水中……始料不及的何翠花在慌乱中呛了几口水，但她清醒地松开严俊的手并将严俊推向浅岸，何翠花又伸开手一把抓住木盆奋力推向岸边，哪知，汹涌的水浪像一只巨手猛地一下子将她卷到漩涡中……

木盆歪歪斜斜在漩涡中打着转漂向岸边，小女孩晕头转向，慌乱地挥舞着手臂，木盆终于卡在浅岸的树丫中。在离岸不远的水中，严俊探出头本能地伸手抓住河中的柳枝，脆弱的柳枝折断了，严俊很快又像一根水草被卷入深流，他奋力游划，但一切努力又显得那么渺小，仿佛一切都是徒劳，严俊仿佛跌入万丈深渊……从小在水边长大的严俊清楚地认识到必须要保证清醒，尽管在慌乱中呛了几口水，暗流中严俊的肩膀一下子撞击到一块石头，水下，巨裂的疼痛使严俊有力地抱住石块，感觉到头发在河水中漂荡，严俊抱着石块稳住身体憋着气，一步一步移向浅滩……

严俊用尽所有的力气爬上岸后，一下子就昏了过去。当严俊再次睁开眼时，看到一个男人正焦虑地看着奔腾的河水，在他的身边另一个中年男子正抱起盆中那个小女孩，除此之外什么都没有，只有汹涌的河水。从陆续赶到的街民们惊呆的目光中严俊明白了一切，严俊不敢相信这眨眼间发生的一切，猛地从地上跃起，“妈妈，妈妈！”严俊不顾一切地冲向河边，“妈妈，妈妈！”尽管严俊歇斯底里地呼唤却没有人应声，只有河水湍急的咆哮声，严俊又一次冲向河水，却被人们拽住，人们沿着河岸面对滚滚的河水，一边呼喊，一边寻找……最后失落落的，什么也没有找到。

后来严俊知道，被救的小女孩叫李秀梅。严俊的父亲也在那次洪水中寻找他母亲何翠花而再未回来。那一年严俊七岁。

严俊正自伤心落泪，就听见门吱呀一声，他一抬头就看见潘志明带着王杏儿走了进来。

第三十八回　温香软玉

离开塚同一郎，黄守贵一路兴奋，哼着小调回到同兴米行。赵大麻子早已等在门口，黄守贵白了他一眼。黄守贵看了看一边的靳晓泉，笑眯眯地吩咐："去！给我弄几个菜，今天陪我好好喝几杯！"靳晓泉答应一声，摇头晃脑得意地走了出去。赵大麻子失落地立在一边，瞄了一眼靳晓泉：哼！猪鼻子插葱——装象。

黄守贵依旧哼着小调，心里想着今日皇军不但不怪我，还让自己干三河镇商会会长，心里很是痛快，这三河的商贸依旧是自己的天下，在这古镇里我黄二爷也算是个人物。

厅堂上，地道的三河纯粮食酒，香味醇正。黄守贵和靳晓泉两人推杯换盏，不多时一瓶酒下肚，黄守贵脸色红润，又想起李秀梅那让人心动不已、柔软似柳条的腰……黄守贵自酌自饮了一杯后，内心却又有一些不快，不明白自己为什么就无法打动这个女人的心。想到这，黄守贵起身走到窗前抬头望了望李秀梅的房间，西厢房楼上的灯火已经熄了。李秀梅或许已经睡着了，黄守贵想了想，耐了性子又回到了桌边，泡了壶岳西翠兰，浓郁幽香的茶水丝毫不减他对李秀梅的向往，黄守贵的眼前又浮现出李秀梅清丽的脸庞和秀美的身姿，每想起李秀梅那种少女特有的香味，黄守贵心跳加速，一股热乎乎的暖流似乎已经从腹下冲到了头上，黄守贵摇了摇肥胖的脑袋走了出去。

穿过天井上楼。一路摇摇摆摆带着浓烈的酒性，黄守贵上楼推开了房门。透过月光看到李秀梅依然熟睡。黄守贵快步来到床前，顾不得脱掉长袍，就要躺下去。才想起忘了一件事情要做，连忙又起身关上房门，几步间黄守贵已经脱掉了衣服，躺在了李秀梅的身边。内心激动地呼唤，梅儿呀，梅儿哎……今晚你终于是我的人了……平时白日里黄守贵看着李秀梅就难以把持，又奈何此刻的他又饮了这兴奋的高粱液，黄守贵轻声哼着，宽大温厚的手掌已经在李秀梅温润透滑的身体上来回抚摸。

李秀梅依旧熟睡，黄守贵趴在她身旁，内心激动，伸开颤巍巍的肥手一层层地脱着李秀梅的衣服。黄守贵喘着粗气，只见李秀梅红色的内衣衫内，那鲜红耀眼的肚兜上绣着的荷花，在月色中显得格外暧昧。此刻在黄守贵的眼下，梅儿的身体几乎都已经暴露了，高耸的胸部在薄薄的肚兜下微微起伏，散发着女性的美丽，特别是含苞待放十八九岁少女的幽香，还有平坦的小腹，那如莲藕般白嫩的大腿可以让任何男人都沉醉。

吃完晚饭，李秀梅让丫头打壶水，然后喝杯水拿起鞋底做了起来，这是她每晚打发时间的方式，一会儿只觉得浑身懒洋洋的便和衣躺下睡了。

此时，李秀梅的眼前浮现出夕阳下黄晓刚英俊的面孔，他们在小南河边手拉着手快乐得像一对小鸟……“晓刚哥，快来看，这里有鸭蛋！”李秀梅高兴地叫着，“在哪里？”黄晓刚立起身，一边用衣袖擦了擦脸上的汗一边回答。清风徐来，晚霞映在芦苇滩上金红一片。黄晓刚放下镰刀将一捆芦苇扎了起来，李秀梅走上前帮黄晓刚理了理头发上的芦叶说：“差不多了，我的二少爷，明天再割，看把你累的，以后我家的芦叶就让你承包吧！”李秀梅说完，突然红着脸在黄晓刚脸上亲了一口，又如蝴蝶般飞快闪到芦花中，黄晓刚怔怔地看着李秀梅，透过白色的内衣，李秀梅被汗水湿透的肉体隐约闪烁着青春的光芒，黄晓刚的脑海里立即驿动一种从未有过的美妙，随着这种美妙，他的身体有种原始的反应，黄晓刚闭上眼，努力避让着这种灼热……

“你看！三四个呢！”河滩上，李秀梅手拿两个鸭蛋气喘吁吁一边跑一边叫道，突然，李秀梅哎呀一声，一个踉跄摔倒了，鸭蛋在她手中弧线一般飞落草丛，黄晓刚张开双臂一把抱住倒下的李秀梅，两人跌在芦苇丛中……

阳光下，李秀梅依偎在黄晓刚的怀中，“晓刚哥！累了吧，我给你唱一支歌。”于是李秀梅就在黄晓刚的耳边轻轻地唱一首古老的歌谣。李秀梅甜美的歌喉让黄晓刚忘记了芦苇的刺痛，他紧紧地抱着李秀梅。歌声伴着芦花在芦苇丛中飞扬，李秀梅闭上眼睛像一只温顺的羊羔，黄晓刚微笑看着李秀梅红红的脸蛋，她的脸红如天边的晚霞，黄晓刚喘着气弯下腰，试图扶起李秀梅。

黄晓刚低下头亲吻着李秀梅，随着黄晓刚粗壮的呼吸，火球越烧越旺，火焰越升越高，越升越大，最后像一颗火球熊熊燃烧，黄晓刚在火球中舔着她焦渴的嘴唇，李秀梅的皮肤在阳光下像鱼儿闪现着银白的光环，光环笼罩着黄晓刚如泥鳅一样鲜活的身体。干枯的芦苇在他们身下发出声响，火焰在上空燃烧……晓刚哥，我愿的！

河水自由自在地淌，鱼儿自由自在地游，火球在自由自在地烧，小鹿在李秀梅体内自由自在地撞，晚霞映在脸上，火花开在心头……

黄守贵一边轻轻地抚摸，一边赞叹着，李秀梅的一双小脚也已经被他捧在了胸口。黄守贵看着眼前这个快要一丝不挂的佳人。自从进了黄家后，李秀梅从来没有让他近过自己的身体。要不是靳晓泉给他出的主意，在李秀梅喝的茶里动了手脚，今晚自己也不可能可以和她同床，共度良辰，享受鱼水之欢。

突然李秀梅醒了，瞪大眼睛愤怒地盯着黄守贵，李秀梅想起吃过晚餐后头就一直昏昏沉沉，一种浓烈的睡意，只觉得身体飘荡着一种美妙的兴奋……李秀梅努力地睁开眼，没有想到黄守贵居然正光光地躺在她床上，李秀梅的第一反应就是慌乱地抓向自己的衣服，还有被子，想要盖在自己已经被这个男人目睹的身体上。李秀梅不断地扭动，手臂不停地拍打，无奈被压的身体任凭怎么呼唤和挣扎都软弱无力，尽管她的内心无数次骂黄守贵,无数次地想哭喊,不要这样……不要这样……但是她的双手又绵绵地垂了下来,李秀梅觉得浑身没有一点力气。

李秀梅扭动着,从厌恶到愤怒,最后流出无奈的泪水,在眼眶里迸出流在腮边,停在酒窝,滑到枕边,湿湿的。

李秀梅的醒来,黄守贵猛地一惊,愣了一下,立即想起一件事,于是又飞快地起身摸了摸床头,果然枕头下一把明晃晃的剪刀,立即又想起新婚之夜李秀梅颈部殷红的鲜血,想起大姨太高氏惨白的脸……

此时黄守贵的脑海一片混乱,所有的兴奋随之逃之夭夭……斗志昂扬的黄守贵立即趴了下来,黄守贵又急又气,汗如雨下,呼呼地喘着粗气……

黄守贵心想这是自己拜堂成亲花了银钱娶来的四姨太,是自己梦了千回想了万遍的女人,在自己的家里,抱着自己的女人在床上,这是生米熟饭理所当然,天经地义的事情。这事情其实早就应该,但自己现在为什么就不行了呢!想到这些,黄守贵脑海里不禁有些恼怒,还有,这些天娶她进门后自己所受到的委屈,天天看着这朵娇嫩的花,却无法摘下,自己心中的这些煎熬,必须要在这一夜全部释放。

想到这,黄守贵一翻身,将挣扎着坐起身的李秀梅扑倒在床上。李秀梅又急又恼,眼泪汪汪。此刻所有的娇羞与尊严随着无奈都已荡然无存。李秀梅想喊叫却又软弱无力,口中残喘着:“我是二少爷的人……我是二少爷的人!”“不!是二老爷!你是二老爷的人!”黄守贵坚定地回答。突然黄守贵停在那里一动不动,大口地喘着粗气,任凭黄守贵如何提神使唤都无济于事。黄守贵汗流浃背,越急越是力不从心,最后只好翻身下来。黄守贵又急又恨,脑子里曾无数次想着占有的喜悦,不想临阵沙场却畏缩不前,懊恼之际困意又起,很快黄守贵像泄了气的皮球翻身躺了下去,黄守贵的头还未挨到枕头,房间内立即响起了疲惫的呼噜声。

直到半年后黄守贵终于知道李秀梅那一夜所喃的意思。

正当黄守贵在李秀梅房间欲罢不能时,肖氏也像蛇一样紧紧缠住靳晓泉。“你怎么才来呀,等得人都焦心死了!”肖氏说完压低嗓门又问,“你进来没被人看见吧?”靳晓泉板着脸严肃地说:“有!”肖氏一愣:“谁?谁看见了?”靳晓泉呵呵一笑,“你这个死鬼!”肖氏娇声骂道。靳晓泉笑完,脸一拉又说:“看见了又怎样? 难道我们表姐弟不能说说话? 拉拉家常?!”说完三步并作两步走上前,肖氏娇笑着一闪身道:“拉家常? 半夜都拉到床上去了?!”靳晓泉迫不及待又向前探了探身子说:“来吧! 心肝! 我想你想得快要疯了……”肖氏轻哼一声,便扭动身腰挺着胸迎了上去。靳小泉等的也就是这一天。木地板上一片狼藉,黑暗中已分不清谁是谁的衣服了。

第三十九回　佘四丫头

灰土顺着屋梁上的芦席一团团掉了下来，落在热气腾腾的灶台上，“哎哟……老头子，这可怎么搞……快！快去，肯定又是四丫头上屋顶了！”屋子里热气腾腾的灶台边，一个老婆婆紧张地指着屋梁说。屋脊支柱发出吱吱声响，屋子内一个中年人慌忙掀起马褂奔出屋去，中年人正是佘四丫头的父亲佘祥延，婆婆则是佘四丫头的母亲裴氏，裴氏说完迈着小脚也颤巍巍奔向屋外。

金色的阳光闪着耀眼的光芒，照得人昏昏欲睡。小屋外，草房的屋顶上，佘四丫头正闭着眼睛斜躺着沐浴着阳光，温暖的太阳照在身上让他发出无忧的呼声。

门前，一棵粗壮的柿子树上挂满金黄的柿子。两只乌鸦立在枝头，一只不停地啄着一个熟透的柿子，另一只侧过头警惕地看着周边，空中一群麻雀盯着枝头像红灯笼一样的柿子，它们叽叽喳喳围着柿树，盘旋飞舞，等待着乌鸦的离开。

树下一男一女，一瘦一胖两个老人，男的年龄已近七十岁，是佘四丫头家的邻居，人们都叫他周老头。周老头埋着头坐在古铜色的竹椅上，左手拿着一块半斤的五花肉，右手伸着萝卜干似的手指，拿一只黑色的捏夹，正弯腰聚精会神地夹着红肉白皮上的黑毛，周老头干瘪的瓜子脸上布满刀刻的皱纹，早已被那块肉拴住了全部的心思。周老头抿着嘴，他干瘪的脸离那块肉很近，几乎贴在上面，那块五花肉已在他的手中不知翻了多少遍。马路上行人匆匆，人来人往，他对喧闹的街市丝毫没有兴趣。站在周老头的旁边是一个有六十多岁的女人，她不紧不慢地摇着芭叶扇，看着周老头手中的那块肉，也偶尔抬起头用眼睛打量一下躺在屋顶上的佘四丫头。

“一天到晚就知道睡觉，你看！你看看！屋顶又让你睡塌陷了！”裴氏奔到屋外踮起脚尖对着屋顶大声责怪道。佘四丫头懒洋洋地起身，又伸了一个懒腰，这才咧嘴说：“我在晒太阳呢，没事干，不睡觉干吗？”“你还嘴不厌，你没事不看书识字，整天就知道睡觉，就知道玩！”这时父亲佘祥延拿起一根树棍从屋里匆匆跑了过来，一个小男孩和一条黄狗摇着尾巴跟在他的身后。“四丫头！还不快跑！”声音自远处周老头那瘦削干瘪的两腮中发出，周老头低着头身子不动，手中依旧夹着皮肉上的毛。

佘四丫头不喜欢读书。因为他坐在教室比老师站着还高，还有那笔在他手中像一根牙签，太小，写不出字来。佘四丫头不喜欢读书，还有一个原因就是同学都喜欢叫他死丫头、傻丫头，凡是喊他死丫头、傻丫头的都被他举到半空吓得半死。佘四丫头知道那个傻字不好，所以不和他们玩。但佘四丫头小时候喜欢人喊他丫头，因为丫头美！所以佘四丫头喜欢打扮，佘四丫头上小学时面容清秀干净嫩白，换身打扮真的像个女孩，一年四季穿着染色的土布衫。佘四丫头一般不出门，在家只能坐着和睡觉，有时出门也很少从院门出去，不能说他家院墙低矮，在他家四方墙头上都有一个光溜溜像马鞍似的豁口，佘四丫头想出门时，四面八方只要一抬腿便出了院墙。也不能说他家房子矮，而是因为他个子太高，佘四丫头究竟有多高他也不知道，在家里佘四丫头站起来头会碰到屋顶，在外面他举手跳起来可以摸到城墙上的墙垛。佘四丫头喜欢抓鸟蛋，喜欢到田野玩，无论他出现在田野或出现在小镇上，都会给原野和古镇增添了一道特殊的风景。

“哥哥，快跑！”佘四丫头转过头，这时看到屋里走出来的父亲和父亲手中的树棍，以及迈着小脚丫紧跟在后面叫喊的弟弟佘小仓。但佘四丫头不跑，一阵惊慌后反而咧着嘴呵呵地笑：“打不着！打不着！”说完又开腿双手干脆扶着屋脊骑在屋顶上。“快下来！屋子快让你坐塌了，你这个败家子！我一天到晚卖的元宵还不够你吃的。”看到父亲佘祥延生气的样子，佘四丫头连忙说：“好！我下来，我下来！下来你给我元宵吃！”说完伸出左手扶着屋脊从上面翻身下来，屋脊的梁木在他手下颤巍巍的，整个房子颤抖不已，屋内芦席上的尘土掉得更为厉害，黑色的尘土落满锅灶，“哟……哟哟……这可怎么好，这一锅饭怎么吃呀?！你这个傻丫头！”屋檐下传出母亲裴氏叫苦的声音。

一根树棍砸在佘四丫头将要落地的脚趾头上，哎哟……随着叫声，佘四丫头一收脚，顿时失去平衡，一跤跌倒在地上，黄狗对着他汪汪叫个不停，佘四丫头伸开蒲扇般的大手捂着大脚，疼得直咧嘴。佘四丫头努力想爬起来却怎么也爬不起来，他双手用力撑地，痛苦地坚持起了一半，又咕咚一声轰然倒地，“叫你下回还上屋！”父亲怒气冲冲手持树棍一手叉腰站在一旁，佘四丫头苦着脸，弓着脚两手用力一撑，身子像滑板一样滑向院边。佘四丫头顺手抓住墙边的老槐树树干用力起身，树干被抓得像拉满弦的弓，随着弹性，佘四丫头借力站了起来。佘祥延举起树棍又要上前，就听到门外有人在喊：“老婶子，老婶子！”随着喊声，不远处那个六十多岁的妇人挥舞着扇子迈着小脚歪歪斜斜走进院子，“老婶子！你这是干什么，我家老周让我来请四丫头摘柿子。”“哦，吴妈呀！快屋里坐！”裴氏见是邻居，吴妈连忙笑脸相迎。“不了，你看我家柿子刚一变黄，你侄孙女一大早在家就哭哭啼啼吵着要吃柿子，这不，来请你家四丫头去帮忙呢！”“行，行！有事你尽管吩咐，反正这傻丫头在家也没事做。”

老槐树下的佘四丫头正要跑，突然感觉到有人在叫他，就低起头来朝来人望去。转脸笑呵呵地对吴妈说：“摘……摘柿子啊，一人一半哈！”“行，行！大侄子，有你吃的，反正柿子熟了不摘都让雀子叼完了，快走！”“有柿子吃了！有柿子吃了！”佘四丫头高兴之余，歪头白了一眼还在一边生气的父亲说：“此……此地不留人，自有留人处！”说完拍拍屁股随着吴妈走了出去。弟弟佘小仓随后跳跃着：“我也要吃！”

第四十回　智取人头

街东，长长的古城墙内，街道两边挂满各种招牌的百货老店，由于战乱年代而失去了往日的喧嚣，但咫尺之间的大王庙却充满生机。大王庙始建于北宋，供奉东岳大帝诸神。历朝历代官府和民众不断捐资捐物，扩容扩建，经过几百年的发展，建有七进六排十一殿，共九十九间庙宇。这里香火不断，也许正是战乱时期，香客更是祈求神灵保佑平安。

早晨八九点钟，城墙上阳光依旧照着早已干瘪的人头。一连几日，街道上人们渐渐对城墙外挂着的人头有些麻木。城门下，挑担的、推车的、步行的，来去匆匆，似乎对城墙上挂着的人头熟视无睹，但可怕的战争使人们对生命逝去感到惶恐。大王庙前络绎不绝的香客似乎比往日更多。很久未摆摊卖药的张大甩又出现在街头，不过张大甩今天带的却不是小翠。

“杏儿？是王家的杏儿！”人们立即围过来，扭头往路上看，只见路上袅袅娜娜地走过来一个年轻女子。“不是杏儿！王杏儿有这么黑吗？”“就是杏儿！你看那脸蛋，不是杏儿是谁？”“杏儿回来了！”这时从城墙下走来一个满脸皱纹的老头：“嘘……别胡说！那不是王杏儿！”说完挑着一担麻油停在庙前吆喝着，“卖麻油啰，正宗的小磨麻油！”

在众人的一片惊讶中，只见年轻女子不慌不忙地走过来。尽管她将脸抹得漆黑，但还是遮掩不住那张俊秀的脸，她就是王杏儿。

为平息山上弟兄的愤怒，抢回山上死了的兄弟的人头，潘志明考虑再三，想那孙何生已死，应该没有太大危险，决定让王杏儿化装成翠翠，配合行动，因为王杏儿对三河的地形熟悉，而且人又机灵。所以王杏儿瞒着平儿，连夜和严俊悄悄地登上了渔船，赶到三河镇。

张大甩走到大王庙门前，放下肩头的担子。他看了看庙内熙熙攘攘的人群和与庙相邻城墙上的日本兵，一甩手，蹲在他肩头的猴子便跃下了地。猴子抓了抓耳朵，拿起明晃晃的铜锣敲了起来。这时王杏儿一身素服走上前，顺着东南西北四面走了一圈："来来来……瞧一瞧来看一看……南来的北往的，走过路过不要错过……今天来贵地给大家表演节目，请大家往后让一让来哎让一让……"

几声铜锣一响，人群立即围了上来。张大甩往场中一站，抱拳道："在家靠父母，出门靠朋友……各位大爷、大妈、大哥、大嫂、兄弟朋友，有钱的来捧个钱场，没钱的捧个人场！"说完张大甩转了一圈，很快一个开阔的半圆形场地便形成了，人群渐多。张大甩脱下马褂，扎起腰带，露出一块块结实的肌肉，他走到场地中央，双手抱拳，打起拳来。只见张大甩上腾下跃进退自如，人群一片叫好。一套拳打完，张大甩面不红气不喘，稳稳收掌抱拳道："各位老少爷们，谢谢捧场！"这时王杏儿走上前，将六块砖叠起来放在张大甩脚下的青石上，张大甩对着地上的砖猛地一掌劈了下去，砖头在他掌下碎成几块。大家还未叫出好时，只见张大甩又抓起地上的一个树枝，对着树枝，轰的一声，又从口中喷出火焰，树枝在空中燃烧，冒着青烟……人群中叫好声和掌声不断。

面对大王庙前不时传来的阵阵喝彩和欢呼声，城墙上几个日本兵伸着脖子看着真切，他们瞪大眼睛咧着嘴巴，惊讶地看着表演。

小南河边。一排排沿河的垂柳，柔长的枝条如丝垂落水面。柳丛中一条乌篷船悄悄掩入柳岸，船头一晃，疾步走下几个人，当中一人身材高大，正是佘四丫头，在他的前头是潘志明和他的父亲佘祥延。

城墙边。佘祥延从腰间解下两块白色的土布，撕成四片，交给佘四丫头。佘祥延对着佘四丫头伸出手，指了指墙垛上挂着的黑色的人头说：

"四丫头,去！顺着墙根走,快去把他们摘下来,用布包好带回来！不要让人发现了,被发现了就不好玩了,我们在这里等你!"说罢右手一扬,伸开四根手指。佘四丫头瞪大眼睛:"四个!"佘祥延点点头,又交给他一个大竹篮和一把刀,做了一个刀割菜瓜入篮的姿势。佘四丫头笑呵呵地说:"好！一人一半啊,一人一半!""快去快回!"佘祥延焦急说道。

佘四丫头伸手接过竹篮,转眼几个起落便到了城墙下。佘四丫头放下竹篮,伸出蒲扇般的大手,一抬头,只见城垛上挂着的是四个人头,吓得佘四丫头身子僵直在那里,动弹不得。半晌,他丢掉篮子,掉头就往回跑,远处河堤旁的佘祥延急得直跺脚。

太阳照在大王庙前的场地上。人群中,待众人走到场中,张大甩大声说:"谢谢各位捧场,大家想不想看一个绝活?"人群自然一片呼应。只见张大甩左手攥拳凸起胸肌躺在地上的青石板上,这时王杏儿和等待在一边的严俊走上前来,抬起一块大石块放在张大甩胸口,青色的石块在他的胸部随着呼吸上下起伏,人们瞪大眼睛。严俊抡起大锤对着青石砸了下去,青石在大锤下应声而裂。张大甩翻身拂去残石爬了起来:"孤山不是堆的,牛皮不是吹的,我张大甩的身体也是爹妈给的……"说罢用脚扫开断裂的石块,只见原本张大甩身下的青石块也已碎裂成几块,围观的人群又是一片赞叹。城墙上几个日本兵也大声叫好。

"头……人头!"小南河边佘四丫头哆嗦着说。佘祥延急得直跺脚:"是你三叔的人头！还有另外三个叔叔的人头!""三叔!""对！你的三叔！你忘了三叔对你的好,给你糖、冲糕吃?!""呵呵……"佘四丫头似乎想起来了,傻傻一笑,愣在那里犹豫。"快去,取下来给你吃汤圆,保准今天让你吃个够。今天你要不把他们取下来,回去我让阿黄咬你!"佘祥延生气说道。"去呀,你是他大侄子,让你去是因为你个子高,摘取方便,去哈！取回来后我还教你打拳,以后就没人欺负你了!"潘志明在一旁鼓励道。

这时已近中午,中午是人精神最松懈的时候。此刻王杏儿内心焦急无比。比她更焦急的是张大甩，这时张大甩满头大汗，又一次走到场中，双手抱在胸前，嘴里吆喝着："山不转水转，水不转人转！老鼠药喂老鼠，包吃包逮！来来来！走过路过，不要错过，来来来！下面我再给大家表演吞宝剑，大家想不想看？""想！"人群一片叫好。"大声点，到底想不想？""想！"人群发出更大的回应声。张大甩从包裹中取出一把一尺五寸长的宝剑，只见他顺手向木桩一挥，胳膊粗的木桩断为两截，飞落一边。张大甩一甩手，剑插在木桩上左右摇摆。张大甩解开腰带布走到场中，又用布抹了抹剑身，宝剑闪着寒光，人群张大嘴巴。只见张大甩双手持剑，仰面将剑缓缓送入口中。他的面上青筋暴起，宝剑一点一点被吞下去……

"呵呵，不能咬，不能咬！我要吃汤圆！打拳！""不咬不咬，你快去把他们取下来，用布包好。"佘四丫头答道："取回来，都给你，我的一半也给你……"一转身顺着墙根健步如飞，转眼几个起落已到城墙下。

城墙上。几个日本兵依旧咧着嘴，笑呵呵地看着大王庙前张大甩的精彩表演。此时张大甩昂首挺胸，正一寸一寸吞着长剑，五寸长的剑已经吞了一半，严俊、王杏儿和周边群众围着场地一边鼓掌，一边大声说好。

佘四丫头左瞧瞧右瞅瞅，这才一把将墙垛上的人头包住，左手挽住发力一扯绳子就断了，交于右手放入竹篮中，一个……两个……三个……

正在这时，街中由西向东三匹快马由远而近。两匹黑色的马拥着一匹枣红色的马，马上坐着三人，马蹄踏在青石上，发出清脆的响声。当中一匹枣红色的马蹽着蹄子走了过来，马上塚同一郎一勒缰绳，马蹄跃起停了下来。塚同一郎看了看喧闹的人群，又看了看城墙上朝这边俯视的日本兵，不禁大怒："八格……！"城墙上的日本兵见塚同一郎到来，吓得立即掉过头回到自己的岗位。

这时佘四丫头已取下第四个人头，日本兵终于发现了城墙下的佘四丫头，他们从未见过如此身高的巨人，吓得愣在那里。过了七八秒时间，几个日本兵才缓过神，于是叽里呱啦大声叫着，紧接着纷纷开枪。埋伏在城堡里的日本兵一听见枪声，立即蜂拥而上，奔到城墙上。塚同一郎一抖缰绳，跃马到了城墙下："关上城门，一个都不要放跑了！"塚同一郎拔出战刀，对着玩大把戏的人群大声命令。

城墙外，佘四丫头缩着脖子，身体紧贴着墙面顺着城根没命地跑，啪啪的枪声在他身后像放爆竹一样。子弹嗖地打在佘四丫头身边的墙砖上，发出火花又钻进地里。所以至今三河古城墙下还留下许多三八长枪的弹孔。柳丛中，潘志明和另一个队也拔出枪对着城墙上的鬼子开火。城墙下佘四丫头迈开长腿，飞也似的奔向河岸，转眼间就消失在柳丛中。

此时，塚同一郎已匆匆爬上了古城墙，看到河边佘四丫头和几个人已跳上船，他冷笑着说："瓮中捉鳖！"

城墙上的枪声立即惊动了李府粮仓内的副官井官川秀，根据塚同一郎的安排，十二个全副武装的日本兵如狼似虎地扑向码头上的快艇。立即，两个小艇像离弦的箭一样飞离粮仓驶向河心。艇头驱逐水波向两岸飞滚，飞跃的浪尖惊得芦苇中的野鸭向远处中游去。

古城墙在快艇的马达声中渐行渐近……可是，快艇刚驶过望月桥便不约而同地泊在河面上，任凭井官川秀怎么号叫怒骂都不再前行。

城墙上日本兵的枪声使王杏儿知道行动已经暴露，但王杏儿不知道行动有没有成功。庙门口，人们一下子炸开了锅，像潮水一样四处散开。此时蹲在庙前的周老头站起身说："麻油卖完啰，麻油卖完啰！"说完转身对着王杏儿喊，"还不快走！"

王杏儿此时早已按捺不住内心的仇恨，掏出手枪对准一个骑在黑马上的日本兵就是一枪，人群中另外几个队员也纷纷掏枪射击。王杏儿本想打塚同一郎，可惜塚同一郎已走到城墙上，超出了射程。王杏儿只好打黑马上的日本兵。

黑马上的日本兵还没来得及掏枪便一头栽倒下去，黑马一惊，扭头迈开四蹄，顺着城墙冲了出去，日本兵倒挂的身子拖在地上扬起一路灰尘。

此时，张大甩正吞着剑，他的宝剑已吞下大半，此时心急如焚，只好一边闪退一边慢慢一寸一寸吐着宝剑。更令张大甩焦急的是他不知道行动是否已完成。

城墙上，塚同一郎左等右等就是不见快艇，只能眼睁睁看着佘四丫头等人驾船消失在芦苇中。面对这突如其来的变化，塚同一郎大怒，转过身挥动战刀号叫说：“一群悍匪，不足为虑！给我打！”立即城墙上的日本兵纷纷掉转枪头。

张大甩终于将口中的剑吐了出来，他左手持剑闪到一边，对着人群大呼：“快撤！往庙里面撤！”张大甩左瞅右瞧不见王杏儿，转身急急忙忙奔到庙门喊道，“杏儿！王杏儿！”

此时王杏儿满脑子都是仇恨，她射出的子弹每一颗都带着愤怒，另一个日本兵又应声趴在墙头。大王庙内，人群四散，城墙上机枪已喷出火舌，两个躲得慢的群众应声倒地，其中一个捂着腿又跌跌爬爬躲进了庙门。

慌乱的人群在枪声中拥进庙内，惊恐的猴子不知如何是好，睁大一双圆溜溜的眼睛，一个纵身跃上庙前的树上，又一个起身飞上屋檐，跃入庙内一棵枝叶繁茂的树上。人群拥挤着冲向庙里。待大家退入庙门，周老头便一抬腿踢倒麻油坛：“麻油卖完啰，麻油卖完啰！”两个麻油坛一先一后滚到街中，立即庙门口青石上油亮亮的麻油洒满一地，麻油洒在青色的石上，闪着神秘的蓝光，一个鬼子刚踏进一步就扑通一声跌在地上，另几个日本兵也滑得东倒西歪不能靠近。

城墙下枪声大作，弥漫着硝烟和麻油的香味。大王庙内，张大甩回头不见王杏儿，严俊冲到门后对着门外射击，硝烟中张大甩大声呼唤：“杏儿！王杏儿！”此时王杏儿和严俊立在门边，正打得激烈，哪里听见他的喊声？张大甩冲到门口，一把拉起王杏儿闪身退入庙内，一颗子弹钻入张大甩的左肩上，张大甩一个踉跄差点栽倒，伤口冒着鲜血。张大甩咬着牙，眉头紧锁。庙内墙角拐弯处，两个和尚双手合十。“杏儿，大侄女快带他们从后门撤出去！”张大甩咬着牙大声命令道。和尚们这时才明白过来，踉踉跄跄跟着人群奔向后门。

王杏儿眼前浮现出父母惨死的情景，早已忘了临行前潘志明的交代。这时一个队员已经倒下。“二狗子把她拽回去！”枪声中传来张大甩的大声吼叫。二狗子一把将王杏儿拉到门后，王杏儿不想走，这时严俊一个箭步跃上前将王杏儿推开：“杏儿快走，从后门顺着城河跑，我马上就来！”又有一个队员上前一把拖着王杏儿冲向后门。“快走！”严俊叫道，王杏儿只好转身冲出门，冲向柳树丛生的古护城河。

塚同一郎的突然出现使情况发生了变化。城墙外小南河边，潘志明和佘祥延心急如焚，对着墙头的鬼子就是一阵狂射。在潘志明的掩护下，城墙下佘四丫头迈开长腿几个起落已奔到河边。佘四丫头气喘吁吁，一见佘祥延，苦着脸咧开大嘴说：“呵呵……不好玩！不好玩！给你，三叔的头！”说完伸手将竹篮送到佘祥延面前。佘祥延顺手接过竹篮，转身跃到船上。潘志明看到佘四丫头的胳膊上鲜血淋漓，显然佘四丫头已受伤，他脚上只剩下一只鞋子。潘志明用力一拉佘四丫头，佘四丫头一步跃上船头，小船一个趔趄滑向河中，哑巴顺势撑竿，小船便如箭一般驶向芦苇深处。

大王庙外，面对自己计划的失败，塚同一郎恼羞成怒，猛地拔出战刀对着城墙内大声呵斥：“我今天倒要看看你们如何能逃出去！”几十个日本兵将大王庙团团围住。大王庙内人群已经撤离，只剩下严俊和张大甩。张大甩搬起香炉挤上庙门，又看了看院子，心中已有主意。他抡起宝剑对着院子里高高的竹旗杆猛砍两剑，断裂的竹旗杆倒向一边。“你先走，我掩护你！”说完，张大甩左脚一钩一抬，已将长竹旗杆拾在手中，转身将竹旗杆交给严俊，这时庙门外传来激烈的撞击声。严俊知他心意。“张叔叔！一起走！”严俊的话音未落，张大甩已跑到院墙边，脚下发力一跃，伸手一点墙头，身子已越过墙头冲入人群，随着张大甩跃下，猴子从树枝上也跟随张大甩蹿了过去。

张大甩手持宝剑向人群砍去，猴子在人群中敏捷地上蹿下跳，左抓右击，日本兵猝不及防，转眼倒下五六个。院墙外喊杀声一片，日本兵一下子慌乱起来，乱作一团，一个日本兵刚端起枪，猴子的爪子已刺进他的眼睛……

严俊双目含泪拿起旗杆退到院角，他向前猛跑几步，将杆尖插在石缝中，双手一借力，旗杆立即像弓一样将严俊身子弹起，严俊的身子犹如一只大鸟越过院墙，空中严俊的一只手已稳稳抓住了城墙垛。这时一只黑色的东西带着哨音与他擦身而过，“轰”，剧烈的爆炸声在严俊刚腾起的地方响了起来，一股硝烟夹着热浪从严俊身后扑来，城墙上严俊看到张大甩正挥舞宝剑杀向塚同一郎……

第四十一回　虎口逃生

严俊和王杏儿、二狗子等十几个抗日队员终于在丰乐河边会面了，正在商量如何撤离，刚好刘乐平过来。刘乐平便把日本人征粮，以及粮仓内黄晓刚和许多船工被抓的事说了一下。

刘乐平从粮仓回家后，心想得把黄晓刚被关的消息告诉黄守贵，黄二老爷有的是银子，让他去救二少爷出来，但又想到他们父子感情破裂，刘乐平一直无计可施，只好在日本人面前周旋，让黄晓刚少受虐待，等待机会救他出去。这几天刘乐平明显感到粮仓内日本人兵力不足，正在这时刘乐平接到破坏日本人的快艇的命令。刘乐平上午刚在快艇的油箱里灌了一瓶醋，下午又听到街东古城门方向枪声大作，于是抖擞精神顺着河边抄近路直奔街东想看个究竟。刚拐过弯就看见河下几个人影闪过，刘乐平仔细一瞧，是王杏儿、严俊、二狗子等十几个抗日队员。寒暄几句后刘乐平将粮仓内日本人兵力不足，黄晓刚和十几个船工被抓之事说了一下。

严俊和王杏儿一听大喜。严俊说："行啊，干脆一不做，二不休，我们先去烧鬼子的粮仓，再趁乱去救人，决不能让粮食给鬼子糟蹋了！"王杏儿想了想说："救人行，粮食是老百姓种的，烧了可惜，我们想办法把粮食运出来！"大家想来想去又想不出好办法，正焦急着，只见前面芦叶晃动，一个人影已闪到跟前，正是潘志明，紧跟着哑巴、佘祥延、佘四丫头都走了过来。王杏儿走上前，将经过以及大家的意见说给潘志明听。佘四丫头一听要放火烧粮，高兴地咧开大嘴笑呵呵地说："放火！对！好玩！好，好！"潘志明转过身对着王杏儿微微点头说："杏儿说得对，粮食不能烧，那是老百姓的血汗,但也决不能让这些粮食喂饱鬼子打我们,眼下我们救人要紧!”王杏儿、严俊、佘祥延等个个焦急地看着潘志明。“大家也不要急,你们想一想,日本人到处征粮干什么?”潘志明顿了顿又说,“日本人是想把我们三河作为他们的粮食基地,他们到处征集粮食是这了保证他们在合肥一带的侵略活动!我们可以……”潘志明话未说完,王杏儿喜叫一声:“劫粮!”潘志明一笑:“对,劫粮!我们只要等待时机,弄清楚他们运粮的时间和路线就好行动!”众人都兴奋不已。刘乐平说:“那我们现在要不要去通知黄守贵,让他去拿银子救他儿子?”“不行!这样会打草惊蛇!”未等刘乐平说完潘志明就打断他,潘志明接着又说,“我们是要把船工都救出来,而黄守贵只会救他的儿子,我们不如这样……”于是潘志明将如何救人的事情作了部署。说完,他又对刘乐平和佘祥延说:“老刘,你还要回趟日本军营,不到万不得已不能暴露身份,随时打探消息告诉我们。佘老伯,你带四丫头到乡下养伤,就不要参加了!”佘四丫头一听连连摇头苦着脸嚷道:“不行,我要去放火!”

下午五六点钟,潘志明让哑巴从张记牛肉铺买回五斤牛肉和卤鹅,又弄来了一担青菜、两只公鸡。严俊一见,笑着说:“我们这是去拜年啊!”二狗子嗅着卤味说:“干脆在里面放点老鼠药,毒死小鬼子,干净省事!”刘乐平哼了一声:“你以为日本人都是傻瓜啊!”王杏儿说:“先就让这些粮食喂进猪肚子里!”

按照潘志明的营救方案,首先由刘乐平去摸清岗哨人员,严俊和王杏儿装成送菜的小贩进入大门,刘乐平负责从内接应,潘志明带其他抗日队员在门前树林中隐蔽,见机行事,随时冲进去杀鬼子救人。最后潘志明又叮嘱一番:“在未弄清鬼子的情况时,大家一定不要轻举妄动。刘乐平,你先把菜送进去,先看看有几个日本兵,搞清楚再告诉我们,我们依你举手为号。另外,大家不到万不得已不能开枪!”

暮色四合时,刘乐平带着牛肉和卤菜送到粮仓,一个鬼子取出银针在食物里探了探后点点头,几个鬼子撸起袖子大块吃肉。刘乐平一边招呼鬼子过来用餐,一边在粮仓内侦察一圈,果然粮仓内只有八九个鬼子,一圈下来,刘乐平又将几块夹着老鼠药的牛肉扔到狼狗面前。做完这一切,刘乐平这才举起手对着站在门岗的两个鬼子大声招呼:“太君,开饭啦!新鲜的老王卤菜,过来尝尝!”一个日本鬼子应声后对另一个日本鬼子叽里呱啦交代几句便走了过来。这时严俊和杏儿闻声,知道刘乐平在向他们发出信号,于是挑着菜从林中来到粮仓门口。一个鬼子喝道:“八嘎!”王杏儿便立住不动,严俊放下担子,王杏儿说:“太君,这是刘管家要送的鸡、蔬菜和香油。”一边的刘乐平走了过来说:“是的,太君!伙房用的。”刘乐平说完,抓起一块卤鹅腿递了过去。这边王杏儿拎起手中的两只公鸡,鬼子眯起双眼对王杏儿看了看:“你的,好漂亮的,三河花姑娘的……”王杏儿一扬手,公鸡咯咯叫着向鬼子头上飞去。鬼子慌忙仰脸往后急退一步,王杏儿顺手抓住鬼子的三八步枪,严俊一闪身,扁担已打在鬼子的头上,鬼子闷哼一声仰头倒下,公鸡咯咯咯,正好飞落在鬼子的脸上,公鸡点点头,在鬼子脸上拉了屎,又扑棱棱飞走了。

与此同时,刘乐平的卤鹅腿早已塞进另一个日本鬼子的口中,鬼子张着嘴叫不出声……鬼子刚抬起手就感到一阵冰凉,鬼子倒下时听到刘乐平应声叫着:“好嘞,没事!放伙房里去!”这时门前树林中的潘志明带着哑巴和十几个抗日队员冲了进来,刘乐平一挥手,大家直扑向伙房,只听伙房内噼里啪啦一阵响,六个鬼子很快被消灭干净。刘乐平用手一指:“人关在后面!”王杏儿和严俊便赶往后面一排排仓库。打开关押的库房,严俊大叫:“我们来救你们了,大家快跑!”仓库内众人惊愕地看着王杏儿和严俊,不敢动作。“日本鬼子已被我们杀了!你们快跑!”大家这才清醒过来,连声道谢,然后一窝蜂地奔出大门,转眼不见踪影。

众人散尽,却不见黄晓刚的人影。潘志明一挥手:“大家分头找!”众人散开行动,围着仓库一排一排搜索。王杏儿刚转过身,只见一个鬼子晃晃悠悠迎面走来,王杏儿来不及思考就迎了上去。鬼子一见,正迟疑不决,王杏儿已揣起三八步枪,刺刀闪着寒光刺向鬼子,鬼子侧身躲过,王杏儿一刺不成，顺势抡起长枪砸了过去，却被鬼子一把抓住。王杏儿想抽回枪却又抽不动，只好和鬼子较起劲来。王杏儿被鬼子逼到墙角，枪杆压在王杏儿脖颈上。胡乱中王杏儿的手一钩扳机，只听砰的一声，子弹打在墙上。鬼子一惊，退后一步正好撞在门上，从腰间拔出匕首，大叫一声对着王杏儿刺了过去。鬼子的匕首闪着寒光直扑王杏儿，王杏儿一惊，想躲已来不及……

正在这千钧一发之时，鬼子的匕首在王杏儿的胸口一寸处突然停了下来，王杏儿睁大眼睛，只见门窗后伸出一双大手将鬼子的脖子牢牢地扼住。王杏儿定了定神，端着刺刀对准鬼子的胸口就捅了进去。这时大家听到枪声都赶了过来。王杏儿依旧气喘吁吁惊魂不定，众人看到王杏儿和倒在地上的日本兵。严俊围着王杏儿正自庆幸，只听门窗后有人大呼："快开门，快开门！"打开门，大家一看，正是黄晓刚。

原来自从塚同一郎知道黄晓刚的身份后便对他更加关照，为了保密，黄晓刚被单独关在一个库房。同时黄晓刚正躺在床上，耳听外面人声嘈杂，便趴在门窗上想看个究竟，不想却救了王杏儿。

王杏儿那张原本生动俏丽的脸庞，因为受了惊吓而变得苍白。她看到黄晓刚从库房里走出来时两人不禁同时惊道："是你！"自从上次王杏儿从黄家离去，不想两人竟然在这里相见，不禁又悲又喜。黄晓刚说："谢谢你们来救我！"王杏儿想起去黄家时的情景，突然沉下脸，冷冷地说："两不相欠！"黄晓刚挠了挠头说："还在生气呀，我当时真的不知道你家发生了这么大的事！""再大的事也与你无关！"王杏儿口上冷冷地说，黄晓刚张了张口，没有说话。

此时的王杏儿，自从严俊把她从日本兵手中救出以后，就把严俊当成自己最亲近的人。经过了这许多坎坷，再也没有那种传统约束。特别是到黄家时见到的那一幕，她已经完全放下，忘记了黄晓刚这个人。

黄晓刚走到刘乐平面前说："刘叔叔，谢谢你们救我，我走了！"刘乐平说："跟我们一块走吧！"黄晓刚没有回应，转身奔出大门。这时河堤上隐约传来汽车声。“大家快走!”潘志明大声招呼。抗日队员背起缴来的三八枪和子弹。“这些粮食怎么办?”一个队员问,“这些粮食都是鬼子挨家挨户搜刮来的。我们不能让鬼子吃我们的粮食,再去杀我们中国人!”“烧了吧! 不能便宜了小鬼子!”汽车的轰鸣声在河堤上由远而近,透过闪烁的灯光,四辆车上日本兵人影绰绰,正往这边赶来。“来不及了,日本鬼子来了,快走! 粮食先存在这里,大家撤!”潘志明命令道。大家刚转过身冲了出去,只听潘志明说:“对不住了,刘兄弟!”潘志明一枪托砸去,刘乐平倒了下去。

大家刚冲到门口,就听一梭子弹打了过来,打得砖墙碎片纷飞。就在这时,只见人影一闪,一个人已钻进大门,紧跟着大门吱吱呀呀就被来人合上,门外激烈的枪声响个不停,子弹在人群头上交织。大家定睛一看,正是黄晓刚,显然黄晓刚是被日本鬼子的子弹逼回来了。人们立即竖起耳朵,严俊第一个从王杏儿身边跃过扑向大门,其余队员也立即拔出手枪敏捷地闪到门后。

外面的枪声夹杂着日本人的号叫,还有狼狗叫声,响成一片。天空中,子弹嗖嗖地飞。不好! 潘志明内心一惊:鬼子来得好快! 潘志明看了看四周内心更加冰凉:我们给鬼子包围了! 怎么办? 现在被围在粮仓里边,想走也走不掉。大家没有想到鬼子会来得这么快。

原来城墙上人头被劫后,塚同一郎恼羞成怒,立即命令日本副官井官川秀带着两个小队四十多人挨家挨户搜捕逃走的王杏儿和抗日队员,此时听到枪声,日本兵便立即赶了过来。

汽车停在门外,整个粮仓被车灯照得亮如白昼。门外鬼子哇哇大叫,大门被撞得直哆嗦,门梁上的尘土扑簌簌掉了下来……门外火光闪烁,几十个日军叽里呱啦地叫着。“王杏儿,快出来投降,你们已被包围了!”一个伪军号叫着。王杏儿早已跃起来举起短枪,子弹从门后打了出去,冲在前面的两个手持长枪的人倒了下去。立即,汽车顶上的机枪如鞭炮一般响了起来，密集的子弹啪啪打在门上，打进门缝，两个队员立即被打翻在地，一个躺在地上一动不动，另一个拖着腿往河边爬。严俊一见是柱子，猛地冲上前架起柱子就走。与此同时，潘志明大叫："大家注意隐蔽！"潘志明一甩手，随着枪响，门前汽车的灯便熄灭了。

"潘书记，怎么办？"二狗子慌慌张张靠近说。潘志明看了看周围环境，要想逃生，唯一的就是水路，但那样没游到对岸就会被日本人的机枪当成靶子打，怎么办？情况万分危急，每个人脸上的汗都冒了出来。这时，一个鬼子鬼鬼祟祟地从凹墙上翻了过来，王杏儿一抬手，啪的一枪，鬼子一头栽了下来。

门内门外紧张地僵持着，门外传来鬼子叽里呱啦中夹杂着翻译的号叫声。黄晓刚紧张地四处张望，透过闪烁的火把和远处的车灯，一个日本兵举起手中盒子枪，喊着半生不熟的中国话号叫："快投降！皇军优待俘虏！"

正当大家焦急万分之时，突然黄晓刚想起一件事，一拉严俊的衣袖："快！跟我走！"大家只好跟着退到河边去。黄晓刚跑到河边的栈道上，掀开篷布，只见一条木船浮在水面，原来这是一条被码头上当作栈道的备用船。大家一见大喜，连忙解绳上船。这时，门外依旧枪声、喊声不断，咣当一声，大门终于顶不过手榴弹的冲击波，腐朽的门脚在强烈的震动下整齐地断裂，门像一张大蒲扇呼地一下子倒了下来，压得门后的人四处躲闪。黑暗中，潘志明敏捷地闪向一旁，几个全副武装的日本兵一下子冲了过来。潘志明甩手一枪，喊道："我掩护你们，大家快上船！"两个日本兵刚冲到门口，很快又躺了下来。紧接着门外又轰的一声，黑暗中黄晓刚透过火光只见八九个黑影闪电般地冲向河边。

大家边打边退，第一个跳上船的是二狗子，啪的一声，黑暗中王杏儿听见二狗子说："我打死了一个！"二狗子高兴地一抬头，一颗子打飞了二狗子的帽子。二狗子一摸脑袋，头一晕跌入水中，扑腾扑腾游向对岸。二狗子刚游了十几米，头一歪，又一颗子弹追上了他的脑袋，二狗子的脑袋变成一朵血色的梅花。这时潘志明也已退到河边，严俊大声说："不行！这样在上面不成活靶子了吗？"王杏儿灵机一动，大吼一声："跳下河，顶着船向河对岸游！快！"大家这才明白，纷纷跳进河里扒着船帮，夜色中小船如一只卷曲的荷叶飘向对岸。河岸上井官川秀一边指挥鬼子兵分两路从岸上追来，一边命令瞄准射击，子弹打在船身上发出扑哧扑哧的声音，一个队员不慎把脑袋露出船沿，立即被子弹打穿，缓缓地沉入小南河里。小船下，潘志明、严俊、王杏儿和黄晓刚等九个队友手扒船帮，一边奋力划水一边还击。潘志明命令说："大家小心！日本人一定在沿河路上堵杀我们，大家上岸后跟我到丰乐镇去，那里有我们的队友，等过几天再回山上！"大家应声说好。不多时小船靠岸，井官川秀只能眼睁睁看着众人消失在夜色中。

从粮仓逃脱后，黄晓刚一身湿淋淋，一路飞奔穿街过巷，回到了西街黄宅。同兴米行门前，依旧大红灯笼高高挂。黄晓刚抹了一把脸上的汗水，连日的委屈使他对亲情有渴望。门灯在微风中闪烁，黄晓刚举起手伸手正要拍打门环，突然他的手又久久地停在了空中。黄晓刚定了定神，只见漆黑的大门上贴着一副粉红色的对联，上联是"秀梅吐芳喜成连理"，下联是"同兴含笑比翼齐飞"，横批是"花开良辰结喜果"。

一时间黄晓刚心猛然一揪，只觉得万念俱灰。黄晓刚一直心存侥幸，尽管在粮仓听到鞭炮声，但内心只想着李秀梅一定会去安庆找他，此时黄晓刚立在门前真切面对，内心立即涌现一种苦涩像难咽的中药翻上了心头，更有一种说不出的伤心和怨恨。黄晓刚喃喃地念叨……秀梅吐芳喜成连理，同兴含笑比翼齐飞！……李秀梅啊李秀梅，你怎如此狠心负我！黄晓刚知道无论如何也改变不了父亲给自己规划的宿命，黄晓刚突然间觉得撕心裂肺般疼痛，又仿佛五脏六腑被掏空。黄晓刚一时间万念俱灰：梅儿呀梅儿，你终是负我！正在这时，只觉得手臂被人用力一拉，只听严俊大声说："快走！日本人马上来了！"黄晓刚木偶似的随着严俊猛地转身，摇摇晃晃消失在茫茫的夜色中。

第二天清晨，太阳升起，河水泛着紫红色的波浪。在芦苇丛沙滩中蜷曲了一夜的黄晓刚揉了揉眼睛，推开身上的稻草，只见远处小南河宛如一条缎带静静地流淌。河床上芦苇肃立两旁，微风吹来芦苇叶像风铃一样发出沙沙的声音。

黄晓刚拍拍屁股，迎着河岸一路向南。河面上一个老翁正在放鹰捕鱼，渔翁站在船上扬起手中竹竿，几只鱼鹰便争先恐后跳入水中。渔翁伸展竹竿不停地拍打着水面，水花四溅，随着拍打的节奏，几只鱼鹰不停地扎着猛子，片刻间鱼鹰浮出水面，一条鱼叼在它细长的嘴里。渔翁伸出带钩的竹竿捞起鱼鹰送上船来，伸出手一捏鱼鹰的颈腮，鱼便自鱼鹰口中吐了出来。黄晓刚看着心里又是一阵悲伤，自己不正是那只鱼鹰，不正是父亲手中的那只鱼鹰、那条鱼吗？

黄晓刚已心如空竹，万念俱灰。他顺着河堤不停地行走。自从昨晚告别严俊和王杏儿以及潘志明等抗日队员后，他便再也不想留在三河，只想远离这片伤心地，越远越好！此时，黄晓刚还是忍不住回头望了一眼，太阳下，古镇古老的城墙宛若长龙，沉默不语。

田间，一个农人带着一个小男孩正弯腰抽水，农人一仰一俯，声调悠扬地唱着婉转凄凉的小调：

天蓝蓝，地宽宽
清清的河水在水车里淌
水淌田间生禾苗
苗儿成长我伢长
苗儿长大生稻穗
伢儿长大好扛枪，
扛枪打跑侵略者
保家卫国灭鬼子

……

歌声仿佛诉尽人间的悲苦，让人肝肠寸断。黄晓刚想起自己此时的处境，听着听着，黯然神伤。人生在世，光阴苦短，生死难卜，却又为何受尽这般苦难？想起一路的所见所闻和所受到的遭遇，想起日本人的残忍，一个念头油然而生……唱音仿佛诉尽烽火战乱年代的人间悲苦。

第四十二回　助纣为虐

“报告少佐！劫人头的是抗日分子王杏儿和佘四丫头，我们已调查清楚，王杏儿他们有二十七八个人，已被击毙七人，王杏儿和其他人跑了，佘四丫头住镇上南头，我们已烧了他的家，杀了他家的老太婆，只是佘四丫头跑了未找到。”一个日本兵上前报告。塚同一郎说：“王杏儿？佘四丫头？”正在这时，副官井官川秀匆匆忙忙跑来：“少……少佐！粮仓……粮仓也被端了……杀了三个抗日分子……现在山野井生带队在追！”塚同一郎一听大惊，阴沉着脸吼叫：“皇军伤亡如何？”“我们死了六人，伤了九人……”副官井官川秀话音刚落，只觉得脸颊火辣辣疼痛。“浑蛋！”塚同一郎咬着牙恨恨地骂道。

塚同一郎，这个骄横野蛮的日本人这时才认识到中国人的勇敢和智慧。

塚同一郎在碉堡内来回地踱着步子，面对十几具日本兵尸体和一个个受伤哀号的士兵，他不得不进一步地反思，这个小镇竟有这许多神奇的人物，早已超出了他的想象，如何管好这个小镇，让这片肥沃的土地作为大日本帝国的粮仓，让他头疼不已。塚同一郎啜了一口茶后，恼火地对翻译青木金泽命令道：“把同兴米行的黄二胖子找来！”

张家祠堂，碉堡内，橙黄色的榻榻米上，塚同一郎身穿和服一脸的愁容，完全没有了骄横跋扈的嚣张。旁边立着翻译官青木金泽，塚同一郎对躬身施礼的黄守贵说：“黄会长，你作为‘亲善商会’会长，要多组织商贸公司开会，对每个商行的粮食进行登记，要大力宣传大日本帝国的‘惠民'政策，根据贸易收取税费，以保障皇军顺畅开展工作，为'大东亚繁荣'做贡献!"黄守贵转了转脑筋说："太君，成立商会，您让我去收取税粮，可我一个商人，手无寸铁，怎么去收啊?""这个不难，人嘛，你自己想办法，枪，我们来解决。"黄守贵连忙点头："是，是！定当努力!"塚同一郎又说："现在，你们三河很不稳定，我决定立即组建一支皇协军，规模为二百名！不，招三百名！来维持三河的治安，稳定三河的环境，稳定社会秩序!"

塚同一郎待青木金泽翻译完，又说："三河作为我们帝国的大后方，需要坚实的粮食基地，对我们前方物资供给很重要，我们需要三河这样的水运码头来稳固立足，保障供养我们大日本皇军!"塚同一郎突然话锋一转，双眼紧盯着黄守贵说，"黄会长，你看这支皇协军队长由谁担任好?"黄守贵一脸的迷茫，只好说："这个……少佐，您认为谁能担任，谁就行!"塚同一郎微笑道："听说你弟弟黄守仁在三河有些名气，而且还会武术?!"

"不，不，不！太君！我家守仁，人微业小，能力有限，不能胜任，还是请少佐另选他人!"黄守贵颤颤巍巍地答道。黄守贵的脑海立即浮现出孙保长惨死的画面。

塚同一郎站起身说："不用谦让！鉴于你对皇军的忠诚，和我对三河商界的了解，你不必客气，你现在需要做的就是执行！我希望你们要多给皇军效力!"

黄守贵的头脑高速地转着，自从孙保长死后，黄守贵已失去当会长的兴趣，相反这个职位对黄守贵来说像是一个烫手的山芋。塚同一郎似乎看透了黄守贵的心思，端起一杯绿茶走到黄守贵面前说："你们中华民族和我们大和民族很快就会融为一体，就像水和这绿茶一样。"塚同一郎盯着黄守贵的眼睛说，"你要相信大日本帝国的军事力量，你们只有依靠我们大和民族才能建立新的秩序，才能更好地生活，所以你要全心全意为皇军效力。当然，帝国皇军也会保护你们的安全，维护你们商界的利益!"

黄守贵只觉得浑身如千万只蚂蚁在咬,只好躬了躬身子。见黄守贵不语,塚同一郎晃了晃茶杯,茶叶和水在杯中旋转。塚同一郎放下杯子,不慌不忙地从抽屉里拿出一个银手镯说:“我们日本人很喜欢你们中国的绿茶,就像现在中国许多优秀的人才喜欢为我们大日本帝国效力一样!”黄守贵一见银手镯大惊失色:“这个……太君是从哪里弄到的?”塚同一郎不急不慢笑道:“这个是你家贵公子让我带给你的,他正为我们做事,希望你也为天皇效力!”黄守贵一听连忙道:“太君!那……那晓刚他人……人现在哪里啊?”“这个你就不要问了,方便时会让你们父子见面的!”黄守贵脸上汗珠唰地就流了下来,结结巴巴说:“太君!一郎先生……我……我就这么一个儿子呀!”塚同一郎依旧面带微笑:“你放心!你的儿子很好!黄晓刚为皇军做事很卖力!”

黄守贵一直以为黄晓刚到安庆去了,他知道黄晓刚和表哥郑少华从小关系就很好,现在不知怎么又落到日本人手里,这到底是怎么回事?正寻思怎么办,只听塚同一郎话锋一转:“黄会长,你现在需要干的事情,就是每月为皇军筹粮五十万斤!”黄守贵满脸通红,张大嘴巴说:“五十万斤?哎呀哎呀,你这不是让我倾家荡产吗!”“不,不,不!黄会长真会开玩笑!我是让你发挥会长的权力,让三河的商界共同为我们帝国做贡献!”黄守贵惊恐不安:“商界……商界……”黄守贵此时头脑已昏,不知如何是好。“所以我决定要组建三百名维持队伍,让黄守仁去担当重任!”塚同一郎说完,低下头把玩起银手镯。黄守贵呆若木鸡,冷汗顺颈而下。半晌塚同一郎抬起头:“这个银手镯不错,你们中国高手在民间,就连这小小的镯子做工都很精致!”塚同一郎说完把银手镯递给黄守贵,黄守贵无奈,只好愁着脸躬身离去。

黄守贵憋着气愁眉苦脸地回到同兴米行,心想黄晓刚肯定是让日本人抓去了,现在又让黄守仁去当伪军队长,又要自己每月为皇军筹粮五十万斤,这可如何是好?黄守贵又气又怕,越想越闷,便让靳晓泉弄几个菜,找来黄守仁和赵大麻子商量对策。

席间，黄守贵忧心忡忡地说："听塚同一郎讲晓刚好像在他们手中，还让守仁做他们皇协军队长，这可如何是好？"黄守仁一听立时火冒三丈说："二少爷？在哪里？我去把他救出来！"黄守贵脸色沉重，说："不行，对付日本人不能蛮干，我明天再去探探路子，看看日本人有什么条件。"黄守贵举起杯子又放下，叹了口气："你说日本人怎么就老是惦记着我家？"赵大麻子说："惦记！都是那个孙猴子干的！我分析二少爷现在肯定在日本人手上！"赵大麻子喝了一杯酒，想了想又说，"让守仁去做皇协军队长也好，他不去也会有人去做的，再说日本人不能得罪，你就让守仁去，这样也好打听一下二少爷的下落！"

黄守仁恨恨地说："我不去！我就不信中国人赶不走小日本！"赵大麻子闻言一惊："三爷！可不能乱说，现在是日本人的天下，人家有枪有炮，我们还是小心为妙，惹不起啊！"黄守贵一杯酒咽下肚，红着脸说："哼！我要不是考虑我这几十年的基业，我才不睬小鬼子！"黄守贵又叹了口气："唉！我说这日本人来三河怎就不走了呢？他们要是在这待上三年五年，老子岂不倾家荡产！"赵大麻子神情严肃："日本人现在可不好搞！日本人来了，就不想走！说什么建立'大东亚共荣圈'，其实就是要我们亡国灭种！"

赵大麻子说完，一仰头又喝了一杯，叹了口气："唉！早听我的话，让二少爷去安庆读书多好！"黄守仁说："现在说这没用，得想法弄清楚二少爷现在在哪。"赵大麻子说："我想二少爷暂时应该没事，日本人的目的就是要我们的粮食。"黄守贵一脸愁容："粮食！每月五十万斤呀！""粮食，没有多大问题，只要守仁做了保安队长，拿着日本人的告示，一切都好办！"赵大麻子说完，眯起眼看着黄守贵说，"至于二少爷嘛……你改天让三姨太再送幅画，顺便打探打探……"黄守贵一听，更是心火上蹿。赵大麻子举起酒杯说："二爷，人在屋檐下，不得不低头！想当年韩信还受胯下之辱，委曲求全呢！"见黄守贵依旧恼恨，赵大麻子又说，"日本人来了，也不完全是坏事，我们可以借助日本人的势力，独霸三河的商贸！再说日本人不是答应给 20 条枪吗？到时商货物价还不是我们说了算?”黄守贵一听此言,顿时茅塞顿开,十分高兴,脸上露出了笑容。黄守仁说:“对,对!这倒是好主意!”“干!”“干!”三人一仰脖子,一杯酒下了肚。三人喝到半夜,直到黄守贵喝得酩酊大醉,赵大麻子才离去。

第四十三回　东窗事发

当天夜半，寂静的西厢房内，李秀梅躺在床上毫无睡意。月光穿过窗户照着木箱，一双猫脸布鞋映入眼帘，李秀梅于是穿起衣服，点燃煤油灯一针一针做起衣服来，一不小心针扎在手上，血一下流了出来，李秀梅顿了顿，看了看窗外，内心充满凄凉。

“皓月当空，我心可比，缘定今生，相知相契！”心随着月光奔向远方。李秀梅端起茶正准备喝口水，只觉得喉咙一痒，哇的一声吐了起来……

自从黄守贵来西厢房寻欢不成后，李秀梅将自己关在房间，夜夜将门闩牢，持剪而眠。虽然黄守贵夜里来了几次，但终是无奈离去。李秀梅在痛苦无助中度过了漫长的半个月。这半个月里她头发凌乱，面目憔悴。三姨太每天花枝招展唱着黄梅戏，每次看到李秀梅时把妒火都挂在脸上，故意装作傲慢的样子，出言讽刺挖苦。李秀梅只当是没听见没看到，时间长了肖氏自感无趣，也就罢了。院内上下彼此倒也相安无事。只是李秀梅每天心乱如麻，精神恍惚，尽管黄守贵不曾真正地占有她，但她还是觉得羞愧难当。

黄晓刚的出走使她更加心存绝望，李秀梅又一次想到了死。但很快一个意外让李秀梅感到惊喜不已，两个多月的月事未来，她觉得自己有了孩子，肚子里有了他们爱情的结晶。本来来到这黄家大院，她孤身一人，感到害怕，可是如今，她不怕了，她觉得自己浑身充满力量，她啥也不怕了。她有了他的骨肉，他的牵挂，她不孤单。李秀梅摸着自己的小腹，心里涌起无限的幸福。晓刚哥，你放心……

深夜，月色如银。李秀梅放下手中针线，索性起身走到院中。天上繁星万点，周边一片寂静，偶尔传来蟋蟀的叫声。思念一个人的夜是漫长的。这样的月光不禁唤醒李秀梅沉睡了的记忆，又一次回到属于他们的欢声笑语的日子。李秀梅不知心中的人儿究竟在哪里。李秀梅知道也许放下又是一种轻松，但这般沉重的思念又有谁知？她每天眼前都是黄晓刚的影子。晓刚哥，你在哪儿？李秀梅的泪又一次滑了下来。

世间最难以割舍的便是缠缠绵绵的爱情。

夜过二更，冷霜湿衣。李秀梅拂了拂衣袖起身回房，路过三姨太的门前时，就听见屋里两个人正窃窃私语。一个女人说："看把你急的，你快把我压死了。"另一个男人说："心肝儿，你可知道我每天都想死我了，快！再来……"屋内人说完又是哧哧地笑，李秀梅脸上一热，准备离去。李秀梅已听出男女声音是谁了。这时屋内肖氏又说："我们这样初一不知道十五的总不是事，你若真心待我，就得想个法子弄他一票，到时我天天侍候你！"屋内靳晓泉说："对！行呀！我们是得弄些钱再走！"肖氏又说："哼，钱不成问题，这些年我还攒了点。想当初他黄二胖子五百块大洋就把我买来了，老娘又不是商品！""对！就是，姐姐是无价之宝！"靳晓泉讨好着又说，"好姐姐，那我带你走吧！"肖氏说："走，现在还不是时候，亏得黄二胖子还相信我，已把紫砂龙壶放在我这里了，聚古轩的沙老板告诉我，这紫砂龙壶价值四万块，还说要是紫砂龙、凤壶合在一起就更值钱了，至少值十万块大洋。"靳晓泉一听吃惊道："啊！十万块？现大洋？""对呀！我听黄二胖子说还有一把紫砂凤壶呢，等老娘得手了就走。"靳晓泉听得更加心花怒放："你让我帮你就是为了这个？""是呀，听说这紫砂凤壶藏在大太太房里……"女人刚说到这，李秀梅就听见窗外院墙上啪的一声，一块瓦片从墙头上跌碎院中。

"谁！"三姨太肖氏颤声问，屋子里顿时一片混乱。这时院墙上一个黑影突然一闪就隐在树后，李秀梅以为是眼花了，定了定神，只见一个脑袋从树丛后一闪而过，李秀梅认识，那是赵大麻子！李秀梅连忙起身便走，刚迈出几步，这时三姨太披衣走了出来，肖氏见到是李秀梅时不禁大怒，但此时的肖氏只好压着嗓子笑着问："哎哟，这不是四妹妹秀梅吗！你半夜三更不睡觉，到哪里去啊?"李秀梅见她平时对待自己就恶言恶语，此时却细语温言很是不快，又见她做出这等事情，本想不理但又实在躲不过去，只好哼了一声："我在散步，刚好路过这里。"李秀梅说完从肖氏身边走过，肖氏睁大眼睛看着李秀梅说;"好妹妹，你在说什么呀，姐姐耳朵不好，我可什么也未听见，对吧！什么也未听见!"李秀梅未再搭话转身离去，心里却明白得很。远远地又传来肖氏热情的声音："好姐妹，慢走啊，改日来坐坐，我们好好聊聊，还要谢谢你呢!"回到房间李秀梅更是难眠。大约三更时分，院门外传来一片嘈杂声，李秀梅打开窗子，只见几十个火球在河堤上闪烁。

月光下，十几个火球在夜色中飞奔，前面两个黑影正气喘吁吁拼命地跑。"快！就在前面，抓住他们!"后面的人群一路叫喊追赶着。

原来三姨太肖氏和靳晓泉偷情，不巧被赵大麻子听见，赵大麻子对靳晓泉来米行本就不高兴，现在看到他们偷情自然要告发。靳晓泉和肖氏却不知，肖氏见李秀梅不搭理自己就走了，以为李秀梅记恨自己。肖氏内心如十五只水桶提水七上八下，这时黄宅内已隐隐传来嘈杂声，肖氏心知不妙便通知靳晓泉，简单收拾后二人便仓皇出逃。

沙滩上跑在前面的正是靳晓泉，靳晓泉一边拉着肖氏，一边从她手中接过包裹飞奔。肖氏脸色涨红，呼吸急促显得力不从心，靳晓泉边跑边回头，只觉得上气不接下气。追逐的人群越来越近，终于跑在后面的肖氏哎哟一声跌倒在地，立即有十几个人扑了上去，肖氏惊恐地哭喊着，靳晓泉回头见此情景一溜烟就不见了，消失在茫茫的夜色中。众人一番作弄后，肖氏被五花大绑捆成粽子一般，一根竹杠插进绳扣被两个壮汉抬回米行。

肖氏被抓回来后，怒骂声，叫喊声，抽打哭泣声响一直折腾了两天。西厢房内李秀梅静静地躺在床上，仿佛什么也没有听见似的，做着自己应做的事情。肖氏不知黄守贵会如何处置她，就这样在惊恐中度过了三天。

第三天夜里，黄宅上下一遍宁静。李秀梅悄悄地坐起来穿上衣服，又喝了点水，二更时分李秀梅收拾了几件衣物便带上门走了出去。院里静悄悄的，走过南厢房时李秀梅听见黄守贵震人的呼噜声，李秀梅轻手轻脚穿过两个天井，转眼便来到柴房。李秀梅站在屋檐下定了定神，静静地打量着四周，确信无人便走上前，掏出腰间的钥匙打开门。屋内只见肖氏蜷缩在稻草边，蓬松着头发，皎洁的月光照在她血迹斑斑的身上。李秀梅推门进来，“谁？”肖氏哆嗦着身体吓得往草堆里钻。肖氏此时嘴边还沾着黑色的血迹，她原本的瓜子脸早已肿得形如馒头，完全没有了清秀。李秀梅本想数落她二句，见此情景叹了一口气，李秀梅把包往地上一放，小声地说：“我是李秀梅！”肖氏一听呼地一下爬起来，口齿不清地骂道：“你这个死丫头，坏丫头！我这一切都是你弄出来的！”肖氏骂完踉踉跄跄扑向李秀梅，怎奈肖氏哪有半分力气，李秀梅一侧身肖氏便一头栽倒在地。

“你起来收拾一下自己跑吧，这里面是我的衣服，里面有几块大洋，趁着夜黑从后门走吧。”说罢李秀梅转身就要离去。肖氏一头雾水喘着粗气：“你告了我，把我弄成这样还来装好人，你不得好死！”“我没有告发，告发你的是赵大麻子！”这时肖氏转了转脑筋，这两天的一幕幕才让她似乎明白过来，“如果是我告你，就不会来救你了！走吧！”肖氏这才如从梦中醒来，连忙从草堆里爬过来，跪着向前挪了几步，一把抱住李秀梅的双腿，声音沙哑地一边哽咽着一边叩头说：“谢谢阿梅……谢谢……阿梅……对不起……大恩大德……我给您烧香……我给您磕头……”此时的肖氏已语无伦次，往日的妖艳蛮横早已荡然无存，肖氏磕完头踉踉跄跄站起来拾起包袱，转身跌跌撞撞奔向门外，消失在夜色中。银白月光照着一个女人对另一个女人的怜悯。

许多年后，有人说她找到了靳晓泉在一起生活，又有人说看到她在安庆跟一个裁缝结了婚，后来又不知去了哪里。

第四十四回　天良丧尽

肖氏走后的第二个晚上，靳晓泉便悄悄摸了回来，靳晓泉回来的目的有两个，一个是打探肖氏的下落，看看可有机会救她出来，还有一件是肖氏日夜惦记的紫砂凤壶，那可是价值十多万块现大洋的宝贝，是自己下半生快活的通行证。

护城河边，靳晓泉用水洗了洗脸，摸了摸自己连日消瘦的下巴。靳晓泉在想着下一步该如何行动，却不知道此时肖氏已逃走了。

子夜。靳晓泉顺着河埂悄悄摸到同兴米行后门。靳晓泉捡起一个小瓦片扔进院内，凝神听了一会，见四下无人便掏出钥匙，却不料门锁早已更换，只好轻轻爬上墙头，院内静悄无声，靳晓泉刚翻身上墙，汪……汪……黑暗中传来狗叫声，“谁！”只听院子里一声大吼，靳晓泉一惊，一下子从墙上跌了下来，头后脑壳叩在地上，立即凸起一个的鸡蛋大的包。靳晓泉顾不得摸头，拔脚就跑，一只黑狗顺着门缝冲了出来，黑暗中靳晓泉感到后腿根一阵剧痛，靳晓泉顺手拾起一块砖头便砸了过去，黑狗一边夹着尾巴一边围着他汪汪叫。这时，后门大开，几个家丁打着火把赶了过来，吓得靳晓泉顺着河岸如飞而去。黑狗疯狂地跟在后面狂追不止，无法摆脱的靳晓泉急中生智爬上一家临墙的树上，一翻身进入院内，黑狗只好在院墙外汪汪地叫着。黑暗中靳晓泉擦了下汗珠，四处打量一下，只见这人家后门紧闭，院子内的一个柴房下，有一个鸡笼和一猪笼，狗叫声惊得鸡不安的骚动，一只老母猪正在猪笼内鼾睡。

“就进了这家，进去搜，别让他跑了！”墙外火光闪烁，靳晓泉听出声音是三爷黄守仁。哐……哐……哐……“开门,开门!”围墙外人声沸腾,靳晓泉退后几步上前一跃,双手刚搭上墙就啪的一声摔了下来,墙上碎土落了一地,墙外已传来激烈的敲击声:“开门,开门!”

靳晓泉急得如热锅上的蚂蚁,果断地脱掉一只鞋子扔在围墙下的碎土上,这才转身钻入猪笼,母猪见他进来哼了一声就要起身,靳晓泉连忙伸出双手在猪的肚子上一边轻轻挠痒,一边小声念叨:“我的老祖宗哎,千万别吱声!千万别吱声!”母猪躺在地上伸开四蹄哼了两声便安静下来,靳晓泉抹了下汗慢慢侧身躺下,利用母猪肥大的身体遮掩着自己。这时几个家丁冲进院子,在房前屋后一阵折腾,火把在猪笼前晃了晃又转到柴房,“在这里了,这家伙从这翻墙跑出去了!”人群又咚咚追了出去。

已是凌晨,月冷星寒。杭埠河边,靳晓泉抄起水喝了几口,又摸了摸被狗咬的伤腿,一阵阵寒流使得靳晓泉缩了缩脖颈,靳晓泉拍拍胸口平静下咚咚狂跳的心,感谢母猪!靳晓泉内心庆幸,母猪替他挡过了这一关,心里又想起肖氏,想起自己像一只兔子被追得无处可逃心中更加充满仇恨。靳晓泉沿着河岸,拾一堆枯枝荒草,燃火取暖,火光中青烟冒起,火焰驱赶着寒冷。靳晓泉定了定神道:“王八蛋!我靳四爷也不是好惹的,要是不让你知道我的厉害,你也不知道二郎神有三只眼!”靳晓泉转了转眼珠很快便有了主意。

天快亮的时候靳晓泉便赶往庐江县,在黄道大郢找来蒋健壮和韩慰安,上街买了几把铁锹,又雇用了四个街头青痞。一行七人大张旗鼓一路浩荡,直奔下拐村马场,黄守贵的祖坟地,当然这一切早有人报告给黄守贵了。

高高低低的坟墓群,几只乌鸦在树上吱吱地叫着,两个青痞面色犹豫,不肯上前。靳晓泉一步跃上坟头叉开双腿,大大咧咧对着坟头撒了一泡尿,抖了抖裤子,对两个混混翻了翻白眼说:“给我挖,这里面棺材是空的,当中我埋藏着元宝,大家用劲挖!挖出来带你们分!”说罢哈哈大笑,将布袋扔在地上,银圆在布袋里发出哗啦啦的声音,“这些干完活你们分了!”众人见靳晓泉如此大方喜出望外,一个混混兴奋地往手掌上吐了一口唾沫,抓起铁锹挖了下去,铁锹和锄头在坟地不断发出与石块撞碰的声音。靳晓泉安排妥当对着蒋健壮说:“老子去给你们弄点吃的!”便带着韩慰安和另外两个伙计走了。

坟土飞扬,一会儿渐渐露出了棺材,腐朽棺木上现出黑幽幽的洞穴,蒋健壮双手叉腰立在坟头大叫:“快了! 给我使劲地挖!”正当大家挥汗如雨挖得带劲时,突然几个大汉从四周猛地扑了上来,还未等反应过来,蒋健壮只觉头一昏,被一根棍子打翻在地,两个青痞一见情景不对,扔下铁锹,兔子一般窜入坟丛,转眼消失得无影无踪。

黄守贵这几天正生着闷气,正愁着肖氏跑了,又找不到靳晓泉,恼恨之余黄守贵想起日本人。他立即报告塚同一郎,说靳晓泉是抗日分子,塚同一郎正到处抓王杏儿、佘四丫头,一听说靳晓泉也是抗日分子,自然立即派兵到处抓捕,此时黄守贵为自己借刀杀人之计奏效高兴。正在这时家丁来报告说靳晓泉正带人挖自己的祖坟,黄守贵一听大惊,立即带着左宗四、赵大麻子和几个家丁气喘如牛赶了过来。

两个壮丁将蒋健壮提了过来,黄守贵怒火万丈,上前一顿拳脚后,用力一把捏住蒋健壮的腮帮子:“谁让你干的?”蒋健壮痛苦地咧着嘴:“我……我……”支吾不清,黄守贵已拿起地上铁锹,蒋健壮面如死灰,双腿一软跪在地上说:“是……是靳晓泉,是他说棺材里面藏有元宝……”蒋健壮的话音未落,黄守贵的铁锹已拍在他的头上,血立即如泉水般涌出。

黄守贵带着伙计们扬长而去,蒋健壮一直暴尸在野外,几天后人们发现时,只剩下一堆白骨和几块碎烂的衣布,几只野狗正围在一起撕扯着他的头颅。

瑞福园内,自从黄守贵的祖坟被挖后,老太太曹氏每天就觉得头昏,从此卧床不起。

靳晓泉和韩慰安带着两个青痞混混一路小跑直奔同兴米行。靳晓泉轻车熟路顺着护城河岸,直奔黄守贵家后门,院墙外靳晓泉敲了敲门,两只狗汪汪地叫着，靳晓泉将准备好的肉块扔进墙内，很快狗便没了声音，靳晓泉让一个青痞混混在外等候，自己一哈腰翻墙入内，靳晓泉看了看左右，便直奔大太太高氏的厢房。

与此同时，同兴米行的大厅上热闹非凡，韩慰安带着另一个青痞混混正大声吵闹着，理由是买来的米质量有问题，要求赔偿的声音吵闹激烈。

东厢房内，靳晓泉正在翻箱倒柜地寻找着，靳晓泉猛一抬头只见三爷黄守仁和两个伙计堵在门口冷冷地看着他。靳晓泉心底一凉，起身想跑，却又迈不开步子，只觉双膝一软，靳晓泉一声："我……我……三爷！"就跪了下来。

靳晓泉弯下腰，突然对准黄守仁的肚子一头撞了过去，靳晓泉知道黄守仁厉害，心想：只有趁黄守仁不备打倒他，再趁乱逃跑。

靳晓泉只觉得头如撞到一个海绵上，又仿佛是冲向了一个漫无边际的黑洞中，越冲越深，靳小泉内心惊骇万分，靳晓泉连忙守住撞势，用力回身挣脱，突然，靳晓泉又觉得所有的约束都消失得无影无踪，脑袋又如撞到了一个弹簧上，巨大的冲击力又如退潮的海水一般回涌过来，靳晓泉收拾不住，噔噔噔……后退了七八步一跤跌在地上。

黄守贵和赵大麻子回到同兴米行，见门口韩慰安和几个人在米行内闹事，赵大麻子当然知道韩慰安和靳晓泉是朋友，立即明白是靳晓泉搞的鬼，正要上前说话，这时黄守仁匆匆从后院跑来说："抓起来，一个都不要放过！"韩慰安见形势不妙，刚要开溜却被左宗四一把拧住了衣领。

柴房内，靳晓泉和韩慰安以及另外两个青痞混混被捆绑成四只粽子，七八个大汉手持长枪和大刀分立两旁，黄守贵站在当中，两个壮丁将靳晓泉提到跟前，黄守贵不怒反笑，哆嗦着嘴唇指着靳晓泉笑呵呵说："哼哼！你真是吃了豹子胆，还敢回来找死！"黄守贵说完抬起肥腿对着靳晓泉的脑袋就是一脚，黄守贵又说，"兔子还不吃窝边草，你当我是聋子，瞎子？说！你们在一起有多久了？"靳晓泉伸了下脖子忍着痛说："什么多久呀?”黄守贵见他死不认账,强压怒火:“那么我再问你,我的紫砂龙壶呢?”“不知道……我没拿你的紫砂龙壶?!”黄守贵一听心急如焚,上前一步一把揪住靳晓泉的头发说:“告诉你,那个贱人什么都说了,你给老子乖乖地交出来,我就饶了你,免得受皮肉之苦!”靳晓泉抬起头又说:“你什么时候交给过我紫砂龙壶?”黄守贵脸色气得通红:“好,好! 你还嘴不夙,给我打!”一边的两个壮汉扑了上去,又是一顿拳打脚踢。

“黄守贵你这是私设刑堂!”靳晓泉耍起赖来,这时,靳晓泉的半个脸肿得像猴子的屁股,口齿已经不清。靳晓泉说音未落,脸上又重重挨了一下。

黄守贵牙齿咬得咯吱咯吱响:“好,好! 老子今天就私设刑堂! 二爷要把你小子沉到小南河去喂鱼!”赵大麻子见状走了过去附在黄守贵耳边小声窃语。自从靳晓泉来后赵大麻子失了宠信一直备受冷落,今日见靳晓泉如此刁诈,赵大麻子更是气不打一处来,于是赵大麻子讨好似的在黄守贵耳边笑眯眯地说了几句。

“哼! 敢玩老子的女人,二爷今天就跟你玩点新鲜的!”黄守贵听后大声说。靳晓泉看在眼里,知道这个赵大麻子狗嘴里吐不出象牙,靳晓泉心想好汉不吃眼前亏,于是睁着已肿成一条缝的眼说:“赵总管,我靳晓泉可没有什么地方得罪过你,你可得讲良心。”心里却在一千遍一万遍地大骂他。赵大麻子似乎看透靳晓泉的内心,心里说:哼! 你一撅屁股我就知道你要拉什么屎! 嘴上却幸灾乐祸地说:“哎呀呀,靳晓泉呀,二爷平时对你不错,你怎么能干出这种事!”

这时只见两个壮汉走上前,七手八脚将靳晓泉的衣裤扒下,很快靳晓泉便赤条条如扒了皮的青蛙,靳晓泉顿时慌了心神,不知赵大麻子使的什么坏,靳晓泉睁大眼睛艰难地咽了口唾沫,赵大麻似乎不是很着急,对黄守贵说:“二爷,您先喝口茶,消消气!”靳晓泉叫道:“你……你们想干什么?!”此时靳晓泉的眼前浮现出十万白花花的大洋,心想:只要我不说出龙壶,他们就不会把我怎么样。这时,一个大汉取来绳索将靳晓泉捆绑的双手又系上绳子，大汉一扬手，绳子的另一头立即从梁上飘下。左宗四手持绳头，又有两个伙计将靳晓泉的双脚套上绳子。

靳晓泉起初还嘴硬大骂，到此刻已浑身哆嗦，大口地喘着粗气，黄守贵说："不想干什么！我们也不给你压杠子，上老虎凳，灌辣椒水，我头疼治头，脚痛医脚，哪里坏治哪里！""二爷，我真的未拿你的紫砂龙壶，饶了我吧，我给你做牛做马……"靳晓泉的脑袋里依旧想着十万块光闪闪的银圆，黄守贵慢慢地喝了口茶却是不理。"把他扯起来！"黄守贵咬着牙说，于是三个大汉用力扯着绳头，靳晓泉被扯到房梁，吊在半空。

黄守贵转过头冷冷地对跪在地上的韩慰安说："你是想死还是想活？""想活，想活！""想活，好！听说你做过杀猪的买卖。"说完黄守贵转过头，这时一个家丁托着一个盘子走了过来，盘子里放着一把剪子和一把杀猪刀，黄守贵拿起明晃晃的杀猪刀往地上一扔："想活！今天就把他阉了！否则就阉了你！"

韩慰安颤巍巍走到靳晓泉前。两个壮汉立即上前将靳晓泉按住。此时，靳晓泉所有的意志逃得无影无踪。靳晓泉感觉到自己已控制不住，一股浓烈的臭味从屁股下蔓延开来，黄澄澄的液体流了一地。"说！我的紫砂龙壶在哪？"黄守贵一声斥责，"我……我说！在……"靳晓泉万念俱灰，心想：好汉不吃眼前亏，老子先还给你，等一段时间老子还要来，再把壶搞回来！

黄守贵哼了一声凑过耳朵，"在仙姑楼……仙姑楼的第三个贡箱下！"黄守贵听后回头一努嘴，黄守仁立即便带着几个家丁转身出去，一边的赵大麻子笑嘻嘻上前一步说："哎呀呀！靳兄弟，你怎不早说，说了不就没事了吗。"韩慰安抬头望着赵大麻子说："还……阉不？"赵大麻子玩弄着皮鞭说："黄二老爷不是说过了吗？！"韩慰安看了看黄守贵，见黄守贵冷冷盯着自己，只好抹了下脸上的汗珠走上前，靳晓泉一听，挣扎着骂道："你……你……敢！"

韩慰安哭丧着脸说："靳爷……这不能怪我。"说完一刀下去，靳晓泉的脸色由红慢慢变紫,凸出的眼睛布满血丝,并发出杀猪般的号叫。

"八嘎!"这时门前一阵骚动,只听咣当一声,门一下子被撞开,几个荷枪实弹的日本兵闯了进来,当中一人正是副官井官川秀。

靳晓泉被日本人带走后,黄守贵这才消了一口恶气,想起上次到日本人那里报的案,心里不禁暗自得意,靳晓泉!你这是自作自受,我让日本人去收拾你小子!想到这,黄守贵眉开眼笑地让左宗四去厨房烧几个菜。一会儿,小炒、炸酱、拼盘、油爆河虾和三鲜锅,四菜一锅端了上来,黄守贵又拿了瓶老三河,几杯酒下肚,黄守贵正悠然自得间猛地想起一件事,黄守贵不禁惊出一身冷汗……

第四十五回　丰乐河畔

丰乐河边，董家祠堂前，十几个家丁来来往往穿梭在河堤边。黄守仁和赵大麻子带着家丁刚将粮装好，还未开船，只见丰乐河大堤上尘土飞扬，远远地传来汽车马达声，三部汽车上下来四十多名全副武装的鬼子，只见翻译官青木金泽从车上下来，在他身后一个叉着腰，咧着嘴，一副似哭非笑的人，颤巍巍的正是靳晓泉。

原来靳晓泉被日本兵抓走后，还未审问，靳晓泉便趴在地上磕头如捣蒜，求饶之声早没了半点骨气。塚同一郎见他一身是血，下身一片狼藉，想到了铁匠朱求金，心想这样的软骨头怎会是抗日分子。塚同一郎心想留着无用，手一挥，两个日本兵一拉枪栓准备就地枪毙，这时靳晓泉连忙求饶，将黄家在董家祠堂藏粮的秘密告诉了塚同一郎，靳晓泉心想先告密保命，等自己伤好了找机会再去把龙壶偷来，过好下半生。塚同一郎一听大喜，立即让靳晓泉带路，几十个日本兵气势汹汹地赶了过来。

滚滚飞扬的尘土和远远传来的汽车马达声，早已惊动了潘志明、严俊和王杏儿以及二十几个游击队员。蒋家岗地下联系处，潘志明一听报告，以为是日本人前来围剿，迅速带领队员奔上大堤，通过侦察，潘志明已清楚日本鬼子到丰乐的目的，面对荷枪实弹装备精粮的日本兵，潘志明犹豫不决，打还是不打？打，就凭这二十几个人、十几支枪？又没有多少子弹，明显是鸡蛋碰石头，还有船上的粮食，怎么办？

“绝不能让他们在我们的国土上横行霸道，为所欲为。让敌人的阴谋得逞。我们不能让鬼子把粮食运走。”潘志明想起上级的指示。

王杏儿似乎看懂了潘志明的心思。王杏儿和严俊对望一眼,严俊上前一步对潘志明说:“义父,这一带我熟悉,我们可以在那里丰乐河湾打伏击,我们想办法把敌人引开,再摸上船把粮船夺过来!”“我跟你去!”王杏儿说完,往严俊身边一站。潘志明说:“不行,杏儿你不能去,再说,时间紧急,粮食没办法转移!”王杏儿撇着嘴说:“我们可以把粮船夺过来开到岔河芦苇丛中先掩藏起来。”潘志明想了想又说:“我看这样,我们可以兵分两路!严俊你和胡祥林带着哑巴去船厂,从那里下河,大河上要见机行事……让鬼子首尾不能相顾……另外,杏儿你去……”大家一听齐声说好,各自分头行动。一切安排妥当,潘志明顺手拿起一把铁耙递给一个队员交代一番,便领着人群奔向丰乐河大堤。

此时,面对荷枪实弹的日本兵,黄守仁正不知所措,只见翻译官青木金泽一挥手,几十个日本兵一拉枪栓,上前将两条船围了起来,翻译官青木金泽不紧不慢走上前说:“黄守仁,你们这是到哪里去啊?”黄守仁吓得一头汗,支支吾吾说不出话,翻译官青木金泽厉声又问:“你们不是说筹粮困难吗?!这是要把粮食运到哪里?”靳晓泉一边火上浇油说:“是呀,太君,瞒粮不交,他们这是欺骗皇军!”赵大麻子一见,知道已无退路,连忙上前故作镇静说:“太君,我们这不正在给皇军筹粮吗!”黄守仁立即醒悟过来,心想:算了,拽直不如伸直,连忙说:“是呀!我们这就给皇军送去!”翻译官青木金泽望了眼赵大麻子,心里知道他们在说谎,但见黄守仁如此爽快,便微笑说:“很好!”赵大麻子看着靳晓泉面色含笑,心里说:哼!就你那两下子还想和我斗,你一撅屁股,我就知道你要拉什么屎!

靳晓泉一听心急如焚,此时靳晓泉由于受伤失血过多,身体本就虚弱不堪,本想给黄守贵安个私藏粮食的罪名,让日本人把黄守贵抓起来,解了心头之恨,未想到赵大麻子和黄守仁如此轻松化解,靳晓泉立即感到口干舌燥结结巴巴说:“太君!不是呀!他们为什么早不筹,晚不筹,偏偏抓着了就是筹……筹粮……”靳晓泉说完恼恨地看看青木金泽又看看赵大麻子,翻译官青木金泽一翻白眼说:“走！你们各押一条船,回三河!”

丰乐河大堤上,三辆插着太阳旗的汽车和两艘装满粮食的船,一路浩浩荡荡奔向三河。银白的河堤上黄土飞滚。尘土覆盖着堤下两边的绿色植被,覆盖着开满红的、黄的、白的、紫的一丛丛无人问津的月季和野菊花。河堤下灌木丛中,潘志明和二十几个队员静静地看着大堤。

汽车渐行渐近,轰隆隆的马达声惊得鸟雀、野鸡、野兔四散飞逃。车上翻译官青木金泽摇晃着脑袋,不时地看着河上穿梭的船只,河中两只船装满了粮食顺流而下,首船上翻译官青木金泽安排黄守仁和赵大麻子押船,尾船则由靳晓泉押船,另外每条船上各派十个威风凛凛的日本兵押送,自己则在大堤上一路同行。

汽车屁股冒着一股股蓝色、黑色的烟雾,一路颠簸到汪家湾,三辆车刚拐过河湾,翻译官青木金泽就听见车胎“扑哧”一声,汽车又往前艰难地滑了几米,便趴在河堤上像斗败的公鸡,颤抖着身子瘫在路中,停滞不前。汽车上,青木金泽骂道:“怎么回事?”便瞪着圆眼小心地搜索着大堤两边的树丛。

青蓝蓝的天空中白云悠扬,一群群鸥鸟盘旋在白云下。郁郁葱葱的河堤上炊烟袅袅。河滩上芦苇花迎风飘扬,河面上船来船往,两艘船顺流而下。几个日本兵笑嘻嘻地坐在船头,随着大河不停变化的风光,可能是大河风光触动了几个日本兵灵魂,一个日本兵叽里呱啦地哼起家乡的小调,小调立即引起了日本兵共鸣,于是齐声高唱,小调在河面上飘荡……

河堤两边绿树成荫,微风中野花摇曳,花香烂漫。青木金泽大声叽咕一句,紧跟着日本兵骂骂咧咧一个连着一个从车厢上跳下来,鬼子刚一落地就听见潘志明大吼一声:“打!”树林中十几杆枪喷出一道道火焰,汽车上的日本兵毫无防备,被打得跌跌撞撞,死的死伤的伤,转眼倒下了六七个,汽车上一个太阳旗已被打落,两个鬼子从汽车上摔了下来,一个鬼子拖着腿哀号着爬向车底下,河堤上弥漫着一股股硝烟,随风飘到丰乐河上。

与此同时，丰乐河上一条小船浩浩荡荡迎着粮船开来，小船上三人正是严俊、胡祥林和哑巴，严俊手持长刀，看着越来越近的粮船，严俊的手心满是汗渍。哑巴一竿在手立于船头，眼睛在河面上闪烁不定，胡祥林小心地掌舵。三人搜索着每一个目标。两船渐行渐近时，胡祥林转舵将船缓缓靠向粮船，一个日本兵一拉枪栓："八嘎，八嘎！"严俊一打手势，哑巴点点头走到船后稳住舵，严俊和胡祥林口中叼刀顺着船舷悄悄隐入水中……

日本兵依旧坐在船头嘻嘻哈哈地唱着小调，船尾只有黄守仁苦瓜着脸，和一边想着心事的赵大麻子。突然，岸上响起了怪异的刹车声，紧跟着大堤上枪声大作，密集的枪声夹杂着哀号声，两艘船上所有人都张大嘴巴，看着河堤上惊慌的人群。

第一艘船一过，水面露出一个人头，正是严俊，这时严俊已潜到尾船舷上，严俊一翻身上船，一个鬼子还不知怎么回事便做梦一般被拖入河中，这时胡祥林翻身上船，另一个鬼子刚要举枪，严俊早已闪到身前。只见银光一闪，鬼子便捂住咽喉一头栽入河中，严俊一转身扑向另一个鬼子，两人转眼之间已打翻三四个鬼子。

哑巴一见连忙拐舵，小船突然如箭一般冲向尾船，船刚一靠近，哑巴一点竹篙早已跃上船尾，这时，船上三人一头二尾，严俊举刀砍向绳索，只听砰的一声，船帆哗啦啦地落了下来，胡祥林扑向舵盘，哑巴长篙在手左打右击如老翁戏鹰，转眼之间四个鬼子已被打入河中……首船上的鬼子瞪大眼睛看着河堤，全然不知尾船发生的事情。

这时，翻译官青木金泽已从惊慌中镇定下来，日本兵也是作战经验丰富，一阵慌乱后很快调整方向，纷纷举枪射击，车顶上两个鬼子握着机枪，哒哒哒……子弹射向堤下的密林中。汽车顶上金灿灿的子弹壳像碾碎的稻壳一样，哗啦啦地顺着车厢掉在地上。子弹压着人群，形成一道道死亡的网。一个队员露出脑袋刚端起枪，便趴在了地上永远地闭上了眼睛。

堤岸下，潘志明和队员们都被子弹压在树林下。微风中芬芳的花香夹杂着阵阵的硝烟。潘志明脸上挂满了汗珠。一个队员说："潘书记，我们撤吧?!"潘志明硬着脸说："再坚持一会!"潘志明一翻身甩手打出一枪，这时潘志明身后又一个队员哀号着滚到堤下，翻译官青木金泽一挥手，十几个鬼子一边射击一边前进压了过来。

就在这时，大堤的西北角响起了密集的枪声，只见树林中王杏儿左手提着铁桶，右手握着手枪和一个队员一边射击一边往这边冲来，所到之处枪声大作。一个鬼子转过身，刚拉起枪栓便惨叫着倒在堤下。王杏儿枪声一响，鬼子的阵脚一乱，纷纷趴在地上。鬼子的枪声一停，潘志明阵地上压力立减。潘志明昂起头趁势大喊："给我打!"队员们抬起头又是一阵乱枪。

王杏儿打了两枪，已经没有子弹，只好趴在树边暗自焦急。潘志明猫着腰奔到了王杏儿身边，潘志明说："冯泽广，再放!"远处，冯泽广又拿起一只铁桶，点着了鞭炮扔到了草丛中，鞭炮在草丛中噼里啪啦地响起来了，鞭炮声交织在一片枪声中，堤坝上硝烟一片，鬼子缩着脑袋，只觉得到处是枪声。当冯泽广扔第三只铁桶时，一颗子弹钻进了他的身体，王杏儿一见，怒火燃烧，拾起冯泽广的长枪，飞快地顶上子弹，顺着堤坝翻转到另一个密林处，王杏儿端起了枪，随着枪声，很快，又有一个鬼子从车顶上倒了下来，滚到河堤下。

粮船上日本鬼子只能干瞪着眼。

潘志明沉着地指挥着战斗，潘志明知道自己所争取的每一分钟，都是在给严俊、胡祥林和哑巴他们创造条件。潘志明看了看天空，估计时间差不多，但不知道严俊能不能完成任务，潘志明一个翻身，滚了几下又猛地跃起，一挥手，只见一个黑影像鸟儿一般准确无误地飞入汽车上，轰的一声两个鬼子从车厢上飞了下来，汽车上火焰夹着浓烟升起。潘志明回过头说："撤!"

此时的靳晓泉坐在船头，堤上的枪声和严俊、胡祥林和哑巴的出现，早已吓得他三魂丢掉两魂半，靳晓泉刚站起来，哑巴一点竹镝，阳光下，铁篙闪着银光直奔他的脑袋，靳晓泉吓得眼一闭头一缩，只觉得眼前金光乱闪，头一晕栽进了水里……

首船上，首先发现了尾船异常的是黄守仁，黄守仁正为失去粮食生闷气，一回头看到渐渐远去的尾船，船上人影翻飞，打斗中几个鬼子被抛入河中，黄守仁心想不知是哪路神仙干的，但又想总比给日本鬼子强，心中正暗自窃喜。这时赵大麻子一碰黄守仁，对着尾船一努嘴巴，见黄守仁沉默不语，赵大麻子转动了脑瓜连忙报告给日本兵，河面上立即响起机枪和三八长枪的枪声，怎奈两条船距离越来越远，子弹渐渐失去威力，终于在河水拐弯处不见踪迹。

等翻译官青木金泽回到大堤，只见只有一艘粮船行在水中。翻译官青木金泽恼羞成怒，拔出战刀在大堤上跺着脚地骂……

岔河中，潘志明清点人数，自己这边一死三伤，而鬼子至少死伤了十几个，可谓大获全胜，满载而归。潘志明望着满舱的粮食高兴地说："这叫螳螂捕蝉，黄雀在后！我们以后就要打这样的仗！"潘志明本想两条船都劫，无奈兵力有限，弄不好鸡飞蛋打，所以做了一个英明的决定，这时胡祥林走上前说："把这些粮食带回去，够我们吃半年的了！"潘志明严肃地说："这些粮食要送到前线，送给新四军抗日用！"当天夜里潘志明就秘密将这批粮食转移到了抗日根据地。

第四十六回　古宅寻宝

同兴米行，东厢房整齐的地板砖上，赵大麻子手持一根铁棍，一边小心地敲击着室内每一块地砖，一边竖起耳朵听着音响。从东到西，又由南向北。这已是他来黄家搜寻过的七十二间厢房的第七十一间了，因为还剩两个房间一个是一直足不出户的施氏的，另一个就是这间住着很少出门的高氏的东厢房。高氏死后屋子便一直锁起来不许任何人进去，所以白大赵大麻子没有机会，晚上又惧怕高氏死时的情景，今天黄守贵交给赵大麻子钥匙让他腾个房间出来，赵大麻子不知道腾个房间出来干什么，但赵大麻子抓住这一机会，他选择了高氏的东厢房。

赵大麻子用心地敲击每一块地砖，面对日本人在三河的所作所为，赵大麻子心如明镜，他必须尽快完成使命离开这里。

此刻，十二年前，父亲临终前的一段话又浮现耳边："我们老家在四川凉山，你爷爷本是朝廷命官，官至二品，受皇上圣旨来三河剿匪，来三河前皇上还恩赐了龙、凤两把紫砂壶。你爷爷领兵十万驻守三河，负责庐州，舒城，庐江一带的剿匪，总部就设在三河的同兴米行。初来三河时我们把匪帮杀得四散而逃，这样两年多倒也无事，不想那英王陈玉成不知从哪里窜出，引兵杀来。那一天，不知来了多少匪徒，人山人海，他们封河断桥将我们围住，我们在一片火海中奋力冲杀，怎奈敌人越杀越多，我们寡不敌众，只好撤离。儿啊，你可知道，因为全军十多万人有多少包裹器具，军饷财物和我们多年的积蓄，一下子想撤哪有那么容易，军饷器具太重，行动缓慢来不及运走，这时你爷爷只好命令将军饷积蓄就地藏埋，后来我带兵在前方拼杀,目的争取时间让你爷爷撤退,让人把金银元宝埋好,怎奈敌人越杀越多,我只好转身回来保护你爷爷,杀到后来只有我和你爷爷还有一个卫士,我们三人重伤逃脱,半路上卫士血流干了也倒下了,你爷爷身受重伤,他拼完最后力气告诉我金银元宝还有两把无价珍宝龙凤紫砂壶就埋在同兴米行……话未说完就断了气。”

“儿啊,你一定要想方设法去打探,找到同兴米行,取回金银元宝和龙凤紫砂壶……”

赵大麻子依旧手持铁棍,一边小心敲击着室内每一块砖,一边听着每一块砖的声音,对于砖石下发出空洞的声音,赵大麻子便会弯下腰用铁铲起出砖看个究竟。十年前赵大麻子导演了杀人夺行就是想打入米行寻找宝物,这是赵大麻子处心积虑而且心甘情愿来当黄守贵的管家的真正目的,赵大麻子一直不明白黄守贵是怎么弄到这把紫砂龙壶的,尽管黄守贵说这是他祖传的,但还有一把紫砂凤壶呢?

房间的地砖已被撬得零碎不堪,突然赵大麻子听到床底下的两块砖空荡的声音,令赵大麻子兴奋不已。赵大麻子小心地撬起砖块,又抹去浮土,一块塑料皮露了出来,打开塑皮内隐约是一个一尺见方的木盒,赵大麻子内心狂喜,赵大麻子颤抖着手小心地拂去盒上的尘土……

多年的努力、等待,仿佛一切就要实现。赵大麻子的内心狂喜,眼看着自己卧薪尝胆的目的就要得到,赵大麻子弯着腰撅着屁股刚要起身,“别动!”一个硬邦邦冰凉凉的东西顶在赵大麻子的腰上,立即,赵大麻子坑坑洼洼的脸上填满了汗水。“是你!你这是在干什么?”梁家勇睁大眼问,赵大麻子缓缓转过身,当赵大麻子看到是护院梁家勇时,赵大麻子惊恐万状的心稍稍平静了许多。赵大麻子定了定神说:“哦,是家勇呀,二爷说要腾个房间。”梁家勇一脸疑惑:“赵总管,怪不得,这么多年许多房间大洞小眼的,都是你在搞的鬼!”梁家勇想起近几年许多房间的地板砖。“那里呀,是二爷让我来看看这房间的,说要维修!”“二爷也讲过,这个房间不让任何人进!”“是二爷安排的,不信你去问!”梁家勇听后疑疑惑惑正要离去，突然，梁家勇看到了床边的木盒："这是什么？"赵大麻子故作镇静说："我也不知道是什么，就放在这里，打开看看吧？！"说罢主动弯下腰解开木盒上系着的绳子，"你打开看看不就知道了！"梁家勇收起枪，好奇地查看着这个包装考究的木盒，当梁家勇弯下腰时，只觉得脑袋后一阵凉风袭来，梁家勇立时醒悟，正准备起身，啪的一声，再也站不起来了。

看着梁家勇倒在血泊中不住地抽搐着，赵大麻子奔到门边对外张了张望，确认无人发现时立即掩上了门，当赵大麻子回到床边迫不及待地打开木盒时，他满脸的麻坑里又一次堆满了汗水……

厅堂上。"这是梁家勇在大太太房间里挖出来的木箱子……"八仙桌上，整整齐齐放着一个一尺见方的木盒，赵大麻子低着头默不作声，黄守贵一脸秋霜，箱子里放着一个银项圈，还有一把长命百岁的金锁，黄守贵认得那是高氏纪念已故大少爷时所埋的遗物……黄守贵面色沉重，凝视片刻后看了看赵大麻子，黄守贵的目光让人捉摸不透，不知内心在想些什么。

正在这时左宗四自门外慌慌张张冲了进来："不好了，不好了！老太太她……"自从黄守贵的祖坟被挖后，老太太曹氏从此卧床不起，整天昏昏沉沉，怪梦连连，胡言乱语。黄守贵皱眉说："慌什么慌！老太太怎么了？"左宗四擦了擦汗说："老太太她……她归天了……"

第四十七回　虎口脱险

通往安庆市桐城大关的官道上，一只瘦骨伶仃的野狗夹着尾巴，啃着一块早已无味的骨头。野狗抬起头，打量着偶尔路过的行人，汪汪叫了两声，随即耷拉下耳朵，又埋头继续啃它的骨头。但很快这条路被大量逃难的人弄得疲惫不堪，起初只有着三三两两的人，后来人越来越多，黑压压成群结队，男女老少，拖儿带女，挑担推车，拄着拐杖背着行李，衣衫褴褛蓬头垢面，一脸的无奈和怨恨。

黄晓刚裹在人群中，一路向南，路边一个少年的哭声引来了黄晓刚怜悯的目光。少年的旁边一个老人倚在树上，苍白的脸毫无血色，显然已死去多时，饥肠辘辘的黄晓刚一下子迈不开步，于是从怀中掏出仅存的红薯送了过去，少年依旧痛哭不止。

黄晓刚无奈正要起身，就听见远处响起一阵枪声，紧跟着尘土飞扬，十几匹马疾驰而过，一阵黄烟飘过，后面跟着一列黑压压的日本兵，轰隆隆的步伐一路向前响起，最后又有十几匹五颜六色的马耀武扬威奔腾而至。棕黄色的马脖子上挂着铜铃，一路叮叮当当地赶了过来，马上的日本军官甩着鞭子，像牧羊人赶羊群一样追赶着人群。黄晓刚连忙拉起挣扎的少年，随着人群奔跑。迈开蹄子的马队和一队日本兵直奔逃难人群，首尾交结，突然散开像一张网，一下将奔逃的人群团团包围，马和日本兵渐渐缩小圈子。

黄晓刚刚迈开腿，一个鞭子已打在他的脖子上，有个人侥幸地逃出包围圈，但没有躲过追上来的子弹，倒在血泊中。黄晓刚等所有逃难的人睁大眼睛，立在那里不知所措。马上的日本军官，一手抓着缰绳，一手挥着鞭子："统统带走！"领头的一个日本兵立即叽里呱啦大声地命令着，并挥舞着牛皮鞭子，鞭子像蛇一样在人群中发出啪啪声响。人们争先恐后往前跑，像躲着瘟神一样躲着鞭子，很快人们挤作一团，被赶到一个祠堂内，紧跟着黑漆漆的大门便"吱吱呀呀"地合上。

偌大的场地上并排停着六辆汽车，汽车顶棚架着六挺机枪，枪口指着被赶进院内的男女老少，一队日本兵挥舞着长刀把人群分成三批押到祠堂各个礼堂，日本兵叽里呱啦号叫着，把老人和小孩又赶到左边的礼堂，又把年轻的女人赶向右礼堂。人群一片哀号，剩下的年轻男人又被赶到一边的空场地，所有的人都在惊恐不安中等待着命运的安排。日本兵端着枪威逼着男人，军官搜索着俊俏的女人，女人挽着相邻的女人，露出胆怯的眼光。一个智慧的女人弯腰抓了把污泥抹在脸上。

场地中日本军官挥舞着长刀和马鞭又叽里呱啦一阵，很快空地上的男人被粗长的绳子一个连着一个拴在一起，又被带到汽车上。汽车嘟嘟地喘着粗气。一个中年男人因为行动缓慢，肩膀上立即挨了几枪托。

黄晓刚怀着忐忑不安的心情站在车厢上。汽车向祠堂门口驰去。汽车刚一出门，黄晓刚就听到祠堂内一片枪响，随着枪声，老人和小孩的哭喊声也消失了，紧跟着又隐隐约约传来女人的尖叫声。汽车上所有人带着恐惧，在颠簸一个多小时后终于停在一个不知名的江堤上。

在鬼子刺刀的威慑下，黄晓刚每天干活睡觉，十几个小时的劳动强度使他忘记自己被关在这里有多少天了。逃跑念头在黄晓刚的脑子里越来越强烈。这天夜里，劳累一天的民工都躺着睡了，一排排穰草地铺上，呼噜声此起彼伏。黄晓刚辗转难眠，便悄悄爬了起来。

江堤上，弯弯的月牙儿挂在树梢，树叶发出哗哗声。远处江河像一条银色的缎带，碉堡上不时地闪烁着探照灯的光柱。看着一个个拔地而起的碉堡，黄晓刚摸了摸长满老茧的双手，想着李秀梅和妈妈，不觉掉下泪来。黄晓刚起身悄悄摸到棚外，夜色寂静，远处树木朦胧。白天这里的地形黄晓刚早已熟悉,只要翻过前面铁丝网,再穿过三条田埂,就是一片树林,黑压压的树林是最好的保护伞,黄晓刚蹑手蹑脚小心地前行。

“什么人?”黄晓刚刚接近铁丝网,一个掂着刺刀的日本兵走了过来。黄晓刚一惊,但很快又装作若无其事的样子。“撒泡尿!”黄晓刚故作提裤的样子,日本兵扬了下刺刀。黄晓刚顺从地拨开堤坡上茂盛的灌木,走到堤岸边。日本兵远远地看着他,黄晓刚解开衣裤尿起尿来,突然感到自己的脚踩到一个软绵绵还在颤动的东西。黄晓刚弯腰低头,微弱的星光下灌木枝条间,自己的脚正踩在一个人的手背上。黄晓刚本能地退后一步,叫了一声,同时耳边听到一个蚊子一般的声音:“别害怕,我们是巢湖游击队!”这时,黄晓刚定了定神,向四下看了看,掩映在河堤铁丝网两边的灌木丛中,还趴着许多人影。这时,黄晓刚又听那人微小的声音:“别吱声,我们是来救你们的!”月光下,黄晓刚隐隐约约看到几十个人手拿长枪和刀叉趴在灌木丛中,有的还拿着手榴弹,大家趴在地上侧着头看着他,黄晓刚感觉到他们眼睛里充满怒气。

日本兵也听到动静,端着刺刀走了过来,口中叽里呱啦地大声斥责着,似乎是让黄晓刚快回屋里。河堤下一个戴着鸭舌帽子的人侧过脸轻轻一挥手,只见黑暗中两人手拿刀具一左一右悄悄掩了过去。黄晓刚只好一边走回一边故作镇静地回答:“太君,有蛇!”话音未落,左右灌木丛中人影跃起,日本兵还未明白过来,便一声未吭倒了下去。黄晓刚定了定神,铁丝网外紧跟着又钻进三个、五个、十五个……二百多个手拿长枪的人,他们如狼一般迅速扑向碉堡,站在木塔瞭望台上的日本兵终于发现这边人影绰绰,日本兵一边开枪一边号叫着,很快碉堡上漆黑的洞孔中冒出一团团火焰。火焰中几个人影倒了下来,人群立即呼啦啦趴在地上,子弹在黄晓刚的头顶交织成一片红色的网。

工棚中熟睡的民工一下子炸开了锅,连日来受鬼子虐待的乡亲们,见此情景顺手抓起衣服,立即如潮水一般四散奔逃……跑啊!跑出去就是活路,有人穿着裤衩、光着臂膀冲向四方,但终跑不过日本人的子弹。

“砰……砰……”随着枪响,瞭望台上的日本兵一头栽了下来。“乡亲们快趴下！快趴下！”众人逃命心切,哪里听得进去,剧烈的枪声、爆炸声使人们失去了理智,求生的本能使他们更加愚蠢地奔逃。无情的机枪扫射着,子弹追逐着人群,打得他们跌跌撞撞倒在树林边。

黄晓刚趴在碉堡下,听见有人大喊:“快！用手榴弹炸！”立即有几个人冲了上去,冲在前面的几个人倒了下去,紧跟着又有人冲了上去,又有人倒了下来。终于一人顺着沟坎几个起伏,箭一般地冲了过来,刚冲到碉堡下,但一梭子弹又将他打翻在地,几秒钟后那人又一点点爬了过来。黄晓刚愣在那里,只听见那人拖着血淋淋的腿艰难地说:“快！把手榴弹扔进去！扔进碉堡!”不知所措的黄晓刚迷迷糊糊接过手榴弹。那人又说:“快！快炸了碉堡!”说完痛苦地趴在地上。黄晓刚看了看月光中倒下的民工,想起日本鬼子残忍的行为,于是举起手榴弹扔进了碉堡。

手榴弹扔进碉堡,正砸在一个日本兵的头上,日本兵哎呀一声倒在一边,碉堡内立即一片惊慌。枪声停止,江堤下人们焦急地等待着爆炸声,但很快迎来了碉堡更密集猛烈的子弹,几个黑影刚站起来又倒了下来。黑暗中那人又抬起头对黄晓刚说:“拉线！快！拉开线再扔进去!”黄晓刚这才想起原因,又从那人手中接过手榴弹,拉开线,起身用力将冒着青烟的手榴弹扔进了碉堡。

黄晓刚立在那里,眼睛直勾勾看着碉堡口,等待着手榴弹的爆炸,一只大手用力地拖着他的腿:“快趴下!”黄晓刚顺势刚趴下,就听见“轰”的一声,随着剧烈的爆炸声,碉堡内砖石纷飞一片浓烟,枪声和喊杀声响成一片。

趴在地上的民工又一次爬起来四散奔逃,又一个碉堡响起了枪声。随着枪响,四散奔逃的人群又倒下一大片,黄晓刚趴在那里,几个黑影又摸了上去,“轰”,又一个碉堡被炸成一片废墟,随着一个个手榴弹剧烈的爆炸声,火光中黄晓刚看到一个熟悉的影子,正是一撮毛,这个忘记自己祖宗的汉奸。一撮毛正带着十几个手拿长枪的伪军,趴在工棚边对着人群不停地射击，慌乱的人们在枪声中翻滚。“轰……”一个手榴弹在一撮毛的身边炸开了花，巨大的冲击波将一撮毛冲落在黄晓刚身旁，一撮毛又翻身举起了枪。黄晓刚看着这个仗着日本人作威作福，抽他皮鞭的汉奸，顺手从杂草中摸了一块石头对着一撮毛的头砸了过去，哎呀一声，一撮毛的短枪在空中旋转着飞入河堤下。一撮毛抬头看到黄晓刚，一转身恶狠狠扑了过来，这时又一个手榴弹落在黄晓刚的前方………

枪声、爆炸声持续了半个多小时才硝烟散去。等黄晓刚醒来的时候枪声已变得零星，黄晓刚掀开压在身上的冰冷的尸体，跌跌撞撞奔向大堤。月色照着黄晓刚一头乱发下毫无血色的脸，但这张幼稚的脸已充满自信和无畏。黄晓刚蹒跚着一路向南走去，走出黑暗，迎接黎明。

黄晓刚随着巢湖游击队员和民工逃出了虎口。这场战斗是为配合武汉大会战袭击日军的据点，日、伪军死伤一百七八十人。黄晓刚的意外出现使得这场战役提前打响，巢湖游击队虽然死伤惨重，但最后赢得了这场胜利。

第四十八回　新的跋涉

四天后，一个傍晚，黄晓刚随着奔逃的人群，艰难地到达安庆江北大堤。当听到安庆也已沦陷时，黄晓刚的腿立即变得软绵绵的，扑通坐在地上，一种从未有过的失望和疲惫向他袭来，所有的委屈和伤心从他喉咙里喷涌而出，黄晓刚再也忍不住，放声号啕大哭起来。黄晓刚何时受过这样的委屈，他想起了李秀梅和母亲，想起一路忍饥受饿历尽千辛万苦，黄晓刚蹲在路边越哭越伤心。江堤上大多是拖儿带女逃难的人，人们各自扶老携幼而行，对黄晓刚的悲伤已经显得麻木。黄晓刚哭了一会，便站起身，黄晓刚知道这个时候能帮助他的只有他自己。远处传来隆隆的炮声和零星的枪声，黄晓刚跟上人群。

两个多月后，在依山傍水的立煌城（今金寨县），黄晓刚终于找到省政府战时办事处，威严的门楼上，一面青天白日旗迎风飘扬，大门边四个荷枪实弹的卫兵分立两旁。内心无比兴奋的黄晓刚径直往里走，一个卫兵挡住了他。“我找郑传华，他是我表哥！”卫兵上下打量，见黄晓刚衣裳破烂，便翻了翻白眼，大声吆喝：“找郑传华？就你！小要饭的，去去去！这里是省政府办事处。”黄晓刚连忙说明来意，可是任凭黄晓刚磨破嘴皮，卫兵就是不让进。另一个卫兵见这边纠缠不清便走了过来，上下打量黄晓刚一番后，裂开满口黄牙的嘴扑哧一笑：“嘻嘻，俺看你是脑子坏了，是进水了，俺帮你收拾收拾！”说罢抄起枪托对着黄晓明的脑壳砸了过去。黄晓明躲闪不及，枪托重重砸在肩膀上，黄晓明疼得直咧嘴：“你打我干什么？你去告诉郑传华，我真的是他表弟黄晓明呀！”卫兵扬了扬长枪说道：“还不快滚!”剧烈的疼痛使黄晓刚脑子清醒了许多:这里不是三河,谁又认识你这个二少爷呢?父亲胖胖的脸又一次浮现在眼前……黄晓刚看了看自己衣衫褴褛的样子,只好捂着伤口退到一边,他明白自身的打扮,更清楚秀才遇到兵,有理讲不清。

寒风凄凄,冷月楚楚。一连两个夜晚过去,黄晓刚远远地躲在路边,办事处内小汽车来来往往进进出出,却就是不见表哥郑传华的影子。就在黄晓刚伤心绝望时,终于在第三天的中午,黄晓刚看到一个身穿军服立在门前送人的熟悉身影,黄晓刚狂奔向前大声呼喊:“华表哥……华表哥!”

立煌城内,黄晓刚脸色通红,目光呆滞地看着窗外。“燕南飞,人北去,随自然,秋风落叶,皆天意……人生如梦,但存牵挂,恨无眠……”黄晓刚一边饮酒一边轻声吟诵。不久黄晓刚便喝得酩酊大醉趴在桌上。朦胧中黄晓刚似乎又回到了那个美丽的小镇,那个月色秀美的小南河边,黄晓刚和李季梅依偎在柳丛中……

记不得那天自己是怎样的大胆,李秀梅还没反应过来就被拉入怀中,黄晓刚感到李秀梅发烫的脸在自己的怀里是那么真切。黄晓刚记得自己抱着李秀梅,那丰满的身体尽显青春少女诱人的魅力。那是他温柔的梦乡,他爱她!他亲她吻她,她应该属于他。黄晓刚温柔地抚摸着李秀梅的每一寸肌肤,他的兴奋冲涨着每一根血管。李秀梅脸色红润,喘着粗气,她的皮肤更加红润。她在他怀中幸福地颤抖,她渴望这样的温柔,她白白丰满成熟的胸脯像剥开壳的两颗荔枝,她的脸红得如石榴酿出的酒。他听到自己心跳得像花戏楼前打的鼓,他呼吸不了了,像喝了半斤五十五度的三粮液酒,便醉了一样俯卧下去。

他们的灵魂在升腾,他们的爱情发出了巨大的火花。“晓刚哥,晓刚哥!我愿的!”她呼吸困难大汗淋漓,却又满心欢喜心甘情愿。“阿梅,我爱你!我要你!……”他们忘情得不知在天上还是人间……蒙眬中他看到父亲黄守贵正气喘吁吁地向他扑来,他又看到一张麻脸跟在后面拽他回家……

“快醒醒！晓刚！”迷迷糊糊中黄晓刚感到有人在拽他，黄晓刚抹了下一头的汗水，只见表哥郑传华立在一旁正拽他起来，白净的脸上也红红地泛着酒光，一双眼睛充满关切。木桌上放着一套米黄色的军装和一个伸着舌头的帽子，黄晓刚摇一摇昏昏沉沉的脑袋便又趴着睡了过去。黄晓刚要寻他梦中的阿梅。

郑传华看着这个醉得胡言乱语的表弟，无奈地摇了摇头，又叹了口气。从黄晓刚断断续续的言语中他什么都知道了，郑传华对表叔黄守贵行事也有所耳闻，从小父亲就不喜欢他去黄家玩，倒不是不喜欢黄家的两个少爷，主要就是不想受黄二老爷的影响。郑传华知道表弟黄晓刚此时内心的苦楚，他已向冯师长推荐，让黄晓刚到部队去当兵，也给三河的父亲写了信，让父亲转告表叔黄守贵，告知表弟的去向。郑传华只能这么做。但郑传华万万没有想到，父亲早已被日本人杀害了。

“舍家趁夜随君往，何惜红颜当酒垆。”郑传华走到窗口怔怔地望着远方，看着窗外起伏绵延的群山，内心澎湃，思乡之情油然而生，想起已很久未回故乡三河了，想起依水而建，潺潺流水萦绕的古镇，想起两岸河堤垂柳依依的小南河，以及郁郁葱葱的庭院里儿时的欢乐时光，想起故乡老父亲期盼的眼光，还有丰乐河上船来船往的风帆。他属于那里，他在那里度过梦一般幸福的童年。郑传华的眼眶盈满了泪水……

第二天一大早，太阳刚刚露出山坳，立煌城内早已行人如织，四面环山的老街上一片喧腾。白墙黑瓦下，一排排木板门墙上挂着各种日用商品，不宽的石板路上人来人往穿梭不停。这里因为还未经战火的洗劫，人们安居乐业，做着各种生意买卖，街市上人们吆喝着，十分和谐。

蜿蜒起伏的山路上，一辆敞篷吉普车由远而近，停在戒备森严的军营门口。从车上下来一个身穿一套米黄色军装的小伙子，笔挺的军装使他更英姿飒爽，瘦削的脸上一双大眼炯炯有神，他就是黄晓刚。

黄晓明拎起包裹,转身向车上的表哥郑传华挥手告别,步伐坚定而有力,从此走上了一条新的人生道路。

第四十九回　斗志昂扬

雾蒙蒙的天空中,太阳像一面古铜色镜子,冷冷的光辉笼罩着湖面,水面上雾蒙蒙的,仿佛冒着热气。湖滩上,芦苇穿透白雾在缥缈的湖面中闪现。远处一只小船在雾中穿行,船上七八个汉子奋力地划水,芦苇叶上晶莹的露珠早已打湿了他们的衣服。野鸭和水葫芦鸟都不知道去了哪里,风平浪静,空气中弥漫着芦苇草的腥味。茂密的芦苇丛依水而生,一根根粗若拇指的芦秆排列成行,一簇簇汇集延向天际。小船在芦苇丛中前行。

穿过芦苇丛,湖水开始荡漾,小船在宽广的湖面如箭一般飞向姥山。潘志明立在船中,他已接到通知,上级命令尽快争取郑传宝这支人马,破坏日本鬼子水上的给养线,利用日本兵运粮机会,争取在水上消灭他们,夺取粮食支援抗日的新四军。潘志明知道此次任务艰巨,更明白山上的武器装备落后。潘志明暗暗下定决心:无论如何不能让日本人得到这些粮食。

夜色总是如期而至。姥山上,王杏儿收拾好渔网,这是她的习惯。自从上次去三河杀了几个鬼子回来后心情就好多了,这一段时间王杏儿除了练习射击外,便帮助山上渔民织网。这天晚上,王杏儿和平儿吃过晚饭准备回屋,当走到水啸堂大厅时,只见大堂内灯火辉煌,人声沸腾,他们俩知道大家又在水啸堂议事。

水啸堂灯火辉煌的大厅里,潘志明、郑传宝、陈家根、沈氏兄弟、石头、三跨子等十几个人围在八仙桌旁,潘志明拉着脸批评着郑传宝,并分析上次去夜袭三河后打草惊蛇的后果，以及下一步的计划。郑传宝红着脸没有作声，心想如果不是师兄围魏救赵的话，自己早已不在这里了。

王杏儿站在门外听见潘志明说："我已接到消息，这几天日本鬼子要从三河镇运一批粮食，利用水上交通运到合肥，据了解，日本鬼子有四五条船，有三四十人，我们准备抓住这次机会，行动！"

大家一听要去打鬼子，按捺不住兴奋。郑传宝仰着头说："你是说趁此机会去端掉鬼子的炮楼？"

"不！根据我们现有的装备和人员，消灭日本人在三河的力量，是不可能的，而且伤亡会很大。我们只有等待时机！"大家一听，如同被浇了一头冷水。这时潘志明又说："我们虽然只有一百多人，但是，我们可以发挥我们的优势，采取毛主席的麻雀战术。利用我们水上优势，来消灭他们！"

众人鸦雀无声。潘志明继续说道："我计划在下派河莲花圩口，对日本鬼子的船队进行伏击！我们用两个方案：一是我们利用水上优势，打鬼子劫粮；二是万不得已时就沉船。我已安排老马哥、胡祥林和刘乐平他们做船夫，运粮的船龙骨我已让他们拆了几根，估计在湖上风高浪大会不堪一击……总之我们不能让日本鬼子吃我们的粮食，还杀我们的同胞！""对！不能便宜了鬼子！""我们一定要把粮食夺回来！""就是喂鱼也不能给小鬼子！"众人气氛高涨。等大家安静，潘志明又说："这样，师弟你带五条船、三十几个兄弟，把山上的两个洋炮拆下来安在船上，多带炮弹炸药打前锋，埋伏在沙滩圩外芦苇荡里。沈氏兄弟各带两条船，每条船上十个兄弟，埋伏在荷叶地周围负责策应。陈二当家和石头带四条船、三十几个兄弟，在下派河口的芦苇荡里埋伏，一听枪响迅速合围，要像狼群一样死死咬住打……"众人很是兴奋，郑传宝见他安排妥当便大声应诺，打心底佩服师兄。

"我这里有五条船、四十几个人，也加入师弟这一队打前阵，大家要左右相顾，加上山上的七八十个弟兄，应该没有问题。一定要把船用芦苇伪装好，大家分散隐蔽，千万不能大意，待鬼子船到跟前再打，千万不能暴露目标，打草惊蛇。另外要多带干粮。”潘志明说完拿起桌上蓝边大碗喝了口水，面色凝重地又补充说，“最近新四军巢湖支队在防虎山打鬼子不能来，另外，我们的武器弹药少，大家要节约用。不过我已和巢湖的游击队取得联系，让他们给补充一点弹药，可惜身边只剩下两个手雷了。不知道各位有没有信心？”

郑传宝待潘志明说完后，大手一挥啪的一声拍在桌上：“没问题！我水啸堂就没有孬种！”火光照着他通红的脸，“兄弟们！在岸上鬼子神气，到水里可没有那么好过！大家都给我精神点，把所有的家伙都带着，最好分批下湖，注意隐蔽，听我师兄指挥！”大家高呼：“好！”待众人安静，郑传宝又说：“还有，我丑话可说在前头，打鬼子，大家要奋勇当先，谁要是当孬种，可别怪我不客气！”说完郑传宝将手枪往桌上一放。“敢上姥山就不是孬种！”“我们跟着当家的干！打小鬼子！”“打小鬼子！”大家摩拳擦掌，跃跃欲试。看着大家精神饱满、斗志昂扬，潘志明内心很是高兴。

“我要跟你们去打鬼子！”待在门口的王杏儿和平儿听说去打鬼子，王杏儿再也忍耐不住，推开门冲了进来说。“我也去！我跟你们去打鬼子！”平儿紧跟着挥着手中的弹弓嚷道。潘志明一皱眉，正准备说话，就看到郑传宝挥手说：“去，去！打仗哪有小孩子的事，等你长大了，练好本领了再去报仇！”平儿急了，瞪大眼睛说：“师父，你看不起人，我一个猛子都能扎过小南河！”平儿话音一落，立即引来众人一片笑声。

“多一个人，多一把枪，就多一份力量！让我去！”王杏儿拉开平儿往前抢了一步说。郑传宝看了看师兄，想了想说：“这个事情，我倒同意让杏儿姑娘去。她胆大心细，机智灵活，临危不惧。”潘志明沉吟道：“但杏儿也有缺点，就是报仇心切，没有组织观念！”王杏儿红着脸说：“潘叔，这次一切行动听您指挥！”“不行，我也要去！”平儿歪着头大声叫嚷。潘志明见状连忙劝阻：“杏儿，这次是在巢湖上打仗，又不是在平原湖滩上。还有，平儿不能去，等平儿长大了练好本领，再去打鬼子。再说你们守在寨里，山上也需要你啊！”平儿一听自然又是不愿，潘志明摆了摆手便转身走了。

天蒙蒙亮，王杏儿腰间别着枪悄悄起床，刚走出门外，只听门吱呀一声，平儿带着弹弓三步并作两步已奔到跟前：“姐姐，我和你一起去！”王杏儿无奈地叹了口气。自从王杏儿回到巢湖姥山后，平儿好一顿吵闹，王杏儿好不容易把他哄好，昨晚听说又要去打鬼子，所以平儿整夜坐在门边看着王杏儿，生怕姐姐又丢下自己跑去打鬼子。

王杏儿知道平儿的性格，多说无用，只好带着平儿早早赶到码头。此时，郑传宝正在指挥人员上船。望着一只一只船驶向湖中，王杏儿心急如焚，平儿上前想要上船，大家自然不让。驼子司马江勇笑道：“快回去吧！留着你还要延续香火呢！”平儿鼓着嘴，死活就是不走。严俊皱起眉头在一旁劝说：“回去吧！湖上风浪大，我们一定帮你多杀几个鬼子！”王杏儿不理他，径直走到郑传宝面前说：“郑师父，让我们去吧，三河人哪有怕水的呀！”石头似笑非笑，轻蔑地眯了她一眼。郑传宝面无表情，说：“我还是那句话，你去行，平儿不能去！”平儿见状着急地扭动着脖子。山崖上，一只麻雀在棯树上睁着圆眼睛不解地看着他们，平儿一扬手，麻雀便折了翅膀落在水中。“哼！你们看不起人！”平儿说完，扬了扬手中的弹弓，似乎真成了持枪杀敌的男子汉。二当家陈家根见郑传宝不理王杏儿姐弟，走上前铁青着脸对平儿说：“杀鬼子，你以为这是过家家、玩龙灯？瞎起哄啊！那可是真枪实弹，弄不好是要掉脑袋的！”说完不顾他们如何恳求，命令沈氏兄弟硬将姐弟俩拽了下来。陈家根简简单单的一句话对杏儿和平儿都相当于当头一棒，或者是一瓢冷水。这更激发了王杏儿倔强的性格。

第一批六十人分六七条船悄悄地出湖，一行人纯熟地驾着各自的小船，两个小时后进入预定的湖滩上，隐入高没人影的芦苇丛中。惊得一群野鸭尖叫着扑棱棱地飞向天空，落在了湖面上。

第五十回　水运码头

12 月 7 日，天刚亮，鱼肚色的云朵重重叠叠浮在天上。太阳已爬过三县桥的护栏，古老的拱形石桥在阳光下格外壮观。石桥边，几棵苍柳斜卧在水中，柳条如线，随着微风轻拂着水面。河水轻轻地拍打着两岸银白的河滩。

码头上，一排排、一行行整齐光滑的青石，阶梯般没入河水。河面上四只古铜色的船停泊在苍柳下，桅杆上挂着白色的帆布。一群码头工人正低头弯腰拾级而上，一个挨着一个艰难地搬运着偌大的麻包，来来回回不停地穿梭在码头与船之间。人们脚步沉重地踩着木跳登上船头，唱着低沉有力的号子。跳板在人们脚下微微地颤动，清清的河水随着颤动的船身闪着亮晶晶的波光。

船舱内粮包一个压着一个，整齐而严实。这是码头上萧条几个月都没有出现过的繁荣景象。

石头桥的两边站满手持长枪的日本兵，银色的刺刀在阳光下闪闪发光。塚同一郎立在桥头检阅着收获的粮食。第一批一百万斤粮食已超额完成，看着一包包大米整齐地排列在船舱中，塚同一郎露出满意的笑容。此刻，塚同一郎觉得这个桥多巷深、古香古色的青石小镇景色原来这么美。塚同一郎转过脸，对着一边的蔡正文微笑说："古镇三河，不愧是被誉为'水上枢纽''鱼米之乡'的'小南京'，很好！"蔡正文连忙躬身说："是啊！这里是是中国生产优质水稻最好的地方！只要你们需要，我们三河就是帝国的米缸！"

而此刻的黄守贵和蔡正文一样,也站在一旁陪着塚同一郎。黄守贵自己的五十万斤粮食已筹齐。黄守贵在桥上来回踱步,每当他看着一袋袋米包从他面前上船,心像被掏空似的难受,黄守贵仿佛觉得自己的血液在一点一点被抽干。黄守贵想起上次安排朱铁匠维修船一事至今都胆战心惊,黄守贵万万没有想到朱铁匠会搞破坏,差点要了他的命,所幸已从刘乐平那里知道了黄晓刚的一切,知道儿子已逃出,但不知黄晓刚现在在哪里。

伪县长蔡正文扭头见黄守贵没有作声,于是说:“这次,二爷为皇军筹送粮食功不可没啊!”塚同一郎赞扬:“嗯,你们为大日本皇军,为‘东亚共荣’做出了很大的贡献!”见塚同一郎看着自己,黄守贵强挤笑容,连连点头:“应该的! 应该的!”塚同一郎看了看黄守贵脸上古里古怪的表情,内心倍感骄傲。

太阳已上了桅杆,所有的船都已整装完毕。塚同一郎一声令下,一个日本兵立即吹起了哨子,船工们拿起长篙奔向各自的岗位,然后抓住帆绳,升起了船帆,船慢慢地移到河心。四条装满粮食的船在一条快艇的带领下开始离港,桅杆上的帆布像一面巨大的旗帜,迎着西北风飘扬,两岸不停向后移动,古镇慢慢远去。

船拐过三叉河湾进入丰乐河,河面渐渐变得宽阔,风似乎变得更加有力。塚同一郎手持望远镜立在船头小心地看着周边,芦花在芦苇丛静静地飞扬。突然一只黑鸟飞快地向他冲来,塚同一郎惊慌地放下手中的望远镜,定了定神,什么也没有。青蓝蓝的天空下芦苇挺着焦黄的秆,只有一群群野鸭从芦苇上空盘旋着,然后又扑棱棱地飞到河滩的草丛中,一部分又落在河面,随波荡漾,野鸭转动着灵活的头颈谨慎地看着周围。

塚同一郎望了望两岸,大河南北两岸寂静无声,毫无异常,堤岸上的人家三三两两地冒着炊烟。塚同一郎又看了看架在船头上的几挺机枪和船上三十多名荷枪实弹的日本人,充满信心地挺了挺胸,对着快艇上的鬼子又叽里呱啦了一番,桅杆上的帆布被扯得更高,船更加有力地向前驶去。

半个小时后，水面渐渐变得更加开阔，塚同一郎瞪大眼睛，抚着船舷，两岸渐渐变得朦胧，一群群白色的湖鸥拖着长腿，追随着渔船在空中盘旋，时而低飞，时而高翔，并不时发出尖厉的鸣叫声。湖中，船歪斜着身子开始加快，起伏漂荡在碧波中，波浪开始变得汹涌。塚同一郎抓紧船舷，努力稳住身体。远远地湖中的姥山和孤山也变得不再清晰。突然一个急浪打来，湖水溅在塚同一郎的脸上，溅落在太阳旗上，打湿的旗面皱成一团，如沾了鲜血的抹布一样再也飘不起来。

湖水一浪高过一浪。冰冷的湖水使塚同一郎打了一个冷战，塚同一郎内心开始感到惶恐，感到不安……船在水面上下起伏，这时，船尾掌舵的船工刘乐平走了过来说："太君，湖心风大，顺风迎岸走，浪小，船也稳定……"塚同一郎望了望如线的湖堤连忙点头，翻译官连忙命令快船顺着湖岸向前驶去，船行近岸立即变得平稳许多。塚同一郎擦了擦汗。

第五十一回　大湖之战

12 月 7 日。天刚亮，潘志明安排好人员守在山上，便命令其余人按计划纷纷上船。两只稍大点的船，船头上置着从山上拆下来的土炮，船头布满芦苇，几十个脑袋趴在船舷，几十条枪油光闪亮。人们鸦雀无声，手持各种刀、枪，精神抖擞眼望前方，兴奋加紧张使他们呼吸变得粗重。

船将要离岸时，只见王杏儿飞奔而至。郑传宝见她一人前来，也就没多说什么。潘志明问："平儿安排好了吗？""嗯，我和他说好了，他睡了，我把他锁在屋里，又和隔壁张奶奶交代了，没事的！"郑传宝点了点头说："哦，等到了湖中战斗打起来了，你自己要小心点！""好的，谢谢潘叔、郑叔叔！"

船陆续入湖，钻进了无边无际的芦苇丛中。一个小时后，船到达指定位置。

蔚蓝的天空下，绵延百里的芦苇在巢湖西岸，宛若长龙戏水。十几条大大小小的船，静静地泊在金黄的芦苇丛中。百十号人坐在船舱里。人们瞪大眼睛，忐忑不安地看着湖面，湖面上涛声依旧，湖水争先恐后一浪一浪拍着沙滩。湖面上只有一群群野鸭随波漂荡在湖水里，它们警惕地看着芦苇丛，不时地拨动红掌又撅起屁股上下觅食。

朱志兵看着远方，只觉得口干舌燥，艰难地咽了一口吐沫。一条鱼跃出水面，泛起一片水花。"鬼子来了！"朱志兵失声惊道。陈家根一见哈哈大笑："就你那样子还打鬼子！"朱志兵红着脸缩了缩脖子。"大家安静！"潘志明、郑传宝坐在船头一脸严肃地看着湖面，湖水散发着腥味。长久的俯卧使人疲惫，几个山上的兄弟不时小声地说话，只有驼子司马江勇低着头靠着船舱均匀地打着呼噜。

咚咚……船头仓储柜里传出怪异的声响，众人又是一惊，随着“吱呀”一声，舱门里探出一只脑袋来，紧跟着钻出一个人。王杏儿一怔，惊叫一声：“平……平儿……”钻出的人正是平儿，只见平儿似笑非笑灰头土脸地看着大家，众人一见，只觉得又好气又好笑。“这小子胆子也太大了！”“谁？谁装的货？怎让这小子混上来了！”“这是在湖上打鬼子，不是在家里捉迷藏！”众人一片哗然。潘志明脸色铁青，郑传宝见了更是又气又怒骂道：“兔崽子！谁让你来的！”平儿不吭声。王杏儿走上前紧紧抱着平儿泣声说：“弟弟呀！你怎么这么不听话呢！”

原来，平儿知道大家关心自己，不让他去打鬼子，姐姐杏儿做了半夜工作，于是就假装答应睡觉了。等姐姐杏儿回房休息后，平儿便将床上被子伪装成自己睡觉的样子，二更天时从窗口出来跑到湖边，上了这条白天早就侦察好的大船。平儿推开舱门爬了进去，舱里放满了山上白天准备好的芋头、玉米等食物，还有几床破棉被，平儿抱着棉被躲在一角睡了一觉。船在湖中行进，他哪敢吱声？此时见船停稳，船上人声笑语，估计已到达位置，平儿这才爬了出来。

潘志明板着脸对严俊和王杏儿说：“你们送他回去！”王杏儿在一边愁道：“我不回去！”严俊望了望王杏儿，不知如何是好。一旁的平儿咧着小嘴，白白的牙齿咬得嘴唇快出血来。“不！我不回去！”平儿坚定地说。潘志明见状柔声道：“回去吧，等你长大了，练好功夫，我带你打鬼子！”严俊只好起身张啰船只。平儿一见大叫：“不！我不回去！我要给家人报仇！”说完平儿走到郑传宝身边，摇着他的胳膊说，“师父，你说让我练好功夫打鬼子的！”郑传宝依旧冷冷地看着湖面，“你要让我回去我就再也不认你这个师父！我……我就跳船！”平儿说完，挣脱王杏儿，拼命地扑向船边。王杏儿一把拉住，声泪俱下地对着船头的潘志明和郑传宝说：“我知道平儿的性格，再说多一个人也多一份力量！”郑传宝望了望王杏儿和平儿倔强的脸,咬牙道:“是个种!师兄,留下他们吧!”潘志明叹了口气。

湖面上十几叶小舟泊在芦苇中,湖面薄雾蒸腾,散发着冬的气息,芦苇无精打采地耷拉着脑袋。人群在芦苇丛中已近两天了。由于长时间的等待,严俊感到攥着刀的手很疲惫,变得又酸又麻,不灵活。潘志明让大家掏出舱里的芋头和玉米棒充饥。严俊领了几个芋头,送了两个给王杏儿和平儿。严俊用手摸了下平儿的头:“鬼子来了,你怕吗?”平儿扬了扬手中的弹弓,仰着头说:“不怕!”严俊拍拍平儿肩膀,又看着王杏儿,叮嘱说:“待会鬼子来了,你们就趴在船上待近了再打,不要乱动!”平儿点点头。王杏儿不语,焦虑地看着湖面,脸上沁出细密的汗水。这时潘志明走了过来,从怀里掏出一把黄澄澄的子弹递给王杏儿:“就剩这十几颗了,一定要瞄准了再打!”王杏儿一见大喜,不知怎么感谢才好,心里想着:小鬼子来吧,来!就让你们这些禽兽去喂鱼,让芦苇的根去扎你们丧尽天良的心!

小船静泊水中,芦苇肃立两旁,鱼在芦苇丛底潜伏。已近中午,太阳钻出云层。蓝蓝的天空下还是不见一艘船的踪迹,小船上人们变得无精打采。

潘志明睁着充满血丝的眼睛回头看了眼朱志兵,见他手握铁锤不时地抬眼扫向湖面,他的目光中有着一种从未有过的紧张和不安。潘志明的眼前浮现出哑巴带着他来交给的一包旧船铁钉,潘志明知道旧铁钉是告诉他任务失败,也打听到朱铁匠已经牺牲了,但潘志明不知道怎样告诉朱志兵,于是走过去拍拍朱志兵的头,小声说:“志兵呀,不用怕!鬼子的头难道比你打的铁还硬?来了给我狠狠地打!”朱志兵点点头。潘志明说完后回到船头,一动不动地看着远方,内心却在打鼓:鬼子怎么还未到?难道消息不准确?是不是塚同一郎推迟了时间?

湖面上白浪翻滚,只有几只白色的鸬鹚和几只黑色的野鸭在湖面上飞来扑去,不时泛出一股股鱼腥和蓝藻的混合气味。一条红色的鲤鱼,张着嘴巴浮出水,又摆了下尾巴潜入水底,水面上泛出一片浑水。船上的人们不时地挠着头张望,有的抱着枪开始打瞌睡,有的不时地小声地嘟囔,有的开始骂着,大伙在等待中焦躁不安。驼子司马江勇睁着红眼睛看了眼白茫茫的湖面,一口一口呷着浓烈的三粮液酒。

午时,眼尖的平儿兴奋说:“来了,来了!”平儿的话,打破了沉静。船舱内稀里哗啦响起一片惊慌的声音,人们伸着脖子睁大眼睛还是看不出发生什么事。一阵风夹着突突的声音,人们这才发现远处几个黑点从三岔河口方向驶了过来。潘志明眼望湖面,压低了嗓门命令道:“大家注意隐蔽! 隐蔽! 不要动! 等他们靠近后。听我的口令,一起打!”透过芦苇,王杏儿清楚地看到快艇上的太阳旗和船上的日本兵,听到鬼子在粮船上叽里呱啦的叫声。

马达声中,快艇冒着青烟,渐行渐近,快艇驱逐着波涛飞快地越过芦苇,芦苇的浮叶向两边游荡。芦苇丛中人们睁大眼睛看着快艇开了过来,鬼子似乎警觉到危险。船头的一个鬼子举起枪对着芦苇丛一阵扫射,子弹打进了芦苇丛,众人埋下身子趴在船上一动不动,芦苇叶子散落在身上。枪声过后,湖面上又恢复了平静,只有风吹着芦苇叶沙沙地响,塚同一郎放下望远镜。

王杏儿刚要起身,潘志明低吼一声:“大家都不要动!”王杏儿屏住呼吸焦急地等待着。严俊握枪的手心满是汗水。郑传宝焦急地看着快艇过来,狠狠地骂了一句就要起身,潘志明按了下他的肩头小声说:“再等等!”几十双眼睛睁得像铜铃似的静静地等候着。时间一分一秒地走,王杏儿的心怦怦直跳,平儿面色通红,兴奋的眼睛渴望地看着前方。快艇过后,几只船破浪而至,200米、100米、80米、60米……

“冲……”潘志明命令道。伪装的芦苇船犁开芦苇,像离弦的箭一般冲了过去……

“弟兄们,打!”郑传宝一甩手,“啪啪”就是两枪,两个鬼子应声而倒,紧跟着几十支各种各样的土枪响彻云霄,子弹从枪口喷出,一时间枪声、喊杀声响彻湖面,八九个日本兵应声倒下。轰隆一声……小船上火炮伸出火舌,炮弹随着声响落在鬼子的船上。浓烟中,一个鬼子慌慌张张扔掉了手中的枪,他的屁股后面燃烧着一团火焰,鬼子双手不停拍打着自己的屁股,并发出嗷嗷的叫声。

船舱内的鬼子一片混乱。他们东倒西歪,坐的坐,趴的趴,晕船的晕船,一个个被这突如其来出现的十几条船打得晕头转向,只觉得到处是枪炮声和喊杀声,几条船上鬼子乱得像一锅粥。惊恐的塚同一郎瞪大眼睛从船舱中探出头来,另一只船上,驼子司马江勇正歪着脑袋举枪瞄准,只听到石头举着手枪大喊:“饭桶一郎的脑袋是我的!”话音未落,一颗子弹带着哨音从塚同一郎的耳边飞过,吓得塚同一郎连忙将头缩回船舱中,石头一见哈哈大笑。

塚同一郎埋下头深吸了口气,立即从惊恐中镇定下来。塚同一郎拔出手枪跃到船舱边,叽里呱啦大声命令,鬼子们一下子全趴在舱内,前面的快艇掉过头便冲了过来。很快船上鬼子的机枪便响了,密集的子弹像雨点一般。

山上的兄弟正打得带劲,也不知掩护,两个青衣汉子刚扑向船头炮位,便被打翻跌入湖中。潘志明双眼冒火,一手按下平儿的脑袋,同时向大家大呼:“趴下! 快趴下!”人们低着头,子弹跃过头顶,打在密集的芦苇上,断裂的芦苇发出清脆的声音,一排排倒了下来。

“点炮,点炮……”石头大声呼叫着,船上的土炮上引线冒着青烟,却不见声响。“点不着!”一个青衣壮汉话音刚落,就听一声惨叫,倒了下去。“再点!”驼子司马江勇恨恨地说,说完解下系在腰间的葫芦,咕噜又喝了一大口。

这时一个手雷落在船头,轰的一声,只见石头已一身鲜血趴在船帮,土炮歪在一边。司马江勇一见,连忙把石头拖下船舱,只见石头敞开的布衫中胸肩上浸出两朵血色的红花。司马江勇从腰间解下腰带一撕为二,将石头裹起来:“兄弟,先忍着!”石头张了张毫无血色的嘴:“小……鬼……子……”

粮包上机枪持续不断地扫射着，子弹呼啸，打在船舷上冒着青烟，有几个不慎把脑袋露出船帮的兄弟立即被打翻，死在舱内。由于两船距离甚远，王杏儿几次举枪都被潘志明制止，王杏儿和平儿此时只能干着急。

“炮呢?！点炮，点炮！”“炮歪了身子！”船上一片混乱。“快去把炮扶正了！”一个汉子刚摸到船头就倒了下来。“谁上！”驼子司马江勇刚起身，正在这时石头突然猛地跃起，一个鹞子翻身便坐上船头，石头一把抱起炮筒对准塚同一郎的船大喊：“点炮！”这时又一梭子弹打了过来，石头喃喃低语，“饭桶一郎的脑袋……是我的！”便再也没有闭上嘴。

船舵无人，泊在水面，船身随浪起伏。“快，点炮！”一个青衣汉子手持火绒爬了过去，他刚要将火绒触到引火绳上，很快便趴在船头不动了。“怎么搞的？王八蛋，不是说拆了龙骨了吗?”有人恨恨地怨道。子弹在人们头顶像一张无形的网。尖厉的枪声在芦苇丛中鸣叫，芦苇花无精打采地耷拉着脑袋。

两船渐近，潘志明从腰间摘下一个手榴弹扔了过去，在鬼子的船头炸开了花，两个鬼子惨叫一声跌入湖中。潘志明大声吼道：“打！掩护我！”说罢便要上前，只见一个身影早已翻了过去，潘志明定神一看，正是驼子司马江勇。

只见司马江勇两个滚翻便敏捷地扑至船头。潘志明的另一个手榴弹在日本船的米袋上炸了开来，一道火光闪后，船猛地一震，另一艘船上的机枪也哑了，焦黑的粮包上三个鬼子趴在那里一动不动。

司马江勇掏出火石刚要打火点炮，另一条船上鬼子的机枪响了起来，司马江勇一翻身从腰里解下葫芦，拔下木塞，葫芦里的酒似乎快干了，司马江勇摇了摇葫芦，仰头咕噜咕噜一口气将葫芦内的酒全部喝完，然后伸出手将葫芦顺着船舷边贯满湖水，盖上木塞。驼子司马江勇一扬手，葫芦在空中飞向日本兵船。日本兵一抬头见又一个“手榴弹”飞了过来，缩头趴在粮袋下。这时司马江勇睁开充满血丝的眼睛，一个翻身跃起，对着船头的火炮，被点燃的火药信冒着青烟滋滋向前。司马江勇刚点着引信，就觉得自己的驼背一热，就趴在那里一动不动。

咚……沉闷的炮弹终于发了出去，木船向后颤抖了一下，立即一团火焰蹿了出去，远处爆炸的水柱冲向天空，一条白鱼随着水柱落入船舱。巨大的冲击波在鬼子的船边激起几米高的浪花，船上几个鬼子号叫着跌入湖中，排山倒海的巨浪立即淹没了他们的头顶。鬼子在湖水中挣扎着，又扑通扑通奋力地游向大船。一个鬼子看上去好像是游泳健将，可惜他游得再快，也没有王杏儿的子弹快，砰的一声，随着枪声水面上泛起了一片血花。

湖面一下宁静了许多，船中粮包上一片烟火，船舱内黄色的麻包上雪白的大米从焦黑破洞里哗啦啦地流了出来，流进了湖水中。一只船的船底进水了，船上一片混乱。郑传宝大手一挥："打！"二十几个队员翻身跃起，立即各种长枪响彻一片。又有两个鬼子被打翻，木船在湖心打转。"快！靠上去！"潘志明大声叫喊，几个船员连忙撑杆划水，船与船越来越近。这时另一只船上鬼子的机枪又响了起来，几个冲在前面的队员又倒了下去。子弹像雨点般在郑传宝头上呼啸，人群又一次被压在船舱。

这时，陈二当家和沈氏兄弟的几条小船也从另一片芦苇中杀出，塚同一郎一见大惊，连忙命令机枪掉转枪口，郑传宝这边压力顿时减轻许多。此时郑传宝眼已血红，看了看周围，大喊一声："双子、石头、三跨子……大家跟我往水里面钻！"郑传宝不知石头已经死了。

这时船已靠近，王杏儿抬头端着手枪瞄准射击，起初因受风浪影响，船起伏不定，射出的子弹也飞到了天上。王杏儿渐渐稳定心神，透过烟雾缭绕的粮包，两个鬼子端着机枪正打得带劲。王杏儿举起枪，对准一个鬼子，"啪"的一声，鬼子应声倒下，机枪也歪在一边。另一个鬼子将脑袋埋了下去，王杏儿静静地举着枪等着，果然另一个鬼子从粮包后慢慢地探出脑袋，鬼子刚端起枪，就听"啪"的一声，王杏儿的子弹打穿了他的脑袋。

就在这一愣神工夫，只见郑传宝将手中砍刀咬在嘴里，弓着腰脱下汗渍的短布褂子，随手扔在舱内，郑传宝一收腹又将裤子褪了下来，再吸一口气系紧了裤衩。这时沈子健、沈子康兄弟和山上其他十几个队员一样脱去上衣,各人都把裤衩猛地系紧腰间,扔掉破鞋,单手提起刀具。郑传宝一挥手,一个个一挺身顺着船舷扑通扑通都翻入水,一个猛子便扎入水中,向鬼子船边游去。严俊一见也不含糊,脱了衣服一头扎进水中,潜入湖底。冰冷的湖水丝毫不减他们的斗志,相反更加激起了精神。此时朱志兵也脱了衣褂,但手中沉重的铁锤使朱志兵犹豫地看着湖水,他只好止住脚步等着两船靠近。

郑传宝不愧是水上漂,在水中箭一般冲了过去,跟在后面的是严俊、沈氏兄弟和山上十几个水性好的弟兄,涌至鬼子船底。

鬼子正打得激烈,没想到船后面一下子从水里冒出十几个脑袋来。十几个人翻身上船,身手敏捷地扑向各自锁定的目标,跟鬼子一起形成白刃战,鬼子的枪一下子哑巴了,瞬间战斗优劣骤变。

此时鬼子已经完全失去了斗志。王杏儿见状更无顾忌,干脆站起身来射击,“啪”的一枪,快艇上一个鬼子便落入水中,水面立时“咕噜噜”泛出一片红泡,紧跟着枪响,又一个鬼子倒了下来。

快艇上六个鬼子转眼死了两个,一个落入湖中,剩下三个眼看大势已去,快艇慌慌张张掉转艇头便要逃跑。潘志明一见瞪大眼睛,大喊一声:“不能让他们跑了!”说罢顺手拾起一块船板扔入湖中。潘志明左脚一点船舷一个飞跃,像一只大鸟,他的右脚已稳稳踏上水中木板,飘向快艇。快到快艇时,只见木板微微一颤,潘志明已起身跃上日本快艇尾,一个鬼子惊恐中拿起刺刀便捅了过来,潘子明迅速避开,顺势一脚,鬼子扑通一声落入湖中。王杏儿对着水中的脑袋又是一枪,波浪中,一团血缓缓泛了上来,在水里散开。

潘志明甩手一枪,“啪”的一声,快艇哧哧地泄着气,再扣扳机却无声响——枪膛里没有子弹了。潘志明举起枪对着鬼子便砸了过去,枪在空中飞舞,“呼”地一下正砸在开快艇鬼子的脑壳上,脑袋立即耷拉下来,快艇终于泊在湖面,后面木船上的鬼子惊慌失措。

几条船已相连，朱志兵一纵身就跃了上去，轮起大锤和鬼子打起来。平儿手中的弹弓也派上了用处，平儿得心应手，弹无虚发，打得鬼子嗷嗷乱叫。“啪”的一声，一个鬼子捂住左眼疼得“哇哇”叫，连忙瞪起右眼，只见平儿正拿着弹弓在向他瞄准，鬼子吓得连忙趴下，慌乱中一个踉跄一头栽入湖中。

这时十八条小船如狼群一般紧紧地围绕着四条装粮的船厮杀，大家奋力跃上装粮的船和鬼子厮打在一起。混战中不时传来惨叫声。郑传宝伸出两条粗壮胳膊，大刀在他手中像蛇一样灵动，一套六合刀法在郑传宝手中发挥得淋漓尽致，只见所到之处人仰马翻。郑传宝从船头杀向船尾，刀光闪闪，像一头发怒的狮子。朱志兵也挥舞着铁锤紧跟其后上下抡锤，所到之处一片哀号。平儿看得惊心动魄，心里敬佩不已。

第五十二回　魂归故里

夕阳西下。零星的枪声仍在持续，潮湿的空气里，弥漫着硝烟的味道。两只船已沉入湖底，另几只船歪斜在芦苇滩旁，船上人影翻飞，三个小鬼子摇摇晃晃紧张地爬上桅杆，朱志兵一见，挥舞着铁锤砸向桅杆，桅杆应声而断，连同两个鬼子落入湖中，水波纹四分五裂，溅了王杏儿一脸湖水。王杏儿一回头，当场怔住了，只见塚同一郎拔出战刀吼叫一声，对着朱志兵就是一个"力劈华山"，朱志兵来不及退让，只好上身向后一扬，寒光闪过，只见塚同一郎的刀尖还滴着血。朱志兵面色苍白，痛苦的脸扭曲着。朱志兵一手捂着肚子，一手将铁锤扔向塚同一郎。塚同一郎一低头，铁锤从他头上飞过，落入湖中。朱志兵哆嗦着嘴唇，做梦般地看看王杏儿，又看了看天空，一脸的茫然，一下子不知进退。他似乎又想起什么，扭曲的脸上口水顺着嘴角线一般流下。朱志兵咧了几下嘴，终于咽喉中爆发出剧烈的号哭声："妈……呀！"便坐在船梆上抽动着。

看着朱志兵倒下了，塚同一郎叽里呱啦兴奋地号叫着。正在这时，塚同一郎只觉得自己的耳朵一热，一颗子弹带着哨音已打穿他的耳朵，塚同一郎凄厉的号叫中看到了一脸怒容的王杏儿，这倒不是王杏儿枪法不准，而是船在不停晃动。塚同一郎连忙转身，这时，塚同一郎看到一身是血的郑传宝扑了上来。郑传宝跃上船一挥大刀，一个泰山压顶砍了下去。塚同一郎连忙举刀迎了上去，两个不同的刀在空中闪着火花，塚同一郎只觉手中一麻，刀被震落在一边。塚同一郎连忙退后一步，向左一偏头，郑传宝的刀也向前一步向右边一偏，刀像长了眼睛紧紧地跟着塚同一郎的脖子转，塚同一郎感到呼吸不过来，只好猛一低头，刀贴着塚同一郎的头皮唰地过去。塚同一郎感到头上一凉，连忙紧缩一下脖子，半空中，一只帽子在空中飘落，看了看水中漂荡的帽子和散落的头发，惊出一身冷汗。这时郑传宝的刀光一闪，又形如鬼魅来到跟前，塚同一郎慌忙抬起发麻的手臂举起长刀……

突然，郑传宝在空中摇晃一下，只好右手收刀，用力插入船板撑着将要倒下的身体。郑传宝挺了挺胸，血从郑传宝的后背流了下来，只见躲在船舱的青木金泽正举着枪，还没等他开第二枪，这时，空中飞来一只明晃晃铁撑杆，啪的一声，不偏不斜正砸在青木金泽的头上，青木金泽哼也未哼，头便像一个熟透后烂了的柿子。郑传宝转过头，看到正是船工刘乐平。

这时塚同一郎的刀眼看就要劈向郑传宝。另条船上王杏儿看得真切，连忙举枪瞄准，啪嗒………王杏儿连扣扳机，枪膛已无子弹，与此同时平儿的弹弓已发出。塚同一郎摇晃一下被打中的脑袋，刀从郑传宝的耳边闪过砍在肩膀上，血喷涌而出，郑传宝一扬眉，左手一把抓住塚同一郎的战刀，塚同一郎用力抽刀却又无论如何拔不回来。就在这一愣神的时间，潘志明已跃上船，只见潘志明随着起伏摇摆不定的船，左右腿互换重心，稳稳当当地立在船头，像焊在那里一动不动，潘志明双手后分，一招"形意有神"平推了出去，只见平波无纹的空气中一股暗流缓缓而去。塚同一郎只觉得呼吸困难胸口发闷，便一头便栽入湖中。

见塚同一郎栽入湖中，王杏儿连忙冲到朱志兵面前迅速脱下外衣上前捂住朱志兵的伤口。朱志兵看着杏儿，看着她两只纤嫩的小手，仿佛看到了王家豆腐坊白白嫩嫩的豆腐。朱志兵咧着嘴，又抬起头看着青蓝蓝的天，口中发出微弱的声音："冷……妈妈，妈妈！我好冷……"

与此同时，一个趴在船上装死的鬼子突然睁开眼睛，对着潘志明的左腿顺手就是一刺刀，刀尖穿透肌肉，血从潘志明的小腿上流了下来，潘志明咬咬牙，反手一掌将鬼子打倒在地。这时哑巴嗷的一声跃了过来，左手揪住鬼子的脖子，往后一扯，右手伸刀用力一抹，鬼子便扔掉刺刀双手捂着咽喉。这时陈二当家和沈氏兄弟也从另条船上杀了过来，只见他们满身是血，沈子健的一只胳膊拖着，血在垂下的手臂上一滴一滴流了下来，沈子康捂着肚子，显然他们已经受伤。他们一左一右奔向郑传宝和潘志明，郑传宝挺了挺身腰，朦胧中郑传宝看到哑巴的胸口也被一个鬼子插入了刺刀。

严俊一脚踢翻一个鬼子，刚回过头见此情景，吼叫一声又一次跃入水中，对着塚同一郎游了过去。水中塚同一郎刚一露头就听砰的一声，一个石子正打在他的眼睛上。塚同一郎痛得哇哇乱叫，又呛了几口水，胸闷难受又一次露头，又一个石子打在他的头上。惊恐中，塚同一郎看到平儿手握的弹弓在水面上看着他。于是塚同一郎立即又缩下了头，就像甲鱼一样将头缩入水里。

连灌几口水的塚同一郎慌乱中一把抱住一个截断的桅杆，正要往上攀爬，忽然感到脖子一阵酸痛不能转动，用手一摸却是被一只铁钳一般的手指卡住。他忙抬起手想去拨开，桅杆一下子又漂出好远。塚同一郎连灌了几口水，嘴巴像饮水机一样咕咚咕咚冒着水泡。塚同一郎感到头昏眼花，朦胧中仿佛看到了霞光满天的北海道，和富士山下铺满鲜艳花瓣的家，还有站在五彩缤纷云端上的母亲，以及自己美丽的女人。塚同一郎伸开手向她们不停地挥舞……突然王六披头散发走在面前，塚同一郎仿佛又看到了那棵千年的皂角老树，树边还有许多人向他扑来。塚同一郎转身想跑却又迈不开腿，他感到有人在拖他的双腿，眼前一片黑暗，觉得胸膛快要爆炸，于是张开嘴大口咕咚咕咚地喝着这原汁原味正宗三河好酒——三粮液原浆，塚同一郎听到美丽的女人在很深的湖底伴奏着鱼虾的味道唱着樱花曲，他觉得自己仿佛在云间变得身轻如燕，云中有一双手在拉他，塚同一郎努力睁开眼，只见孙何生正笑嘻嘻地拖着自己一步一步地回家……

残阳如血，太阳已一半落进水里，湖水依旧不知疲惫地拍打着湖滩。湖面上一群野鸭在波浪中蹿上蹿下觅着大米，黄色的水面下灰色的淤泥被搅动起来。鱼在水中欢腾，成群结队的白鱼、鲤鱼、鲫鱼和鲢鱼搅得湖水泛起一片浊浪。争食的鱼群不时地像箭一样飞离水面又啪的一声落了下来，发出哗啦哗啦欢快的声音。群鸟在天空盘旋，又像箭一般冲入湖底，很快又叼着鱼浮出水面，展翅飞向天空。

湖面上，十几条小船在夕阳的霞光中东倒西歪随波颤动，风簇拥着昏暗的浪尖，一波一波地拍打着船帮。歪斜的船上横七竖八地躺着各色衣服的人，在痛苦艰难地挣扎，汹涌的湖水终于一波一浪地将太阳赶下湖面，渐渐沉入西边的芦苇丛，天地变得朦胧。

午夜。当水面上渐渐涌起薄雾时，湖中三艘装满了粮食的大船驶向姥山。

也就在这天夜里，太平桥边的张家祠堂也响起了激烈的枪声和爆炸声，碉堡上火光冲天。密集的枪声一直延续了一个多时辰。第二天中午，人们才大着胆子去碉堡边看看，只见碉堡内早已人去堡空，日本鬼子留下了二十几具尸体仓皇逃遁到合肥城里。从此日本鬼子再未在三河驻扎过部队。有人说是郑二先生的儿子郑传华带国民党军来报仇的，又有人说是新四军游击队打来的。至于是谁袭击了碉堡，打跑了张家祠堂内的鬼子就不晓得了。只是在掩埋鬼子的尸体时，有人认出了身首异处的一个人头，他就是副官井官川秀，这个沾满三河人民鲜血的刽子手，得到了应有下场。勇敢的三河人民，粉碎了日本侵略者在这富饶的水乡古镇建立粮仓的如意美梦。

从日本兵侵略三河到被赶出古镇，仅仅用了83天。人们兴高采烈地走街串巷，奔走相告。只见大街小巷到处贴着这样的标语："逐除倭寇，还我河山！""国家兴亡，匹夫有责！""保家卫国，坚决抗日！誓死不当亡国奴！""一定要把日本鬼子赶出中国去！"日本鬼子被赶出三河后，古镇又恢复了往日的热闹。萧条很久的大街上一下子变得喜气洋洋,许久不见的笑容又回到了人们的脸上。古镇商贸市场由此又逐渐繁华起来。

多年以后,王杏儿听说是国民党二十九师三一七团根据鬼子运粮的可靠消息,对守护在张家祠堂碉堡内的鬼子进行了袭击。据说,亲自督战的便是从立煌城(今金寨县城)来的郑传华。家乡所发生的一切,郑传华早已从管家郑福的书信中得知,悲愤之后,请战受命,为父报仇,此次战斗也算是国共一次配合默契打击日本侵略者的行动。

第五十三回　平儿除奸

日本鬼子被赶出三河的第二年夏天，李秀梅产下了一个女婴，取名思思。闻讯前来道喜的人络绎不绝，吃的穿的玩的戴得一应俱全，单单红糖和鸡蛋人们送了十几箩筐。客厅上，黄守贵不断地重复着几句客套话。李秀梅躺在床上默默地看着思思，脸上露出了少有的灿烂，她喜悦的心也飘向远方。

自从黄晓刚走了以后再无音讯，李秀梅每天过着牢笼般的生活，她把所有的希望都寄托在这小小的生命上，她给思思双手戴上两只十分漂亮精致的银镯子，心里涌起无限的幸福，李秀梅开始明白今后要怎样的生活，怎样做一个母亲。

欢庆的月子很快过去，李秀梅的房间很快冷清了下来，冷到黄守贵好几个月都未踏入一步，只有丫鬟琬儿跑前忙后地照应着，有时巧巧也过来陪她说话。李秀梅到也乐得清净，更加陶醉，更加充实地伴着女儿思思的成长。李秀梅让丫鬟琬儿帮她置了一张纺织机，每天闲时便纺纱织布。李秀梅本是穷苦出身，无论是田里的庄稼活还是缝补的针线活，做起来倒也顺手，李秀梅织的布又细又均匀，织得多了便让丫鬟琬儿送去换些银两，送给她母亲，但李秀梅再没回娘家一次，有好几次娘家来人她也很少见。日子就这样一天一天过去。太阳还是那个太阳，日子还是那个日子，日子里李秀梅的生活枯燥而充实，她从不过问米行事务，也极少出门。二姨太施氏依旧每天像一个尼姑枯燥地念着永远也念不完的经。黄守贵有时醉酒之后便来寻欢泄气，李秀梅总是怀抱思思以死相拒，黄守贵每次要发威,但只要看到思思,立即就想到儿子黄晓刚,只好气恼地走开。

姥山上,日子过得飞快,转眼冬去春来。第二年春天,严俊和王杏儿便结了婚。婚礼由潘志明主持,简单摆了两桌。也就在这年冬天他们迎来了第一个孩子严坊,意思是纪念王杏儿家的豆腐坊。自从杀了塚同一郎后,潘志明带着严俊、杏儿、平儿等十几个兄弟投奔新四军巢湖支队,参加了抗日队伍。二当家陈家根不愿离开山寨就和沈氏兄弟留在山上当老大。平儿在潘志明的指导下,武艺日新月异,练就了一身本领。转眼七年过去了。

1945 年 8 月 29 日。抗战刚刚胜利,城市的商业还没有复苏,小镇的老街上行人熙熙攘攘起来,五花八门的招牌下,摆满了拥挤的摊位,弹棉花的,打铁的,卖狗皮膏药的,吆喝声不绝于耳。

下午三四点钟,丰乐河大堤上传来一串清脆的马蹄声,一阵黄烟飘过,二十几匹形态各异,呼啸而来,黑色的马油光锃亮,枣红色的马宛如红云,白色的马闪光耀眼,马上一群人个个腰挎短枪,威风凛凛,众骑当中一个面色清秀的女子,她腰挎双枪,一拉马的缰绳,白马前蹄腾空亮起黑色的铁掌,她双眼紧盯着古镇三河方向,一挥手,大家从马上跃下,很快将马牵到河堤下,系在柳林中。她就是王杏儿,在她的身后就是严俊,还有船工刘乐平和二十几个游击队员。王杏儿这几年受上级指示一直在巢湖一带发展壮大,做后勤保障并协助新四军打击侵略者和反动派,此时王杏儿已是巢湖地区妇女联合会副主任,严俊为巢湖游击支队罗祝大队大队长。

傍晚,小镇上来了一群人,他们三三两两散落在人群中。街道上,补鞋的修伞的,卖包子的摊饼的算卦的,以及卖糖葫芦的不时地吆喝着。严俊和王杏儿穿过中街集市,一路溜达到仙姑楼。仙姑楼下,严俊放下手中担子,一边取下草帽扇风纳凉,一边抬起头仔细地打量着街面上的人群,他的眼神闪着鹰一般的寒光,像在等待猎物的到来。此时的严俊,英俊的脸庞上更加英武,膀臂也更加结实。在他的身后是打扮成村姑模样一身素服的王杏儿。

十字路口,三个身穿黑色制服的伪军,背着长枪在来来回回地巡逻。王杏儿怕被人认出,拉一下头上的头巾一头扎进了仙姑庙里,严俊守在门边,眼睛始终冷冷地看着街上的每一个行人和街西方向的人群。

同兴米行门口,四五个家丁背着长枪守待在黄宅大门两侧。远远地,黄守贵挺着肚子晃动着身躯走来,他头发稀疏,一双浑浊的眼睛警觉地打量着周围,黄守贵的身后跟着八九个荷枪实弹的伪军,很快便走进入同兴米行。

六年的变化很大,黄守贵依旧春风得意,凭着他的智商和送给国民党军队的三十万斤大米,他已从日伪维持商会的会长摇身一变成了小镇的伪镇长,他的弟弟黄守仁自然也成了三河镇的保安团团长。在这六年里,黄守贵集结了许多地痞无赖和无业游民,杀害了多名共产党的抗日积极分子。

街道上人来人往,严俊和杏儿装作香客走进仙姑楼,他们已打探了黄守贵准确的行踪,他们在等待夜色的来临,等待和平儿会合。按照上级潘书记的指示除去黄守贵,此时的潘志明已是中共巢湖地区区委书记。

仙姑楼内,王杏儿弯腰点上几根檀香,青烟袅袅。王杏儿看着神殿上的仙姑像,又一次想起了这座历史悠久,充满了神奇的仙姑传说。

这是一座有二百多年历史的古楼,相传这座仙姑楼曾经是一个汪姓的生意人的糕点坊,因为他为人忠厚,做生意诚信为本,又时常接济周边穷人,周围方圆百十里地无人不晓,无人不夸。一天,一个得道的俗家女道士从齐云山云游取经至此,路过三河小镇时她听说这事,便带着几个小道士化装成几个逃难之人走到他的糕点坊门口行乞。这天,天下着大雨,几个人挑着担子在他门口要求躲雨,汪家人自然允许,但来人却又说生意亏本是落难之人,雨后,又要吃要喝就是赖着不走,汪氏知道后立即安排她们到杨婆圩内仓库住了下来,一连数月也不催促。于是女道士又安排人从外地找来一残疾女婴，放在他店前，汪氏闻声收留，怎奈女婴日夜啼哭，闹得糕点坊及家人夜不能寐，汪家毫不嫌弃，遍请郎中将其女婴医治，治好后又多方打听将女婴送回。此时，连日大雨河水高涨，洪水肆虐，周边十圩九破，许多人家被洪水冲垮惨不忍睹，三河街头到处是无家可归的流浪人员，汪家见此情景立即腾出所有房间，又拿出所有的钱粮，赈济灾民。女道士看在眼里也为之感动，就动了恻隐之心，并决定扶持糕点坊，她现出女道士原形，并说明了留居本意，说完便隐身坊中，汪氏一见连忙跪拜大呼仙姑。从那以后汪氏糕点坊生意兴隆，供不应求，汪家产业也日渐壮大，汪氏感恩之余就在糕点坊对面建一仙姑楼，楼内塑一仙姑像，早晚敬香叩拜，这事让街坊得知后纷纷来烧香请愿，而且一请就应灵，还愿恭敬的糕果堆满了仙姑像前，有的慕名而来的观看后，顺手牵羊捎带糕果，但走时转了八圈却怎么也找不到出去的门，这事让汪家知道便走上前去问他拿没拿庙里的东西，来人立即恍然大悟，于是只好放下包内的糕点，三叩九拜敬香之后便走了出去……

王杏儿静静地想着父亲告诉她的传说，眼睛却不时地盯着同兴米行的方向。

夜色如约而至，人们忙碌了一天早早便歇息了，小镇笼罩在一片月色中。安静的街道上行人渐少，黑暗的青石上佘祥延挑着担子，手拿着快板，打着有序的节奏，担子上冲糕、五香蚕豆、粽叶干子热气腾腾，佘祥延的眼睛不停地搜索着河面，平静的河面上一条帆船缓缓地停靠在柳树下。

天然桥边，船上下来一群人，走在前面的是一个十六七岁的小伙子，俊秀的脸上似乎还没有脱掉少年的稚气，浓眉下高挺的鼻梁上一双眼睛炯炯有神，鼻子下一片又黑又细的茸毛，肩膀结实，胸脯凸凹分明焕发着青春的光彩。他迈着粗壮的双腿，两只黑色的布鞋上双腿包裹着白色的绷带，黑暗中一左一右忽明忽暗闪烁向前，急促的脚步在青石上发出嚓嚓的声音，他就是平儿。

平儿身后跟着二十几个行动敏捷的人，每人手提大刀背着一支长枪，不大会，便来到护城河边。平儿和严俊、王杏儿会合一处，简单商量后，由严俊带十几个队员在大毛竹巷打援，防止黄守仁带兵来救，王杏儿和平儿领着十几个队员分头扑向米行。

夜色中，同兴米行四周静悄悄。王杏儿一挥手，三个队员立即迅速有序地叠起罗汉，只见平儿单腿一借力一个鲤鱼跃龙门，已轻骑在高高的围墙上，平儿警惕地看了看周围，院子内，厢房灯火星星点点，平儿打量一番后，一个鹞子翻身，一眨眼便跃了进去。

打开门，所有人一拥而入。大家依照计划飞快扑向各自的位置。一个更夫和两个家丁一下子被这群来路不明的人吓得哆嗦成一团，更夫扔掉灯笼刚转过身还未叫出声，平儿左手一个醉汉摘桃，单手已锁住了更夫的咽喉。右手一掌下去，更夫便软软地躺在地上，后面的两个家丁刚端起枪，平儿手一挥，只见两道银光飞了过去，两个家丁就觉得心口一凉，双双捂胸倒地身亡。

一间厢房中灯火辉煌，里面人影闪烁，人声嘈杂，八九个护院和伪军正在推牌九赌钱，平儿一脚踹开门，几个队员一拥而上，大声叫道："都不要动！要命的都出来，把枪缴了！"屋里人们惊慌失措，一片嘈杂惊恐声。

与此同时，另一间厢房内，一个伪军听见响声举着枪刚探出头，王杏儿甩手一枪啪地将他打倒在地。立即院内一片惊恐声和嘈杂声，原本亮灯的屋子都突然熄灭了。"你们被包围了，都出来投降，再不出来，我们就扔雷子了！"一个带着庐江口音的人喊道。"别……别开枪！我们投降！"立即三三两两的伪军和家丁从屋里举起手托着枪走了出来。

东厢屋大厅。黄守贵、赵大麻子和掌柜梁家勇正商议着事，听到外面人声沸腾和枪声，便一闪身躲到暗处，掏出枪，只见窗外黑暗中，四五个黑影向这边摸来，黄守贵浑浊的眼睛充满惊恐，梁家勇握枪的双手更是颤抖不已，赵大麻子早爬到了桌下哆嗦着。黄守贵定了定神，睁大眼皮仔细向窗口打量了一下，见院内人好像不多。黄守贵自我安慰一下，脑袋在高速地飞转，思寻着如何应对这个不速之客。

黄守贵在想:自家院内的十七八杆长枪的家丁护院,还有自己带来的八个伪军呢? 豆大的汗水从黄守贵的腮帮子上流了下来,正在这时守在窗口的梁家勇颤抖的手无意扣动了扳机一枪打了出去,只听哎哟一声,一个黑影闷哼一声倒了下去。立即院内密集的子弹都射向黄守贵的窗口。

接连几声清脆的枪声很快惊动了张家祠堂内的黄守仁,凭他的判断一定是同兴米行出了事,黄守仁大手一挥,立即迅速地集合了五十多名伪军气势汹汹地扑了过来。

王杏儿看了看窗内已无声响,一挥手,枪声很快停了下来。"出来!否则打死你!"厢屋内依旧静悄悄。黄守贵知道,这里枪声黄守仁一定早已听到,很快镇东头的保安团就会赶来。"快出来! 否则就炸死你们!"王杏儿知道,必须尽快结束战斗。王杏儿一边喊道,一边挥手指挥着平儿。屋内静寂无声。黄守贵干涩的眼睛紧张地看着窗外。银色的月光照在他苍白的脸上,黄守贵的额上沁出豆大的汗珠,身子不住颤抖:"请问是哪路神仙好汉?"黄守贵故作镇定喊道。黄守贵断定,知道只要坚持一盏茶工夫,黄守仁的保安团就会来了,现在必须稳住局面,拖延时间。"少废话! 快滚出来!"一个游击队员回答。

正在这时,突然,对面厢房里窜出三个伪军,两个伪军刚抬起枪,王杏儿双枪在手左右开弓甩手啪啪两枪,两个伪军立时倒在地上。另一个伪军已被平儿一脚踢翻在地,伪军慌忙爬起来正准备逃跑,只觉后背一凉,伪军低下头看见一把闪亮亮的刀尖已从自己前胸扎出。

长街上,几十个保安如狼似虎地扑了过来,刚到大毛竹巷口,就听见严俊大吼一声:"打!"枪声立即响起,伪军猝不及防,冲在最前面的七八个伪军一头栽倒在地,滚得滚、趴的趴,哀号声一片。黄守仁一闪身隐入到防火墙后,黄守仁看了看周边,一甩手啪啪两枪,口中大喊:"大家不要乱,就几个毛贼,给我打!"伪军一阵惊恐后很快稳住了阵势,双方对射起来,子弹打在砖石上,在夜色中开着绚丽的花。

此时,黄守仁内心焦急,不知米行里到底发生了什么,黄守仁知道硬冲是不行的，一抬头已有主意。他借着夜色左拐右跳已退到一个屋檐下，两手攀上窗棂，双脚一借力，一个倒卷帘，双脚已搭上檐口，再躬身人已上屋顶，在夜色中仿佛是一只敏捷的猫。

夜幕下，只见黄守仁手持长刀，顺着街道在屋檐上几个辗转跳跃，身影犹如一只蝙蝠，转眼之间便赶到严俊守地。黄守仁长刀一挥，一个大鹏展翅已跃入人群，一个游击队员惨叫一声已被他打翻在地，队员们阵脚大乱，严俊一见大喊："这个我来对付，大家稳住，给我打！"严俊一闪身抽出大刀已搭上黄守仁的大刀，双刀在夜空中闪着火花，青石上，两人身影上下翻飞跳跃。混战中，十几个回合下来，两人都暗自心惊对方武功，一个是年轻力壮使的是嫡传六合刀，一个是功力深厚舞的是青城派刀法，黄守仁一招"大漠飞沙"，严俊应一刀"清风徐来"，黄守仁反手一刀"长虹贯日"严俊还一招"柳叶拂面"，两人你来我往战在一起。黄守仁此时内心焦急，只想尽快脱身赶到黄宅，黄守仁单刀舞动，唰唰唰一个"梅花三弄"三刀砍去，无奈，严俊一招"遮天蔽日"形如鬼魅始终贴在左右，而且刀刀不离后脑勺。

月光下，随着王杏儿的手势，平儿敏捷地闪向一边暗处，很快平儿的目光锁定了东厢屋第二个房间。平儿看了看倒在一边的游击队员柱子，柱子紧咬牙关痛苦不堪，平儿满是稚气的脸庞涨得通红。他看了看周围，借着夜色绕到房后的侧墙，一翻身悄无声息地跃到房后，房后有两个窗，平儿很快有了主意。平儿拾起一块砖头向后退了几步，猛跑几步将手中砖头对着一扇窗户砸了过去，与此同时，平儿像只豹子一样，纵身跃起，啪的一声从另一窗口跃了进去。只听到一连串的声响。砖砸在窗上，子弹从窗里面射出，另一处窗棂在平儿的脚下被击断……

月光从窗口照进来，只见屋内八仙桌下，黄守贵和赵大麻子睁大一双惊慌失措的眼睛，梁家勇早已被乱枪打死，倒在血泊中。门窗的断裂声使黄守贵瞬间从惊恐中反应过来，他正要举枪，只见一道寒光从平儿手中飞出，扑哧一声一把飞刀已将黄守贵的右手臂牢牢地钉在八仙桌的桌腿上，黄守贵痛得哎哟一声,枪也飞落一边……

王杏儿和另两个队员也冲了进来。平儿一步一步向前,想起这个为虎作伥,曾经赶他出门的黄守贵,还有这些年黄守贵为日本人和国民党做事犯下的种种罪行,平儿的双目像要燃起的火焰……这时他的力量在积蓄,握在手中的弯刀仿佛绷紧的弓弦。"你们是哪里的好汉?"黄守贵颤抖着嘴唇。"狗汉奸!我们是巢湖游击队!"黄守贵眼睛露出绝望的神情,平儿缓缓举起了刀……"住手!"银白色的门框闪过一个黑影……

来人正是李秀梅。吃过晚饭,李秀梅将思思哄睡后,自己一个人坐在床上发呆,就听见东厢房那边一片喧闹。还没等李秀梅下床,外面又响起鞭炮般的枪声,李秀梅立刻明白发生了什么事。李秀梅想起黄守贵平时的所作所为和所做的种种罪恶,觉得黄守贵罪有应得。这时,李秀梅又一次想起黄晓刚,李秀梅的心又软了,不管怎样他都是黄晓刚的父亲。想到这,李秀梅便越过花坛冲进房屋,挡在黄守贵面前……

"闪开!"平儿怒目圆睁,"李秀梅!闪开!"王杏儿一闪身也走上前,"不!"李秀梅倔强地分开双手挺胸道:"你们是谁?为什么半夜三更闯到这里?""我们是共产党巢湖游击队,来除汉奸的,快闪开!"王杏儿走上前道。"你……你是杏儿?"透过月光李秀梅睁大眼睛终于认出了王杏儿。

自从王杏儿离家出走后,李秀梅知道了,起初还有点同情心,所以在桥头救她,没想到却耽误了她和黄晓刚的约会,造成了天各一方的痛苦人生。李秀梅后来又听说王杏儿去当了土匪,也就忘了这个人,不想今晚她却带人杀到黄家米行。想到这,李秀梅说:"我不管你是什么党,还是什么队的,他有罪,也不能由你们土匪来杀!"空气一下子凝固,屋子里死一般的沉静。远处大毛竹巷附近的枪声呐喊声越来越近。王杏儿知道严俊已经和黄守仁的保安团交上了火。

正在这时,黑暗中闪出一个身影,就听船工刘乐平进门说:"大侄女!快闪开!我们是共产党的游击队,是为穷人打天下的部队,今天是来杀汉奸的……”刘乐平说完见李秀梅依旧不理，于是又着急说，“你可知道高姨是怎么死的？还有吴妈、小杈子……都是黄守贵！他也是你杀父的仇人呀！”李秀梅不解地看着这个和他父亲一起做工的刘叔叔。“你父亲就是他们设计害死的，是他向你父亲提婚要娶你，你父亲不答应，他们才设计下的毒手呀！”刘乐平焦急地又说，“那一天，黄守贵和赵大麻子让人在木料上涂抹香油，又故意让你父亲去扛木头，这样你父亲就跌倒在小山一样高的木堆下，被砸死的！”李秀梅一下子愣在那里，七年前父亲惨死的场面又浮现在眼前。“梅儿，你得信刘叔呀，你回忆一下你父亲死时的场景！你父亲死时我就在现场，事后黄守贵威胁我说：要是说出来了，他就杀了我全家，梅儿呀，不信你问他！”刘乐平愤怒地指着一边的赵大麻子。面对所有人的目光，赵大麻子哆嗦着身子支支吾吾，瞬间，李秀梅什么都明白了，李秀梅的脸由白变红又由红变白，像一个愤怒的母狮转身吼道：“你这个畜生！……”但李秀梅还没有扑到黄守贵身边时只觉得双腿一软眼前一黑，便软软地倒了下去。

赵大麻子支吾几声就冷静下来。他知道，此刻如不趁乱跑掉，自己会死无葬身之地，慌乱中赵大麻子摸索移向门边，顺手抄起拐橱上的东西便砸向平儿，顺势将身子滚向门边，爬起来直奔门外。却他不知扔出的正是黄守贵得来的价值不菲的紫砂龙壶，平儿头一偏，只听哗啦一声散落在地上。“哎哟，我的龙壶……”赵大麻子一回头失声惊叫。赵大麻子叫声未落，只见一道寒光闪过，赵大麻子瘫在地上。平儿头也不回一下，眼睛依旧盯着黄守贵。月光下赵大麻子双手捂着咽喉，一双眼睛恐怖地盯着屋内，血从他的手缝中咕咚咕咚冒了出来……

这时，月光照在黄守贵苍白如纸的脸上，突然黄守贵一低头，扭动着肥胖的身体骨碌滚到一边，黑暗中，黄守贵哆嗦着双手摸到了地上的枪，平儿一动不动看着他，等黄守贵立起身举起手枪时，只见平儿奋力跃起，以迅雷不及掩耳之势一刀挥去，只听哎哟一声，黄守贵晃晃悠悠地趴在桌上……

古西街。双方依旧在激战，枪声在小巷中回荡，严俊和黄守仁的大刀在黑暗中上下飞舞闪烁不停，二人从巷口打到街后，六十几个回合过去，黄守仁渐渐感到力不从心，长期的糜烂生活使他明显地感到体力不支。正在这时，只见一道火光带着哨音在天空中闪烁着绚丽的烟花，严俊知道任务已经完成，严俊也不恋战，左手一个“平波秋月”一掌将黄守仁单刀推开，右手一刀“钱江观潮”将黄守仁逼到一边，自己顺势跃到一边，严俊一打口哨，游击队员们连放几枪相互交叉退向河边，转眼消失在茫茫的夜色中。

黄守仁见他们撤退也不恋战，转身带着队伍奔向同兴米行。

尾　　声

大湖之战后，潘志明带着严俊、杏儿、平儿等十几个兄弟投奔新四军巢湖支队，参加了革命的队伍。第二年秋黄晓刚带兵上姥山剿匪，留在姥山上的二当家陈家根最后在姥山塔下被乱枪打死，沈家兄弟带少量几个人从后山乘船逃走，据说隐入湖中另一湖心岛孤山中，新中国成立后回到三河为民。

1945 年抗战胜利后，举国欢庆，黄晓刚随着部队回到安徽合肥，接收了日伪军投降。

1949 年，国民党兵败后。黄晓刚随着部队在上海登上了去台湾的军舰。

岁月匆匆，时光荏苒。随着海峡两岸的关系缓和，1993 年 3 月黄晓刚从台北经香港飞抵大陆，回到了古镇三河，找到了他心中阔别五十五年的恋人李秀梅，看到了他们的女儿思思。

1952 年，平儿随部队三十八军到朝鲜参加抗美援朝，牺牲于朝鲜白马山。新中国成立后，潘志明一直主持地方工作，当选为中共安徽省委委员，军分区副司令员等职，1961 年病逝。

王杏儿和严俊婚后生有两子。1949 年 4 月严俊在渡江战役中，抢渡长江时英勇牺牲。对于活要见人死要见尸的王杏儿一直都不相信，她一直相信严俊还活着，她一直在等他回家，从此再未嫁人。

新中国成立后，王杏儿在政府部门工作，组织上调她去县里，遭到婉言拒绝。王杏儿不愿离开这生她养她的古镇，而子女们就像这芦苇丛中的野鸭长大了都飞走了。退休后,王杏儿在古城墙边的小南河堤上,盖了几间房子,每天坐在门前看着河面上的船来船往,想着豆腐坊和失去的亲人,还有那飞扬在芦苇丛中的双枪。

王杏儿后来听说黄家的同兴米行被充公征为国有,一次维修中,人们无意在后院搁浅多年的水井中捞出一个沉甸甸的麻袋,打开里面是元宝和铜钱,后来从井底挖出元宝整整拉了两大车,这些都收藏在省博物馆和中国人民银行,只是那个传奇的紫砂凤凰壶却再也没有找到,也许它还深藏在同兴米行的某个角落。

也听说巧巧响应祖国号召参加了解放军,在部队文工团里当女演员。同兴米行被征收后二姨太便出家去了庐江县,在汤池镇白云禅寺边的一个尼姑庵……